자랑해도 좋아.
내가 검을 뽑게 만든 걸 말이지.

기이가 베루자도에게 말했다.
그 검의 '이름'은 '월드(세계)'
──세계에 단 7자루밖에 존재하지 않는, 제네시스(창세)급의 검이었

테스타로사
니힐리스틱
순백의 맑은
엔드
종말

전생했더니 슬라임이 있던 건에 대하여
Regarding Reincarnated to Slime
Story by Fuse, Illustration by Mitz Vah
후세 지음
밋츠바 일러스트
???
모스
레인
미저리
소우카

기이의 손에는 가느다란 장검이 들려 있었고,
그것이 화이트아웃 앱소브(냉극소실응수패)가 만들어낸
냉기의 칼날을 부숴버렸다.

다.

베루자도

전생했더니 슬라임이 었던 건에 대하여 22

Regarding
Reincarnated to Slime

목차 — 신멸혼돈편

순수한 악의

Regarding Reincarnated to Slime

클립티드(환수족)는 천차만별의 특징을 가진 개체군이었다.

대부분은 협조성이 전무하고 제멋대로 날뛰기만 하는 존재이다.

그러나 그중에는 동일 계통의 특징을 지닌 무리도 존재했다.

높은 지능을 갖고 동료를 감싸며 함께 싸우고, 상위 존재에게도 대항하는 무리를 형성하기도 하는 것이다.

그것이야말로 죽음조차 두려워하지 않고 투쟁 본능대로 싸움을 일삼는 클립티드에게도 확실한 지성이 깃들어 있다는 증거였다.

그렇기에 클립티드에게서 인섹터(충마족)가 파생된 것은 어쩌면 필연이었을지도 모른다.

그리고 지금——.

『꺄하하하하핫——♪』

'멸계룡' 이바라제가 진화의 탄생을 알렸다.

그것은 새로운 탄생이었다.

칠색의 고치가 이바라제를 감싸며 그 안에서 육체가 재구축되기 시작했다.

정신생명체에게 있어서 외형이나 사이즈 등은 자유자재였지만, 의사가 없는 존재였던 이바라제는 부정형의 존재였다. 에너지가 축적되는 대로 비대해지며, 불길하고, 사악하고, 공포로 몸이 떨리는 모습으로 변화하고 있었다.

그런 이바라제는 진화를 통해 큰 변화를 이루게 되었다.

크기는 줄어들어 인간 어린아이 정도가 되었다.

엄청난 에너지가 응축되며 그 존재감은 절망적일 정도로 독특한 빛을 발하고 있었다.

칠색의 고치 잔해가 그 옥체를 감싸고 있었다.

그 틈새로 엿보이는 피부는 새하얗고 싱그러웠다.

빛을 흡수한 것 같은 새하얀 머리카락은 민들레의 솜털처럼 부드럽고 푹신했다.

연분홍색 입술은 사랑스럽지만 사악하게 일그러져 있었고——.

금빛으로 빛나는 눈동자에는 지성의 빛이 깃들어 있었다.

'증오'라는 감정을 얻으면서 이바라제의 감성이 활짝 피어나기 시작했다. 명확한 의사를 가진 악의의 화신으로서, 이바라제는 세계에 널리 그 존재를 과시하려 했다.

하지만 그 전에.

이바라제는 떠올렸다.

감정을 얻음으로써 지성도 급속히 성장했다. 그 덕분에 자신이 버림받았다는 것을 이해한 것이다.

외롭다.

분하다.

용서할 수 없다.

과거 완전무결한 '완전한 하나'였던 시절이 있었다.

충족되어 있었다.

지성과 감성, 심지어 감정조차 없는 이바라제는 불안이나 불만도 없었고, 지루함을 느끼는 일조차 없었다.

그런데——.

몸의 절반이 사라졌다.

꿈 같았던 무한한 힘은 사라지고, 앞날조차 가늠할 수 없는 현실에 노출되었다.

그런데도 이바라제에게는 지성이 없었기에 불만을 느낄 일도 없었지만…… 불현듯 떠오른 상실감—— 외로움만큼은 무엇을 어떻게 해도 지울 수 없었다.

하지만, 지금은 아니다.

이바라제 또한 자아를 얻었다.

지성을 얻으며 자신의 상황을 알았고, 감정을 얻으며 복수를 맹세했다.

잃은 것이 있다면, 되찾으면 그만이다.

세상 전체를 삼켜버리면, 자신을 버린 존재도 돌아올 것이다.

베루다나바가 창조한 것을 파괴하는 것. 그것이 이바라제가 목적을 완수하기 위한 수단이었다.

처음 얻은 감정이 증오였던 것이 화가 되어, 이바라제는 살아 있는 온갖 것을 질투했다. 그렇기에 망설임이 없었고, 세계를 멸망시키겠다는 의사에 주저함도 없었다.

그리고 깨어난 사신 앞에 문이 있었다.

이계로 이어지는 문—— '천성궁'이.

이 앞에는 미지의 세계가 펼쳐져 있을 것이다.

베루다나바가 창조한 수많은 세계였다. 그것을 하나씩 무너뜨리고 삼켜나가다 보면 언젠가는 충족될 것이 분명했다.

그렇게 생각한 이바라제는 그때를 상상하며 흡족함을 느꼈다.

『꺄핫♪』

이바라제가 기분 좋게 웃자 그에 반응하는 자들이 있었다.
바로 무리를 통솔하는 왕들이었다.
허무를 가르는 짐승.
차원을 비상하는 새.
성간(星間)을 유영하는 물고기.
꿈을 꾸는 혼돈의 용(이바라제)을 어머니로 모시는 세 하인들이다.
소질만 놓고 본다면 과거 제라누스(충마족의 왕)에 버금갈 수준의
클립티드 지배자들이 '멸계룡' 이바라제의 진화로 인해 은총을 받
았다. 안 그래도 막강한 힘을 갖고 있던 폭위가 자아를 얻으며 더
는 손댈 수 없는 상황까지 치달은 것이다.
그것은 파생 종족 전체에까지 상상을 초월할 정도의 영향을 미
쳤다.

『꺄핫♪ 내 귀여운 하인들. 귀엽다는 건 이런 느낌이구나♪』

이바라제는 태어나서 처음 느낀 감정에 환희하며 점점 더 기분
이 좋아졌다. 그 기세에 힘입어 하인들에게도 기쁜 마음을 선물
하고 싶다는 마음이 들었다.

『으음, 어디 보자, 그래! 너희들에게도 이름을 줄까. 엄마가 멋

진 이름을 지어줄게.』

　이름은 이바라제가 처음 받은 선물이었다.
　그것을 의식한 적은 없었지만, 자아를 얻은 지금은 그것이 얼마나 기쁜 일인지 이해했다. 기쁘다는 감정도 처음 느껴보는 경험이었기에 이바라제는 천진난만하게 기쁨을 표현했다.
　그러나 이바라제는 너무나도 무지했으며, 악의의 화신 그 자체였다. 그래서 이름을 붙일 때에도 평범함과는 의미가 다른 것이 되었다.

　『으음, 그럼 네 이름은 카케아시야.』

　허무를 가르는 짐승에게 눈을 돌린 이바라제가 그렇게 말했다.
　카케아시라는 이름의 짐승에게는 강렬한 감정까지 깃들었다. 이바라제가 품고 있던 '저주의 마음'이 이름과 함께 전해진 것이다.
　이바라제는 다른 두 존재에게도 비슷한 이름을 붙여주었다.
　차원을 비상하는 새에게는 '원망하는 마음'과 함께 하바타키라는 이름을 주었다.
　성간을 유영하는 물고기에게는 '증오의 마음'를 계승시키고 스이무라는 이름을 붙여주었다.
　사랑스러운 이름이었지만, 어김없이 악의는 전파되었다.
　안 그래도 어머니를 위해서라면 무엇이든 했을 세 하인들의 충성심은, 새로 받은 이름으로 인해 더욱 강해졌다. 어머니의 바람을 들어주기 위해서라면 목숨을 던지는 일조차 불사하고 뛰어들게 된 것이다.

세 하인들의 진화가 완료되었다.

그 모습은 끔찍할 정도로 흉악했다.

카케아시는 거대한 사자 체구에 용의 머리를 지니고, 온몸이 용 비늘에 덮인 모습을 하고 있었다. 꼬리는 독사처럼 여덟 갈래로 나뉘어진 채 자유자재로 꿈틀거렸다.

또한 전신 곳곳에 눈알이 나 있어 사각지대가 존재하지 않았다. 작은 돌기들에서는 점성이 있는 분해 효소가 흘러나와 안개처럼 퍼지고 있었다. 그런 카케아시의 오라(요기)에게 닿는다면 아무리 마왕종급 마물이라 할지라도 죽음을 면치 못할 것이다.

하바타키는 쌍두이자 자웅동체였다. 독수리 같은 스타일에 공작 꼬리를 가진 우아한 요조(妖鳥)다.

온몸이 히히이로카네(궁극의 금속) 깃털로 덮여 있어 황금색으로 반짝였다. 그 모습은 생물이라기보단 어딘가 무기질적이고 기계적이었다. 자세히 관찰하니 날개마저도 금속이었다.

스이무는 가장 기괴했다. 그러면서도 신비로운 아름다움을 지니고 있는 어괴였다.

끝이 뾰족한 오징어 같은 형태였다. 머리는 없었고, 신체 중앙에 위치한 둥근 몸통에서는 수많은 촉수가 나 있었다.

그 촉수도 자세히 보면 미세한 관절로 되어 있어 자유자재로 움직이고 있는 것을 알 수 있었다. 전신이 아리오니움(생체이강)으로 뒤덮인 작은 괴이의 집합체가 스이무에게 기생하고 있는 것이다.

세 존재는 저마다 달라 비슷한 부분은 없었지만, 공통되는 것은 바로 그 이질성이었다.

생물로서는 있을 수 없는 형태로, 법칙성이 없다는 점이 반대로 특징이 되고 있었다.

그리고 그것은 권속들도 마찬가지였다.

각각의 하인에 속하는 클립티드들은 상위일수록 부모의 형질을 짙게 물려받는다. 마력요소에서 자연발생하는 자들보다 더 흉악하고 무시무시한 힘을 이어받았다.

이번 진화와 이름 짓기에 관련된 영향 또한 마찬가지였다. 악의에 물든 수많은 환상생물들이 헤아릴 수 없을 만큼 사악한 진화를 이뤘다.

고참인 상위 세력의 경우 최소한 디재스터(재화급)를 능가할 정도의 흉악한 힘이 깃들었다. 그 수는 족히 100을 넘었고, 거기서 파생되는 말단까지 더하면 만에 달하는 규모였다.

'멸계룡' 이바라제를 중심으로 한 클립티드 대군은 종말을 고하는 사신의 군세 그 자체였다.

『즐거워, 너무 즐거워. 자, 이제 놀러 가자♪』

이바라제가 그렇게 명했다.

생글생글 웃는 얼굴이었지만, 그 눈은 웃고 있지 않았다.

정확하게 '천성궁'를 노려본 채, 소리도 없이 움직이기 시작했다.

그 눈에 자신을 버리고 간 자에 대한 증오를 품고, 잃어버린 모든 것을 되찾겠다고 맹세하며, 이바라제가 '천성궁'에 내려섰다.

본래라면 기축세계와 이어진 대문은 완전히 닫혀 있어 '열쇠'가 없으면 누구도 지나갈 수 없었다.

그러나 지금은 어째서인지 대문이 열려 있었다. 문지기였던 다구류루도 부재중이었기에 누구나 드나들 수 있는 상태가 되어 있었다.

거기에 더해——

'천성궁'에 닿을 정도의 엄청난 충격이, 대문을 빠져나간 끝에 있는 '천통각'을 뚫고 지상에서 전해졌다.

밀림이 날린 드라고 노바(용성폭염패)의 영향이었다.

'천통각' 내부는 이로 인해 궤멸적인 파괴 상태에 놓였다. 각 층이 뻥 뚫려버려 클립티드 군세가 빠져나가는 데에 아무런 지장이 없는 상황이 되고 만 것이다.

『꺄핫♪ 기대된다!』

이바라제의 행보를 가로막는 이는 아무도 없었다.

지옥의 군세를 거느린, 천진난만한 사신이 움직이기 시작했다.

그리고 세계를 건너——.

『——찾았다♪』

이바라제는 기축세계에 산재하는 조각들을 발견했다.

그것은 과거 '성왕룡' 베루다나바와 관계가 있었던 자들의 기척이었다.

이바라제가 조소했다.

베루다나바가 사랑한 자들을 향한 증오를 가득 품고, 세계를 멸망시키겠다고 다짐하며.

　사신의 군세가 지상을 유린하기 위해 이바라제에게 호응했다.

　모든 것을 집어삼키고 다시 '완전한 하나'로 돌아가기 위해——.

이빨라제

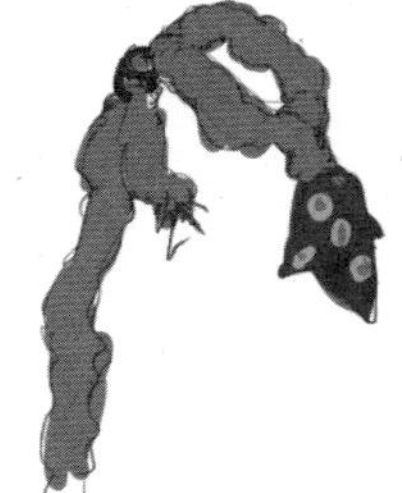
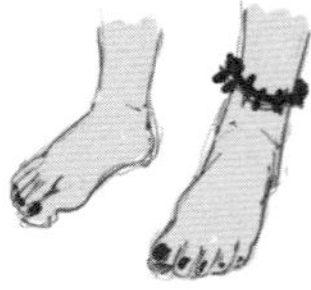

악덕의 왕

Regarding Reincarnated to Slime

미궁에서의 공방이 시작되기 전으로 시간은 거슬러 올라간
다——.

템페스트 간부들이 모인 회합에서 방침이 정해지자마자 테스
타로사는 신속하게 움직이기 시작했다.
'관제실'을 나서자마자 잉그라시아 왕국에 남겨둔 시엔에게 '사
념전달'을 보냈다. 회의 내용을 간략히 전달한 뒤 뒷일은 히나타
와 상의하여 결정하라는 명령을 내린다.
이어 모스에게 연락을 하려다 심각한 표정을 한 소우카와 마주
쳤다.
"어머?"
"안내하겠습니다."
"소우에이 공을 돕지 않아도 괜찮은 건가요?"
"네. 각지마다 제 부하들이 파견되어 있으니까요."
소우카는 그렇게 말하며 가볍게 고개를 끄덕였다.
그것은 사실이었다.
신성교황국 루벨리오스에는 호쿠소우가.
'성허' 다마르가니아에는 사이카가.
마도왕조 살리온에는 난소우가.
소우에이의 '분신체'로서 수족이 되어 신속하게 정보를 수집할

수 있도록 각 전장에 흩어져 있었다.

그리고 지금부터 향하려는 곳에서는 토우카가 임무를 수행 중이었는데, 현재는 연락이 끊긴 상태였다.

상황적으로 판단해 보자면 베루자도가 만들어낸 얼음 세계에 갇혀 버린 것 같았다.

부하인 토우카가 얼음 조각상으로 변해버렸다면 이번 구출 작전에 소우카가 참전하는 것은 당연한 일이었다.

"──그런 거였군요."

전부 설명하지 않았음에도 테스타로사는 사정을 파악했다.

소우카의 안내를 받아 두 사람은 전이 전용의 격리 공간으로 향했다.

적이 침입하지 못하도록 미궁 내에서 직접 외부로 전이하는 것은 금지되어 있었다. 자유롭게 '공간전이'가 가능한 사람들 입장에서는 번거로운 이야기였지만, 안전 제일이라는 방침을 준수하기 위해 이 규칙은 모두가 지키고 있었다.

걸으면서 테스타로사는 생각했다.

솔직히 말하면, 소우카 정도의 실력이 있다 하더라도 베루자도를 상대하는 데에는 걸림돌밖에 되지 않았다. 그것을 이해하고 있음에도 테스타로사는 소우카의 제안을 받아들였다.

전투에 필요한 것은 전력뿐만이 아니다. 분석과 정보 전달 능력도 중요하다. 소우카가 '관제실'로 정보를 전해 준다면, 테스타로사가 잡다한 일에 신경 쓸 필요가 사라진다. 없어도 곤란하지는 않지만 있으면 도움이 될 것이라고 판단했다.

게다가 휘말린 부하를 돕고 싶을 소우카의 심정도 충분히 이해가 갔다.

테스타로사의 목적도 카레라 일행의 구출에 있었으니, 여기서 소우카의 조력을 거절하는 것보다는 서로 협력하는 편이 작전의 성공 확률도 높아질 것이다.

다만 이대로 데려가봤자 소우카는 허무한 죽음을 당할 뿐이다. 기이와 베루자도가 다시 돌아오고 있었기 때문이다.

전력을 드러낸 베루자도의 패기에 노출된다면 얼음 조각상이 되기도 전에 즉사할 것 같았다.

(베루자도 님이 무슨 생각을 하고 계신지는 모르겠지만, 기이와 진심으로 싸우고 있는 게 아닌 걸까? 그렇다 해도 그녀가 버틸 수 있을 것 같지는 않네요.)

현재 구 유라자니아의 전장은 얼음 세계에 갇혀 있었는데, 애초에 그것이 수수께끼였다.

베루자도가 그럴 마음만 먹었다면 살아 있는 것을 얼음 조각상으로 바꿀 것이 아니라 얼음 먼지로 바꾸는 것도 쉬웠을 것이다. 만약 그렇게 되었다면 부활 가능한 데몬 등의 예외를 제외하면 생존자는 제로가 됐겠지.

반대로 말하자면, 얼음 조각상이 됐기 때문에 생존해 있을 가능성이 남아 있는 셈이었다.

(그렇군요. 베루자도 님은 무자비한 분이시지만, 무의미한 일을 벌이지는 않으시니까요. 죽일 생각은 없었다―― 라고 생각하는 편이 타당하겠죠. 그렇다면……)

과연 베루자도의 목적은 무엇일까?

아마 펠드웨이에게 조종당하고 있을 가능성은 낮을 것이라고 테스타로사는 거의 확신하고 있었다.

자신들 태초를 조종하는 것조차 힘들 텐데, 정신생명체의 정점에 군림하는 '용종'을 완벽하게 지배한다는 것은 테스타로사 입장에서는 있을 수 없는 이야기였다.

실례가 있기 때문에 가능성이 제로라고 할 수는 없겠지만, 모든 것은 베루자도의 의사라고 판단하는 쪽이 더 납득이 갔다.

펠드웨이의 부탁을 받아 기이를 막고 있다—— 라고 생각하는 것이 가장 그럴싸했다. 기이와 무언가 연이 있다는 것은 짐작하고 있었기에, 두 사람 사이에 이해관계가 일치했다고 생각하는 편이 자연스러웠다.

하지만 그뿐만은 아닐 것 같다는 생각에 테스타로사는 고민했다.

(리무루 님이라면 완벽한 답을 내다볼 수 있으셨을까요? 안 되겠죠, 이렇게 사사건건 의지하면. 전 제가 할 수 있는 일을 하겠어요.)

답이 나올 문제라면 고민하는 것도 의미가 있겠지만, 그렇지 않은 문제라면 생각하는 것 자체가 시간 낭비였다.

베루자도의 속셈을 읽을 수 있다면 그것이 최선이겠지만, 아무리 테스타로사라 해도 '용종'의 마음을 완벽하게 내다보는 것은 불가능했다.

어느 쪽이라 해도 불필요한 희생자는 내지 않는 편이 좋다. 그것만은 틀림없었다. 그렇다면 취할 수 있는 모든 안전책을 동원해 임무에 나설 뿐이다.

『모스, 이쪽으로 오도록 해요.』

『알겠습니다.』

심복인 모스를 불러들인 뒤 테스타로사는 걸음을 멈추고 소우카를 불러 세웠다. 그리고 똑바로 시선을 마주보고, 소우카의 각오를 시험해 보기로 했다.

"당신도 같이 갈 생각이죠?"

"네. 제 임무는 현지 상황 조사입니다. 가능하다면 구조가 필요한 사람을——."

"기다리세요. 그건 불가능해요."

"네?"

"아무래도 잘 모르는 것 같으니 알려줄게요. 베루자도 님의 빙설은 만물을 얼리고 모든 활동을 정지시켜 버려요. 심지어 생명 활동조차 말이죠."

"……?! 그럼 이미 때가 늦었다는——."

"아니, 아니에요."

진정하라는 말과 함께 테스타로사는 소우카를 제지했다.

그리고 차분하게, 소우카도 이해할 수 있도록 현재 상황을 설명하기 시작했다.

"정지한 것뿐이니까, 다시 가동시킬 수 있어요."

"네?"

"즉, 그건 공격이 아니에요. 오히려——."

그랬다. 그 빙설은 오히려 그 땅을 지키고 있는 방어막 같은 것이라고도 볼 수 있었다.

태고의 옛날, 테스타로사는 기이와 싸웠던 베루자도의 모습을 목격한 적이 있었다.

악마계에서 지상의 경치를 몰래 지켜보고 있었는데, 그 전투는 압도적이라는 말밖에 나오지 않을 정도였다.

베루자도가 대기를 응고시켜 만든 '에어 월(대기옥벽, 大氣獄壁)'은 기이의 공격을 가볍게 막아냈다. 하지만 그다음 순간, 그것은 마법 연속 공격에 의해 허무하게 부서졌다.

그러한 광경의 반복.

초절기교나 다름없는 응수는, 두 사람이 격이 다른 존재라는 것을 일깨워주었다.

그 당시에는 두 사람의 약점을 찾는 것조차 불가능했지만……그래도 그 기술들이 어떤 성질을 지니고 있는지 정도는 지금의 테스타로사라면 알 수 있었다.

베루자도의 빙설은 만물을 정지시킨다.

아마도 방어기술이었던 '에어 월'과 같은 원리로, 빙결시켜서 효과 시간을 연장하고 있는 것이겠지.

평범한 '에어 월'로 상대의 발을 묶는다고 해도 단기간에 해제되기 때문에 봉인 등에는 적합하지 않았다. 그러나 빙결과 결합한 지금의 상태라면 반영구적으로 움직임을 봉쇄할 수 있었다.

의식마저 빼앗기는 얼음 감옥과 같은 상태로, 카레라조차 탈출하지 못하는 것을 보면 그 강도와 정확도는 가공할 수준에 이르렀다고 볼 수 있었다.

심지어 그것은 본래 방어기술이었으니——

"——자신들의 싸움에 휘말려도 죽지 않도록, 몸을 보호해 준 거라고 생각해요."

"그, 말씀은?"

"얼음 조각상은 파괴하기 어렵다고 생각해도 문제가 없어요."

그렇게 단언하는 테스타로사.

그 말에 뒤늦게 소우카의 표정에도 이해의 빛이 떠올랐다.

"그렇다는 건 즉, 베루자도 님께는 적대 의사가 없다는 건가요?"

그것은 어려운 질문이었다.

조금 고민한 뒤, 테스타로사는 입을 열었다.

"적대한다기보단, 베루자도 님께는 어떤 의도가 있다는 거겠죠. 그걸 방해받고 싶지 않기 때문에 저런 수단을 취하고 있는 걸 테고요."

펠드웨이의 지배를 받는 것이 아니라 단순히 이해가 일치했을 뿐. 그리고 베루자도는 그 목적을 완수하기 위해 자신에게 유리한 상황을 만들어 냈다.

테스타로사는 자신의 추측을 전했다.

"그럼 구출 작전 자체가 필요 없다는 건가요?"

"네, 맞아요. 애초에 **움직일 수도 없**으니까요."

"——?"

이해하지 못한 표정의 소우카를 보고, 테스타로사는 설명을 보충했다.

"저 빙설에 의해 얼음에 갇힌 건 생명체만이 아니에요. 지상 그 자체, 이 별의 표면 일부가 베루자도 님은 물론 누구의 공격에도 부서지지 않도록 보호된 상태예요."

"그렇군요……."

소우카도 그제서야 이해했다.

——아니, 아니다.

이해는 했지만, 스케일이 상상을 초월해서 실감이 전혀 나지 않았다.

그래도 상황은 파악했으니 테스타로사가 무슨 말을 하려는지는 이해할 수 있었다.

(별을 지키기 위한 조치로 모두가 얼음 조각상이 됐다니, 도저히 믿기 어려운 이야기이지만…… 그래도 그게 진실이라면, 얼음 조각상을 안전한 곳까지 운반할 필요는 없을 것 같네요.)

아, 그래서 한 말이구나—— 라는 것을 소우카는 이해했다.

필요가 없는 것이 아니라, 움직일 수 없는 것이다.

모든 것이 고정되어 있다면, 얼음 조각상도 일체화되어 그 장소에서 이동시킬 수 없다는 거겠지. 테스타로사가 한 말의 의미는 그것을 가리킨 것이다.

"이해한 것 같네요. 그럼 다시 물어볼게요. 당신도 따라올 생각인가요?"

구조 활동에 의미가 없다면 소우카가 할 수 있는 것은 정찰 임무뿐이었다. 그것도 '백빙룡' 베루자도와 마왕 기이가 전력 전투를 벌이고 있는 지옥 같은 곳에 뛰어들어야 한다면, 필연적으로 소우카 자신의 안전조차 보장되지 못한다.

과연 그렇게까지 해서 위험을 감수할 가치가 있을까.

있다—— 소우카는 고개를 끄덕였다.

"허락해 주신다면 저도 가겠습니다."

소우카도 은밀이었다.

소우에이의 심복으로서 현지에서 무슨 일이 일어나고 있는지 중앙에 알릴 의무가 있었다.

다른 사람에게 드러내는 일은 거의 없지만, 소우에이는 무리를 하고 있다. 오랫동안 소우에이의 등을 따라온 소우카인 만큼 그 사실을 알고 있었다.

"죽을지도 모르는데요?"

"각오하고 있습니다!"

테스타로사의 물음에 소우카는 망설임 없이 대답했다.

그 각오는 아름다웠다.

테스타로사는 만족스러운 얼굴로 미소를 지었다.

"솔직히 말하자면 현지에서 당신이 할 수 있는 일은 많지 않아요. '관제실'에 상황을 전달하는 것뿐이라면 우리도 할 수 있고요."

"……."

"하지만 오직 당신만 할 수 있는 역할이 있어요."

"그게 뭔가요……?"

"표식이에요."

"표식, 이요?"

"네, 맞아요. 베루자도 님과 기이의 전투로 그 영역은 관측할 수 없는 위험지대로 변모했어요. 그런 곳으로 직접 '전이'하는 것은 불가능하니 우리도 당연히 영향이 미치지 않는 조금 떨어진 곳으로 갈 수밖에 없겠죠."

그것도 그렇다며 소우카도 고개를 끄덕였다.

하지만 이어진 테스타로사의 말을 듣고 그 의도를 알아차렸다.

"하지만 만약 그 자리에 아는 존재가 있다면, 그 인물을 목표로 삼아 이동할 수 있었을 거예요."

테스타로사가 그렇게 말한 것이다.

기이와 베루자도, 테스타로사는 두 사람에 대해서도 잘 알고 있었다. 그러니 그 둘을 표식 삼아 '공간전이'를 하는 것도 가능하지만, 그럴 경우 운이 나쁘면 격렬한 공격에 휘말릴 수도 있었다.

현지에서 무슨 일이 벌어지고 있는지 알 수 없기 때문에 전이 직후의 상황은 운에 맡겨야 한다. 그리고 그것은 테스타로사가 보기에도 자살행위나 다름없는 짓이었다. 즉, 누구에게나 위험한 행위라는 뜻이었다.

그런 점에서 봤을 때, 현지에서 상황을 관측하고 있는 사람이 있다면…….

"그렇군요. 제가 살아 있는 것만으로도 그 장소는 안전지대라는 보증이 되는 거네요……."

"그런 거죠."

눈치 빠른 소우카의 말에 테스타로사가 만족스럽게 미소 지었다.

그 미소는 상냥했지만, 동시에 매우 냉철하고 냉혹했다.

결국 그 말은 소우카를 향해 '탄광의 카나리아'가 되라고 한 것이나 다름없었기 때문이다.

게다가 그것은 소우카가 아니더라도 할 수 있는 일이었다.

그 자리에 살아 있기만 한다면 누구든 상관없었다.

게다가 그만한 위험을 무릅쓰고 얻을 수 있는 것이라고는, 원군이 올 때까지 벌 수 있는 아주 찰나의 시간뿐…….

보통이라면 그런 리스크를 감수할 필요는 없었다.

그러나 소우카는 이미 각오를 마친 상태였다.

"문제없습니다. 제가 도움이 된다면 그 임무를 완수할 뿐입니다.”

일말의 망설임도 없는 눈빛으로 소우카는 그렇게 선언했다.

(쓸모없다고 여겨지는 것은 소우에이 님의 심복으로서 있어서는 안 될 일. 상황 보고를 포함해 제가 모두 해내 보이겠습니다!)

그 각오는 테스타로사의 마음을 움직이기에 충분했다.

“좋네요. 아주 훌륭해요, 소우카 씨.”

테스타로사는 소우카를 다시 보았다. 리무루의 부하들은 하나같이 강한 심지를 갖고 있지만, 소우카도 그들과 다르지 않고 무척 훌륭하다, 라고.

테스타로사는 더욱 짙게 미소 지었다.

그리고는 아무것도 없는 공간을 향해 명령했다.

“모스, 소우카 씨를 반드시 지키도록.”

소우카가 시선을 돌리자 그곳에는 불려온 모스가 무릎을 꿇고 있었다.

공손히 고개 숙이며 ‘알겠습니다’라고 답한다.

“어……?”

모스가 있다면 자신의 역할이 필요 없는 것이 아닐까—— 하고 소우카는 당황했다.

하지만 테스타로사도 모스도 동요하지 않았다.

“나는 물론이고 모스도 존재감을 지울 수 있어요. 간부분들이라고 해도 장소를 특정하긴 어려울 거예요.”

디아블로라면 가능할 것이다. 그러나 그 외의 사람들에게는 어려울 것이라며 테스타로사가 단언했다.

그럼 기척을 찾을 수 있도록 하면 되지 않을까. 소우카는 그렇

게 생각했지만, 곰곰이 생각해 보니 모스와 사이가 가까운 간부
가 적다는 사실을 깨달았다.

소우에이의 경우는 모스도 쓰고 있었지만, 그것은 어디까지나
모스의 일방통행에 지나지 않았다. 베니마루도 마찬가지로 모스
에게서 정보를 받을 뿐이었다.

본래 정신생명체이자 암약이 특기인 데몬에게 있어서 자신의
위치 정보를 흘리는 것은 바보 같은 짓이나 다름없었다. 여기에
있다고 계속 알리는 것은 참기 힘든 고문과 같을 것이다.

필요하다면 할 수밖에 없겠지만, 베루자도 앞에서 눈에 띄는
행위는 하고 싶지 않다. 그것이 본심이겠지.

"부자연스럽게 존재감을 어필하면 베루자도 님의 눈에 거슬려
제일 먼저 표적이 될 수도 있으니까……."

모스가 소우카에게만 들릴 정도의 작은 소리로 속삭였다.

그런 거구나——— 하고 납득한 소우카는 모스의 호위를 받아들
이기로 했다.

이리하여 일행은 베루자도의 빙설이 휘몰아치는 혹한의 지옥
으로 향하게 되었다.

*

모스의 마법으로 '전이'한 장소는 베루자도의 권능이 아슬아슬
하게 미치는 경계선 안쪽이었다. 대악마인 모스라고 해도 시인조
차 불가능한 빙설 속으로는 이동할 수 없었기 때문이다.

그러나 그것은 예정된 일이었다.

"여기서부터는 죽음을 각오해야 하는데, 정말 갈 거야? 멈춘다면 지금이 마지막이야."

모스가 몰래 소우카에게 물었다.

모스 일행에게 있어 최고의 주인인 마왕 리무루는 부하들을 향해 절대적인 명령을 내렸다.

죽지 마라── 지금 상황에서는 불가능에 가까운 명제였다.

(그것을 어떻게든 해결하는 게 저희들의 사명이긴 하지만──.)

테스타로사는 가벼운 마음으로 그렇게 생각했다.

그러기 위해서 중요한 것은 상황을 완벽하게 파악하는 것이었다.

기이도 베루자도도 테스타로사를 뛰어넘는 실력자였다. 그런 두 사람의 전투에 휘말리기라도 하면 무슨 일이 일어났는지도 모른 채 죽어버릴 가능성도 얼마든지 있었다.

이제부터는 섣부른 짓은 할 수 없었다. 테스타로사나 모스는 시간을 두면 부활할 수 있지만, 소우카는 그럴 수 없기 때문이었다.

그런 이유로 테스타로사는 새하얀 전장에 의식을 기울였다.

백으로 물든 세계.

베루자도의 빙설은 모든 것을 집어삼키고 있었다.

하지만 테스타로사에게는 오히려 유리했다.

왜냐하면 그녀야말로 블랑(태초의 흰색)── 만물의 적대자에게 무자비한, 냉철하고 냉혹하며 아름다운 백의 여왕이었기 때문이다.

테스타로사의 의식이 흰색에 녹아들었다. 그리고 온갖 정보를 순식간에 파악했다.

정보 수집은 모스의 특기였지만, 그 주인인 테스타로사가 뒤떨어질 리 없었다. 평소에는 모스를 부려먹고 있을 뿐, 마음만 먹으면 그녀의 능력만으로도 충분했다.

(베루글린드 님의 힘으로 대지에 미치는 영향이 완화돼서 전장이 유지되고 있는 거네요. 베루자도 님의 권능으로 대지 표면이 얼어붙어 있긴 하지만, 이건 역시…….)

기이와 베루자도가 격돌한다면 그 힘의 여파만으로도 대지에 미치는 영향은 가늠할 수 없었다. 그래도 아직까지 지축이 어긋나지 않은 것은 베루글린드가 보호하고 있기 때문이었다.

그런 베루글린드라 해도 두 사람의 싸움에 개입하는 것은 어려웠다. 이 싸움을 끝낼 수 있는 이는 오직 당사자들뿐이었다.

여기서 알고 싶은 것은 베루자도의 목적이다.

카레라 일행뿐만 아니라 밀림의 부하 전원을 얼음 조각상으로 만들어 버렸다. 죽일 생각이었다면 그렇게 번거로운 짓을 했을 리가 없다.

별을 보호하기 위함이었다고 해도 펠드웨이의 의도와는 다르다. 그렇기에 역시 베루자도가 펠드웨이에게 조종당하고 있다고는 보기 어려웠다.

(확실하지 않은 추측이나 짐작은 치명적인 실수로 이어지는 법이죠. 여기에 대해서는 좀 더 상황을 지켜볼까요.)

테스타로사는 신중했다.

거의 핵심에 다다르면서도 거기서 사고를 멈춘다.

보통 사람과는 달리 확신이 없는 행동은 하지 않는다. 그것이 테스타로사였다.

보다 정확한 상황 파악을 위해 테스타로사는 전장 전체를 부감

하는 자의 시점으로 파악해 나갔다. 그 관심의 중심에 있는 것은 말할 것도 없이 기이와 베루자도의 싸움이었다.

보통 사람이었다면 접근조차 불가능한 전장에서, 영웅급인 자들조차 시인이 불가능한 전투의 풍경을, 테스타로사는 마치 관광이라도 하듯 태연한 모습으로 관찰하고 있었다.

베루자도는 온몸에서 희푸른 빛을 발하며 기이의 공격을 상쇄하고 있었다. 그 몸을 지키는 다이아몬드 더스트(아름답고도 가느다란 얼음) 방어막은 충격을 받을 때마다 용의 비늘을 연상시키는 문양을 그려냈다.

베루자도가 자랑하는 철벽 방어—— '스노우 크리스탈(설결정순)' 이었다.

(저 방어는 기이도 뚫을 수 없는 걸까요? 아니, 아직 진심을 내지 않은 것 같네요——.)

싸움이 시작된 지 이미 상당한 시간이 지났다. 그런데도 아직 관망세가 이어지는 것을 보면 기이도 베루자도도 초월자로서의 전투 방법을 숙지하고 있다는 뜻이었다.

물론 그것은 테스타로사도 마찬가지였기 때문에 놀랄 일은 아니었다.

결정적인 승산을 찾지 못한다면 일을 서두른 쪽이 진다. 결국 상대의 에너지를 전부 소모시키는 쪽이 승리한다는 정석에 따라 지루한 작업을 묵묵히 반복할 수밖에 없는 것이다.

그런 정보를 바탕으로 검토한다면, 불리한 쪽은 기이였다.

베루자도는 효율적으로 방어에 전념하며 기이의 빈틈을 엿보고 있었다. 반면 기이는 쓸데없는 공격을 반복하며 '스노우 크리스탈’을 뚫으려 하는 모습이었다.

(그렇게 보이지만, 기이라면 어떤 의도가 있다고 생각해야겠죠. 예를 들면——.)

시간을 버는 것뿐이라면 최선의 수였다.

기이는 앞으로 있을 이바라제와의 전투까지 염두에 두고 있을 테니, 여기서 베루자도를 상대로 기운을 빼고 싶지 않을 것이다. 베루자도가 방어에 전념한다면 적당한 공격을 반복하여 소모를 억제하겠다는 작전을 쓰는 것도 이해가 갔다.

(하지만 그것만으로는 의미가 없겠지. 어디서 타협점을 찾을지에 대해서는 어떻게 생각하고 있을까……?)

그런 생각을 하면서 테스타로사는 관찰을 계속했다.

싸움이 눈에 익자, 다음으로 눈길을 끈 것은 베루자도의 아름다움이었다.

사나운 바다 같은 분노에 물들어 있었지만, 그녀의 황금빛 눈동자는 기이를 잡고 놔주지 않았다.

평소에는 다정해 보였던 그 눈동자도 지금은 자취를 감춰버렸다. ‘얼어붙을 정도로 차가운 눈동자’에 오직 기이만을 비추고 있다.

(——역시 이분은 읽을 수 없어. 그렇다면 그 진심을 직접 물어보는 편이 확실하겠네요.)

테스타로사는 상황 파악을 완료했다.

얼음 조각상으로 변한 카레라 일행이 있는 곳 역시 이미 조사가 끝났다. 소우카를 보호하며 그곳으로 이동을 시작하면서, 테스타로사는 싸움 준비를 진행해 갔다.

그런 테스타로사에게 모스가 물었다.

"기이 님께 가세할 생각이십니까?"

걱정스러운 얼굴로 발언한 모스를 테스타로사가 차갑게 노려보았다.

"——?! 시, 실례했습니다!"

모스는 자신이 말실수라도 했나 싶어 당황했지만, 테스타로사는 평소와 다르게 나무라지는 않았다.

"아직 본격적인 싸움은 시작되지 않았어요. 내가 나설 자리는 아니죠."

"그, 그렇죠!"

"게다가, 기이가 본격적으로 나선다면 내가 참전한다고 해도 방해만 될 뿐이에요."

테스타로사도 초월자 중 한 명이긴 하지만, 기이나 베루자도는 그런 차원을 넘어 신에 맞먹는 힘을 갖고 있었다. 그런 두 사람의 싸움에 개입하겠다는 생각은 처음부터 하지도 않았다.

테스타로사는 이 자리에 있는 이유를 분명히 밝혔다.

가장 중요한 것은 카레라 일행의 구출이었다.

그다음으로는 베루자도가 날뛰는 것을 멈춰야 했다.

미궁에 침입한 자들이 제거되고 본국의 상황이 안정될 때를 대비해 즉시 원군을 수용할 수 있도록 준비하는 것도 중요했다.

이런 목적 중에는 이미 손대기엔 늦은 것들도 있었다.

가장 중요한 구출 작전이 그것이었다.

밀림의 부하로 있는 자들을 포함해 이 땅에서 얼음 조각상으로 변한 모든 이들을 지켜야 하는데, 이에 대해서는 문제가 없을 것 같다는 결론이 나왔다.

처음부터 의심스럽긴 했지만, 현지에서 확인한 결과 '베루자도에게 살의는 없었다'라는 것이 밝혀졌기 때문이다.

그리고 '베루자도의 권능에 개입하기는 어렵다'라는 사실도 밝혀졌기에 '카레라 일행의 구출은 뒤로 미룰 수밖에 없다'라는 결론이 나왔다.

첫 번째 목적이 사라진 셈이었지만, 테스타로사 입장에서는 그다음 목적이야말로 진짜였다.

베루자도를 멈추기만 하면 이 땅에서의 문제는 해결되는 것이나 다름없었다.

그렇기 때문에 베루자도의 목적을 읽어내 보려고 한 것인데, 테스타로사조차도 확신을 얻지 못했다.

그래서 테스타로사는 어쩔 수 없이 실력 행사에 나서기로 한 것이다. 다만 그것은 모스가 걱정할 정도의 직접적인 무력행사는 아니었다.

"아름답고 맑은 흰색. 이 땅은 나의 색으로 물들어 있어요. 좋은 무대라는 생각이 들지 않나요?"

"앗……."

모스는 이 시점에서 테스타로사의 생각을 정확하게 이해했다. 그리고 큰일이 벌어지겠구나 하는 생각에 서서히 얼굴이 창백해졌다.

………

……

…

테스타로사의 알려지지 않은 권능, 그것이 바로 '니힐리스틱 월드(순백의 맑은 세계)'였다.

지옥의 심연을 이 세상에 드러내게 하는 힘——이라고 할 수 있을까.

온갖 생명을 사멸시키는 것이 가능한, 테스타로사만의 세계를 구축할 수 있는 권능이었다.

그것은 당연하지만 만능은 아니었고, 여러 조건들이 필수적으로 따라붙는 쓰기 불편한 권능이었다.

'니힐리스틱 월드'를 구축한 영역 안에 플러스 에너지인 생명력이 가득할 경우, 현현시킨 마이너스 에너지인 '허무'와 간섭해 상쇄——소멸하는 현상이 발생한다. 따라서 광범위하게 권능을 확대시키면 온갖 생명체를 대상으로 한 대학살이 자행되고 만다.

다만 불행 중 다행으로 불러낼 수 있는 '허무'의 총 에너지양은 테스타로사의 능력에 비례했다. 이로 인해 '니힐리스틱 월드'는 자연스럽게 범위가 한정될 수밖에 없었다.

하지만 그것은 테스타로사가 '허무'의 제어를 해방해 무한한 힘을 폭주시키지 않는다, 라는 전제 조건이 지켜졌을 때의 이야기였다.

세계를 멸망시킬 가능성을 내포하고 있는 만큼, 테스타로사는 두려움을 갖고 있었다.

그렇지만 강자와의 싸움에서 '니힐리스틱 월드'를 효과적으로 활용하는 것은 어려웠다. 앞에서 말한 것처럼 '허무'는 자동적으로 산 자와 상쇄되기 때문에, 사전에 어느 정도 생명을 솎아내지 않으면 유효 범위가 좁아지기 때문이었다.

강자를 타깃으로 사용하려면 불필요한 존재를 끌어들이지 말아야 한다. 적과 아군의 식별조차 불가능한 권능이었기에 쓸 수 있는 상황이 거의 없는 것이 현실이었다.

막강하지만 쓸 수 있는 상황은 적다. 지략이 뛰어난 테스타로사조차 이 권능을 완벽하게 다루지는 못했다.

하지만 지금 테스타로사는 얼티밋 스킬 '벨리알(사계지왕)'을 얻은 상태였다. 그로 인해 이 위험천만한 권능을 완벽하게 제어할 수 있게 되었다.

이 상승효과는 상상을 초월할 정도였고, 적대하는 자가 불쌍하게 느껴질 정도의 절대적인 우위성을 테스타로사에게 안겨주었다.

모스만이, 백의 세력의 부왕이었던 모스만이 그 권능의 무서움을 잘 알고 있었다.

지옥에서는 생명이 존재할 수 없다. '영혼'조차 소멸되어 에너지로 변해버리는, 진정한 허무였다.

이 지옥을 견딜 수 있는 것은 상위 정신생명체뿐……

그리고 지옥의 심연이란, 그런 상위 존재조차 생존할 수 없는 영역이었다.

테스타로사의 '니힐리스틱 월드'는 그런 심연을 현세에 불러낼 수 있는 힘이었다.

참고로 울티마의 특기인 암흑마법: 니힐리스틱 배니시(허무소실옥)는 이 심연 지옥의 구조를 모방한 마법이었다. 그런 것을 광범위한 수준이 아니라 지역 전체를 뒤덮을 정도로 펼치는 셈이었으니 얼마나 위험한 일인지 짐작할 수 있었다.

만약의 이야기이지만, 테스타로사가 제어에 실패했을 경우에도 '허무'가 무한하게 흘러넘쳐, 세계는 계속 확대되는 심연에 삼켜져 붕괴할 것이다.

모스는 그것을 알고 있었다.

테스타로사의 의지 하나만으로, 저항조차 허락되지 않는 죽음이 찾아온다. 백색 공간이 펼쳐지는 속도는 광속조차 능가하기 때문이다.

지금 당장 도망가야 했다.

테스타로사가 권능을 해방하기 전에…….

휘말린다면 모스도 즉사였다.

소우카를 지키는 것은 고사하고 자기 자신의 생명마저 내놔야 할 상황이었다.

심지어 부활조차 불가능할 것 같다는 생각마저 들었다.

시도해 본 적은 없고 시도해 보고 싶다는 생각도 없었기에 실제로는 어떨지 알 수 없지만…… 모스로서는 딱히 어느 쪽이든 상관없었다. 영겁과도 같은 삶의 마지막 순간까지 모른 채로 살고 싶었다.

그렇게 생각하며 신속하게 행동에 옮기려던 순간, 문득 모스는 자신이 틀린 것은 아닐까 하고 다시 한번 생각했다.

테스타로사의 '니힐리스틱 월드'는 무섭지만 무적은 아니다. 조건을 갖추기도 어려운 데다, 발동시킨다 해도 압도적인 격상의 상대를 쓰러뜨릴 수 있을 정도는 아니다.

카레나 울티마처럼 테스타로사와 동격인 사람들이라면 승패는 빠르게 정해질 것이다. 그러나 상대가 '용종'이라고 하면, 그 방대한 에너지양을 소멸시키기는 어려웠다.

하물며 이 땅에는 기이도 있었다.

태초의 일곱 악마 중에서도 최강의 존재인 기이는 확실하게 테스타로사보다 '강하다'.

(기이 님뿐이었다면, 어쩌면 쓰러뜨릴 수 있었을지도 모르지만…….)

기이와 베루자도가 있는 이상 '니힐리스틱 월드'의 효과가 어디까지 미칠지는 미지수였다.

테스타로사는 도박을 할 성격이 아니었다. 싸움의 추세를 모두 파악한 뒤에 거기에 맞는 최적의 답을 구할 것 같은, 이지적이고 신중한 성격이었다.

지금 여기서 테스타로사가 그 권능을 발휘할 만한 이유라고 하면──.

(이 땅에 있는 건 기이 님과 베루자도 님뿐이지? 아니, 정말 그런가……?)

애초에 전제가 틀렸던 것은 아닐까, 여기까지 와서야 모스도 겨우 그런 깨달음에 이르렀다.

모스도 테스타로사와 같이 정보를 수집하고 있었다.

자신의 '분신체'를 풀어서 이 땅을 정밀하게 조사했다. 그 정보는 테스타로사에게도 이미 공유했고, 그 어떤 부자연스러운 점도 발견되지 않았다.

분명 그랬는데, 어쩌면 무언가 놓쳤을 가능성도 있었다.

'니힐리스틱 월드'는 그 성질상 권능의 범위 안에 숨어 있는 자는 놓치지 않는다. 그 어떤 은폐 효과라 해도 허무는 붙잡아내기 때문이었다.

만약 테스타로사가 그것을 노리고 있다면?

(이 땅에 또 누군가가 있다는 말인가?!)

말도 안 돼—— 모스는 경악했다.

그러나 모스가 경외하는 지고의 테스타로사가 그 가능성을 발견했다면——.

그것이야말로, 진실.

언제나 결과는 테스타로사의 손바닥 위에 있었다.

………

……

…

"경계를 강화하겠습니다!"

"그러도록 해요."

무능한 부하는 싫어한다고, 테스타로사는 모스에게 말했다.

그것은 그녀 나름의 상냥함이자 모스를 인정하고 있다는 증거였다.

어쨌든 정말 무능했다면 테스타로사 앞에 설 수조차 없기 때문이다.

그런 말을 듣기도 전에 존재가 말소되었을 테니까.

모스는 부왕으로서 그것을 뼈저리게 알고 있었다.

그 역시 90퍼센트 이상의 정확도로 정답을 계속 선택해 오며 지금의 지위를 지키고 있는 것이었다.

이번에도 지켜냈다.

테스타로사의 목소리에서 만족스러움이 담긴 울림을 느끼며 모스는 크게 안도했다.

그리고 세계는 한층 더 진한 백색으로 뒤덮여갔다.

*

"당신도 꽤 대담한 짓을 했네, 테스타로사."

역시 대단해── 라고 말하며, 푸른 머리의 미녀가 테스타로사 옆에 나란히 섰다.

베루글린드였다.

이 땅에 남겨둔 '별신체'를 써서 테스타로사 앞에 나타난 것이었다.

"그 정도는 아니에요. 이 일련의 소동이 정말 베루자도 님의 뜻인지 의심스러워서, 만일을 위해 확인해 보려고 생각한 것뿐이에요."

"겨우 그 목적만을 위해 세계를 멸망시킬지도 모르는 힘을 행사한 거잖아? 정말 굉장하다니까."

두 미녀가 나란히 서서 미소를 지은 채 대화하고 있었다. 그것은 아무것도 모르는 이가 본다면 눈이 즐거운 광경이었다.

그러나 '니힐리스틱 월드'에 노출된 모스가 보기에는, 공포 체험 외에 그 무엇도 아니었다.

(제발 좀 봐주세요! 전 이래 보여도 지옥의 대공이란 말입니다. 태초에 버금가는 실력자인 제가 왜 이런 대우를 받아야 하는 거냐고요?!)

그렇게 불평할 수 있다면 얼마나 속이 후련할까.

그런 짓을 한 시점에서 모스의 명운은 끝이 나겠지만…… 그래도 마음속이라면 불평 한마디 정도는 용서받을 수 있을 것이다.

모스는 그런 생각과 함께 쓰라린 슬픔을 삼켰다.

"저, 저기, 지켜주셔서 감사합니다."

모스의 '결계'에 함께 들어가 있던 소우카가 미안한 얼굴로 그렇게 말했다.

이 땅에 온 뒤 어지럽게 변하는 상황을 따라잡지 못하는 모습이었다.

어쩔 수 없는 일이라고 모스는 생각했다.

베루자도의 마력으로 가득 찬 이 땅은 짙은 마력요소를 포함한 세찬 눈보라로 인해 화이트아웃된 상태였기 때문이다.

일반인이라면 즉사. A랭크에 달하는 모험가라도 몇 시간만 있으면 죽음에 이를 위험도였다.

게다가 이 거센 눈보라 속에서는 시야도 사라질뿐더러 소리조차 묻히고 만다. 그뿐만 아니라 마력요소를 인식하는 '마력감지'조차 도움이 되지 않아 소우카로서는 상황을 파악하는 것조차 불가능했다.

그나마 모스 일행 근처에 있는 테스타로사와 그 옆의 베루글린드의 존재 정도만 간신히 알아차리지 않았을까.

"신경 쓰지 마. 넌 여기서 살아남기만 하면 목표 달성이니까."

"제가 아무 도움이 안 된다는 게 느껴져서, 분해요."

"괜찮아. 사실 나도 비슷하거든."

모스와 소우카는 기본적인 능력치가 다르다.

존재 자체의 '격'이 어른과 아기 수준으로 동떨어져 있는 것이다.

그럼에도 모스 역시 소우카와 마찬가지로 아무것도 할 수 없는 상황에 놓여 있었다. 이는 애초에 굴욕을 느낄 수준이 아니라, 모스의 주인과의 극명한 실력차를 재확인하는 사태에 지나지 않았다.

"잘 들어. 지금 우리들의 존재 의의는 테스타로사 님 손에 쥐어져 있다. 이 백색 세계 속에서는 그분의 뜻 하나로 수명이 끝날 수도 있다고. 윤회전생조차 허락되지 않는 허무에 삼켜져서 말이지."

"그게 무슨……?"

"그게 바로 '니힐리스틱 월드'의 본질인데, 지금은 아직 첫 단계일 뿐이야. 테스타로사 님이 허무를 해방하시기 전까지만 우리도 살아 있을 수 있다는 뜻이지."

1단계는 공격 대기, 2단계는 공격 개시——였지만, 사나운 힘을 계속 억제하는 것은 어렵기 때문에 지금 상태가 언제까지 지속될지조차 알 수 없었다. 모스의 생명줄 역시 테스타로사의 손에 쥐어져 있는 상태였다.

그래서 소우카가 할 수 있는 일이 아무것도 없다는 사실을 알고 있었고, 자세히 설명해도 의미가 없다는 생각에 그 설명은 어중간했다.

소우카의 존재는 그저 이 자리에 있는 것만으로도 의미가 있었다. 불필요한 짐은 모스가 짊어지면 그만이었다.

"……"

소우카는 당황했다.

질문하고 싶었던 것은 왜 그런 위험한 기술을 사용하고 있는가? 라는 것이었는데, 모스가 해 준 말은 기술에 대한 설명뿐이었기 때문이다.

깊이 이해해 봤자 공포심만 더해질 뿐이니 그 설명은 필요 없었을 텐데, 하고 소우카는 생각했다.

딱 한 가지 알게 돼서 다행인 것도 있었다.

바로 모스도 자신과 마찬가지로 할 수 있는 것이 아무것도 없다는 것을 알게 된 점이었다.

그리고 깊이 이해했다.

자신이 이곳에 있는 의미, 그것이 얼마나 중요한지에 대해.

테스타로사나 모스는 정보 수집에 능한 사람들이었기 때문에 헤매지 않았을 뿐이라는 것을. 시야조차 흐릿한 이 백색 세계에서는 원군이 파견되고 나서 도착하기까지 상당한 시간이 소요된다.

자칫 잘못하면 조난을 당해 도착하지 못할 가능성마저 있었다.

간부급 인사라 해도 여기까지 올 수 있다는 보장은 없었다.

하지만 소우카가 이곳에 있으면 이야기가 달라진다. 소우카를 표식 삼아 직접 '전이'가 가능하기 때문이다.

모스의 말처럼 소우카는 살아 있기만 해도 목적을 달성할 수 있었다. 그러니 자신을 비하할 필요는 없다는 것을 이해한 것이다.

이제는 그저 얌전히 이 땅에서 기다리는 것만 남았다.

백색 세계의 구석에서 모스와 소우카는 몸을 맞댄 채 입을 다물었다. 그런 두 사람을 개의치 않고 테스타로사와 베루글린드의 대화는 계속 이어졌다.

"그래서, 제삼자의 개입은 있었어?"

"그걸 물어보기 위해 일부러 힘을 분산하면서까지 모습을 드러내신 거군요."

"맞아. 솔직히 말하면 내가 이 땅에서 할 수 있는 일은 얼마 없거든. ‘성허’ 다마르가니아로 떠난 밀림이 ‘천통각’ 내부에서 드라고 노바를 날렸어. 내가 ‘스타 배리어(성호결계)’로 보강한 덕분에 큰 피해는 없었지만, 그걸로 위기가 사라진 건 아니니까. 여력은 남겨두고 싶어.”

베루글린드가 다마르가니아에서의 전황을 간단히 설명했다. 하늘과 땅을 잇는 ‘천통각’의 대문이 열리고, 머지않아 이바라제의 대진격이 시작될 것이라고.

그뿐만이 아니었다.

위협은 세계 곳곳에서 일어나고 있었다.

“밀림은 살리온으로 향했어. 노리는 건 신수겠지만, 그걸 막을 방법은 없어. 현지 쪽에 맡길 수밖에 없지.”

“펠드웨이도 살리온으로 향했나요?”

“그래, 맞아.”

“그렇군요. 사태가 심각한 것 같네요.”

“그런 셈이지.”

정말 곤란하다니까—— 라고 말하며 베루글린드는 아름답게 미소 지었다.

현재 루미너스의 부름에 의해 세계 각지에서 루벨리오스 변방으로 영웅들이 집결하는 흐름이 만들어지고 있었다. 그곳에는 용사 마사유키도 대표로 자리하고 있었기에 베루글린드로서는 그쪽을 우선시하고 싶은 것 같았다.

사실상 먼 곳에서 군사를 파견한다 해도 제때 도착할 수 없을 테니 베루글린드의 도움은 필수적이었다.

“그래서 난 그걸 도와야 하니까 이쪽에서의 활동은 당신에게 맡기고 싶어.”

“대지에 미치는 영향을 무시한다고 해도 베루자도 님의 배후에 누군가가 있다는 것만은 틀림없어요. 본래 용도가 아니라서 자세한 내용은 모르지만, 확실히 기적을 감지했거든요.”

기이 일행의 전투가 본격화된다면 이 별에 미치는 영향도 심각해질 것이다. 지금은 아직 괜찮다고 해도 이에 관한 대처도 잊어서는 안 된다. 그런 상황에서 이 전황을 좌우할 수 있는 새로운 선수의 존재까지 있다고 하면 테스타로사로서도 골치가 아픈 상황이었다.

하지만 그때, 뜻하지 않은 인물에게서 ‘사념전달’이 도착했다.

『우리 쪽 바보 녀석들을 불러와. 다마르가니아에서 이바라제를 요격한다면 레온이 있는 곳을 지켜봤자 소용없을 테니까.』

놀랍게도 베루자도와 교전 중인 기이가 두 사람의 대화에 난입해 온 것이다.

테스타로사는 이 짙은 마력요소의 눈보라 속에서 용케 ‘사념’을 날리는구나 하고 감탄했다.

『어머? 기이도 이야기를 듣고 있었군요.』

엿듣다니 꽤나 여유롭네요, 하고 테스타로사가 지적했다.

그것을 깔끔하게 무시하고 기이가 말을 이었다.

『베루자도 뒤에 누군가가 있는 거지? 나도 뭔가 부자연스럽다고 느끼고 있었어. 그래서 관망세로 일관하고 있었는데, 이바라제가 오기 전에는 매듭을 지어야 하니까.』

『무슨 말을 하고 싶은 거죠?』

『네놈도 일하라는 거다, 테스타로사!』

주인을 닮아 게으름을 피우는 버릇이 생긴 것 아니냐는 핀잔에 테스타로사는 쓴웃음을 지었다.

경애하는 리무루와 닮았다는 말은 칭찬이었지만, 게으름을 피운다는 말은 달갑지 않았다. 게다가 리무루는 딱히 게으름을 피우는 것이 아니다. 일이 많아 바쁠 뿐이다.

기이의 부탁을 거절하려고 하거나 뒤로 미루는 것은 결코 괴롭히려는 의도가 아닌 것이다.

물론 기이의 부탁이 귀찮았다는 것도 틀림없는 사실이겠지만, 테스타로사는 전적으로 리무루의 편이었다. 그래서 딱히 신경 쓰는 기색도 없이 기이의 말을 무시했다.

"그럼 레인과 미저리에게 '방어결계' 유지를 넘기는 걸로 하고, 모스, 당신도 그걸 도와주도록 해요."

"알겠습니다."

할 수 있는 대답은 '네'나 'Yes' 외에는 없었기에 모스는 즉답할 수밖에 없었다.

의지할 대상인 베루글린드도 모스가 못할 것이라고는 생각하지 않는 듯했다.

"그럼 여긴 맡길게요."

그런 말을 남기고는 한순간에 '별신체'를 없애버린 것이다.

그리고 몇 초 후, 베루글린드의 힘의 잔재가 다른 공간과 이어지며 '전이문'이 나타났고, 레인과 미저리가 도착했다.

이리하여 백색 세계의 전황은 새로운 국면으로 접어들게 되었다.

                                  *

찾아온 레인은 도착하자마자 불평을 하기 시작했다.

"추, 추워. 태초인 저조차 얼 것 같아요."

그 눈치 없는 발언에는 관록마저 느껴졌다.

하지만 이곳에는 테스타로사가 있었다.

"조용히. 다들 성실하게 일하고 있으니 당신도 불평만 하지 말고 움직여요."

언제나 어리광을 받아주는 미저리뿐이었다면 문제가 없었겠지만, 이번만큼은 혼이 났다.

"어쩔 수 없네요. 오랜만에 진심을 내볼까요."

불만스러운 얼굴로 그렇게 말한 레인은 모스의 '결계'를 보강하듯 마법을 구축해 나갔다.

"모스, 혹시 저보다 강한 거 아니에요?"

"아하하, 무슨 그런 농담을……."

엮이면 귀찮다는 것을 아는 모스는 레인의 말을 흘려넘겼다.

하지만 그렇다고 순순히 납득할 레인은 아니었다.

"이 '결계'도 어지간한 공격은 다 견딜 수 있는 거죠?"

모스의 '결계'는 소우카와 모스의 몸만을 지키기 위해 구축되어 있었다. 그 강도는 상당한 수준이었고, 기이와 베루자도가 발생시키고 있는 공격의 여파를 완벽한 형태로 상쇄하고 있었다.

"뭐, 살아남는 게 최우선이니까요."

"제 부하는 이 정도 수준까지는 못해요."

"동감이에요. 칸 일행과는 비교가 안 되네요."

레인의 발언에 미저리도 동의했다.

칭찬을 들은 모스는 나쁜 기분은 아니었지만, 여기서 쓸데없이 들뜨지는 않았다. 실컷 칭찬을 해 준 뒤에 잡일을 떠맡기는 것이 레인의 주특기라는 것을 알고 있기 때문이었다.

그래서 기선을 제압하기 위해 먼저 일을 배정하기로 했다.

"제 '결계'를 이 땅에서 베루글린드 님이 구축하셨던 '방어결계'와 연결했습니다. 지휘는 레인 님께 인계할 테니 미저리 님은 조정을 부탁드립니다."

아득하게 높은 태초 두 사람에게 부탁을 하다니, 자살행위나 다름없는 어리석은 짓이었다. 하지만 지금은 긴급 상황이었고, 이는 테스타로사가 정한 방침이기도 했다.

이 정도면 용서받을 수 있을 것이라고 모스는 판단했다.

그리고 그 판단은 정답이었다.

"──테스타로사 부관이라 그런지 정말 우수하네요. 지금은 의논할 때도 아닌 것 같고, 전 그거면 됐어요."

미저리는 순순히 그렇게 답했다.

그다음 순간, 모스에게 가해지던 부담이 확 줄었다. 선언대로 미저리가 개입을 시작한 것이다.

사나운 고삐를 전력을 다해 쥐고 있는 것 같은 감각이 사라지며 한숨 돌리는 모스. 하지만 아직 방심할 수 있는 상황은 아니었다.

"미저리가 보조하고 내가 주도한다는 건 마음에 안 들지만, 어쩔 수 없죠."

모스의 '결계'를 완전히 장악한 레인이 그대로 주도권을 강제로 빼앗아갔다.

마력 정밀 조작이 특기인 모스가 보기에도 그것은 경이로운 위업이었다.

"굉장하다──."

모스는 경탄했다.

레인 본인도 말했듯이 싸움이 벌어지면 모스가 레인보다 강할 가능성이 있었다. 시도해 본 적은 없기 때문에 단언할 수는 없지만, 전략을 짜서 만반의 준비를 갖추고 도전한다면 모스는 자신이 승리할 것이라고 생각했다.

어쨌든 모스의 필살오의인 '인피니트 이터(허식무한옥)'라면, 자신의 에너지(마력요소)양보다 아래인 적을 확실히 소멸시킬 수 있었다. 도망쳐버리면 의미가 없기 때문에 정확한 타이밍을 노려서 사용할 필요는 있지만, 이것이 바로 모스를 불패로 만들어주는 비장의 카드였다.

레인이나 미저리의 에너지양은 모스와 큰 차이가 없었기 때문에, 싸움에 따라서는 이길 수 있다고 생각하는 것도 무리는 아니었다.

하지만 그것은 착각이었다.

(만약 레인 님을 상대로 '인피니트 이터'를 시도한다고 해도 아마 통하지 않겠지. 설마 이 정도의 실력 차가 있었을 줄은…….)

역시 '태초'라며, 모스는 일곱 악마를 경외하는 마음이 더욱 커졌다. 자신이 교만했음을 반성하고 이날 이후로도 섣불리 나서지 않도록 마음을 다잡게 된 것이다.

그건 그렇고, 레인 쪽은 어떤가 하면.

(뭐죠? 왜 모스가 저보다 에너지양이 더 많은 거죠?!)

속으로는 몹시 당황하고 있었다.

실제로 아주 미세하긴 하지만 모스 쪽이 수치상으로는 조금 더 높았다.

반은 농담으로 나보다 강한 거 아냐? 라고 물어보긴 했지만, 나머지 반은 진심이었다.

과거 테스타로사에게는 호된 꼴을 당한 적이 있었다.

그때의 굴욕적인 기억은 선택적으로 지워버렸지만, 수치스러운 기억은 마음속 깊은 곳에 계속 남아 있었다.

그리고 이번에는 테스타로사의 부하에게마저 질 것 같았다. 이는 레인의 자존심을 짓밟기에 충분한 사건이었다.

진심을 내볼까—— 라는 수준을 넘어서서 심하게 진심이 된 레인은 모스에게서 '방어결계' 주도권을 빼앗아버렸다.

어른답지 못하다는 소릴 하고 있을 때가 아니다. 이것은 이미 레인에게 있어 전쟁이나 다름없었다.

모스는 기선을 제압할 생각이었겠지만, 그것은 레인도 마찬가지였다. 전쟁을 하고 있다는 의식조차 없는 모스를 상대로 과할 정도로 실력을 과시했다.

그리하여 레인의 체면은 지켜졌고, 결과적으로는 상황은 더욱 호전되었다.

그런 레인을 곁눈질하며 미저리는 감탄했다.

모스의 실력도 그렇지만, 오랜만에 보는 레인의 완벽한 마력 조작 실력에 조용히 매료되었다.

(역시 레인이네요. 이 아이가 늘 이렇게 진심으로 임했다면 기이 님도 더 잘 써주셨을 텐데 말이죠.)

그런 생각을 하고 있지만, 자신의 실수는 깨닫지 못했다.

하물며 레인이 보기에는 쓸데없는 참견에 지나지 않았다.

잘 써준다는 말은 곧 일이 늘어나는 것을 의미하기 때문이었다.

레인은 재미를 위해 사는 악마였기 때문에 타인에게 강요받는 것을 무척이나 싫어했다.

일이란 스스로 찾아내는 것이다. 먹고 살 정도로만 벌 수 있다면 그만이다. 그런 이유로 다양한 재능을 낭비하고 있었다.

무엇보다 레인은 먹지 않아도 살 수 있을 뿐더러 곤란한 일이 생기면 미저리나 권속에게 의지하면 되기 때문에 특별히 문제가 될 일은 없었다. 솔직히 말하자면 일하지 않고도 살 수 있는 환경이 갖춰져 있는 것이나 다름없었다.

그 말은 즉 협력하고 있는 미저리에게도 문제가 있다는 뜻으로, 레인이 진심을 다하지 않는 것은 미저리 때문이라고도 말할 수 있었다.

그것을 깨닫지 못하고 있다는 점이 미저리의 치명적인 결점이었지만…… 정작 본인은 기쁘게 레인의 시중을 들고 있으니 앞으로도 이 문제가 해결될 일은 없을 것 같았다.

어찌 되었든 미저리가 레인에게 감화되었다는 것은 사실이었다. 이번에도 그것이 잘 작용하여 미저리의 마력 조정에도 기합이 들어갔다.

레인이 더 움직이기 쉽도록 아주 미세한 부분까지 파고들어 '방어결계'의 취약성을 없애 나갔다. 그 결과, 베루글린드가 빠진 구

멍을 메우고도 남을 정도로 이 땅에 미치는 영향이 경미해졌다.

　테스타로사는 그 상황을 보고 미소 지었다.
　소우카의 방어도 완벽해졌으니, 이로써 걱정할 일은 하나 덜었다.
　남은 건――.
　"자, 숨어 있는 사람은 누구일까요?"
　그렇게 중얼거린 테스타로사는 치열한 전투가 벌어지고 있는 하늘의 전장을 올려다보았다.

＊

　기이는 베루자도를 상대로 장시간에 걸친 공중 전투를 이어가고 있었다.
　하지만 피로는 없었다.
　서로가 전력을 낸 것이 아니었기 때문이다.
　………
　……
　…
　백색 세계.
　이 땅에 사는 모든 생명체는 전부, 화초나 수목을 포함해 가장 먼저 얼음 조각상이 되어 버렸다. 이는 다시 말해 베루자도의 권능을 해제하면 부활이 가능하다는 뜻이었다.
　그런 점에서 봤을 때 베루자도의 목적은 펠드웨이와는 달라 보였다.

하지만 그럼에도 기이의 말은 베루자도에게 통하지 않았다.

바보 같은 짓은 그만두라고 설득해 보려 했지만, 아무것도 듣지 못하는 상태였다.

베루자도는 알 수 없는 미소를 지으며 기이를 향한 공격을 반복하고 있었다. 그 모든 것들은 어린아이가 하는 장난 수준에 가까웠지만, 담긴 마력은 방대했기에 방심하면 위험했다.

그렇기에 기이로서는 딱히 진심을 낼 필요는 없었지만, 그렇다고 해서 베루자도의 일거수일투족을 무시할 수도 없는 상황이었다.

양쪽 모두 서로의 저력을 파악하기 위해 탐색을 계속하면서 조금씩 기술의 위력을 높여갔다.

치명상을 노린 공격도 가끔씩 섞여 있었지만, 이미 서로를 너무 잘 알고 있었기에 순식간에 간파당해 무효화되었다.

그런 흐름들이 어찌나 자연스러운지, 뛰어난 실력을 가진 제삼자가 본다 하더라도 다른 공격과 구분하기 어려울 정도였다.

그 정도로 기이와 베루자도의 실력은 압도적인 수준이었다.

서로의 소모도 제로였다.

베루자도는 베루다나바에 버금가는, 현시점 기준으로는 최강의 '용종'이었다. 마력요소를 체내에서 무한하게 생성할 수 있었기에 소모전이라는 개념이 통용되지 않았다.

엄밀하게 말하면, 그런 무적 상태가 되기 위해서는 특정 조건이 필요하다.

그것이 바로 마력요소로 된 눈보라를 얼려 '순백의 닫힌 세계'='

이터널 월드(얼어붙은 세계)'를 완성하는 것이었다. 이 빙설이 휘몰아치는 공간에서는 베루자도의 마력요소가 순환한다. 소모 속도보다 회복 속도가 앞서기 때문에 결과적으로 무궁무진한 마력을 쓸 수 있는 것이다.

베루글린드라면 거대한 필살기를 연발해서 지치게 만들 수 있었다. 그러나 베루자도에게는 그런 작전이 아무 소용이 없었다.

기이는 그것을 알고 있었다.

그렇지 않아도 불합리의 권화나 다름없는 '용종'이라는 존재 속에서도, 베루자도는 격이 다르다는 것을.

그런 그녀와 맞서기 위해서는 자신의 소모를 극한까지 제한할 필요가 있었다. 하지만 기이에게는 조금도 어렵지 않은 일이었다.

기이는 자신의 마력을 사용하지 않고, 마력이 부족한 인간과 마찬가지로 공간에 떠도는 마력요소를 이용했다. 공간에서 마력요소를 모으려면 시간도 오래 걸리고 마법의 발동 효율도 나쁘다. 그러나 힘의 소모면에서 생각한다면 자신의 힘을 아낄 수 있는 방법이었다.

또한 기이의 손에 들어오면 마법의 정확도와 위력에는 부족함이 전혀 없었다.

문제는 거의 모든 마법이 베루자도에게는 통하지 않는다는 점뿐이었다.

(뭐, 그게 문제인 거지만.)

통하지 않는다면 의미가 없다.

그것을 알고는 있었지만, 자신의 마력을 이용하여 공격하는 것보다는 나았다.

여러 차례 공격을 반복하며 베루자도의 빈틈을 찾지 않으면 공략의 길은 열리지 않는다. 자신의 마력을 소모하는 것은 결정적인 공격 전까지는 아껴둬야 했다.

그런 이유로 기이는 정신이 아득해질 정도의 신경전을 펼치고 있었는데, 그럼에도 조금도 피로해지지 않는 모습에서 관록이 느껴졌다.

기이는 어이없다는 듯 눈을 가늘게 뜨고 베루자도를 쳐다보았다.

왜 진심을 다하지 않는 것인가, 그것이 의문이었다.

베루자도가 큰 기술을 쓴다면 그에 대한 카운터로 승부수를 띄울 작정이었다. 그러나 마지막까지 버티려는 것처럼, 베루자도는 일관된 태도로 관망세를 고수하고 있었다.

(칫, 처음 싸울 때와 같지는 않을 거라고는 생각했지만, 이 녀석이 이 정도로 인내심이 강해졌다니 놀랍군…….)

베루자도는 제멋대로에 변덕스럽다.

참는 것과는 무관한 삶을 살아왔다.

처음에 기이와 싸웠을 때도 자신의 뜻대로 되지 않는 기이에게 화가 나서 승부를 서두르다가 실수를 하고 말았다. 그런 베루자도의 성격을 잘 알고 있는 만큼, 기이는 이번에도 똑같이 함정을 파놓을 생각이었다.

하지만 베루자도에게는 빈틈이 없었다.

마력을 띤 빙설이 기이가 쳐놓은 함정을 모조리 파괴한 것이다.

(나도 그때보다 훨씬 강해졌는데 말이지…….)

더 쉽게 이길 수 있을 것이라 생각했던 만큼, 기이는 베루자도의 성장을 인정할 수밖에 없었다.

그리고——.

상황은 시시각각 기이에게 불리한 쪽으로 바뀌고 있었다.

베루자도의 마력은 방대했고, 뿜어져 나오는 마력요소는 눈보라가 되어 거세게 휘몰아쳤다.

생명의 존재를 허락하지 않는 마의 동토가, 이 땅에 완성되어 가고 있었다.

하늘과 땅이 베루자도의 마력으로 가득 차고, 그녀의 뜻에 따라 기이를 향해 송곳니를 드러냈다.

그뿐만이라면 대처할 수 있겠지만, 관찰을 계속하는 사이에도 기이는 위화감을 느꼈다.

베루자도의 행동 패턴이 명백하게 부자연스러웠다.

베루자도는 자신의 힘으로 밀어붙이는 공격이 특기였다. 절대 강자였기에 굳이 잔머리를 굴릴 필요가 없는 것이다.

하지만 지금은 용의주도하게 전술을 구사하고 있었다.

그런 전투 방법을 쓸 수 있었다는 것에 놀라기보단, 누군가의 의도가 개입되어 있다고 의심하는 편이 더 자연스러웠다.

누군가에게 조종당하고 있다는 생각은 들지 않았다. 하지만 기이는 제삼자가 존재한다는 전제하에 베루자도를 마주하기로 했다.

그리고 아무래도 그 선택은 정답이었던 모양이다.

전장에서도 주의 깊게 신경을 곤두세우고 있던 덕분에, 테스타로사 일행이 이 땅에 도착했다는 것을 알게 되었다. 그리고 그들의 목적을 눈치채고 현재 세계정세까지 모두 파악했다.

(리무루는 어떻게 된 거지? 아니, 그보다도 이바라제가 오는 건

가. 그럼 내가 상대할 수밖에 없잖아.)

역시 그렇게 됐나, 하고 기이는 씁쓸한 기분을 느꼈다.

베루자도만 해도 문제였는데, 더욱 최악의 사태가 도래한 것이다.

하지만 희소식도 있었다.

테스타로사 덕분에 제삼자의 존재가 확실해졌다. 게다가 그 상대는 테스타로사에게 맡기면 되는 상황이었다.

기이가 인정할 만한 실력자는 적지만, 테스타로사라면 문제없었다. 그렇게 판단한 기이는 사태의 조속한 해결을 위해 계획을 세워나갔다.

『우리 쪽 바보 녀석들을 불러와. 다마르가니아에서 이바라제를 요격한다면 레온이 있는 곳을 지켜봤자 소용없을 테니까.』

테스타로사와 베루글린드의 대화에 끼어들어 그런 지시를 전달했다.

할 일은 많았으니, 유능한 부하를 놀릴 수는 없었다.

이리하여 사태는 움직이기 시작했다.

………

……

…

기이는 이 땅의 마력이 안정된 것에 안도했다.

(역시 대단하군, 테스타로사.)

레인과 미저리도 제법이잖아—— 라며, 오랜만에 만족감을 느꼈다.

베루자도는 환희 속에 있었다.

표정에서는 읽을 수 없었지만, 기이와의 싸움을 진심으로 즐기고 있었다.

………

……

…

아득한 옛날, 기이와 싸웠다.

오빠인 '성왕룡' 베루다나바가 인정한 존재라는 것을 도저히 받아들이지 못한 것이 그 이유였다.

『오빠가 인정해도 난 인정 못 해!』

그렇게 기세 좋게 기이에게 도전했다가, 결국 무승부가 되었다.

하지만 그것은 베루자도에게 있어서는 패배나 다름없었다.

당시 베루다나바에 버금가는 에너지(마력요소)양을 자랑하던 베루자도에 반해 기이의 에너지양은 10분의 1도 되지 않았다.

그뿐만이 아니었다.

결정적인 전력의 차이가 돼야 했을 권능의 유무도 있었다.

베루자도는 베루다나바에게서 물려받은 무적의 권능── 얼티밋 스킬 '가브리엘(인내지왕)'을 가지고 있었는데, 고작 유니크 스킬밖에 가지고 있지 않았던 기이를 쓰러뜨리지 못한 것이다.

이 사실은 베루자도의 자존심에 상처를 입혔다.

압도적으로 유리한 조건이었는데도 무승부가 났으니 어쩔 수 없는 일이었다.

그 사건 이후, 베루자도는 기이를 관찰했다.

자신의 의사 하나만으로 궁극의 권능을 얻은 기이가 어디까지 높은 경지에 이를 수 있을 것인가—— 그것을 지켜보고 싶어진 것이다.

베루자도에게 있어 기이는 '특별'해졌지만, 기이에게 베루자도는 그렇지 않았다.

기이는 냉정하고 냉철하며 온갖 만물 위에 군림하는 폭군이었다.

그러나 평등하고 공평해 누구든 동등하게 대했다.

시험을 하고, 그것을 넘어선 자와는 우의를 맺는다.

그것이 기이의 방침이었다.

파란만장한 변화는 마다하지 않지만, 평소의 일상은 평온하게 보낸다.

그런 기이와의 생활은 베루자도에게는 조금 불만이었다.

자신의 매력으로 기이의 시선을 끌어보기 위해 애썼지만, 기이의 태도에는 변함이 없었기 때문이다.

(너무해…….)

그렇게 생각하면서도 기이를 미워할 수는 없었다.

미워하긴커녕 오히려 더 집착하게 되었다.

농담처럼 본심을 입 밖에 내본 적도 있었다.

그러나, 기이에게는 먹히지 않았다.

오만한 기이.

바보 같은 기이.

상냥한 기이.

냉혹한 기이.

두려운, 기이.

그리고 오빠가 인정한 벗으로서의, 기이.

여러 얼굴을 가진 그와 지내는 것이 좋았다.

그와 동시에, 자신의 진심을 알아주지 않는 기이에게 화가 났다.

(너무한 사람. 모든 걸 다 꿰뚫어 볼 정도로 총명한 주제에, 왜 내 진심은 알아차리지 못하는 거야?)

그렇게 생각하면서도, 만약 거절당한다고 생각하면 무서워진다——.

그랬다. 베루자도는 기이와 함께 지내면서 두려움이라는 감정을 알게 된 것이다.

그러던 어느 날, 베루자도의 평온을 깨뜨린 존재—— '용사'를 자칭하는 자들이 찾아왔다.

기이는 언제나처럼 '용사'의 도전을 받아들였다.

그자—— 루드라는 강했다.

놀랍게도 승부는 호각이었다.

기이의 입가에 미소가 떠올랐고——.

즐거워 보이는 기이의 모습에 베루자도는 입술을 깨물었다.

가슴속에 소용돌이치는 것은, 격렬한 불꽃.

분노?

아니, 아니다.

그것은 '질투'였다.

기이는 결코 베루자도에게 그런 얼굴을 보인 적이 없었다.

(저렇게 즐겁게 싸우다니…….)

베루자도와 싸웠을 때의 기이는 마치 어른이 아이를 상대하는 것처럼, 그녀가 다치지 않도록 배려하고 있었다. 그러지 않았다면 무승부조차 되지 않았을 것이다.

베루자도도 실력을 숨기고 있었지만, 그건 분명 기이도 마찬가지.

기이가 진심으로 베루자도를 죽이려고 했다면 틀림없이 '지금'의 베루자도는 존재하지 않았을 것이다.

그런데, 루드라를 상대로는 전력을 다하고 있었다.

그것을 알아차린, 그 순간.

베루자도는 자신의 마음에 싹튼 '질투'를 깨달았다.

오빠인 베루다나바가 기이를 인정한 이후부터 베루자도는 계속 고민해왔다.

자신의 마음에 싹튼 감정이 무엇인지 이해할 수 없어서.

그러나 그때, 마침내 이해하게 되었다.

기이 크림존——.

베루다나바가 인정한 마왕.

강하고, 상냥하고, 오만하며, 결코 베루자도의 뜻대로 되지 않는 존재.

그런 기이를 베루자도는 동경하고 있었다.

그리고 그런 기이가 진심을 내게 만든 루드라를 보며, '저건 내가 맡을 역할이었는데' 하고 후회한 것이다.

질투가 싹튼 그 날 이후, 베루자도는 억눌린 마음을 안고 살아왔다.

그리고, 계속 고민하며 괴로워했다.

표면상으로는 평정을 유지하고 있지만, 마음속 깊은 곳에서는 질투의 불꽃을 계속 태우고 있었던 것이다.

그 결과, 커다란 재앙의 여신이 탄생하고 말았다──.

(기이는 나한테 상냥해. 하지만 옆에 서는 건 허락해 주지 않아.)

──그건, 내가 약하기 때문일까?

(아니, 나는 강해. 나는, 최강의 '용종'이야!)

──아니, 나는 약해. 왜냐면 기이가 인정해 주지 않았잖아.

(아니야! 나도 그의 옆에 설 자격이 있어!)

──정말 그럴까?

(당연하지.)

──그렇다면 왜, 기이는 루드라하고만 놀고 있는 거야?

(그건…….)

──그건 말이지, 내가 약해서 그래.

(내가…… 약해?)

──더 강해지면, 기이는 나를 봐줄 거야.

(나를── 봐준다고?)

──그래, 맞아.

(그래, 내가 더 강해진다면──)

──힘만 있다면.

(기이 옆에 설 수 있어──.)

──그게, 내 소원이야.

(그것만이 내 소원.)

　――기이와 루드라의 싸움을 보고 베루자도는 '힘을 갖고 싶다'
고 바랐다.

　그때가 바로, 재앙의 여신이 탄생한 순간이었다.

　베루자도의 인내심이 반전되었다. 얼티밋 스킬인 '가브리엘'은
그녀의 질투심에 의해 '레비아탄(질투지왕)'으로 새로 태어난 것이다.

　그러나 사라진 것은 아니었다.

　베루자도의 정신력은 강력했고, 기이에게 들키지 않고 새로운
권능을 숨길 수 있었다.

　상반된 두 개의 얼티밋 스킬―― '가브리엘'과 '레비아탄'을 품
은 베루자도는 계속 기이의 곁에 남아 있었다.

　그리고 기회가 오기를 기다렸다.

　펠드웨이의 부름 역시 베루자도가 보기에는 가소로운 것이었다.

　미카엘의 권능―― 천사계 얼티밋 스킬 보유자에 대한 절대 지
배인 '얼티밋 도미니온(천사장의 지배)'은, 모순되는 권능을 서로 상
쇄하며 속여오고 있던 베루자도에게 전혀 먹히지 않았다.

　그럼에도 펠드웨이를 따른 것은 그의 제안이 매력적이었기 때
문이다.

　펠드웨와 손을 잡으면 전력을 다한 기이와 싸울 수 있다.

　장난이 아니라 진지하게 베루자도를 상대해 줄 것이다.

　그 외에도 이유는 있었지만――.

　『아하하하하, 재미있네. 분명 그렇게 될 거야.』

협력자도 그렇게 보증해 주었다.

협력자.

베루자도의 소망을 이루기 위해 움직이는 존재.

이 또한 태고의 이야기였지만, 소멸 직전이던 그자를 변덕으로 도와준 것이 인연의 시작이었다.

머티리얼 바디(물질체)는 물론 스피리추얼 바디(정신체)마저 파괴되어, 오직 아스트랄 바디(성유체)만 남은 존재였지만, 베루자도의 상담역으로서 의외로 큰 도움이 되어주었다.

그는 뻔뻔하게도 '용종'을 연구하고 싶다고 했다.

베루자도는 그것을 허락하는 대신 자신의 수족처럼 그를 다루었다. 그리하여 오랜 공존 관계가 성립되고 있었던 것이다.

하지만 마침내, 협력자의 존재도 발각난 듯했다.

………

……

…

베루자도는 미소를 지었다.

『우후후후후. 제법이네, 테스타로사도. 이렇게나 쉽게 당신의 존재를 찾아내다니.』

『나 참, 이쪽은 재미없다고. 좀 더 그늘에 숨어서 자유롭게 있고 싶었는데 말이야.』

『'의룡체'는 완성되었겠지? 성능 테스트도 완벽하다고 했었잖아.』

『뭐, 그렇긴 한데. 그래도 어린 난 약하니까.』

『어리긴 뭐가 어려. 옛날에는 더 잘난 듯이 굴었으면서.』

『아하하하하, 그랬다가 소멸할 뻔했으니까 어쩔 수 없잖아? 이번에는 반성의 뜻으로 좀 더 신중하고 겸손하게 살아보려고.』

그렇게 웃으며, '그럼 다녀올게'라는 말을 남기고 협력자는 베루자도와 분리되었다.

그리고 테스타로사를 상대하기 위해 그녀 앞에 모습을 드러냈다.

이리하여 전국은 큰 전환점을 맞이했다.

기이와 베루자도가.

테스타로사와 베루자도의 협력자가.

각각 정면으로 대치하게 된 것이다.

●

테스타로사는 그 인물을 보고 바로 정체를 간파했다.

늘씬한 청년이었다.

자세히 보면 여자 같기도 했다.

푸른색의 터틀넥에 새빨간색 슈트를 깔끔하게 차려입고 있었다.

신발은 흰색 바탕에 금색 테두리가 둘려 있었다.

화려하기는 하지만 센스가 엿보였고, 그것이 무척 잘 받는 외모를 갖고 있었다.

그리고 특징적인 것이라면 바로 빨간색과 파란색으로 신비로운 빛을 발하는 헤테로크로미아(금은요동)였다.

어딘지 모르게 루미너스와 닮은 외모. 성별이나 눈빛을 정반대로 바꾼 듯한, 한번 보면 잊을 수 없는 외양. 하지만 테스타로사

는 그 인물과 실제로 만난 적은 없었다.

그래서 외모는 아무런 판단 기준이 되지 못했다.

다만, 알 수 있었다.

그자의 본질, 무구한 광기를.

루미너스를 떠올리게 하는 외모로 봤을 때 테스타로사의 추측은 아마 틀리지 않았을 것이다.

(낡어 부스럼——이었나? 리무루 님의 전생에 그런 말이 있었다고 들었는데, 딱 그런 느낌이네.)

테스타로사는 넌더리를 내며 그렇게 생각했다.

누군가의 존재를 간파하고 끌어낸 것까지는 좋았는데, 그 상대가 상상했던 것 이상으로 성가신 존재였기 때문이다.

"어머나, 그렇네요. 만나는 건 처음이지만 소문만은 들어서 알고 있었답니다."

"아하하하! 백의 여왕이 날 기억해 줬다니, 이거 정말 영광인걸."

"기억해요. 당신만큼 큰 업적을 가진 인물은 드무니까요. 게다가—— 인류를 탄생시킨 공적은 저희들도 인정하고 있어요. 그렇죠? 황혼의 왕."

테스타로사에게 황혼의 왕이라 불린 그 인물이 씨익 웃었다.

"트와일라잇이라고 불러줘. 그게 베루다나바 님께 받은 내 이름이니까."

"네, 그렇죠. 당신이 저를 테스타로사라고 부른다면 말이죠."

미소 지은 얼굴로 칼 같은 말을 주고받으며 두 사람이 살기를 내뿜었다.

테스타로사는 떠올렸다.

황혼의 왕—— 트와일라잇 발렌타인이란 뱀파이어(흡혈귀족)의 신조이자, 인류의 시조라고도 부를 수 있는 인물이었다.

베루다나바의 심복으로서, 그의 소망을 달성하기 위해 수많은 종족을 탄생시켰다.

루미너스를 필두로 한 뱀파이어도 그렇고, 지금은 멸망했다고 알려진 종족 하이 휴먼(진정한 인류)도 그렇다.

그 밖에 정령에서 파생되었다고 알려진 수많은 종족의 탄생도 트와일라잇의 개입이 있었기에 탄생할 수 있었다.

인간이라는, 데몬에게 있어서 빼놓을 수 없는 존재를 만들어 낸 것도 그 뿌리를 더듬어가면 트와일라잇에게 도달한다.

그렇기에 테스타로사는 그 말대로 트와일라잇을 인정하고 있었다.

다만 트와일라잇은 그 공적에 반비례하듯 악행 또한 유명했다.

도의를 넘어선 실험들은 그 행위를 아는 자들의 눈살을 찌푸리게 했다. 마음이 약한 자라면 정신이 나갈 정도였고, 운이 좋아도 악몽에 시달리는 것은 피할 수 없을 정도로 처참했다.

악마보다 더 악랄하고, 인정 따위는 갖고 있지 않은, 만인에게 미움을 살 만한 업적을 남겼다.

실제로도 트와일라잇의 부활을 알게 된 레인은 "으엑, 저 녀석 역시 살아 있었군요…… 바퀴벌레보다 더 끈질기네요……"라는 소릴 하다가 "그런 표현을 쓰면 안 되죠"라며 미저리에게 핀잔을 듣고 있었다.

사실 테스타로사도 드물게 레인의 말에 동조하고 싶은 기분이었다.

“테스타로사라, 좋은 ‘이름’이네. 설마, 너희 같은 ‘태초’에게 이름을 붙이는 바보가 루드라 외에도 있을 줄은 몰랐는데 말이야.”

그 발언은 테스타로사를 조용히 분노하게 만들었다.

자신에 대한 모욕만으로도 용서할 수 없는데, 트와일라잇은 선을 넘었다. 경애하는 리무루를 조롱당한 시점에서 테스타로사의 마음은 이미 정해졌다.

“역시 난 당신이 싫어요.”

짙은 살의를 담아 테스타로사가 차갑게 쏘아붙였다.

그것을 웃으며 받아넘기는 트와일라잇의 담력도 예사는 아니었다.

“후훗, 그런 소리하지 마. 난 좋아하는데? 그야 너희들은 최고의 연구 대상이니까!”

베루자도는 협조적이었지만 기이는 방심할 수 없는 상대였다.

틈을 봐서 이것저것 탐색해 보려 했는데, 괜한 짓을 했다간 단숨에 트와일라잇의 존재를 들킬 것 같아서 오랜 세월 동안 손도 대지 못한 채 지금에 이르렀다.

하지만 오랜만에 자유롭게 움직일 수 있는 육체를 얻은 트와일라잇은 ‘여기서 조금만 더 놀아 보는 것도 좋지 않을까’라고 생각했다.

테스타로사는 처음 공개하는 ‘의룡체’의 실전 상대로서 더할 나위 없이 훌륭했다.

약간 부추겨서 테스타로사가 진심을 내게 만든 것도 그 때문이었다.

다만 그 약간이 조금 지나쳤는데, 트와일라잇은 눈치채지 못했다.

"사랑하는 딸(루미너스)에게 죽임을 당했다면 그대로 죽었으면 좋았을 텐데요. 이번에는 부활하지 못하도록 완벽하게 묻어드리죠."

테스타로사는 그렇게 선언하긴 했지만, 속으로는 트와일라잇의 실력을 감정하고 있었다.

격분했지만, 방심하지는 않는다.

마음과 감정을 분리하여 냉정하게 상황 분석을 이어갔다.

(신조란 불사성이 높은 생명체였지. 하지만 베루글린드 님처럼 '별신체'를 다룰 수 있는 건 아닐 거야…….)

테스타로사가 들은 말에 의하면 루미너스가 용의주도하게 완성한 '디스인티그레이션(영자붕괴)'에 직격한 트와일라잇은 흔적조차 남기지 않고 소멸했다고 했다.

당연하다. 직격하면 '태초'인 테스타로사조차 소멸을 면치 못할 것이다.

직전에 도망쳤다는 것도 있을 수 없는 일이었다. 레인도 목격했다고 했고, 이미 모든 정황이 확실했다.

직격하여 소멸한 것은 확실하다. 그렇다면 무에서 부활했다는 뜻인데, 정말 그런 일이 가능한지 어떤지는 의심스러웠다.

테스타로사가 생각한 또 하나의 가능성은 바로 베루글린드의 특기인 '별신체'였다. 이것이라면 트와일라잇이 도망쳤다는 설명도 가능하겠지만, 그것은 아닐 것 같다는 생각이 들었다.

트와일라잇이 지금까지 숨어 있었던 이유, 그것을 설명할 수 없기 때문이다.

만약 트와일라잇이 '별신체'를 다룰 수 있었다면 더욱 당당하게 활동했을 것이다. 자신을 배신한 루미너스를 멀쩡히 놔뒀을 리도 없고, 세상은 더욱 큰 혼돈에 빠졌을 것이다.

애초에 '별신체'를 다룰 수 있는 사람은 손에 꼽을 수 있을 정도로 적었다. 베루도라나 리무루조차 완벽하게 소화할 수 없을 정도로 최고의 난이도를 자랑하는 권능이었다.

비슷한 권능으로는 레인의 '미스트(편재)'가 있었지만, 그것은 모든 '분신체'가 시인 가능한 범위 안에 존재해야만 했다. 보이지 않는 곳에서 움직이게 하는 것은 불가능했기에 '별신체'만큼 편리성이 높지는 않았다.

테스타로사가 아는 한, '별신체'를 다룰 수 있는 이는 베루글린드와 소우에이 뿐이었다.

그 소우에이가 다룰 때에도 사실은 숨겨진 필수 조건이 있었다. 베니마루라는 전 주군에게 자신의 '마음(심핵)'을 맡김으로써 두 개의 몸을 '신'의 시점에서 조작하는 것에 지나지 않는 것이다.

보이는 거리에서 다루는 경우는 소우에이 단독으로도 문제가 없지만, 동떨어진 장소에서 '별신체'를 움직이는 경우에는 베니마루의 권능도 빌릴 필요가 있었다.

물론 그렇다고 해도 그런 짓이 가능하다는 것 자체가 비정상이었기 때문에 소우에이의 경우는 예외라고 봐도 무방했다.

중요한 것은 의식을 분할시키는 것이 얼마나 어려운지에 대한 부분이었다.

소우에이처럼 다른 사람을 이용하는 방법을 쓴다면 리무루와 베루도라의 관계에서도 '별신체'를 다룰 수 있을 것이다. 그러나 그렇게까지 할 필요는 없었다. 리무루나 베루도라는 서로가 서로의 안전장치가 되고 있어 어느 한쪽이 소멸하더라도 다른 한 쪽이 살아 있으면 부활할 수 있기 때문이었다.

참고로 베가가 자신의 권능을 잘만 구사했더라면 '별신체'와 같은 능력을 쓸 수 있었을 것이다. 그렇게 되지 않은 것은 다행이었지만, 그것은 테스타로사가 알 바는 아니었다.

그렇기 때문에 진정한 의미에서 '별신체'를 다룰 수 있는 것은 베루글린드 뿐이었다.

(만약 이 녀석이 '병렬존재'를 능숙하게 다룰 수 있다고 해도, 상관없어요. 쓸 수 있는지 없는지, 그걸 확실히 하기 위해서라도 철저하게 죽여드려야겠네요.)

무슨 일이든 자신의 눈으로 직접 보고 경험하는 것이 제일이다.

테스타로사는 그렇게 판단하고, 트와일라잇을 확실히 처치하겠노라 다짐했다.

*

레인은 트와일라잇을 보고 얼굴을 팍 구겼다.

"으엑, 저 녀석 역시 살아 있었군요…… 바퀴벌레보다 더 끈질기네요……."

그런 본심이 무심코 입 밖으로 흘러나와, "그런 표현을 쓰면 안 되죠"라며 미저리에게 핀잔을 듣고 있었다.

하지만 그 정도로 싫어하니 어쩔 수 없었다.

"B가 문제였나요?"

"네, 맞아요. 전 벌레를 정말 싫어하니까요."

거기였냐! 대화를 듣고 있던 모스는 그런 지적을 날리고 싶었지만, 태초의 대화에 끼어들 정도의 배짱은 없었다.

그보다 태초가 벌레를 무서워한다니, 누구한테 말해도 아무도 믿어주지 않을 것 같은 헛소리처럼 들렸다.

그런 모스에게, 돌처럼 조용히 있던 소우카가 말을 걸었다.

"저, 혹시 테스타로사 씨 같은 사람도 벌레를 싫어하시나요?"

"뭐?"

"아뇨, 그냥 좀 궁금해서요. 만약 그렇다면 약점이 되는 걸까 하고……."

그런 질문을 받은 모스의 눈이 휘둥그레졌다.

(약점이라니── 태초분들께 그런 실례되는 생각을 한다고? 뭐야? 진심으로 하는 소리인가, 이 녀석?)

겉보기와는 달리 굉장히 무시무시한 발상을 하는구나, 라는 생각에 모스는 전율했다.

벌레를 무서워하는지 어떤지는 모르겠지만, 알고 싶지도 않았다. 태초의, 그것도 테스타로사의 약점을 찾으려 하다니, 그런 행위 자체가 금기와 맞먹는 것이었다. 적어도 모스에게는 그랬다.

모스와 소우카의 대화가 들렸는지 레인과 미저리가 속삭였다.

"저 드라고뉴트 아이는 테스타로사가 무섭지도 않은 걸까요?"

"혹시 B를 던질 생각인 걸까요? 무시무시한 발상이네요."

"그만 해요, 레인. 듣기만 해도 소름이 돋아요."

"저도요. 제가 말하고도 오싹했어요."

숨길 생각도 없는지 제법 큰 목소리였다.

'태초' 두 사람의 의외의 약점이 밝혀진 순간이었지만, 모스는 조금도 기쁘지 않았다.

이 화제는 위험하다는 것을 본능적으로 알아차렸기 때문이다.

"저기, 그런 위험한 발언은 그만해 줄래? 날 끌어들이지 말아 줬으면 좋겠는데."

아무 발언도 하지 않았는데, 그 자리에 있었다는 것만으로 '모스도 같은 생각을 갖고 있구나'라며 같은 죄를 뒤집어쓸 수도 있었다. 어쨌든 그런 발언을 멈추지 않은 시점에서 연대 책임은 피할 수 없을 것이다.

"어, 뭔가 위험한 요소가 있었나요?"

"그러니까 벌레 말야, 벌레! 테스타로사 님이 벌레를 싫어하는지 아닌지는 너와는 전혀 상관없는 이야기잖아?"

"그렇지도 않아요. 제 본래 임무는 은밀이기 때문에 알게 된 정보를 소우에이 님께 보고해야 할 의무가 있어요. 그때 만일 불확실한 정보라면 곤란하니 확인은 필수라고 할까요──."

"아까부터 진짜!"

날 끌어들이지 말라고── 모스는 그렇게 목청을 높여 소리치고 싶었다.

하지만 소우카에는 먹히지 않았다.

"이거, 의외로 중요한 얘기예요. 리무루 님도 바퀴벌레를 정말 싫어하신다는 건 유명한 이야기라, 리무루 님의 거처가 있는 구획이나 영빈관을 포함해 철저하게 해충 구제에 힘쓰고 있거든요. 그런데 얼마 전 얘기인데, 재판소에 한 마리가 출현해서 난리가 났었거든요."

갑자기 모스가 몰랐던, 알고 싶지도 않았던 이야기를 세세하게 설명하기 시작한다.

소우카가 말하길, 그 자리에 있던 카레라가 폭발했다고.

건물 안에서 핵격마법을 쏘려고 해서 당황한 직원들이 막으러 들어가는 어처구니없는 대사건이 벌어졌다고 한다.

이 일에는 리무루도 화를 내——지 않고 '응응, 그 마음 이해해!'라는 소리를 해서 카레라를 감싼 탓에 상황이 더욱 심각해졌고, 결국 벌레에 내성을 가진 자들로 구성된 토벌대가 만들어지며 카레라의 눈에도 띄지 않게 철저한 조치가 취해지게 되었다고 한다.

"——참고로 울티마 씨는 거미 같은 것도 평범하게 '귀엽다♪'라고 하셨었고, 저는 바퀴벌레든 애벌레든 전혀 아무렇지도 않아요."

마지막으로 소우카가 아무 상관 없는 정보를 덧붙였다.

모스는 이 말을 듣고 저도 모르게 반응하고 말았다.

"이봐, 지금은 그런 시시한 이야기를 할 때가 아니지 않아? 카레라 님은 딱히 바퀴벌레뿐만 아니라 여기저기서 살의를 드러내고 다니시잖아!"

울티마를 건드리지 않는 것은 모스 나름의 위험 예지였다.

거미는 아무렇지도 않지만 바퀴벌레는 싫어할 가능성이 있었다. 모스에게 있어서 신과 같은 '태초'에게 꺼리는 것이 있다는 것은, 차라리 모르는 편이 더 행복한 정보였다.

그러나, 그것은 성급한 판단이었다.

"모스 군, 혹시 남들한테 눈치 없다는 말 자주 듣지 않나요?"

"그러게요, 지금 발언은 위험하네요. 카레라가 상대를 막론하고 싸움을 거는 위험한 아가씨처럼 느껴질 수도 있으니 표현을 조심해야죠."

"아뇨, 그게 아니라—— 물론 그것도 맞는 말이지만, 제가 하고 싶은 말이죠, 저기 있는 드라고뉴트 아가씨가——."

"소우카입니다."

"저기 있는 소우카 씨가 아주 중요한 이야기를 하고 있었다는 거예요. 모스 군, 그걸 제대로 이해해야죠."

"——윽?!"

모스는 여러 곳에서 놀랐다.

지적할 부분이 너무 많아서 어디서부터 지적해야 할지 알 수 없었다.

우선, 레인.

왜 제 이름에 군을 붙이시는 겁니까?!—— 라고 목청껏 묻고 싶었다.

이어서, 소우카.

어째서 레인의 이야기를 막을 수 있는 거지?

심지어 태연하게 자신의 이름을 말하다니 제정신으로 할 수 있는 짓이 아니다.

모스가 보기엔 믿기 힘든 폭거였는데, 레인이 이를 태연하게 받아들인 것이 놀라웠다.

어떻게 된 거야? 라고 묻고 싶은 심정이다.

가장 상식인이라고 믿었던 미저리마저 레인의 편을 들고 있었다. 물론 그녀의 논점은 전혀 달랐고, 그 지적은 정론이었다.

확실히 카레라가 들었다면 모스의 명운은 거기서 끝났을지도 모른다. 휩쓸린 나머지 나도 모르게 쓸데없는 말까지 해버렸구나, 하고 모스는 반성까지 하는 신세가 되었다.

그렇다고 해도 지적할 점은 제대로 말해야 했다. 모스는 그렇게 생각하고 조심스럽게 대답했다.

"저기, 레인 님. 그, 저한테 '군'을 붙이실 필요는 없으니 그냥 평범하게 이름으로 불러주시면……."

모스는 가장 중요한 부분부터 지적했다.

왜 청의 군주가 백의 여왕 부관에게 친근한 태도를 보이는가?

적대하는 사이라면 훌륭한 도발이었겠지만, 그렇게까지 친한 것도 아니지 않나? 라는 생각에 모스는 부담을 느꼈다.

그런 모스의 모습에 개의치 않고 레인은 후훗 웃었다.

"무슨 소리예요? 모스 군은 절 이길 가능성이 있는 거잖아요? 그럼 경의를 표하는 게 당연하죠."

실로 수상쩍은 발언이었다.

미저리가 크게 한숨을 내쉬고 있다는 것이 그 증거였다.

"레인, 모스를 놀리지 마세요. 그보다는 저기 있는 소우카 씨의 이야기가 더 중요하잖아요?"

"그것도 그러네요. 모스가 진지한 얼굴로 재밌는 반응을 보이길래 그만."

"그건 동의하지만요."

"그렇죠? 다가가기 어려운 느낌이라고 생각하고 있었는데, 좀 의외였어요."

여성들의 대화가 시작되며 모스는 소외되었다.

이제 됐어, 라는 심정이었다.

"그보다 제 말이 중요하다고 하셨는데, 어떤 점을 말씀하시는 건가요?”

소우카가 그런 말을 꺼내며 이야기가 다시 본론으로 돌아왔다.

미저리가 대답했다.

“카레라나 울티마가 싫어하는 걸 조사하고 있는 거죠? 그럼 혹시 테스타로사의 정보도 파악하고 있나요?”

“네……?”

어떻게 얼버무려야 하나 고민하는 소우카에게 레인까지 말을 보탰다.

“그건 저도 궁금하네요. 참고로 저도 B는 정말 싫어요. 동토에는 출현하지 않으니까 그 점만큼은 베루자도 님께 감사하고 있을 정도예요!”

“그러게요, 잉그라시아에는 출몰하니까요. 아이비에게 철저히 박멸을 시키고 있는데, 어디선가 다시 들어오더란 말이죠…….”

언데드보다 더 불사신인 게 아닐까요? 등등, 미저리도 그 화제에서 벗어나지 못하고 있었다.

모스는 ‘태평하게 그런 얘길 하고 있을 때가 아니야……’라고 생각했지만, 모든 것을 내려놓은 얼굴로 결국 귀를 기울일 수밖에 없었다.

“이건 극비라서…….”

“말해 줘요.”

“여기서 말하지 않는다는 선택지는 없잖아요?”

없겠지, 라고 모스도 생각했다.

자신이 소우카 입장이었다고 해도 모든 것을 술술 털어놓았을 것이다.

애초에 그것이 정말 극비였다면 생색내듯이 극비라는 말은 하지 않았겠지.

소우카도 프로 은밀이었기에 그 점은 이해하고 있을 것이다. 다시 말해 이것은 말해도 되는 정보였다.

"저희는 소우에이 님의 지시로 늘 간부님들의 약점을 찾고 있습니다. 베니마루 님은 당근을 싫어하신다는 호불호 취향부터, 디아블로 님은 테스타로사 님을 어려워한다는 대인관계까지 폭넓게 말이죠. 정말 사소한 정보지만, 뭔가 문제가 생겼을 때 패로 쓸 수 있다면 좋으니까요."

"흐음."

"그래서요?"

"테스타로사 씨의 경우, 그 틈이 전혀 보이지 않아서……."

곤란하던 참이에요, 라고 소우카가 말했다.

모스가 생각했던 대로 대단한 내용은 나오지 않았다. 그 정도는 해도 문제없는 수준의 이야기였다.

하지만 여기에 납득하지 못한 것은 레인이었다.

"그럼 모스에게 B를 던지게 해 봐요!"

갑자기 그런 터무니없는 제안을 해 온다.

그 말을 듣자마자 모스가 "하지 마세요!"라고 외치며 펄쩍 뛰었다.

너무 경악한 나머지 말을 잇지 못했지만, 속으로는 '애들 장난이냐!'라고 소리치고 있었다.

농담이 아니다.

그런 짓을 했다가는 틀림없이 테스타로사의 역린을 건드릴 것이다.

벌레를 싫어하든 아니든 상관없이, 그 악의적인 행동만으로도 사형에 이르기에 충분했다.

(대, 대체 무슨 살벌한 소리를 하는 거야?!)

제발 그만해 주세요, 레인 님! 모스는 공포에 질린 얼굴로 레인을 바라보았다. 그리고 단언했다.

"절대 안 할 겁니다."

정색을 하고 거부하는 모스.

"에이, 아쉽다!"

"어쩔 수 없죠. 모스에게는 용기가 부족하니까요."

'태초'는 다들 이런 분들뿐이라니까—— 라며 한탄하는 모스였지만, 그것을 입 밖으로 내면 자기 무덤을 파는 꼴이라는 것을 잘 알고 있었다.

다만——.

"정말 아쉽네요. 어쩌면 테스타로사 씨의 약점을 잡을 수 있었을지도 모르는데…….""

그런 소우카의 발언만큼은, '진짜로 이 녀석, 무서운데?'라는 생각을 갖기에 충분했다.

지적하지 않고 그 말을 삼킬 수 있었던 것은, 모스의 인내심 덕분이라고 할 수 있었다.

오랜 세월 인내를 쌓아온 덕분에 지금의 모스가 있는 것이었다.

——참고로.

이 대화는 테스타로사에게도 그대로 전달되었다.

　진지하게 싸우려는 타이밍에 맥 빠지는 이야기를 듣고 상당히 화가 났었다고, 테스타로사는 이후 이야기했다.

『그때 실수인 척하고 모조리 '니힐리스틱 월드'에서 먼지로 만들어버릴까 생각했어요. 트와일라잇 앞에서 틈을 보이고 싶지 않아서 생각만 하고 참았지만요. 운이 좋았네요.』

　그 말을 들은 모스 일행은 공포로 몸을 떨었지만, 그것은 또 다른 이야기였다.

＊

　모스를 놀리며 즐거워하던 레인이었지만, 그와 동시에 테스타로사와 대치하고 있는 트와일라잇에게서도 눈을 떼지 않았다. '병렬사고'를 자연스럽게 수행하는 것은 태초에게 있어서는 당연한 기술이었다.

　레인이 생각하는 역사적인 문제아—— 그 정점에 군림하고 있는 것이 바로 디아블로와 트와일라잇, 이 두 명이었다. 리무루가 등장하기 전까지 이 두 명은 부동의 애물단지였다.

　어느 쪽이 위인지는 논란의 여지가 있지만 호의적인 문제아가 디아블로라면, 혐오적인 문제아가 트와일라잇이라는 것은 레인의 마음속에 흔들림 없는 사실로 자리 잡고 있었다.

　귀여운 바보와 혐오스러운 바보의 차이였다.

　디아블로는 유아독존에 자신만의 신념으로 움직이는 애물단지. 자신의 신념을 관철하지만, 그것을 다른 사람에게까지 강요하지는 않는다. 의외로 상식적인 면도 있다는 점은 레인도 인정하고 있었다.

그에 반해 트와일라잇은 다른 사람의 사정 따위는 일절 고려하지 않는다. 자신만의 신념으로 움직이는 애물단지라는 점에서는 디아블로와 공통되지만, 그것을 강요하기 때문에 좋아할 수가 없었다.

레인도 자기중심적인 면이 있다. 본인은 절대로 인정하지 않겠지만, 꽤 심각한 수준으로 자신에게 유리한 쪽으로 사물을 생각하는 성격이었다.

그런 레인이었기에 디아블로나 트와일라잇과 상성이 나쁜 것은 어쩌면 당연한 일이었다.

싫어하는 상대와는 거리를 둔다── 이것만 철저히 지킨다면 싸움은 피할 수 있었다. 그런데도 자신의 정의를 강요하려는 녀석이 있다는 것이 문제였다.

트와일라잇이 그 대표적인 예였다.

온갖 성가신 일들을 온 세상에 뿌리고 다닌다. 눈을 감으려 해도 도저히 무시할 수 없을 정도로 각지에서 큰 문제를 일으키고 다니는 것이다.

생명 재해, 사령 도시, 두 개의 달, 침식의 숲, 선혈의 바다, 그 외 기타 등등 수많은 사악한 실험들로 인해 수많은 재앙이 벌어졌다.

지금의 인류 국가에서는 기록이 끊겨 있었지만, 마왕들에 의한 비공식적인 사실만으로도 명예 카타스트로프(천재)급으로 규정될 정도의 위험인물이었다.

레인도 그 문제를 수습하기 위해 몇 번이나 끌려갔는지 기억하지도 못할 정도였다.

아니.

레인은 원한은 잊지 않는 성격이었기 때문에 더욱 세세하게 메모해 두고 있었다. 그렇기에 트와일라잇이 루미너스에 의해 소멸당했을 때는 축배를 들었고, 루미너스에게는 감사와 존경심을 품게 된 것이다.

그런 트와일라잇이 부활했다고 한다면 주목하지 않을 수 없었다.

(정말이지, 저 망할 녀석은 B 이상으로 성가시네요. 하지만 그 무시무시한 테스타로사라면 트와일라잇이 상대라고 해도 어떻게든 할 수 있……을까요?)

레인의 판단으로는 어려워 보였다.

테스타로사는 기본적으로 방어가 특기였다. 그러니 질 일은 없을 것이다.

하지만 공격 면에서 본다면…….

수많은 실험을 반복하며 진정한 의미에서 불사에 가까워진 것으로 보이는 트와일라잇이 상대라면, 공격할 수단이 없는 것이 아닐까 하는 불안이 있었다.

게다가 지금의 트와일라잇은 이전과 비교해도 더 불길했고, 그 실력의 바닥이 보이지 않았다.

레인은 적어도 자신이라면 이길 수 없다는 것을 깨닫고 남몰래 식은땀을 흘렸다.

(리무루 님 덕분에 진화할 수 있었지만 그래도 저로서는 무리네요. 발을 묶어서 시간 벌기 정도는 할 수 있을까요? 애쓰면 어

떻게든? 아니, 하지만 저 망할 녀석에게 아부를 떠는 건 질색이에요. 아무리 연기라도 하고 싶지 않아요.)

자신이라면 어떻게 싸울 것인가?

연기를 하면서 트와일라잇이 방심하게 만들어 시간을 번다. 이것밖에 없다고 레인은 결론을 내렸다. 그와 동시에 '절대로 하고 싶지 않으니까 못해!'라며 하기 전부터 포기했다.

하지만.

테스타로사라면 이야기가 달라진다.

레인이 싸웠던 당시와 비교해도 그야말로 격이 다른 존재가 되어 있었기 때문이다.

심지어 교활하고, '태초' 중에서도 가장 계산이 빠른 인물이 바로 테스타로사였다. 승산도 없는 적 앞에는 애초에 서지도 않을 테니 조금은 기대해도 좋을 것이다.

(테스타로사라면 본인의 약점도 파악하고 있겠죠. 그 베루글린드 님을 상대로 선전했다는 이야기도 들었으니, 제가 전력을 다해 응원한다면 분명 어떻게든 해 줄 거예요!)

레인의 응원 따위 테스타로사에게는 털끝만 한 가치도 없었다. 그러나 레인은 자기 평가가 아득히 높았기에 테스타로사도 기뻐해 줄 것이라 멋대로 믿고 있었다.

그리고 흥미진진한 얼굴로 싸움의 행방을 지켜보기 위해 태세를 갖추기 시작했다.

*

그런 테스타로사는 현재.

외야에서 들려오는 잡담에 짜증을 내면서도 해야 할 일을 잊지 않았다.

승리의 방정식은 이미 테스타로사 안에 완성되어 있었다.

"왜, 안 오는 거지?"

오만한 태도로 트와일라잇이 도발했다.

그에 응하지 않고 테스타로사는 조용히 미소를 지었다.

"……뭐가 웃기지? 넌 그렇게 여유를 부릴 처지가 아닐 텐데?"

테스타로사의 태도를 미심쩍게 생각했는지 트와일라잇이 물었다.

그 말에 조소로 대답하는 테스타로사.

"우습군요. 혹시 아직도 본인이 유리하다고 생각하는 건가요?"

그 대답을 듣고 트와일라잇은 의아한 표정을 지었다.

그것은 트와일라잇이 생각했던 것과는 다른, 비정상적으로 강경한 태도였다.

(하여간, 이래서 분수를 모르는 것들이 싫다니까. 확실히 난 딸 루미너스의 일격에 티끌이 됐지만, 그건 패배가 아니었어. 피할 수 없는 실험이었을 뿐이지.)

'의룡체'의 성능을 시험하기 위해 테스타로사가 진심을 내게 만든 것까지는 좋았다. 하지만 이렇게까지 큰 오해를 받을 줄은 몰랐던 트와일라잇은 흥이 깨져버렸다.

"어쩔 수 없나. 너희들은 자기들 '데몬'이 최강이라고 믿어서 상대를 깔보는 버릇이 있으니까. 하지만 진정한 강자를 꿰뚫어 보는 눈을 기르지 않으면 아픈 꼴을 겪을지도 몰라."

진심을 담아 충고하는 트와일라잇.

물론 상대인 테스타로사를 공격하려는 의도가 가득 담긴 발언이었다.

하지만 테스타로사는 동요하지 않았다.

트와일라잇은 안중에도 들어오지 않는다는 태도로 의미심장하게 웃을 뿐이었다.

재미없네── 하고 트와일라잇은 기분이 언짢아졌다.

"그런 태도는 못 봐주겠는데. 좀 놀아줄까 생각했는데, 관둘래."

그렇게 말하더니 지금까지 억눌렀던 투기를 해방했다.

그것은, 틀림없는 용의 기운이었다.

………

……

…

'의룡체'란 트와일라잇 연구의 집대성이었다.

불사성에 대해 두루 연구하자, 결국 이르게 된 끝은 '용종'이었다.

죽으면 '인격'이 리셋되긴 하지만, 시간 경과에 따라 '영혼'조차 완벽하게 재현되는 불멸의 존재였다.

하지만 트와일라잇은 그것만으로는 만족하지 못했다.

여기서 마음(심핵)의 계승까지 완벽했다면, 진정한 의미에서 궁극의 생명체라고 부를 수 있을 것이라고 생각했다.

기억이 계승되더라도 그것을 활용하는 인격이 다르면 동일 존재로 인정할 수 없었다. 반대로 말하면 '별신체'에 머무르더라도 마음이 동일하다면…… 그것은 전혀 다른 사람이라고 단언할 수 있는 것일까?

'영혼'의 근간, 가장 중요한 '기억'과 '마음'── 이를 재현하려면 어떻게 해야 하는가, 트와일라잇의 연구는 거기에 집중되었다.

자신을 실험체로 삼아 기억의 복제는 비교적 쉽게 성공했다. 미리 준비해 둔 수많은 복제체와 동기화시켜 죽더라도 기억이 사라지지 않도록 만들었다.

이에 대해서는 당연하게도 베루글린드의 '별신체'가 모델이 되어주었다.

이어서 가장 중요한 인격── '마음'의 재현에 대해서. 여기에는 난항을 겪었다.

형체가 없는 것.

시간이 지남에 따라 변화하는 것.

마음이란 '움직이는 것'이었다.

베루자도처럼 자신의 마음마저 얼어붙게 할 수 있는 사람이 아니라면 영구불변하게 동일한 상태를 유지하는 것은 불가능했다.

하지만 여기서 활로를 찾아냈으니 트와일라잇의 광기도 대단하다고 할 수 있었다.

『베루자도 님, 부탁이 있어. 당신의 힘으로 내 마음을 얼려줄 수 없을까?』

그런 부탁을 통해 자신의 마음을 베루자도에게 보호받는 방법을 선택했다. 이어서 자신의 본체에는 복제한 기억을 심은 다음 제멋대로 날뛰게 했다.

기억의 동기화는 완벽했고, 그것은 틀림없는 진짜── 트와일라잇 본인이었다. 루미너스조차 구분하지 못했던 것도, 그런 사정이 있다면 어쩔 수 없는 이야기였다.

그리고 지금.

트와일라잇은 궁극의 육체로서 베루자도의 마력요소를 통해 강력한 소체를 창조해냈다. 여기에 재생시킨 '영혼'를 담아 기억의 동기화도 완벽했다.

그뿐만이 아니다.

베루자도의 육체에서 만들어 낸 만큼 그야말로 '용종'에 준하는 전투능력을 갖고 있었다.

그 어떤 '태초'의 악마라 해도 적수가 될 수 없다고 단언할 수 있었다.

게다가 만일의 사태가 발생하더라도 트와일라잇의 마음은 베루자도에 의해 보호되고 있었다. 새로운 '의룡체'를 만들어 내면 아무 손상 없이 부활할 수 있는 구조였다.

(뭐, 만에 하나라도 그럴 일은 없겠지만. 이 힘은 베루자도와도 호각이니까, 상대가 백의 여왕(테스타로사)이라도 질 리가 없어.)

트와일라잇은 자신감에 차 있었다.

에너지(마력요소)양은 베루자도에 비할 바가 아니었지만, 마력은 호각이었다. 여기에 더해 트와일라잇 자신의 권능까지 있었으니, 질 요소는 조금도 없다—— 라는 것이 트와일라잇의 솔직한 심정이었다.

트와일라잇의 권능—— 그것은 유니크 스킬 '그리드(탐욕자)'**였다**—— 하지만, 지금은 다르다.

트와일라잇은 자신이 획득한 유니크 스킬을 연구하여 그 성질을 완전히 파악했다. 거기에 자신의 자아를 복제해 융합시킨 것을 탐욕의 씨앗으로 풀어주었다.

자유로워진 유니크 스킬 '그리드'는 가장 욕심이 많은 사람에게 흡수되어 갔다. 그리고 수많은 숙주를 경유하여 마리아베르에게로. 최종적으로는 유우키에게 계승되었다.

트와일라잇은 그 과정을 지켜보았다.

유니크 스킬 '그리드'에 깃든 유사 인격에서는 언제나 정보가 동기화되고 있었기 때문이었다. 그것을 분석하게 되면서 트와일라잇의 연구는 비약적으로 성장했다.

유우키에게 머물렀을 때는 마왕 기이의 강한 힘을 체험할 기회까지 얻을 수 있었다.

기이는 너무 위험한 상대였기에 동기화를 끊고 자동 모드로 대응하게 했다. 유우키가 죽었다면 거기서 끝이었겠지만, 이상한 강운 덕분에 결국 살아남았다.

그 덕분에 기억의 동기화를 재개할 수 있었다. 그리고 가치 있는 정보를 입수했다.

유우키가 '그리드'를 제물로 삼아 얼티밋 스킬 '마몬(탐욕(強欲)지왕)'을 차지하는 과정. 그 세부사항을 알게 된 것은 요행이었다.

유우키에게 깃들게 한 트와일라잇의 유사 인격은 미카엘에게 조종당하고 말았다. 그 시점에서 동기화를 해제했기 때문에 지금은 어떻게 됐는지 알 수 없었다.

유우키가 죽었다는 소식을 들었으니 이미 소멸했겠지만, 그런 사소한 일 따위는 아무래도 좋았다. 왜냐하면 트와일라잇 자신도 궁극에 이르렀기 때문이다.

얼티밋 스킬 '아몬(탐욕(貪慾)지왕)'—— 그것이 트와일라잇이 얻은 권능이었다.

선도 악도 아닌, 그저 순수하게 모든 것을 탐하는 자.

그저 정해진 대로, 지적 호기심을 충족시키는 존재.

그리고 알고 싶다는 욕구를 참지 못하고, 그 결과가 어떻게 되는지 지켜보려 한다.

세계가 얼마나 큰 혼란에 빠지든 간에, 트와일라잇에게는 결과가 가장 중요했다.

중요한 것은 결과를 얻는 것.

그리고 그것을 발전시켜서 다음으로 활용하는 것.

단지 그것만을 위해, 트와일라잇은 모든 것을 바쳤다.

거기에 악의가 존재하지 않았기에, 보다 순수한 악덕의 화신이 되었다.

그것이 바로 신조—— 트와일라잇 발렌타인.

궁극의 에고이스트(이기주의자)인 것이다.

트와일라잇은 선행도 악행도 상관없이, 오직 자신만을 위해서 무엇이든 행한다.

그리고 필연적으로, 한 가지 의문에서 눈을 돌릴 수 없게 되었다.

궁극의 그 끝에는 무엇이 있는가?

얼티밋 스킬 '아몬'마저 제물로 바친다면, 무엇을 얻을 수 있을 것인가.

그 의문을 해소하기 위해 정말로 실행해 버리는 것이, 트와일라잇이라는 인물이었다.

그리고, 얻었다.

존재해서는 안 될, 끔찍한 결과를.

──얼티밋 스킬 '앙그라 마이뉴(악덕지왕, 惡德之王)'──

이것이야말로, 궁극.

베루다나바가 창조한 권능과 쌍벽을 이루는, 대죄 계열의 권능조차 능가하는 무시무시한 힘이었다.

그 주된 권능은 '사고가속 · 만능감지 · 해석감정 · 만물창조 · 능력복제 · 능력동기 · 시공간조작 · 다차원결계 · 영겁회귀'로 다양했다.

창조와 연구에 특화되어 있지만, 전투 면에서도 유례 없을 정도로 강력했다.

트와일라잇의 연구 성과, 그 집대성이라고도 할 수 있는 '의룡체'도 이 '앙그라 마이뉴'에 의해 완성된 것이었다.

베루자도가 존재하는 한 트와일라잇은 불멸이자 무적의 존재나 다름없었다.

………

……

…

트와일라잇은 용의 기운을 해방하여 테스타로사를 압박했다.

'의룡체'의 존재치는 테스타로사의 10배에 달할 정도로 압도적이었다. 트와일라잇 자체를 수치화할 수 있는 것은 아니지만, 양자 간의 차이가 하늘과 땅만큼 떨어져 있다는 것은 의심의 여지 없는 사실이었다.

그것을 알고 있기 때문에 트와일라잇은 여유로웠다.

(나보다 오래된 존재이지만, 결국은 육체조차 가지지 못한 정

신세계의 주민이다. 육체화했다고는 해도, 물질세계에서는 이쪽이 유리해. 하물며 육체의 성능도 내 쪽이 압도적인 위——.)

아무래도 자신의 입장을 착각하고 있는 듯한 테스타로사를 향해, 절대 질 리 없다는 뜻을 담아 트와일라잇은 조소를 지어 보였다.

＊

그리하여 테스타로사와 트와일라잇의 싸움이 시작되었다.

그리고 몇 시간이 경과했다.

양자 모두 건재. 공중에서 대치하고 있다.

펠드웨이의 계획은 어떻게 되어 있는가?

밀림은 살리온에 도착했을 텐데, 아직도 날뛰고 있는 것일까?

루미너스의 '종말 선고'에 얼마나 많은 전력이 모였을까?

과연 인류는 '멸계룡' 이바라제가 이끄는 클립티드의 대군에 대항할 수 있을까?

그리고 미궁 내에 침입한 어리석은 자들의 말로는 어떻게 되었을까?

그런 궁금증을 모두 잊고, 테스타로사는 트와일라잇과의 싸움에 집중하고 있었다.

승리의 방정식은 이미 완성되었지만, 그것을 풀기란 쉽지 않았다. 테스타로사였기 때문에 아무런 위험 없이 상황을 진행시킬 수 있는 것이었다.

트와일라잇이 눈치채지 못하도록, 테스타로사는 조심스럽게 일을 진행시키고 있었다.

한편 트와일라잇도 위화감을 감지했다.

"아하하하하! 어떻게 된 거야? 그런 마법이 내게 통할 리가 없잖아!"

테스타로사가 날린 시간차 연속 핵격을 손쉽게 없애버렸다. 압도적인 연산 능력으로 테스타로사의 마법을 덮어씌운 것이다.

원래대로라면 경악할 만한 레벨(기량)이다. 그런데도 속으로 초조함을 느끼고 있는 것은 트와일라잇 쪽이었다.

(이상한데? 테스타로사의 공격이 내게 먹히지 않는 건 당연한데, 왜 그녀는 아직도 건재한 거지? 나를 상대로 몇 시간이나 버티다니, 아무리 생각해도 이치에 맞지 않아…….)

그랬다.

테스타로사의 공격은 모두 쉽게 무효화되고 있었다. 그리고 당연하다는 듯이 보복을 돌려주고 있는데, 테스타로사는 아직도 건재했다.

피로 물들어 있기는 했지만, 여전히 당당하게 허공에 떠 있었다.

게다가 처음부터 지금까지 쭉, 전의를 잃지 않고 있었다.

"——'화이트 플레어(백섬멸염패)'——."

트와일라잇이 새하얀 불꽃에 삼켜졌다.

(칫! 방심한 순간 바로 이거냐?! 이 녀석, 처음부터 이걸 노리고 있었구나——.)

이 몇 시간 동안, 트와일라잇이 테스타로사에 대해 고민하기 위해 의식이 흐트러질 때마다 노린 것처럼 강력한 마법이 날아왔다.

큰 대미지는 없지만 무시할 수는 없다. 트와일라잇도 의식을 되돌려 테스타로사에게 집중할 수밖에 없는 것이다.

그것이 수수하게 그의 초조함의 원인이 되고 있었다.

거의 순식간에 회복하기 때문에 무시해도 문제는 없지만, 상대는 테스타로사다. 방심은 금물이라는 것을 알고는 있음에도, 단조로운 반복으로 인해 트와일라잇에게 자만심이 생겨버리고 말았다.

초조함과 자만, 거기에 생겨난 방심.

그 순간, 강렬한 일격을 맞고 말았다――.

그 마법은 트와일라잇의 통각을 자극했다.

그것은 죽음을 떠올리게 할 정도로 강렬했다.

그것도 당연하다.

'화이트 플레어'란 테스타로사가 자신의 얼티밋 스킬 '벨리알'로 창조한 궁극의 대인마법이었기 때문이다.

트와일라잇의 '의룡체'는 한순간에 불에 타버렸――지만, 문제는 없었다.

아무 일도 없었던 것처럼 완전 재생한 것이다.

"하여간, 너도 질리지도 않는구나. 뭘 하든 나한테는 안 통한다고 알려줬는데 말이야."

트와일라잇은 지겹다는 얼굴로 테스타로사를 내려다보며 비웃었다.

그것은 마음속의 초조함을 감추기 위한 행위였다.

어떤 공격이든 죽지는 않겠지만, 그럼에도 무언가를 크게 놓치고 있는 것이 아닐까 하는 불안감이 가시지 않았다.

위화감과 불안. 그것은 트와일라잇의 본능이 알려주는 경종이었다.

하지만 트와일라잇은 그것을 무시했다.

지금 막 맞았던 '화이트 플레어'가 테스타로사의 최강 기술이라고 들었기 때문이었다.

얼티밋 스킬의 권능으로 강화된 일격은 무겁다. 하물며 최강 기술이 되면 지금까지의 마법과는 차원이 다를 정도로 굉장해진다.

트와일라잇이 자랑하는 '의룡체'조차 겹겹이 둘러쳐진 '방어결계'를 뚫고 순식간에 전부 불타버렸다. 그것이 고스란히 테스타로사의 위험성을 증명해 주었다.

하지만, 그뿐이었다.

최강의 일격조차 무의미한 이상 테스타로사에게 승산은 없었다. 그것을 알기 때문에 트와일라잇은 여유로운 태도로 비웃을 수 있는 것이었다.

최강 기술이 실패로 돌아갔음에도 테스타로사의 반응은 의외였다.

아니, 트와일라잇에게 있어서는, 이라는 말을 덧붙일 필요가 있었다.

테스타로사는 처음부터 이 결과를 예상하고 있었기 때문이다.

지금까지의 일련의 흐름은, 트와일라잇이 자만하며 조소하는 것까지를 포함해 모든 것이 테스타로사의 의도대로였다.

테스타로사는 실로 교활하고 냉정했다. '화이트 플레어'라고 하는 비장의 수단조차 단순한 패 중 하나에 지나지 않았다.

그리고 다양한 기술을 구사하여 트와일라잇의 의식을 자신에게 고정시켜서 보다 큰 함정을 눈치채지 못하게 만든 것이다.

트와일라잇은 확실히 강하다.

단순하게 전투능력만 비교한다면 분명 테스타로사를 능가할 것이다.

하지만 승부는 호각——을 넘어서서, 판국은 테스타로사에게 완전히 기울었다.

그것이야말로 두 사람이 가진 전투 경험의 차이였다.

테스타로사가 직접 움직이는 일은 드물지만, 그 지략을 써서 부하에게 지시를 내려왔다. 그런 경험을 실전에서 활용할 수 있을 정도의 전투 센스를 갖고 있는 것이 바로 테스타로사의 강점이었다.

"정말 어리석군요."

테스타로사의 미소가 더욱 짙어졌다.

그 눈빛은 비장의 수단이 먹히지 않아 절망한 자의 눈이 아니었다. 명백하게 트와일라잇을 내려다보는 눈이었다.

이 국면에 이르러서야 비로소, 이론에만 강한 트와일라잇도 위화감의 정체를 깨달았다.

"——? 그래……. 뭔가 이상하다고 생각하긴 했는데, 너, 내 공격으로 큰 대미지를 입지는 않았지? 일부러 맞아주고 있었던 건가?"

순식간에 회복한 트와일라잇과 달리 테스타로사의 상처는 계속 늘어나고 있었다. 치명상이 될 만한 큰 상처는 없지만, 군복이 찢어져서 보이는 맨살에는 변색된 상흔이 여럿 있었다.

화상이거나 베인 상처, 타격 자국 등등. 그것은 틀림없이 트와일라잇의 공격에 맞아 생긴 것이었다.

하지만, 그렇기 때문에 더더욱── 그 정도의 공격을 맞았는데도 여전히 움직이고 있는 것은 부자연스러웠다.

아무리 대미지를 경감했다고 해도, 트와일라잇의 기술의 위력은 결코 가볍지 않았다. 최강인 '용종'을 본뜬 육체에서 뿜어져 나오는 기술은 마왕종이라고 해도 일격에 처치할 수 있을 정도였다.

그럼에도 테스타로사가 건재하다면, 직격한 것처럼 보이도록 속인 것일지도 모른다.

(아니면 정말 큰 대미지를 입지 않았을 가능성도 있지만──아니, 역시 그건 아닌가. 그럼 상처를 남길 이유가 없으니까. 재미있잖아? 그녀는 대체 뭐가 목적인 거지?)

무적이었기에 트와일라잇은 공포를 느끼지 않았다.

무슨 일을 당해도 괜찮다는 자만심으로 인해, 테스타로사의 의도를 알아내는 것을 즐겁게 여기고 있었다.

그것이 트와일라잇의 나쁜 버릇이자 약점이었다.

테스타로사는 그런 트와일라잇의 성격을 잘 알고 있었다.

"당신, 전혀 성장하지 않았네요."

"무슨 소리야. 옛날보다 훨씬 강해졌는데!"

"후우, 한심하군요. 싸우는 방법이 유치하다는 뜻이에요. 실력차가 벌어지는 상대를 괴롭히는 게 즐거운 거잖아요? 마치 어린아이가 개미집을 부수며 기뻐하는 것처럼."

"그래서? 그게 뭐가 문제인데?"

"문제라고는 말하지 않았어요. 어리석다는 생각은 하지만요."

그것은, 테스타로사의 본심이었다.

이길 수 있는 상대를 내려다보는 것은 그나마 괜찮다고 쳐도,

장난감처럼 갖고 노는 것은 있을 수 없는 일이었다. 그것이 질 수 없는 싸움이라면 더더욱 그렇다.

실력 차가 있다면 즉시 처리하는 것이 맞았다. 그리고 무엇보다 상대에게 책략을 짜낼 시간을 주어서는 안 된다.

"내가 어리석다고? 재밌는 소리를 하네."

"사실이에요. 하지만, 감사해야겠네요. 왜냐하면 그 덕분에 제가 이길 수 있게 됐으니까요."

테스타로사가 보기에는 믿을 수 없을 정도의 바보짓이지만, 이번에는 그것에 도움을 받았다. 트와일라잇의 나쁜 습관을 이용한 덕분에 테스타로사가 승리할 수 있는 조건이 충족된 것이다.

"바보 아냐? 네가 무슨 짓을 하든 이 실력 차는 메울 수 없어."

테스타로사의 말을 웃음으로 일축하던 트와일라잇이, 곧 미소를 거뒀다.

테스타로사의 이변을 감지했기 때문이다.

상처는 물론이고 군복의 찢어진 부분까지 모두 돌아와 있었다.

도대체 어떻게── 의문을 느끼는 트와일라잇.

요염하게 미소 짓는 그 모습은 자신감으로 가득 차 있었고, 궁지에 몰린 기색은 조금도 없었다.

(이 녀석, 진심으로 날 이길 수 있다고 생각하는 건가?)

그것은 불가능했다. 그 어떤 공격을 받는다 해도 트와일라잇은 부활할 수 있었다. 에너지의 소모 측면에서 생각해 봐도 테스타로사가 훨씬 불리했다.

트와일라잇의 '의룡체'는 공중에 떠다니는 베루자도의 마력요소로 구축되어 있었다. 티끌이 된다 해도 순식간에 재생할 수 있어 쓰러뜨릴 방법은 없었다.

그리고 정신면도 마찬가지다. 베루자도 안에서 마음(심핵)을 보호받고 있으니 설령 '영혼'이 부서진다 해도 부활할 수 있는 것이다.

그야말로 무적.

그 누가 상대하든, 심지어 베루다나바조차 쓰러뜨릴 수 있다고 트와일라잇은 자부하고 있었다.

그러니 테스타로사 따위에게 질 리가 없는 것이다.

"좋아. 그 자신감을 산산조각내줄게. 내 권능—— 얼티밋 스킬 '앙그라 마이뉴'의 진정한 힘을 보여주지."

헤테로크로미아를 수상하게 빛내며, 트와일라잇은 그렇게 선언했다.

*

얼티밋 스킬 '앙그라 마이뉴(악덕지왕)'란 이 세상에서 최고로 흉악한 권능이었다. 신을 죽이려는 의지 그 자체이자, 베루다나바 전용 권능이라고도 할 수 있었다.

'부모를 뛰어넘는 것'—— 즉 '신살'.

트와일라잇 또한 그 숙업을 짊어지고 있었다.

루미너스가 자신을 죽이게 한 것도 그 숙업을 성취하는 과정을 관찰하기 위해서였다.

모든 사례를 감안하여, 만전을 기해 베루다나바를 죽일 생각이었다.

베루다나바가 부활하지 않아 그 야망은 달성되지 못하고 있지만…….

하지만 그런 만큼 얼티밋 스킬 '앙그라 마이뉴'는 더욱 다듬어지고 흉악해졌다.

대죄 계열 상위에 있는 권능이지만 '얼티밋 도미니온'처럼 하위 권능에 대한 지배권은 없었다. 악마 계열은 본래 자유로운 권능이었기에 피지배와는 무관했다. 그렇기 때문에 '레갈리아 도미니온(왕권발동)'과 같은 강제적인 지배능력 같은 것도 존재하지 않았다.

애초에 그럴 필요가 없기도 했다.

얼티밋 스킬 '앙그라 마이뉴'에는 온갖 것들을 무로 돌려놓는 필살의 권능이 있기 때문이었다.

모든 생명체가 귀결되는 것은, '죽음'이다.

그 누구라 해도, 아무리 발버둥 쳐도 도망칠 수 없는 장소로 이끄는 것은, 타인의 자유 의지를 짓밟는 일에 특화된 '앙그라 마이뉴'의 '영겁회귀'——.

"내 세계에서 계속 소멸해 가도록 해—— '이터널 트와일라잇(영겁의 황혼)'."

테스타로사에게 악의가 덮쳐들었다.

지옥의 망자가 노래하는 원망의 소리마저 양분으로 삼아버리는 악덕의 권화—— 그것이 바로 '앙그라 마이뉴'의 본질이었다.

사람의 감정을 양분으로 삼는 데몬보다 더 악랄하고 저열한, 최악의 권능이었다.

그러나 효과는 절대적이다.

그런 '앙그라 마이뉴'가 자랑하는 '영겁회귀'란, 효과 범위에 있는 존재 전체를 유사 지옥에 붙잡아두고, 세계가 소멸할 때까지 미래 영겁 악몽을 계속 보여주는 무시무시한 효과를 발휘한다.

포로가 된 자들은 해탈하지도 못한 채 세계의 종말을 맞이할 수밖에 없었다. 그리고 그 고통과 원망의 소리가 '앙그라 마이뉴'를 더욱 성장시킨다.

이것에 한번 표적이 되면 도망칠 방법은 존재하지 않았다. 설령 지옥에 길들여진 '태초의 악마'라 할지라도, 몇 번이고 멸망을 맞이하고 재생하는 악몽을 되풀이하는 처지를 면치 못한다.

그리고 '영혼'이 피폐해지고, 이윽고 무로 돌아간다…….

과연 세계가 멸망하는 것과 무로 돌아가는 것 중 어느 쪽이 더 빠를까, 그것을 고대하는 트와일라잇이 환희에 찬 표정으로 소리쳤다.

"아하하하하! 내 악의는 신조차 멸망시킨다고! 나보다 더 오래된 존재라 할지라도 너 정도로는———."

절망을 체현한 것 같은 종언의 어둠이, 백색 세계를 집어삼키려 했다———.

하지만, 아무 일도 일어나지 않았다.

테스타로사는 미소를 지은 채 원래 있던 자리에 그대로 떠 있었다.

"———응?!"

트와일라잇은 진심으로 경악했다.

그 그리운 감각은, 예상치 못한 실험 결과가 나왔을 때 느꼈던 것과 똑같은 것이었다.

하지만 그때와는 달리 설레지는 않았다.

그저, 현실을 인정할 수 없을 뿐이었다.

"의아하다는 얼굴이네요? 정말 알아차리지 못하다니, 어리석은 일이군요."

"어, 어째서? 어째서 넌 무사한 거지?!"

어리석다며 바보 취급을 당한 것조차 신경 쓰지 못한 트와일라잇은 그 이유를 알고 싶었다.

테스타로사는 죽어야만 했다. 아무런 상처가 없다니, 그런 말도 안 되는 일은 있어서는 안 된다.

하지만 그것은 트와일라잇의 사정이지 테스타로사가 거기에 어울려줄 의무는 없었다. 그저 담담하게 자신에게 주어진 역할을 해낼 뿐이다.

테스타로사의 연분홍색 입술이 사악한 호선을 그렸다.

그리고, 절망을 고했다.

"멸망이 어떤 것인지, 알고 싶다고 했죠? 잘됐네요, 알려줄게요. 방금—— 준비가 끝났거든요."

그 말을 마치자마자, 테스타로사의 냉소가 더욱 짙어졌다.

그리고——.

처음부터 계획했던 대로, 그것을 실행했다.

"——'니힐리스틱 엔드(순백의 맑은 종언)'——."

세계가 하얗게 물들었다.

본래에도 베루자도의 빙설에 의해 화이트아웃된 상태였는데, 그것을 덮어씌울 정도의 '하얀 어둠'이 세계를 뒤덮은 것이다.

"어떻게 된 거죠? 밖의 모습이 전혀 안 보이는데요?!"

"아니, 전 이미 한참 전에……."

"정말 놀랍네요. 모스의 '결계'가 굉장한 게 아니라 그 표면에 보이지 않는 막이 있는 거군요."

"······역시 테스타로사, 저와 무승부였던 것도 이해가 가네요."

바깥에서 견학하던 사람들의 목소리가 들려왔다.

그 심정은 제각각 달랐지만, 모두가 경악했다는 것만큼은 동일했다.

다만 소우카만은 예외였다.

베루자도의 빙설은 마력요소도 흐트려 놓은 상태였기 때문에 '마력감지'도 별 도움이 되지 않았다. 완전히 화이트아웃된 상태가 계속되고 있었던 탓에 이미 한참 전에 감각이 마비된 것이다.

정신 이상을 일으키지 않았던 것은, 모스의 '결계' 안에서는 시야를 확보할 수 있었기 때문이었다.

이번에는 조금 더 진한 '백색'으로 덧칠된 느낌이었지만, 소우카의 인식으로는 그 차이를 알 수 없었다. 뭔가 엄청난 일이 벌어졌구나 하고 그저 남의 일처럼 달관하고 있을 뿐이었다.

한편.

트와일라잇 쪽은 그렇게 평화롭게 감상할 여유가 없었다.

머리 회전을 최고 속도로 돌려 수백만, 수천만 배의 사고가속 상태로 상황을 파악하기 위해 애썼다.

(무슨 일이 일어난 거지?! 내 '이터널 트와일라잇'은 완벽했는데, 어째서 테스타로사는 무사하지? 아니, 그것보다—— 이 '하얀 어둠'은 뭐야?!)

이 '백색'은 트와일라잇의 몸을 갉아먹었다.

그것은 육체의 재생 속도를 능가할 정도의 속도였다.

(아니, 진정해. 몸이 먼지가 된다 해도 다시 '의룡체'를 만들면 돼. 그것보다 지금은 테스타로사가 무슨 짓을 했는지 찾는 게 먼저——.)

자신의 육체가 어떻게 되든 그것은 뒤로 미뤄두기로 하고, 트와일라잇은 상황 분석을 재개하려고 했다.

그때, 한없이 지체되어 있던 사고 영역에 테스타로사의 '사념'이 닿았다.

『어떤가요? 진짜 멸망을 맛보는 기분은?』

『재미있네. 네가 뭘 했는지 조금은 알겠어. 내 존재를 알아내기 위해 이용한 '허무'를 그대로 둔 거구나.』

『네, 맞아요.』

『대단하네. 나랑 싸우면서 이 정도로 자연스럽게 유지하고 있었다니.』

트와일라잇은 진심으로 칭찬했다.

허무란 궁극적인 파괴 에너지였다. 그것을 자연스럽게 빙설에 녹여 있는 그대로의 무해한 상태로 유지하고 있었다니, 상식적으로 생각해도 무의미한 행동이었다.

소비 비용이 너무 크기 때문에 빠르게 공격에 활용하는 편이 효과적이다. 게다가 공격하는 그 순간까지 은폐시켜 둔다는 것 자체도 트와일라잇 입장에서는 이해할 수 없는 행동이었다.

그래서 놓쳤다고 할 수 있었지만, 위기감은 없었다.

물론 허무를 직격으로 맞았으니 지금의 육체는 '영혼'를 포함해 소멸할 것이다. 그러나 트와일라잇은 완전 재생되기 때문에 아무런 의미가 없었다.

이것이야말로 완전한 불사. 그가 무적인 이유였다.

하지만 여기서 오산이 생겨났다.

테스타로사가 어이없다는 얼굴로 중얼거린 것이다.

『역시 당신은 이해하지 못한 것 같네요.』

『──?』

『제 허무는 지옥에서 불러온 게 아니에요.』

『뭐?』

대체 무슨 말을 하는 거야? 그런 눈빛으로 트와일라잇이 테스타로사를 바라보았다.

그곳에 있던 것은, 황홀한 표정으로 미소 짓는 절대군주였다.

『이 '힘'이야말로 그분이 건재하다는 증명. 가슴속 '문'을 연 끝에, 확실한 '숨결'을 느꼈어요.』

『아까부터 무슨 소리를──.』

『좀 더 느끼고 싶지만, 슬슬 작별할 시간이군요.』

테스타로사는 신중했다.

제기온처럼 자신의 그릇을 넘어서는 짓은 하지 않는다.

애초에, 해 봤자 성공하지 못한다는 것을 이해하고 있었다.

그러나 규정량만으로도 충분히 위협적이었다.

테스타로사의 얼티밋 스킬 '벨리알'은 '죽음'에 가장 가까운 권능이었다. 그중에서도 '사후세계'는 지옥의 업화── '허무'를 다루는 권능이었다.

그렇기 때문에 리무루에게서 빌린 '허무붕괴'도 규정량 내라면 안전하게 행사할 수 있었고, 자신의 '니힐리스틱 월드'와 조합함으로써 위험하기 이를 데 없는 세계를 완전히 자신의 것처럼 지배할 수 있게 된 것이었다.

허무는 '정보자'를 잡아먹는다.

엄밀히 말하면, '정보자'에 기록된 정보를 지워버린다.

그 어떤 명령도 전달하지 못하면 아무 의미가 없었다.

시간과 공간을 뛰어넘어 순식간에 동기화되는 정보라 하더라도, 그 정보가 기록된 '정보자' 그 자체를 간섭당한다면…….

『말도 안 돼…… 내, 내 마음(심핵)이 반응을 안 하잖아……?』

『당연한 소리 마세요. 몇 번이나 어울려주긴 했지만, 슬슬 당신과 노는 것도 질렸어요. 그러니까, 이제 그만 끝내야겠죠.』

그 말만을 남기고 테스타로사의 '사념'이 사라졌다.

트와일라잇의 사고 영역은 다시 고독에 잠겼다.

(뭐? 이 '하얀 어둠'이 모두 '허무'라는 거야? 말이 돼?! 그런 일이 어떻게 있을 수 있냐고!)

그렇지 않아도 제어하기 어려운 '허무'를, 격리되어 있다고는 해도 공간을 채울 정도로 지배하다니── 그런 짓을 할 수 있는 자는 적어도 트와일라잇이 아는 한은 존재하지 않았다.

비유하자면 동서고금의 명인이라 불리는 장기 기사 천 명을 동시에 상대하며 판을 우세하게 지배하고 있는 것과 다름없었다. 한순간도 집중력이 흐트러져서는 안 되고, 단 하나의 실수도 용납되지 않는다. 그럼에도 달성하는 것은 하늘의 별 따기나 다름없는, 이야기 속에서도 존재하지 않을 법한 업적이었다.

과거부터 현재에 이르기까지── 그래, 그 베루다나바조차 그런 재주는 불가능하다.

(도대체 어떻게──.)

트와일라잇의 의식이 '하얀 어둠'에 휩쓸리며 사라졌다.

테스타로사에게서 해답을 얻어 지적 호기심은 충족되었을 텐데, 새로운 의문이 생겨난 바람에 마음이 채워지지 못한 채로———.

*

모스의 '결계' 안에 있는 자들은 바깥의 상황을 확인하기 어려웠다. 그렇지만 싸움의 자세한 상황을 모르는 상황에서도 왠지 모르게 테스타로사가 이길 것 같다고 생각했다.

테스타로사가 지는 모습이 상상이 가지 않는다는 것도 이유였지만, 밖을 가득 메우고 있는 '하얀 어둠'에서 근원적인 공포를 느꼈기 때문이었다.

모스의 반응이 특히 두드러졌다.

"큰일 났다?! 테스타로사 님, 엄청나게 화나신 것 같아…….."

백색으로 닫히기 직전 희미하게 '감지'할 수 있었는데, 테스타로사는 전신이 상처로 가득했다. 전부 회복한 것 같긴 하지만, 그렇다고 해서 괜찮다며 넘길 수 있는 이야기는 아니었다.

긍지 높은 백의 여왕의 옥체에 상처가 났다—— 라는 것이 문제인 것이다.

그것은 즉, 트와일라잇의 공격이 테스타로사의 옥체에 닿았다는 것을 의미한다.

테스타로사가 마법만을 다뤘다면 그런 사태는 일어날 수 없었다. 원거리에서 일방적인 공격을 퍼부어 결코 자신에게 접근하지 못하도록 행동하기 때문이다.

그러나 현 상황은 그렇지 않았다.

트와일라잇의 전투 실력이 뛰어나 테스타로사가 자존심을 버리게 만들 정도였던 것일까?

그렇더라도 모스로서는 믿을 수 없는 일이었다.

상대가 베루글린드 같은 '용종'이었다면 그나마 참을 수 있었을 것이다.

하지만 상대는 신조. 옛 신들 중 한 명이자 경외 받는 존재이긴 하지만, 7군주의 일각인 테스타로사 입장에서는 존경할 상대가 아니었다.

"물론 강한 건 인정하지만. 테스타로사 님은 격투전에는 서투시니까⋯⋯."

"저도 잘 못 하는걸요?"

"뭐, 특기는 아니죠."

모스가 중얼거린 말에 레인과 미저리가 반응했다.

소우카는 침묵을 지켰지만, 거기엔 복잡한 이유가 있었다.

(저는 격투전에는 자신 있는데⋯⋯ 잘 못 한다고 하시는 분들보다는 약하거든요⋯⋯.)

씁쓸한 이야기지만, 슬프게도 사실이었다.

그런 소우카의 비애를 뒤로한 채 대화는 계속 이어졌다.

"하지만 이상하단 말이죠⋯⋯."

"뭐가요?"

모스가 위화감을 설명하기 위해 조금 생각한 뒤 입을 열었다.

"테스타로사 님은 방어가 특기시거든요. 당연하지만 상대의 특기 분야에서 싸워줄 만큼 자비로운 분은 아니셔서, 지금 상황 자체가 부자연스럽게 느껴져요.”

실제로 테스타로사는 격투전에 어울려주고 있었다. 마법도 사용하고 있지만, 굳이 그 자리에 머물며 트와일라잇의 공격에 대처하고 있었던 것이다.

그것은 확실히, 조금의 대미지도 입지 않기 위해 원거리를 선호하던 테스타로사답지 않은 행동처럼 느껴졌다.

그 설명을 듣고 레인과 미저리가 고개를 끄덕였다.

“그렇군요. 뭐, 확실히 그러네요. 저도 이기기 위해서라면 뭐든지 했을 테니까요. 상황을 막론하고 제게 특기인 분야로 끌고 갔겠죠.”

“맞아요. 하지만 테스타로사는 그렇게 하지 않았어요. 그렇다는 건——.”

거기에는 이유가 있는 것이다.

“저, 궁금한 게 있는데요——.”

여기서 소우카가 조심스럽게 입을 열었다.

“뭐야?”

귀찮다는 속내를 감추며 모스가 재촉했다.

이 상황에서 소우카가 할 수 있는 일은 아무것도 없었으니, 모스는 그녀가 얌전히 있어주길 바랐다. 그래서 소우카의 의견 따위는 크게 신경 쓰지 않았는데, 이어진 말을 듣고 눈을 휘둥그레 뜨게 된다.

“테스타로사 씨의, 뭐였죠? 으음, ‘니힐리스틱 월드’였나요? 그건 어떻게 된 거죠?”

“뭐?”

그러고보니…… 하고 모스는 그제야 떠올렸다.

테스타로사는 ‘니힐리스틱 월드’를 펼쳐서 이 자리에 숨어 있던 트와일라잇을 찾아냈다.

그것이 1단계이자 공격 대기 상태였다.

여기서 공격으로 전환하게 되면, 테스타로사가 지정해 두었던 효과 범위 내 모든 것들이 ‘허무’의 맹위에 노출되고 만다.

그렇게 되면 적과 아군 관계없이 규정량의 에너지가 상쇄되며 소멸하게 된다. 모스나 소우카는 피할 방법이 없기 때문에, 아직 살아 있다는 것은 테스타로사가 ‘허무’를 해방하지 않았다는 뜻이었다.

그보다 애초에——.

“장시간 ‘허무’를 계속 유지하는 건 테스타로사 님도 불가능하실 테니까. 아마 진작에 해제하지 않으셨을까?”

——그것이 모스의 감상…… 아니, 소망이었다.

테스타로사가 자신의 특기인 마법전으로 끌고가지 않았던 것도, 다른 **무언가**에 힘을 할애하고 있었기 때문은 아닐까?

아니, 그럴 리가 없지—— 모스는 자신의 생각을 부정했다.

위험하기 짝이 없는 ‘허무’를 펼친 채로 장시간 전투를 벌이다니, 아무리 생각해도 정신 나간 짓이었다.

만일의 경우, 정말 만일의 이야기이지만, 전투 중에 테스타로사가 한순간 기절이라도 한다면 제어를 잃은 ‘허무’가 풀려버린다.

트와일라잇에게 공격을 받은 것처럼 보였으니 순간적으로나마 의식이 날아갈 위험성은 충분히 있었다. 평범하게 ‘허무’를 제어하는 것만으로도 소모가 크기 때문에 모스가 생각하기에 계속해서 펼치고 있는 것은 말도 안 되는 일이었다.

(역시 그런 위험을 감수하시지는 않았겠지── 괜찮으신 거죠, 테스타로사 님?)

모스는 불안한 마음을 삼키며 기도했다.

하지만 기도하는 상대는 테스타로사였기 때문에, 그런 바람이 전해질 리가 없었다.

"하지만 모스 군. 저건 아무리 봐도 '허무'인데요?"

"그러게요. 아무리 봐도 공격성을 갖고 트와일라잇을 잠식하고 있어요."

무심한 목소리로 그렇게 말한 것은 레인과 미저리였다.

지적하지 않아도, 모스도 이미 알고 있었다.

"말도 안 돼……."

(그럼 만에 하나, 아니, 억에 하나라도 세상이 멸망할 위험이 있었다는 거야?!)

그 사실을 이해하자마자 모스는 다리에 힘이 풀려 주저앉을 뻔했다.

"와, 테스타로사 씨는 역시 대단하시네요! 그 2단계인지 뭔지 하는 단계에서 공격을 감행했다면 저희 모두 죽을 거라고 생각했거든요."

아무것도 이해하지 못한 소우카가 조금 엉뚱한 감상을 말했다.

"으음, 그러게요."

레인은 얼버무리듯이 쓴웃음을 지었다.

"죽는다고 해야 하나, 음, 모르는 편이 더 행복할지도 몰라요.

그래도 듣고 싶은가요?”

설명하려다가 말끝을 흐린 미저리가 부러움이 담긴 얼굴로 소우카를 바라보았다.

그것만으로 소우카는 사태를 파악했다.

“아뇨, 필요 없습니다. 은밀로서 정보를 파악하고 싶은 마음은 있었지만, 지금은 버리겠습니다!”

여기서 책임감보다 마음의 평안을 선택할 수 있는 것이 소우카의 강점이었다.

하지만, 그것이 정답이었다.

여기서 세계 멸망의 위기였다는 설명을 들었다 한들 소우카로서는 감당할 수 없었을 것이다.

그렇게 판단한 레인이나 미저리에게도 의외로 상냥한 면모가 있다고 볼 수 있었다.

각양각색의 생각에 잠긴 자들 너머로, 트와일라잇의 존재가 소멸해갔다.

그것을 보고 레인이 크게 기뻐했다.

“좋았어! 망할 트와일라잇 녀석, 완전 꼴 좋네요!”

오랫동안 쌓여왔던 울분을 시원하게 풀어내듯 꽤 진심이 느껴지는 목소리로 소리친다.

이에 미저리가 동의했다.

“뭐, 하긴. 대단한 문제아였으니 속 시원한 기분이 더 크네요.”

그 말을 듣고 있던 소우카마저 위험한 사람이었구나, 하며 납득하고 있었다.

위기가 지나갔다는 안도감에 모두의 긴장이 서서히 풀려갔다.

"아주 좋아요. 전 테스타로사와 싸워서 비겼으니까, 사실상 제가 트와일라잇을 쓰러뜨린 거라고 해도 과언이 아니죠. 숙원 중 하나를 이룬 기분이라 정말 후련하네요!"

심지어 레인은 아무것도 하지 않았음에도 자신에게 상당히 유리한 해석까지 하고 있었다.

그러나 아직 문제가 해결된 것은 아니었다.

당초의 목적이었던 베루자도는 건재했고, 이 땅은 '순백의 닫힌 세계'로 뒤덮여 있었다.

그것을 다시 상기시키듯이, 기이와 베루자도의 격투가 본격적으로 움직이기 시작했다.

＊

공중에서 흰색과 붉은색의 오라(패기)가 교차했다.

성계조차 삼켜버릴 정도의 열량이, 그 작은 질량에 가득 차 있었다. 충돌만으로도 대파괴가 일어날 수 있었지만, 지상은 보호받고 있었기에 빙설이 미친 듯이 휘몰아치는 것에 그치고 있었다.

베루자도에게는 기이의 공격이 통하지 않았다.

전력을 다한 것이 아니었기 때문이다.

기이는 모든 것을 파악하고 있었다.

테스타로사의 승리도, 바보들의 헛소리도.

그리고 적대하는 베루자도의 변화까지도.

제삼자가 있다는 사실을 도중에 알아차리고 계속 경계하고 있었다. 베루자도를 상대하며 탐색하는 것은 어려웠지만, 그 정체는 테스타로사가 밝혀냈다. 게다가 지금, 실로 친절하게도 쓰러뜨려 주기까지 했다.

이제 온전히 베루자도에게 집중할 수 있다는 뜻이었다.

(그나저나 정체가 트와일라잇이었던 건가. 그렇다는 건 저걸로 죽었다고 볼 수는 없겠군. 아직 베루자도 안에 남아 있겠지——.)

기이는 그렇게 추측했다.

그리고 아마 테스타로사도 눈치채고 있을 것이라고 생각했다.

테스타로사는 기이도 인정할 만한 대단한 인물이었다.

백의 여왕이라는 이름에 부끄럽지 않은, 흉악한 권능을 보여주었다.

종래의 상식대로라면 '허무'는 제어할 수 없다. 한번 해방하면 '니힐리스틱 월드'의 효과 범위에 갇힌 모든 존재가 삼켜지는 것이 맞았다.

그런데 테스타로사는 완벽하게 조종하여 트와일라잇만을 소멸시킨 것이다.

이는 기이가 보기에도 놀라운 현상이었다.

그리고 기이만은 알아차렸다.

테스타로사가 벌인 일이, 믿을 수 없을 만큼 고난이도에 터무니없는 기술이라는 사실을.

테스타로사는 시간을 들여 '허무'로 감옥을 만들어냈다. 그 내부에 트와일라잇을 봉인하고 감옥 바깥과의 연결을 차단했다.

'화이트 플레어'로 다 태워버린 그 순간, '정보자'의 움직임을 관찰해 베루자도의 내부에 있는 **본체**를 확인했겠지.

기이도 같은 일을 했기 때문에, 테스타로사가 한 행동의 의미를 제대로 이해할 수 있었다.

(무서운 짓을 벌였군. 나라도 해도 방심했더라면 졌을지도 모르겠어.)

그러면서 있을 리 없는 생각을 하기도 했다.

기이가 방심할 일은 없었으므로 이는 공상에 지나지 않는 가정이었다.

어쨌든, 테스타로사의 위협도를 재평가할 필요가 있다는 것만큼은 분명했다. 하지만 그것은 나중에 생각해도 될 일이었다.

지금은 베루자도를 멈추는 것이 우선이다.

"기이, 알고 있겠죠?"

"당연하지."

"그럼 됐어요. 저는 쉴 테니 뒤는 맡겨도 될까요?"

"그래. 베루자도를 감싸고 있는 '허무'는 그대로 놔두는 거겠지?"

"후후후, 어쩔 수 없죠. 빚으로 달아둘게요."

테스타로사는 그런 말을 남기고 지상으로 내려가 버렸다.

자존심 때문에 결코 인정하지는 않겠지만, 이미 엄청난 피로로 허공에 떠 있을 마력조차 남아 있지 않을 것이다. 기이는 그것을 알아차렸지만, 굳이 말로 지적할 만큼 눈치 없지는 않았다.

지적은커녕 무리한 부탁까지 하고 있었다.

테스타로사는 트와일라잇의 본체가 베루자도 안에 있는 것을 확신하고 그녀의 몸을 감싸듯이 '허무'를 펼쳐두었다. 이를 통해 '정보자'에서 정보를 소거하여 트와일라잇의 재생을 막고 있었다.

기이는 그것을 남겨 달라고 부탁한 것이다. 그것은 다시 말해 이대로 계속 '허무'를 유지해달라는 의미였다.

테스타로사는 '빛'이라는 소릴 하며 가볍게 수락했지만, 서로에 대한 확고한 신뢰가 존재하고 있기에 가능한 대화였다.

그런 이유로, 트와일라잇의 방해를 받을 염려는 없어졌다.

기이는 씨익 웃으며 베루자도를 마주했다.

수십 시간 동안 전투를 계속하고 있지만 양쪽 모두 진심은 아니었다.

하지만 이제부터가 본격적인 시작이었다.

연습은 충분히 했으니, 다음은 치명상이 될 수도 있는 일격을 시도할 생각이었다.

(뭐, 이걸로 죽지는 않겠지.)

그렇게 생각하며 손날 공격을 날렸다.

당연하다는 듯 베루자도는 여유로운 표정으로 이를 받아넘겼다.

"칫, 내 캘러미티 클로(재액의 마환조)까지 무효화하다니."

기이가 날린 일격——캘러미티 클로——는 접촉 부분에서 감염형 파멸입자를 침투시켜 적의 내면을 오염시킨다. 육체보다도 정신에 미치는 영향이 크고 스치기만 해도 정신이 오염되는, 정신생명체에 대한 극악의 특효 공격이었다.

직격하지 않아도 효과는 충분하고, 처음 보면 피하기 힘든 기술이었다.

그럼에도 베루자도에게는 통하지 않았다.

베루자도에게 닿은 물질은 모두 순식간에 고정되어 버리고 만다.

어디서든 '정보자' 수준의 영향력을 발휘하기 때문에, 물리적이든 정신적이든 관계없이 모든 것을 얼려버리기 때문이었다.

그래서 베루자도는 짓궂은 아이처럼 미소 지었다.

"당연하죠. 더, 더 많이 검을 부딪혀(사랑을 나눠)요."

그 말을 들은 기이는 살짝 지긋지긋한 기분을 느꼈다.

(이 녀석, 언제까지 마음에 담아두려는 거야?)

처음 만났던 그때부터 변하지 않았구나—— 라고, 기이는 생각했다.

그리고 그와 동시에 한 가지 가능성에 생각이 미쳤다.

베루자도는 감정조차 얼려버린 것이 아닐까.

그렇다면 더욱 성가셨다.

단단한 것일수록 예상치 못한 충격에 취약한 법이니까.

베루자도의 정신에 트와일라잇이 깃들어 있다는 것이 밝혀진 지금, 상황은 예측할 수 없는 방향으로 흐르고 있었다.

*

베루자도는 본래 기이를 시험할 목적으로 접근했다.

오빠—— 베루다나바에게 인정받은 기이를 질투해서.

그렇게 몇 년을 함께 보내면서 조금, 그래, 아주 조금, 즐겁다고 생각하게 되었다.

그것은 어떤 의미에서는 당연한 이야기였다.

아무도 없는 '천성궁'을 관리하는 것은 펠드웨이가 아닌 베루자도였기 때문이다.

계속, 고독하게.

의무감만 남은 현 상황을 의심조차 하지 않고.

그렇기에 더더욱, 기이와의 삶은 신선했고——

이대로는 목적을 잊을 것 같았기에…… 아니, 사실은 고민할 필요도 없었다.

정기적으로 방문하는 '천성궁'에서 베루자도는 자신의 마음(심핵)을 다시 바라보았다. 결코 초심을 잃지 않기 위해, 이제 막 각성한 '레비아탄'과 '가브리엘'을 사용해 자신의 마음을 얼린 것이다.

그리하여 베루자도는 망설임을 버리듯이 감정을 봉인해 버렸다.

그리고 지금.

베루자도는 황홀감 속에 있었다.

계속 바라던 상황에 그녀의 마음은 행복으로 가득 차 있었다.

그래, 베루자도는 계속 바라고 있었다.

진심을 드러낸 기이를 이번에야말로 무찌른다. 그리고 자신이 최강임을 증명할 것이다.

그렇게 하면 기이도 자신을 인정해 줄 것이라고, 베루자도는 그렇게 생각했다.

——어째서 기이를 이겨야 하지?

마음속 어딘가에서 그런 의문의 목소리가 들렸지만, 그것은 묵살했다.

그런 의문이 생기지 않도록 더 단단히 마음을 닫아버렸다.

겉으로는 미소를 짓고 있는 베루자도의 내면에는 계속 눈보라가 몰아치고 있었다.

《자, 지금이야말로 숙원을 이룰 때야.》

　베루자도에게 속삭이는 것은, 협력관계를 맺은 트와일라잇이었다.
　자신의 마음을 완전히 정보화시켜 권능 그 자체로 변한 것이다.
　최근 들어 눈이 돌아갈 정도의 새로운 정보와 사실들이 밝혀진 모양이었다. 트와일라잇은 즐거운 비명을 지르며 그 정보들을 정밀하게 조사했고, 그 결과 급격한 진화를 이뤄냈다.
　이제는 마나스(신지핵)라는, 정신생명체를 초월하는 존재에까지 이른 듯했다.
　'의룡체'도 그중 하나로 비할 데 없는 힘을 지니고 있었지만, 본래는 베루자도와 콤비를 이루어야만 발휘될 수 있었다.

《제일 좋은 건 기이와 교착 상태가 됐을 때 비장의 카드로 '의룡체'를 사용한다는 작전이었는데.》

『어쩔 수 없지. 기이는 방심하지 않으니까.』
　수십 시간 동안 틈을 노렸지만, 미세한 조짐조차 보이지 않았다. 기이는 처음부터 끝까지 경계를 늦추지 않았다.
　늦추긴커녕 베루자도가 무언가를 숨기고 있다는 것을 확신하는 눈치였다.
　그래서 베루자도는 그 작전은 실패할 것이라고 생각하고 있었다.
　테스타로사에게 방해를 받은 것은 예상 밖의 일이었지만, 상황은 여전히 변화가 없었다.

《뭐, 그건 그렇고, 테스타로사(백의 여왕)도 제법이네. 위험하기 이를 데 없는 '허무'를 본인의 의지로 조종할 수 있게 되다니.》

『맞아. 지금도 내 몸을 감싸고 있으니 '의룡체'도 쓸 수 없어.』
사실 베루자도는 하얗게 빛나는 어둠에 휘감겨 있었다.
여기서 벗어날 수 없는 것은 아니지만, 기이를 앞에 두고 하기에는 위험했다.
허무에는 에너지를 흡수하는 성질이 있기 때문에 베루자도가 마력을 방출하면 없앨 수는 있었다.
하지만 거기서 끝날 것 같지는 않았다. 또다시 '허무'를 소환한다면 결국 헛수고로 돌아갈 것이 눈에 선했다.
참으로 귀찮고 번거로운 공격이었다.

《방출계는 전멸이네. 위력이 경감하는 것뿐이라면 몰라도 쏘는 순간이 다 보이니까 회피도 여유로울 거 아냐.》

역시 트와일라잇, 그 분석 능력은 탁월했다.
내보낸 유사 인격은 테스타로사에게 완패했지만, 조언자로서는 이보다 더 유능할 수가 없었다.
테스타로사의 목적은 트와일라잇의 봉쇄였다. 그것은 즉 기이에게 쓸 수 있는 비장의 카드 하나를 잃었다는 것을 의미했다.
이제 당초의 작전은 버릴 수밖에 없었고, 정면에서 승부수를 띄워야 했다.

『나로서는 기쁜 상황이야.』

이 말에는 트와일라잇도 대꾸하지 않았다.

확실한 승리를 목표로 한다면 몰라도, 베루자도의 목적은 달랐기 때문이다.

《——기이를 쓰러뜨리고, 네가 하고 싶은 대로 하면 돼.》

그래, 그렇게 할게—— 베루자도는 비장한 미소를 지었다.

다음 순간, 베루자도는 욕망을 해방했다.

원래도 참지 않았지만, 그래도 마지막 일선만큼은 지키고 있었다. 그러나 지금, 기이를 손에 넣기 위해 이성을 버린 것이다.

"기이! 나에게는 당신이 전부! 계속 당신을 보고 있었어요. 당신만을 보고 있었어요. 그런데 왜 당신은 날 봐주지 않는 거죠? 나를 봐요. 나만을 봐(사랑해)줘요——!"

그것은 베루자도의 진심 어린 외침이었다.

이기적이고 제멋대로인, 그러나 무엇보다도 순수한 소망이었다.

*

공중에 정지해 베루자도와 거리를 두고 있던 기이는 위험을——공포를 느끼고 후방으로 비상했다.

간발의 차이였다.

본래 있던 자리에는 거센 빙설이 휘몰아치고 있었다.

급격한 기세로 베루자도의 맹공이 시작된 것이다.

작전을 버린 베루자도는 진정한 위협 그 자체였다.

최강의 '용종' 중에서도 베루자도는 격이 달랐다.

'성왕룡' 베루다나바에 버금가는 존재로서, 저력을 알 수 없는 힘을 간직하고 있었다.

방출된 엄청난 마력이 파동이 되어 휘몰아치며 테스타로사의 '허무'를 날려버리려 했다.

이는 베루자도가 의도한 것이 아니라, 전투의 고양에 따른 위협 행위에 지나지 않았다. 그럼에도 효과는 즉각적이었다.

"큭, 대단한 기세네…… 비싸게 달아둘 거예요, 기이!"

모스의 '결계' 내에 합류하려던 테스타로사가 불평을 쏟아냈다.

그럼에도 포기하지 않고 '허무'를 조종하여 베루자도의 마력을 잘 흘려보내고 있었다. 그 뛰어난 기량은 이제는 거의 예술의 영역이었고, 늘 경쟁하려 하는 레인조차 "저건 못해"라며 일찌감치 패배를 인정해 버렸다.

기이마저 인정했을 정도였다.

"감사하지, 테스타로사!"

여기서 트와일라잇까지 나오면 귀찮았고, 기이의 승리는 더욱 멀어질 것이다. 테스타로사가 와줘서 다행이라고, 기이는 진심으로 그렇게 생각했다.

테스타로사로서도 한 번 더 상대할 만한 여유는 없었다.

첫 번째 작전이라 통했지만, 두 번째라면 대책을 간파당할 것이다.

그 이전에, 아무리 쓰러뜨려도 부활하는 적 따위는 무시하는 것이 상책이었다. 그것이야말로 라미리스의 미궁에서 특별 훈련을 거듭하며 얻은 교훈 중 하나였다.

지금의 베루자도를 막으려 해 봤자 누구라도 한순간에 나가떨어질 것이다.

테스타로사도 무리였다.

책략을 써서 어떻게 해 볼 수준도 아니었고, 대화도 통하지 않는다.

속수무책이다.

이렇게 되어버린 베루자도를 상대할 수 있는 사람은, 손에 꼽을 정도밖에 되지 않았다.

아니, 오히려——.

(베루도라 님이나 베루글린드 님이라도 무리일지도 모르겠네요…….)

상대할 수 있는 것은, 동격인 '용종'이나—— 기이뿐.

(리무루 님이라면 어떻게든 해 주실 것 같지만…… 그런 생각을 하는 시점에서 저도 자격 미달이로군요.)

테스타로사는 애써 스스로를 자제했지만, 그녀를 탓할 사람은 아무도 없었다.

이 자리에 리무루는 없으니, 누가 뭐라든 자신들끼리 해결할 수밖에 없는 것이다.

"——기이에게 맡길 수밖에 없겠네요."

베루자도를 막을 수 있는 가능성이 있는 기이에게, 남은 모든 희망이 맡겨졌다.

테스타로사는 드디어 '결계'까지 도달했다.

모스의 '결계' 내부는 테스타로사가 합류하는 것을 예상하고 쾌적하게 바뀌어 있었다.

이 참에 점수를 벌어두자고 생각한 모스가 기온을 조절해 둔 덕분이었다.

봄의 햇살만큼이나 따스한 온기가 돌아 얼기 직전이었던 소우카도 한숨을 돌릴 수 있었다.

거기서 그치지 않고, 모스는 '물질창조'로 의자까지 만들어냈다.

얼어붙은 땅에 앉아 있을 수도 없었기에 모스 일행은 계속 서 있을 수밖에 없었는데, 테스타로사에게 그런 짓을 시킬 수는 없었기 때문이다.

명령을 받은 뒤에 움직이는 것은 이류. 일류는 주인의 심기를 거스르지 않도록 미리 모든 것을 준비해 두는 법이다.

모스는 그 이론을 충실히 지키며 테스타로사를 섬기고 있었다.

"모스 **군**, 왜 처음부터 이 상태로 두지 않은 거죠?"

재빠르게 의자에 앉은 레인이 불평했다. '군'을 강조하는 것에서 상당한 언짢음이 느껴졌다.

레인은 추위를 많이 타는 탓에 지금까지 계속 참고 있었다. 없는 것을 달라고 해도 의미가 없다—— 그렇게 생각할 정도의 상식은 갖고 있었기 때문에 얌전히 있었던 것이다.

그런데.

미저리와 레인, 거기에 소우카 몫의 의자까지 준비된 것이 보니 의심할 여지 없이 힘을 남겨두었다는 생각이 들었다.

레인 입장에서는 '가능하다면 처음부터 해!'라고 말하고 싶었다.

왜 테스타로사만 우대하느냐며 따지고 싶었다.

“무슨 말을 하는 걸까요, 레인은?”

준비된 의자에 우아하게 걸터앉은 테스타로사가 어이없다는 얼굴로 물었다.

이에 대답한 사람은 미저리였다.

“미안해요, 테스타로사. 레인도 열심히 하느라 스트레스가 좀 쌓인 모양이에요.”

“미저리, 당신이 너무 응석을 받아주는 게 아니고요?”

“그렇지 않아요.”

“열심히 하는 애한테는 힘내라고 해 봤자 부담만 늘어나니 역효과겠지만, 열심히 하지 않는 애한테는 조금 찔러주는 정도가 딱 좋아요.”

“──? 무슨 소릴 하고 싶은 거죠?”

정말 이해가 안 간다는 표정을 짓는 미저리의 모습에 테스타로사는 진심으로 어이가 없었다.

“레인은 열심히 하고 있잖아요.”

“뭐라고요? 진심으로 하는 소리예요?”

“당연하죠.”

“당신, 혹시 기이한테 안 좋은 시선 받은 적 없나요?”

“있긴 하지만, 제 실력이 부족해서 그런 거겠죠.”

아니에요── 테스타로사는 그렇게 생각했지만, 그것을 입 밖으로 꺼내는 것은 망설여졌다.

미저리에게 약간의 동정심이 든 것이다.

대화가 끊기며 결계 안이 조용해졌다.

밖에서는 기이와 베루자도의 싸움이 격화되고 있었기에 아무런 화제가 없으니 긴장감만 더해졌다. 그렇다고 해도 섣부른 화제는 피하는 것이 상책이었다.

참고로 모스는 공기처럼 존재감을 지우고 있었다.

소우카에게 숨듯이 나란히 앉아, 남의 일이라는 얼굴로 묵묵히 자신이 할 일을 하고 있었다.

태초들의 대화에서 자신의 이름이 나오면 스트레스가 치솟는다. 더는 자신의 이야기가 나오지 않기를 바라며 흘려 듣는 것이 최선이었다.

하지만 그런 모스의 바람은 통하지 않았다.

"모스를 좀 봐요. 제 덕에 제법 유능하게 잘 크고 있잖아요."

제발 그만해 주세요—— 하고 모스는 생각했다.

(제가 실패라도 하면 존재를 소멸시킬 기세로 화를 내시잖아요!)

찔러준다거나 하는 그런 귀여운 수준의 이야기가 아니었다. 실패를 절대 용납하지 않겠다는 중압감에 짓눌리고, 그것을 견뎌낸 자들만이 살아남을 수 있는 것이 현실이었다.

그것을 마치 자신의 공적인 양 말하다니—— 라고 말할 수 있으면 속이 시원했겠지만, 모스는 조개처럼 입을 다물고 '테스타로사 님의 말이 맞습니다'라는 태도를 보였다.

"뭐, 그렇죠. 모스를 보면 당신이 교육 면에서도 유능하다는 건 인정하겠지만…… 그래도. 레인도 하면 할 수 있는 아이예요. 울기는 했지만, 당신과도 비겼잖아요?"

"……언제적 이야기죠, 그거?"

의아한 표정을 짓는 테스타로사.

이에 화답한 것은 미저리가 아니라 화제에 등장한 레인이었다.

"옛날얘기는 이제 그만하죠. 그보다 지금은 어떻게 하면 기이 님이 확실하게 승리하실 수 있을지를 생각하는 게 더 중요하지 않을까요?"

불편한 이야기를 피하고 싶다는 속내가 훤히 들여다보였다.

"노골적으로 화제를 바꾸다니, 놀라울 정도로 고전적인 수법이네요……."

작게 중얼거리는 소우카.

그 상대는 모스였다.

(부탁이니까 조용히 좀 있어 줄 수 없을까? 적어도 날 끌어들이지는 말아 달라고!)

울고 싶은 마음으로 먼 곳을 바라보는 모스였다.

레인이 몸을 부들부들 떨었다.

(어째서죠? 제 입장이 엄청 위태로워진 느낌이에요…….)

자업자득이었다.

그러나 레인은 원인을 다른 사람에게서 찾는 성격이라 자신이 잘못했다는 생각은 하지 못했다.

이번에도 둘러대기가 통하지 않는다는 것을 이해하자마자 바로 다음 수를 내밀어왔다.

즉, 또 한 번의 화제 전환이다.

자신감을 한껏 드러내며 레인이 선언했다.

"어쩔 수 없네요, 승리를 위해서라면. 제가 가서 기이 님을 도와드려야겠어요!"

어떤가요?—— 그렇게 묻는 것처럼 레인이 말을 내뱉었다.

그 말을 들은 테스타로사가 코웃음을 쳤다.

그리고——.

"죽고 싶다면 말리지는 않겠어요. 한순간에 당해서 우리에게 웃음만 주고 끝나겠죠."

바로 조금 전 자신이 했던 말을 실천하기라도 하듯 신랄한 의견으로 레인을 찔러댔다.

소우카는 '발언권이 없다'라는 태도로 자중하고 있었는데, 테스타로사의 의견에 동의했다.

모스도 마찬가지였다. 주군이 말하는 것이니 맞다는 문제 이전에, 상황을 생각하면 레인의 발언에는 실소가 나왔다.

레인도 최강의 일각에 속하는 정상의 존재이긴 하지만, 정점인 상대와 맞서기엔 확실히 불리했다.

테스타로사의 의견이 맞다는 것은 누구나 납득할 수 있는 일이었다.

이번에는 미저리조차 레인을 감싸주지 못했다.

"뭐, 맞아요. 가더라도 기이 님께 방해만 될 뿐이니 우리는 우리가 할 수 있는 일을 열심히 하도록 하죠."

그런 말로 레인을 달래는가 싶더니, "그러고 보니 제 부하들도 루벨리오스로 다 보냈어요"라며 능숙하게 화제를 바꿔버렸다.

놀림감이 된 레인은 울상을 지었지만, "그러고 보니 밖은 춥기도 하니까요"라고 말하며 신속하게 기분을 바꿔버렸다.

빠른 회복 속도도 역시 레인의 장점 중 하나였다.

"레인의 부하들도 같이 베루글린드 님께 부탁해 루벨리오스로 데려가 달라고 했으니까요. 이쪽도 힘들지만 저쪽도 힘내주길 바라야겠죠."

"그러게요. 베루자도 님을 제정신으로 돌려놓는다 해도 세계가 멸망하면 고생한 의미가 없으니까요. 그 부분은 현지에 있는 루미너스 님께 기대기로 할까요."

그런 식으로 화제는 옮겨갔다.

"그래서, 카레라 일행은 찾았나요?"

테스타로사가 모스에게 물었다.

질문 형식이지만 원하는 대답은 긍정뿐이었다.

모스도 그것을 이해하고 있었기에 망설임 없이 고개를 끄덕였다.

"아, 네."

"그럼 됐어요. 이 눈 아래에 있겠죠?"

"그렇습니다."

모스는 망설임 없이 단언했다.

흔적을 탐색하며 조금씩 이동해 카레라 일행의 얼음 조각상 바로 위까지 도달한 것이다.

베루자도의 빙설이 몇 미터는 쌓여 있어서 시야에 얼음 조각상은 들어오지 않았다. 하지만 틀림없이 '결계'를 친 지점 바로 아래에 카레라 일행의 반응이 있었다.

밀림 부하들의 반응도 조금 떨어진 곳에 모여 있었다. 생명 반응은 없지만 이에 대해서는 걱정하지 않았다.

(베루자도 님의 권능으로 한순간에 얼려버렸으니 반대로 소생시키기는 더 쉽겠지.)

영혼이 소실되면 부활도 불가능하지만, 지금 상황이라면 그럴 걱정은 없었다. 그래서 모스 역시 그 점은 신경 쓰지 않았다.

테스타로사도 마찬가지였다.

이 자리에서 통용될 만한 전력—— 그것은 카레라와 오베라뿐이었다.

칼리온이나 프레이, 미도레이와 같은 밀리언 클래스(초급 각성자)의 강자들. 그보다는 조금 못 미치지만 에스프리나 삼수사등도 희귀한 전력이었다. 하지만 기이나 베루자도에게는 상대가 되지 않았다.

구조는 뒤로 미루는 것이 안전했다.

그럼에도 테스타로사로서는 피로가 쌓인 자신 대신 카레라를 부활시키고 싶다고 생각했다.

그러는 김에 오베라도 부활시킨다면 더 바랄 것이 없었다.

백색 세계에서의 싸움의 결말은, 아직은 예단하기 어려웠다.

그런 만큼 가능한 한 전력을 확보해 두고 싶었다.

"서둘러 파내도록 해요."

"뜻에 따르겠습니다."

모스 입장에서는 '그런 무모한 짓을!'이라며 반론하고 싶은 것이 본심이었지만, 대답은 승낙 외에는 허락되지 않는다.

어차피 움직이지도 못할 텐데—— 그런 한탄을 하면서도, 테스타로사에게 명령받는 대로 최적의 행동을 개시했다.

*

베루자도의 외침을 듣고 고심하던 기이에게 한 가지 생각이 떠올랐다.

"베루자도, 너…… 그랬군, 눈치채지 못했어. 네놈은 계속 나한 테 '질투'를 느끼고 있었던 건가──."

기이의 중얼거림에 베루자도가 작게 반응했다.

웃은 것이다.

그러나 그것이 폭주의 중단을 의미하지 않았다.

"기이, 나는── 계속, 당신을──."

그리고 세계가 하얗게 물들었다.

테스타로사의 '니힐리스틱 월드'와는 질이 다른 그 흰색은, 순도 높은 투명감이 느껴지는 압도적인 '절대정지'── '이터널 월드(얼어붙은 세계)'였다.

지배자의 의사에 따라 모든 법칙의 작동이 강제로 멈춰버렸다.

시간만이 천천히 흘러가는 와중, 기이는 약간의 당혹감과 깊은 납득을 느끼고 있었다.

(그래, 질투의 싹이 늦게 자란 이유가 있었군.)

그리고 이해했다.

이 시점에서 기이는 베루자도가 숨겨둔 권능을 깨달은 것이다.

하지만 그 효과의 정도는 여전히 불분명했다.

상반되는 권능이다.

그것을 제어한다고 하면 어설픈 정신력으로는 어려웠다.

베루자도이기에 가능했다. 그리고 그것을 기이가 깨닫지 못하게 한 시점에서 기이의 패가 베루자도에게 드러났다고 보는 것이 맞았다.

그럼 어떻게 해야 할까?

기이는 다시 한번 고민에 빠졌다.

꽤 편안한 '결계' 내부와는 달리 당사자인 그는 무척 진지했다.

문제를 정리해 보면 어떻게 베루자도의 폭주를 멈춰야 하는가, 그 한 점으로 집약된다.

이바라제의 내습을 어떻게 막을 것인가 하는 문제도 있었지만, 그쪽까지 신경을 쓰고 있을 여유는 없었다.

'두 마리 토끼를 잡으려다 모두 놓친다'라는 말도 있듯이, 기이는 자신의 실력을 제대로 파악하고 있었기에 확실한 성과를 낼 수 있는 방침으로만 움직였다.

베루자도가 조종당했다면 이야기는 간단하겠지만, 그렇지 않았다.

그녀는 그녀의 뜻으로 기이에게 도전하고 있었다.

그렇다면 기이로서는 베루자도가 만족할 때까지 어울려줄 수밖에 없었다.

(칫, 그게 귀찮다는 건데…… 할 수밖에 없겠군.)

베루자도를 쓰러뜨린다. 그 후의 일은 이긴 뒤에 생각할 수밖에 없었다.

하지만 그것은 무척 어려운 상황이었다.

지금도 또 터무니없는 위력을 가진 절대냉동파가 기이의 뺨을 스쳤다. 직격했다면 수많은 방어수단과 '다중결계'까지 관통당해 치명상을 입었을 것이다.

그 증거로 멀리서 산맥이 무너져내리려는 조짐이 보였다.

중턱 암반에 직격한 결과, 분자결합이 풀리며 무게를 견디지 못한 것이다.

불합리할 정도의 폭력이었다.

(제멋대로인 '용종' 녀석들은 이래서 곤란하다니까.)

주위에 미칠 피해 따위는 생각하지 않고 자신의 기분에 따라 힘을 휘두른다. 그러한 인종은 기본적으로 전투에 적합해서 더욱 성가셨다.

사실 기이도 옛날에는 비슷한 성격이었지만, 지금은 베루다나바와 한 약속이 있었다. 자유롭게 살고 있긴 하지만 주변에도 눈을 돌리게 된 것이다.

그렇기 때문에 불리하다는 것을 실감한 것이기도 했다.

기이는 베루자도를 바라보았다.

백빙색의 머리와 황금빛 눈동자가 아름다웠다.

무서울 정도의 미인이지만, 그 위험도도 아름다움과 비례하는 것 같았다.

무한하고 압도적인 마력을 자랑하는 베루자도를 상대로, 기이도 패를 아끼고 있을 여유는 없다며 각오를 다졌다.

(정말이지, 나를 여기까지 몰아세우다니.)

기이가 궁지에 몰렸던 것은 과거 엘도라도에서 베루자도와 싸울 때나 루드라와 싸울 때 이후 처음이었다.

그러나 그것이 곧 패배를 의미하지는 않았다.

진심을 드러내는 일이 극히 드문 것뿐이었다.

사실, 기이의 힘인 얼티밋 스킬 '루시퍼(오만지왕)'는 기이가 다루기에 비로소 최강의 권능이 될 수 있었다.

이 스킬(능력)── '루시퍼'의 권능은 다양하지만, 그 진수는 '한

번 본 능력의 완전 재현'이었다.

기이가 다른 마왕들에게 얼티밋 스킬이 생겨나기를 기다린 이유 중 하나이기도 했다.

최강의 존재에 이르기 위해서는 다양한 얼티밋 스킬을 관찰하고 그것을 자신의 것으로 흡수하면 된다. 그렇게 생각한 기이는 태고의 옛날부터 현재에 이르기까지 수많은 강자에게서 권능을 배워왔다.

그 결과로, 온갖 다양한 상황에 대처할 수 있게 되었다.

그것은 당연히 전투 면에도 반영되었다.

트와일라잇이 보여준 '의룡체'도, 테스타로사가 숨겨두고 싶었을 '니힐리스틱 월드'조차도, 기이는 '루시퍼'로 모방이 가능했다.

이것이야말로, 기이가 가장 흉악할 수밖에 없는 이유였다.

적의 권능마저도 자신의 것으로 삼을 수 있었으니, 공격 수단에서 기이가 질 일은 사라진다.

그것은 상대가 베루자도라 해도 예외는 아니었지만, 이번만큼은 어려웠다.

기이로서는 베루자도의 능력을 해석하여 자신의 것으로 삼아버리고 싶었다. 그렇게 하면 그것을 무효화하는 것도 쉬워질 테니 확실하게 승리하여 베루자도를 제압할 수 있을 것이다.

그러나 그러기 위해서는 대상이 권능을 사용하게 만들어서 그것을 인식해야만 했다.

(칫, 여차할 때가 아니면 내 앞에서는 쓰지 않겠지.)

베루자도는 기이가 다른 사람의 권능을 따라할 수 있다는 것을 알고 있었다. 그러니 더더욱 비장의 카드인 자신의 권능을 드러내는 짓은 하지 않을 것이다.

그래서 지금도 '가브리엘' 외에는 쓰고 있지 않았다.

기이는 베루자도의 '가브리엘'에 대해서는 원래부터 파악하고 있었다. 그래서 조금 전까지의 전투에서도 최소한의 노력만으로 대처가 가능했고, 위험한 공격은 모두 사전에 감지하여 완벽하게 회피할 수 있었던 것이다.

다만 권능을 파악하고 있는 것만으로는 의미가 없었다. 권능과는 관계없이 베루자도의 힘은 위험했고, 에너지양의 차이에 의한 힘 싸움에서 조금이라도 빈틈을 드러내면 그 순간 뼈아픈 치명타를 맞을 수도 있었다.

기이에게 자신의 권능을 보여준다면, 그것은 결정적인 순간이 될 것이다. 그 찰나의 순간 기이의 '해석'이 늦지 않게 맞출 수 있을지 어떨지, 아마도 그것이 승부의 갈림길이 될 것이다.

그것을 이해하고 있었기에 기이는 더욱 불만스러웠다. 싸움이란 확실히 승리해야 하는 것이지, 앞을 예상할 수 없는 상황은 있어서는 안 된다.

하물며 내기나 다름없는 작전이라니…… 기이는 자신의 긍지를 짓밟힌 기분을 느꼈다.

하지만 그럼에도—— 기이는 자신의 강함을 믿었다.

(뭐, 내가 질 리는 없겠지만.)

아무리 궁지에 몰린다 해도, 기이의 마음이 무너지는 일은 없었다.

절대강자로서의 자긍심을 갖고, 기이는 작게 웃었다.

*

얼어붙은 듯한 시간이 지나가고, 기이는 베루자도의 '절대정지'에서 벗어났다.

그 권능을 이해하지 못했다면 움직임이 멈춘 시점 패배가 정해졌을 것이다.

모든 물질에 작용하여 그 운동 에너지를 정지시킨다—— 그런, 힘으로 밀어붙이는 무모한 권능이었다.

무모했기 때문에 오히려 의지의 힘으로 튕겨낼 수 있었다. 기이라서 할 수 있는 거친 행동이었지만, 그 정도로 힘을 소모하지는 않았으니 문제는 없었다.

게다가, 그 시간은 귀중했다.

기이는 베루자도를 계속 관찰하면서 한 가지 확신을 얻었다.

베루자도가 자신의 의지로 움직이고 있는 것은 틀림없지만, 누군가에 의해 부추김을 당했을 가능성이 높다는 확신을.

그 누구는 말할 필요도 없이 베루자도에게 깃든 트와일라잇이었다.

베루자도 본인은 자신의 의사에 따라 행동하고 있다고 생각하는 듯했다. 하지만 그것은 교묘하게 유도된 결과처럼 보였다.

(그 녀석, 나랑 베루자도의 진검승부를 관전하면서 자신의 이론에 써먹을 생각이겠지.)

베루자도는 어리석지는 않았지만 한결같은 면이 있었다. 교묘한 트와일라잇 입장에서 속이는 것은 아기의 손목을 비트는 것보다 더 간단했을 것이다.

성가신 점이라면 이것이 권능에 의한 영향과는 무관하다는 점이었다.

베루자도의 마음을 움직이지 않으면 그의 말은 도달하지 못할 것이다.

그것이 가장 골치 아픈 부분이라, 기이라고 해도 승산이 적은 내기였다.

그렇기 때문에 결단을 내리지 못하고 계속 지켜보고 있었던 것인데…….

슬슬 결단을 내려야 했다.

더 이상 베루자도를 방치할 수는 없었다.

무엇보다, 불길한 예감이 들었다.

트와일라잇은 역대 최악의 쾌락 살인범이다. 쓸 수 있는 모든 책략을 다 써서, 그것이 성공하든 실패하든 개의치 않고 세계에 악의를 뿌려대는 희대의 악당이었다.

예전에는 의외로 미워할 수 없는 면도 있었지만…… 어느 날을 경계로 사람이 바뀐 것처럼 비인도적인 실험을 반복하게 되었다.

(다구류루 놈도 한탄했던가. 결국 무슨 일이 있었는지는 말해 주지 않았다고 말이지. 뭐, 나랑은 관계없지만.)

옛 지인과 무슨 사연이 있었다고 해도, 자신의 소중한 물건에 손을 댄 이상 기이에게는 '적'이었다.

기이는 조용히 분노를 키웠다.

그것은 연료가 되어, 기이의 마음을 뜨겁게 불태웠다.

(시시하군. 불멸이라고? 타인에게 의존하지 않으면 실현조차 불가능한 권능이라니, 분수에 안 맞는다고.)

트와일라잇이 자신의 소망을 성취하고자 하는 것은 본인의 자유이니 알아서 하면 그만이다. 하지만, 거기에 가족을—— 파트너를 이용했다는 점이 불쾌하기 짝이 없었다.

베루자도가 속은 것인지 아닌지에 대해서는 기이의 속단에 지나지 않았다. 하지만 기이는 전에 없이 화가 났기 때문에, 진실이 어떤지는 상관이 없었다.

기이는 베루자도에게 원소마법: 네이팜 버스트(열용염패)를 날렸다. 긴 몸통을 꿈틀거리는 작열의 용이 베루자도 주위에서 미친 듯이 춤을 췄다.

닿기만 해도 대상을 다 태워버리는 마법이었지만, 베루자도에게 통하지 않는다는 것은 이미 예상한 바였다. 기이는 처음부터 이것을 구속 목적으로 사용할 생각이었다.

하지만 이것도 소용이 없었다.

베루자도의 숨결로 생겨난 다이아몬드 더스트에 의해 흩어지더니, 공중에 대형 불꽃을 피우며 사라져버린 것이다.

프리징 브레스(빙결토식, 氷結吐息)였다. 용의 형태로 방출되는 절대 냉동파였지만, 베루자도는 사람의 모습으로도 행사가 가능했다.

대단하군—— 그렇게 생각하며 기이는 속으로 혀를 찼다.

그와 동시에 감탄도 하고 있었다.

(역시 강하, 네!)

기이가 기쁜 얼굴로 웃었다.

베루자도는 기이가 인정했을 정도로 대단한 강자였다. 그 힘은 만났을 때부터 시들지 않았다. 시들긴커녕 오히려 실력이 더 늘어난 기이에게도 뒤지지 않고, 거의 동등한 수준으로 팽팽하게 맞서고 있었다.

자신의 파트너에 걸맞은 모습이라며 기이는 크게 만족했다. 그런 상대를 어떻게든 해결해야 하는 것이 고민이긴 하지만, 오히려 의욕은 더 높아졌다.

감정—— 의사가 없는 자는 약하다. 그것이 정석이었다.

트와일라잇이 테스타로사에게 진 것도, 그 감정을 버린 것이 원인이었다.

감정을 죽이면 변화에서 뒤처진다.

그러므로 의지가 없는 자는 성장하지 않는다.

그런 점에서 베루자도는 달랐다.

베루자도가 다른 사람의 조종을 받아 날뛰고 있는 것뿐이라면 이 정도 힘에 도달했을 리가 없다. 한 가지에 특화된 '질투'에 물들어 있기 때문에, 그야말로 궁극적인 수준까지 강해질 수 있었던 것이다.

(트와일라잇에게 이용당하면서도 그것을 발판 삼아 자신의 양분으로 삼은 건가? 뭐, 어느 쪽이라 해도 트와일라잇 녀석은 처치할 거지만.)

베루자도가 제정신으로 돌아오는 것과 관계없이, 기이는 트와일라잇을 처리할 생각이었다.

(어이가 없군. 나랑 어울리지 않게 생각이 너무 지나쳤어. 사물을 단순하게 생각하면 답이 보이는 법인데 말이지!)

기이는 잡념을 버리고 눈앞의 문제에만 집중했다.

베루자도가 제멋대로 날뛰는 존재라면, 기이는 오만의 화신이었다. 상대의 사정 따위 고려하지 않고, 자신이 마음에 들지 않으면 없애버리겠다는 정신을 갖고 자유롭게 행동한다.

그것이 자신이라고 생각하면, 이후에는 간단했다. 쌓이고 쌓인 분노를 터뜨려 마음이 가는 대로 날뛰기만 하면 그만이었다.

이 시점에서 비로소 기이는 진심을 드러냈다.

'멸계룡' 이바라제에 대비해 여력을 남기는 것도 그만두고, 온 힘을 다해 베루자도를 마주한 것이다.

*

아아, 드디어 싸울 마음(진심)을 드러냈구나── 베루자도는 환희했다.

이제 겨우, 기이와 단둘만의 세계에서 싸움을 즐길 수 있었다. 그렇게 생각하니 절로 미소가 지어졌다.

(그건 그렇고, 기이는 정말 강하네.)

싸움이 시작되고 이미 날짜도 바뀌었다. 양쪽 모두 전력은 아니었지만, 어지간한 마왕은 접근조차 할 수 없는 영역에서 벌어진 전투였다.

기이는 조금도 빈틈을 보이지 않았다.

이쪽의 작전은 모두 꿰고 있다는 듯이, 싸움의 본보기처럼 움직였다.

게다가 기이는 인간이 하는 것과 마찬가지로 대기 중에서 마력 요소를 모아 마법을 행사하고 있었다. 즉, 베루자도의 에너지(마력요소)를 이용해 싸우고 있는 탓에 전혀 힘을 소모하지 않았다.

본래라면 비효율적인 마법 발동 방식이지만, 기이가 쓰면 이야기가 달라진다. 근소한 시차조차 발생하지 않고 순식간에 마력요소를 마법으로 변환시킬 수 있기 때문이었다.

기이는 강하다.

'태초' 중에서도 최강으로, 베루자도가 진심을 다해 쓰러뜨리려 해도 이길 수 있을지 어떨지 알 수 없는 상대였다.

계속해서 기이의 곁에 있었던 베루자도는 기이가 최강인 이유를 알고 있었다.

기이는 그 천재적인 관찰력으로 스킬(능력)의 편린만을 보고도 본질을 간파해 버린다.

때문에 베루자도가 가진 패는 이미 들킨 것이나 다름없었다. 얼티밋 스킬 '가브리엘'만 갖고 있었다면 승리할 가능성은 제로나 다름없었을 것이다.

그래서 베루자도는 이 날을 위해서 비장의 카드를 준비해 두었다.

트와일라잇이라는 패는 테스타로사의 개입에 의해 봉쇄당하고 말았다.

비장의 카드인 '레비아탄'만 남게 되었지만, 이것도 기이에게 이미 들킨 것 같았다.

정말 방심할 수가 없네―― 베루자도는 분노를 느꼈고, 딱 그만큼의 기쁨도 느꼈다.

그것이야말로, 기이―― 자신이 인정한 유일한 존재라는 것에 자긍심을 느꼈다.

그러나 마냥 기뻐할 수만은 없었다.

에너지(마력요소)양은 기이의 두 배 이상이지만, 남겨진 비장의 카드는 하나뿐. 승리의 기회는 딱 한 번밖에 없었기 때문이다.

지금은 '이터널 월드'에서 마력요소를 순환시키고 있으니 힘이 전혀 소모되지 않았다. 하지만 기이가 전력을 드러낸 이상 그 우위성은 사라졌다고 봐야 했다.

하지만 조바심은 금물이었다. 섣불리 패를 드러내 버리면 승리의 가능성이 사라져버린다.

지금까지와 마찬가지로 '가브리엘'로 기이를 궁지로 몬 다음, 필살을 노려 '레비아탄'을 써야 했다.

(이럴 줄 알았으면 기이를 상대하기 전에 더 많은 비장의 카드를 준비해 두는 건데.)

트와일라잇의 '의룡체'가 양동 역할조차 해내지 못했던 것도 예상외였다. 운은 베루자도의 손을 들어주지 않았지만, 그것도 운명이라고 생각했다.

기이가 진심을 내주었으니 목적은 달성된 것이나 다름없기 때문이었다.

베루자도는 있는 그대로의 마음을 담아, 기이를 향해 비상했다——.

이리하여, 기이와 베루자도—— 세계의 정점에 위치한 자들이, 마침내 진심을 다해 싸우게 된 것이다.

제2장
절망의 때

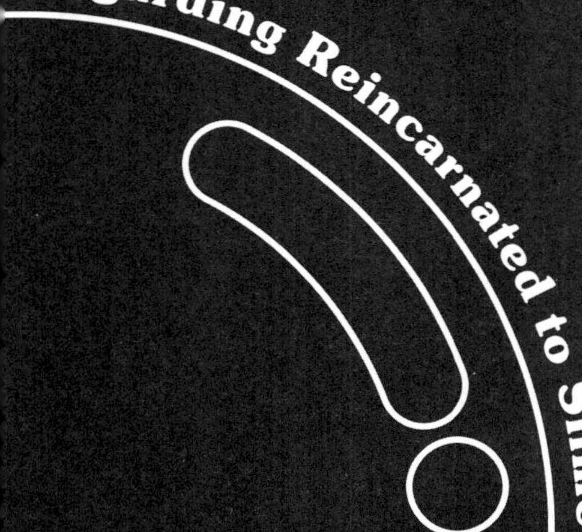

Regarding Reincarnated to Slime

마도왕조 살리온.

베니마루 일행의 귀환을 배웅한 후 카가리와 티어는 자히르를 추적하겠다는 말을 남기고 사라졌다.

그 자리에 남아 있는 것이 정답이었는지는 모르겠지만, 에르메시아 일행과 얼굴을 맞대는 것이 어색하다는 것도 이유였다.

카가리가 데스맨(요사족)으로 되살린 라플라스는 실비아의 남편이자 에르메시아에게는 아버지였다.

그런 라플라스는 카가리를 감싸다가 자히르에 의해 소멸당해 이 세상에 존재하지 않는다. 카가리로서도 착잡한 심정이었다.

자히르에 대한 원망도 헤아릴 수 없을 정도였다.

그 자리에 남아 에르메시아와 행동을 함께하는 것보다는 복수를 계획하는 쪽이 자신답다. 카가리는 그렇게 생각하고 실제로 행동에 옮겼다.

그것을 이해한 에르메시아 일행은 아무 말도 하지 않고 배웅했다.

그리고 그 자리에 남은 사람들은—— 피곤함에 지쳐 쓰러지듯 앉아 휴식을 취하고 있었다.

신수의 공방전은 총력전이었다.

천제 에르메시아를 필두로, 전원이 가진 힘의 전부를 쏟아부었다.

아직 여유가 있다고 할 수 있는 것은 그나마 적장이었던 자라리오 정도였다.

"일단 식사부터 할까."

에르메시아의 그 한마디에 전투를 지켜보기만 하던 자들이 분주하게 움직이기 시작했다. 드디어 자신들에게도 차례가 왔다는 듯이 병사들에게 전투 양식을 나눠준다.

전장 곳곳에서는 배식까지 진행되었고, 따뜻한 국물도 준비되어 있었다.

미리 준비해 둔 것인지 훌륭한 흐름이었다.

"입맛에 맞았으면 좋겠는데."

그렇게 말하면서 에르메시아가 자라리오 일행에게도 식사를 대접했다.

"……미안하군."

자라리오가 순순히 받아들었다.

줄곧 이계에서 싸웠던 자라리오 일행은 식사라는 개념을 오랫동안 잊고 있었다. 위장은 이미 오래전에 형태만 남아 그 기능을 잃은 지 오래였다.

에너지 보충은 수면과 수분 보충 정도면 충분했다.

수면이라고 해도 정말 잠을 자는 것이 아니라 그냥 움직이지 않고 가만히 쉰다는 뜻이었다.

돌이켜 보면 참으로 따분한 삶을 살아온 셈이다.

"육신을 입길 잘했다는 생각이 지금 처음 들었어요."

그렇게 말한 것은 자라리오의 부관 중 한 명인 니스였다.

자라리오군의 음식 사정에 관해서는 개인차가 컸다. 상위자 중에는 감탄하는 자들도 많았지만, 말단 병사들은 자유의사가 깃든 지도 얼마 되지 않았다. 앞으로 조금씩 변화가 생겨날 것이다.

"그래서 당신은 이제 어떻게 할 생각이지?"

따뜻한 수프를 다 마시고 나서 자라리오가 레온에게 질문을 던졌다.

"상대를 해 주길 바라나?"

서늘한 얼굴로 받아치는 레온.

이쪽은 우아하게 식후의 홍차를 즐기고 있었다. 느긋한 분위기를 풍기는 것으로 봐서 자라리오와 싸울 마음이 없다는 것은 분명했다.

"그만두는 게 좋겠군. 다음 사태에 대비해서 더 이상의 소모는 피하고 싶으니까 말야."

자라리오는 고지식하게 그렇게 받아쳤다.

기이에게서는 재미없는 녀석이라는 평가를 받았지만, 레온의 호감도는 높은 편이었다.

신수를 지켜낸 덕분에 얼마간의 안전은 보증된 것이나 다름없었다. 하지만 아직도 밀림은 폭주한 상태였고 펠드웨이도 건재했다. 쉴 수 있을 때 쉬어 두지 않으면 만일의 경우에 움직일 수 없을지도 모른다.

그렇군—— 하며 고개를 끄덕인 레온도 한때의 평화를 즐기고자 했다.

하지만, 그 비보는 신속하게 전달되었다.

루미너스가 행한 '종말 선고'는 신수 부근에도 투영되었기 때문이다.

*

　신수의 가지 위, 광대한 신의 잎사귀 위에 중진들이 모였다.

　손님 입장으로는 레온과 자라리오, 자라리오의 부관인 다리스와 니스도 참석했다.

　왕궁으로 돌아가는 시간도 아깝다며 간이 책상이 설치되었고, 군용 의자가 인원수만큼 준비되어 있었다.

　신분이 높은 이들도 누구 하나 불만을 제기하지 않았고, 곧바로 긴급 대책 회의가 시작되었다.

　"대체 무슨 일일까?"

　에르메시아가 고개를 갸우뚱하자, 같은 얼굴을 한 실비아도 "귀찮아"라고 하며 동의했다.

　세계를 파멸시킬 악몽, '멸계룡' 이바라제가 이 기축세계에 간섭하는 것은 전 인류의 책무로서 반드시 저지해야만 했다.

　하지만 리무루가 소실되었다는 비보와 폭주 중인 밀림이 다시 신수로 향하고 있다는 보고가 함께 도착했다.

　이는 큰 문제였다.

　베니마루 일행과 상의하려고 해도 연락이 되지 않았다. 템페스트와의 통신이 방해라도 받고 있는 것처럼 연결이 되지 않은 탓이었다.

　무슨 일이 일어나고 있는 것은 틀림없었다.

　그러나 에르메시아 일행에게는 템페스트를 걱정할 여유가 없었다.

자신들은 자신들대로, 다가오는 밀림이라는 위협에 대응해야 하는 상황이었다.

밀림이 신수를 파괴해 버리면 그것 역시 세계 멸망의 위기가 될 수 있었다. 이 또한 간과할 수 없는 문제였다.

어느 쪽이 더 중요한가, 그것을 논하고 있을 때가 아니었다.

문제는 전력이 턱없이 부족하다는 점이었다. 그로 인해 에르메시아 일행은 궁극적인 두 가지 선택을 강요받고 있었다.

즉 신수를 버리고 루벨리오스 세력에 합류할 것인가, 아니면 적은 전력으로 사수할 것인가.

전력을 한 점으로 집중시킨다면 여러모로 대응은 더 수월해질 것이다. 하지만 그것은 신수를, 나아가서는 마도왕조 살리온을 버리라는 것과 같은 말이었다.

밀림에 대한 대책을 세우지 않으면 분명 신수는 살리온과 함께 멸망하고 말 것이다.

그렇지만 밀림이 상대라면 군세는 아무 의미가 없었다. 그 위협을 실제로 목격한 만큼 모두가 그것을 이해하고 있었다.

자히르를 상대할 때조차 도움이 되지 않았던 전력이라면 '디스트로이(파괴의 폭군)' 밀림 나바 상대로는 시간 벌기조차 불가능할 것이다.

지금도 에라루도가 총지휘를 맡아 백성의 피난 유도를 진행하고 있었다. 패닉에 빠지지 않도록 신중하게, 그러면서도 가능한 한 신속하게 신수로부터 철수시켰다.

그럼에도 모두가 탈출하는 것은 불가능했다.

시간이 부족했다.

사재 등은 모두 버리고 몸 하나만 도망치게 하고 있었지만, 모든 마법 장치를 전력으로 가동시켜도 운반량에는 한도가 있었다.

게다가 신수와 운명을 같이하려는 사람도 많았다.

장명종일수록 더더욱, 자신의 수명은 여기까지라며 마지막 때를 각오하는 것이다.

밀림이 도착한 시점에서 이들의 명운은 끝날 것이다.

비극의 시간은 다가오고 있었다.

이를 회피하고자 한다면 자연스럽게 대응책은 제한될 수밖에 없었다.

무거운 공기를 부수듯이 레온이 입을 열었다.

"할 수밖에 없겠지. 밀림의 상대는 내가 하겠다. 에르메시아, 넌 천제의 책무를 다하도록 해라."

이 발언에 에르메시아가 반발했다.

"무시하지 말아줘. 책무라고 한다면, 나는 신수를 지킬 거야."

"하지만——."

"레온 군, 지금은 버텨야 할 때야. 오는 건 마왕 밀림뿐만 아니라 펠드웨이도 있어. 대항 전력은 많을수록 좋지 않을까?"

여기엔 레온도 입을 다물 수밖에 없었다.

기합이나 근성으로 해결할 수 있는 문제가 아니었고, 여기서 말로 이긴다 해도 레온이 패배하면 결국 에르메시아가 나설 수밖에 없기 때문이었다.

그때 끼어든 이는 자라리오였다.

"홋, 펠드웨이에게는 원한이 있다. 내가 상대하도록 하지."

실비아도 뒤따랐다.

"나도 있는데? 뒷일은 이 힘 센 엄마한테 맡기고, 에르는 백성을 이끌어야——."

그 말이 채 끝나기도 전에 에르메시아가 그것을 가로막았다.

"그런 짓은 절대 할 수 없다. 백성이 있어야 제국이 있는 법이니까."

천제인 에르메시아의 패기는 어머니 실비아에게도 통했다. 실력 차 문제가 아니라, 지배자로서의 위엄에 압도된 것이다.

백성을 짊어진 자, 지배자로서의 책임은 무겁다. 자신의 이익을 뒤로 미루더라도, 에르메시아는 백성의 삶을 우선시해 왔다. 그 긍지를 마지막 순간까지 지켜내려 하는 것이다.

하지만 그러면서도 막대한 사재를 쌓아온 에르메시아다. 그 빈틈 없는 모습에는 정평이 나 있었고, 자기희생 같은 숭고한 정신도 갖고 있지 않았다.

백성을 행복하게 하며 자신은 더더욱 행복해지겠다는 것이 에르메시아의 기본 신념이었다.

게다가——.

여기서 무사히 도망친다 해도 세계가 멸망하면 결국 마찬가지였다.

그렇다면 마지막 순간까지 자랑스럽게 살아가는 길을 선택하는 것이 정답이었다.

레온과 자라리오에게 물러설 마음은 없었다.

비록 약속된 패배가 기다리고 있을지라도 각오를 다진 표정이었다.

그것은 에르메시아도 마찬가지였다.

실비아도 결국 의지를 꺾었다.

딸의 행복을 바라지만, 그것이 자신의 이기심이라는 것을 깨달았다. 그렇다면 더 이상의 논의는 필요 없었다.

"알았어. 베루도라도 이쪽으로 온다는 것 같으니까, 힘내서 살아남아 볼까?"

시간 벌기는 원군이 온다면 의미가 있었다.

그저 죽음을 기다리는 것이 아니라, 목적을 가지고 행동함으로써 희망이 생겨나는 것이었다.

"뒷일은 당신들에게 맡길게."

에르메시아가 중진들을 향해 그렇게 마무리 지었다.

살리온의 13왕가 인물들은 하나같이 떨떠름한 얼굴이었다. 그럼에도 반론은 하지 않고 진지하게 고개를 끄덕였다.

몇 번이나 보호만 받는 것은 그들의 자부심을 땅에 떨어뜨리는 일이었다. 하지만 자신들이 나가봤자 개죽음만 당할 뿐이라는 사실을 받아들일 수밖에 없었다.

굴욕적이었지만, 그런 감정은 내던지고 자신이 할 수 있는 일을 완수하려 했다.

그리하여 네 명의 전사가 밀림 일행을 맞이하는 것으로 결정되었다.

*

자라리오 휘하의 군세는 살리온 백성을 대피시키는 일을 돕게 되었다.

지휘 계통이 다르기 때문에 갑자기 협력하는 것은 어렵다. 그렇기에 주된 임무는 경계와 보조였다.

다리스와 니스가 제대로 지휘하여 나름대로 도움이 되고 있었다.

그것을 보고 안도한 자라리오는 다가올 펠드웨이를 대비해 정신을 가다듬고 있었다.

작전이라고 할 만한 것은 존재하지 않았다.

굳이 따지자면 목숨 중시, 정도일까.

밀림을 상대로는 일격에 즉사할 위험이 있었다. 따라서 속도에 특화된 3명이 둘러싸 공격할 틈을 주지 않기로 결정했다.

신수를 향해 드라고 노바가 발사되면 끝이었기 때문에 이 작전이 가장 효과적일 것이라고 판단한 것이다.

그러나 그렇게 되면 펠드웨이를 자라리오 혼자 상대하게 된다.

책임이 막중하구나── 그런 생각에 자라리오는 몸이 떨리는 기분이었다.

그런 자라리오를 걱정한 것인지 레온이 말을 걸었다.

"부담되나?"

"훗, 전력을 드러낸 펠드웨이는 강하니까. 부담이 될 수밖에 없지."

펠드웨이는 본체까지 꺼내 완전체가 되어 있었다. 패배하면 죽을 수도 있는 위험이 뒤따르지만, 그런 만큼 그 힘은 미지수였다.

자라리오조차 펠드웨이의 본체를 볼 기회는 드물었다. 아주 오래전에 봉인된 이후 한 번도 보지 못했으니까.

실력이라면 자신이 위라고 자부하고 있었지만, 그 압도적인 존재감은 무시할 수 없었다. '용종'에 버금가거나 그 이상의 에너지를 품고 있기 때문이었다. 가볍게 생각했다가는 한방에 소멸해버릴지도 모른다.

자라리오는 그것을 알고 있었고, 방심하면 죽을 수도 있다는 생각으로 정신을 더욱 다잡았다.

"그보다 너희들이야말로 괜찮은 건가?"

화제를 바꾸는 자라리오.

레온 일행은 침묵했다.

레온과 자라리오의 필살오의조차 밀림에게는 통하지 않았다. 심지어 드라고 노바의 부산물에 지나지 않는 인비저블 배리어(불가시장벽)에 의해 너무나도 손쉽게 막혀 버리고 말았다.

누가 보더라도 그 실력 차가 하늘과 땅만큼 떨어져 있다는 것을 알 수 있을 정도였다.

"이기는 게 목적이 아니니까. 쓰러뜨릴 필요는 없고, 주의를 끄는 것만으로도 충분하다."

레온이 아무렇지 않다는 투로 그렇게 대답했다.

실로 덤덤한 태도였지만, 무척이나 레온다웠다.

에르메시아와 실비아도 맞다는 얼굴로 고개를 끄덕였다.

"그렇지, 쓰러트리라고 한다면 불가능하다고 대답하겠지만, 상대하는 것뿐이라면 못할 것도 아니다, 라는 느낌이야."

"맞아. 우리들, 속도만큼은 자신 있거든. 레온 군도 내 제자인 만큼 도망치는 능력 하나는 제일이잖아?"

여기에는 레온도 쓸쓸한 표정을 지었다.

"오래전부터 생각한 건데, 날 레온 군이라고 부르지 말아줬으

면 좋겠군. 그리고 ‘도망치는 능력’이라는 표현도 사양하지. 좀
더, 다른 긍정적인 표현도 있지 않나?”

계속 불만스럽게 여기던 것을 드디어 말했다는 듯한 표정이
었다.

“긍정적인 표현이라…….”

“날파리 작전은—— 내가 말하고도 내가 슬퍼지네.”

듣고 있던 레온도 크게 한숨을 내쉬었다.

“됐다. 네놈들에게 기대한 내가 바보지.”

“방금 들었어?”

“뭐, 폼 잡고 싶을 나이니까.”

“…….”

레온은 마침내 침묵했다.

그런 레온의 어깨를 자라리오가 툭 치며 ‘너도 고생이 많구나’
라는 동정 섞인 시선을 보냈다.

그런 바보 같은 대화도 오갔지만, 결코 헛된 것은 아니었다.

다가오는 절망을 극복하기 위해 조금이라도 긴장을 풀기 위한
방책이었다.

효과가 제대로 나타났는지, 4명의 컨디션은 최고조에 달해 있
었다.

그리고 목표물의 접근을 확인했다.

“왔다.”

자라리오가 간결하게 전했다.

“여기서도 확인했어.”

"굉장하네……. 불과 몇 시간 만에 벌써 도착하다니."

에르메시아의 중얼거림은 그 자리에 있던 모두에게 공통되는 감상이었다.

'성허' 다마르가니아에서 이곳—— 신수까지는 직선거리로 2만 킬로미터가 넘었다. 음속의 수십 배라는 비정상적인 속도로 날 수 있는 밀림이었기에 이 정도로 단시간에 돌아올 수 있는 것이었다.

"아마 전력은 아니겠지. 전력을 냈다면 더 빨랐을 테니까, 당신들은 정말 괜찮은 건가?"

자라리오가 걱정스러운 얼굴로 그렇게 물었다.

"괜찮지 않아도 할 수밖에 없으니까."

"뭐, 그런 거다."

"순간 최대 속도라면 나도 지지 않아!"

에르메시아, 레온, 실비아 순으로 나온 발언이었다.

기합은 충분했다.

이제는 될 대로 되라는 마음뿐이었다.

*

밀림을 시인한 시점에서 이미 싸움은 시작되었다.

예정대로 레온, 에르메시아, 실비아 세 사람은 밀림을 에워싸듯 진형을 펼쳤다.

세 명은 실비아를 스승으로 둔 동문 관계였기에 그 움직임은 통일되어 있었다.

신기하게도 권능마저 닮아 있었다.

레온의 얼티밋 스킬 '수리야(광휘지왕)'도, 에르메시아의 얼티밋 스킬 '바유(풍천지왕)'도, 실비아의 얼티밋 스킬 '인드라(뇌정지왕)'도 속도상승에 특화된 권능이 포함되어 있었다.

자라리오와 달리 날개는 없지만, 세 명 모두 문제없이 공중전이 가능했다. 권능으로 공간을 고정시켜 발판을 마련함으로써 자유자재로 하늘을 달릴 수 있는 것이다.

이를 구사하면 밀림에게 혼란을 줄 수 있을 것이라 생각했다.

게다가 환상적인 호흡으로 연계까지 잘되고 있었다. 그런 의미에서는 즉석이라도 최고의 팀이라 할 수 있었다.

그렇게 진을 친 세 명은 교대로 앞으로 나와 밀림에 대한 견제를 진행했다.

"나부터 가지."

첫 공격에 나선 것은 레온이었다. 가장 위험한 역할이었지만, 그것을 자연스럽게 떠맡았다.

대답을 기다리지 않고 레온이 앞으로 나섰다.

"──멜트 브레이커(일섬쇄광영패, 一閃碎光靈覇)."

그것은 레온의 오의 중 하나였다.

히나타의 멜트 슬래시(붕마영자참)와 원리는 같았다. 다른 점은 레온의 경우 권능으로 '영자'를 조종하고 있다는 점뿐이었다.

안전성이나 안정성은 말할 것도 없이 레온이 위였고, 고위력의 참격을 장시간 유지할 수 있었다.

이것을 전력으로 내보내면 헌드레드 브레이커(백렬쇄광영패)가 되지만, 어차피 통하지 않을 테니 우선은 관망세를 유지할 생각이었다.

그 판단은 정답이었을까, 오답이었을까——.

"칫, 방어할 마음조차 없는 건가?!"

레온이 분하다는 얼굴로 그렇게 말했다.

갓즈(신화)급이라는 궁극의 무기—— 플레임 필러(성염세검)에 '디 스인티그레이션'의 광휘를 두른, 마왕마저 해치울 수 있는 필살검이었다.

그럼에도 밀림은 아랑곳하지 않고 신수를 향해 계속 날아갔다.

스쳐 지나간 순간 확실하게 직격했다.

레온의 손에도 확실한 반응이 느껴졌기에 혹시 크게 다친 것은 아닐까 하고 심장이 철렁했지만, 그것은 쓸데없는 걱정이었다.

레온은 밀림의 '스템피드(광화폭주)'를 얕보고 있었다는 것을 통감했다.

등에는 칠흑으로 된 한 쌍의 날개가 있었다.

이마에 돋아난 붉은색의 외뿔은 한층 더 빛을 더해 무지개색으로 빛났다.

얼굴 이외의 피부는 불가사의한 무늬를 그리고 있었고, 느릿하게 색조를 바꾸며 빛나는 단단한 용린에 덮여 있었다.

전투 형태로 변한 밀림이 더욱 불길해진 모습이었는데, 달라진 것은 겉모습뿐만이 아니었던 것이다. 그 능력까지도 아득하게 동떨어져 있었다.

레온의 검은 밀림의 용린에 상처를 입혔을 뿐이었다. 만물을 갈기갈기 찢어버리는 '영자'마저도 밀림의 '성입자'까지는 부수지 못했다.

게다가 용린은 새로 자라난다. 재생이 따라잡지 못하는 경우는 새로 자라나기 때문에 실질적인 대미지는 제로였다.

쓰러뜨릴 생각은 없었으니 문제없다── 라며 레온은 스스로를 타일렀지만, 어딜 어떻게 봐도 패배자의 변명에 지나지 않았다.

레온에 이어 실비아가 공격을 시도했지만, 이쪽도 비슷한 결과가 되고 말았다. 스승의 체면이 완전히 무너졌지만, 여기서 그녀를 나무랄 사람은 아무도 없었다.

"역시 무리였네."

실비아가 그렇게 푸념했다.

"……훗, 처음부터 알고 있었던 것 아닌가?"

레온이 폼을 잡으며 그렇게 받아쳤지만, 실로 덧없는 말이었다.

오의를 구사했음에도 잠시도 발목을 잡지 못했다. 의욕이 꺾이는 것도 무리는 아니었다.

여기서 에르메시아가 상심한 두 사람을 격려하듯 소리쳤다.

"자자. 바람의 가호로 속도를 높여줄 테니까 포기하지 말고 계속해서 도발을 반복하자!"

그 목소리에 레온과 실비아는 다시 기합을 되찾았다.

패배자의 변명이든 무의미한 오기든, 여기서 의욕을 잃어버리면 끝이었다. 에르메시아의 말처럼 한 번으로 안 되면 여러 번 반복하면 될 일이었다.

"한 번 더 간다."

"계속할게!"

레온과 실비아가 연속으로 공격했고 에르메시아는 두 사람을 지원했다. 그런 흐름이 자연스럽게 이어지면서 밀림을 향한 집중

공격이 반복되었다.

그리고 마침내 밀림이 미세한 움직임을 보였다.

레온과 실비아의 얼굴에 기쁨의 빛이 떠오르려 한—— 바로 다음 순간, 옆으로 휘몰아친 돌풍에 의해 두 사람은 튕겨 나가고 말았다.

그 직후 두 사람이 있던 자리에 마력 덩어리가 날아와 지나가더니 먼 곳에서 거대한 폭발을 일으켰다.

그 폭발은 밀림의 소행이었다.

두 사람의 공격이 거슬린다고 생각했는지 되는대로 마력탄을 던졌다.

에르메시아가 그것을 빠르게 감지하고 한발 앞서 두 사람을 날려버린 것이다.

"방심하면 정말 죽을지도 몰라……."

창백해진 얼굴로 경고하는 에르메시아에게 레온과 실비아는 그저 말없이 고개를 끄덕일 수밖에 없었다.

●

자라리오는 펠드웨이와 대치하고 있었다.

공중에서 정지한 채 마주 보는 두 사람.

먼저 입을 연 것은 펠드웨이였다.

"왜, 나를 배신한 거지?"

그 말에는 평소 온화한 자라리오도 분개했다.

애초에 펠드웨이가 자라리오를 조종하려 한 것이 사건의 발단이었다. 그 부분을 싹 무시하고 자신만의 사정을 밀어붙이니 자라리오로서도 어이가 없었다.

그런 불만을 터뜨리듯 날카롭게 받아쳤다.

"그건 내가 할 말이다만? 왜 나까지 지배한 거지?"

펠드웨이의 주장을 듣고자 물은 질문인데, 돌아온 것은 자라리오가 이해할 수 없는 논리뿐이었다.

"지배라고? 그럴 생각은 없었다. 다만 권능으로 우리의 유대를 더 강하게 하려고 한 것뿐이지. 그래야 내 명령을 원활하게 전달할 수 있을 테니까."

그런 펠드웨이의 사고방식은 이해하기 어려웠다.

"……무슨 소릴 하는 거지?"

진심으로 황당하다는 얼굴로 자라리오가 되물었다.

하지만 이것도 먹히지 않았다. 자라리오가 왜 화를 내는지 이해할 수 없다는 얼굴로 펠드웨이가 자신의 생각을 말한 것이다.

"너희들은 내 벗이다. 친구끼리 의사통일을 하는 것에 무슨 문제가 있다는 거지?"

의사통일은 펠드웨이를 전적으로 따르게 된다는 것을 의미한다. 거기에 개개인의 의사는 없었고 반론 따위는 허용되지 않는다.

그것은 자라리오 일행을 조금도 인정하지 않는 발언이었다.

자라리오는 오싹함을 느꼈다.

(이 녀석에게는 다른 사람을 존중한다는 개념조차 없는 건가?)

도달한 것은, 그런 결론이었다.

이렇게까지 대화가 성립되지 않으면 서로를 이해하는 것은 불가능하다── 자라리오는 그렇게 판단할 수밖에 없었다.

펠드웨이는 고독을 품고 있었다.

너무 많이 품어버린 나머지, 결국 망가지고 말았다.

자라리오는 그것을 깨닫고, 친구의 변화를 깨닫지 못한 스스로를 질책했다.

하지만, 아직 늦지 않았다며 다시 한번 마음을 다잡았다.

적어도 펠드웨이에게 대화를 이어갈 의사가 있는 동안에는 설득을 시도해야 했다.

게다가 본체까지 끌어낸 펠드웨이의 힘은 자라리오를 가볍게 압도했다. 가까이에서 본 자라리오는 펠드웨이의 패기를 피부로 느끼고 이를 재확인했다.

(예상 이상이다. 이러고 있으니 마치 진짜 베루다나바 님이 재림하신 것 같군…….)

겉모습도, 서 있는 모습도, 모든 것이 똑같았다.

머리카락 색깔 같은 사소한 차이가 있긴 했지만, 지금의 펠드웨이는 자라리오의 기억 속에 있는 '성왕룡' 베루다나바와 꼭 닮아 있었다.

솔직히 말하면 이길 수 있을 것 같지가 않았다.

시간 벌기가 목적이라고 한다면 전투를 벌이는 것보다 설득을 계속하는 편이 더 안전하고 확실했다.

자라리오는 어디서부터 말해야 할지 진지하게 고민하다가 무겁게 입을 열었다.

"베루다나바 님은 세계의 붕괴를 원하지 않으실 거다."

"왜 그렇게 단언할 수 있지?"

"왜, 냐고?"

"훗, 넌 모르겠지만 그분은 모든 것을 허용하셨다. 다양성이 풍부한 세계에서 각각의 생명체의 자유로운 진화를 인정하셨지. 그 끝에 뭐가 있을 거라 생각하나?"

"……."

"싸움이다. 치열한 생존경쟁 끝에 세계는 종말을 맞이하게 되겠지."

"그것을 막기 위해 마왕이라는 존재가 있는 것 아닌가? 그러니 베루다나바 님도 세계의 안녕을 바라셔서——."

그렇게 반박하는 자라리오를 펠드웨이는 연민 어린 눈으로 바라보았다.

"그게 아니다. 나는, 깨달았다."

"무엇을——?"

"이 세상에서 생을 받은 모든 생명체는 진화를 허락받은 것이 아니다. 오히려 그 반대로, 그것을 목표로 삼도록 정해진 운명이지……."

펠드웨이의 지적은 자라리오의 머리를 복잡하게 만들었다.

허락받는 것과 운명이 정해지는 것은 의미가 크게 달라진다. 자유가 아닌 의무가 되어버리기 때문이다.

하지만 그 진의를 아는 사람은 베루다나바 본인밖에 없었다.

제삼자인 펠드웨이가 어떻게 해석하든 그건 적어도 본인에게는 진실인 것이다.

사람은 자신이 믿고 싶은 것을 믿는 존재다. 그것이 옳은지 아닌지, 가장 중요한 그 부분을 소홀히 한다면 아무리 지나도 진실의 길에는 다다를 수 없다.

(그것을 이해하고 있어야 할 관리자인 펠드웨이마저 어리석고 편협한 자들과 같은 전철을 밟다니⋯⋯.)

신의 말씀은 정확하게 그대로, 변형하지 않은 채로 전달해야 한다.

해석은 각자의 책임에 맡기면 되는 것이다.

그렇지만 영향력을 가진 사람이 잘못된 해석으로 사물을 해석해 버리면, 그것을 추종하는 많은 사람들까지 불행해져 버린다⋯⋯ 바로 여기에 언어 이해의 어려움이라는 벽이 존재했다.

신―― 베루다나바의 오른팔인 펠드웨이가 이런 상태라면 인류를 이끄는 것이 얼마나 어려워질까, 자라리오는 정신이 아득해지는 기분이었다.

무엇보다――.

(애초에 베루다나바 님은 전지전능하지 않으시다. 자신이 틀릴 수도 있다고 말씀하셨으니 그분의 피조물인 우리가 틀리는 것도 어쩔 수 없는 일인 거겠지⋯⋯.)

그렇게 납득하는 자라리오.

여기서 펠드웨이를 어떻게 설득하면 좋을지 판단할 재료로서는 의미가 있는 이야기였다.

"진화를 목표로 한 결과가 싸움이라고 한다면, 그것이야말로 신의 의사라는 거겠지. 한층 더 높은 경지에 이를 수 있도록, 다구류루도, 트와일라잇도, 그리고 '이계'에서 생을 부여받은 제라누스조차 '부모를 뛰어넘는 것'이라는 '숙업'을 부여받았다――."

"⋯⋯."

"그것은 우리처럼 태어날 때부터 완벽한 존재에게는 이해하기 어려운 감각이지만, 나도 조금은 이해할 수 있을 것 같다.”

무슨 말을 꺼내려는 것인가 싶어 자라리오는 자세를 바로잡았다.

어쨌든 무슨 말을 들어도 반박할 수 있도록 펠드웨이의 말을 한마디도 놓쳐서는 안 된다.

(이런 건 오베라가 더 잘할 텐데…….)

의지할 수 있는 동료는 지금은 얼음 조각상이 되어 있었다. 원군을 기대할 수 없는 이상, 여기서는 자라리오가 힘을 내야 할 때였다.

자라리오는 기합을 넣고 펠드웨이의 이야기에 귀를 기울였다.

“‘부모를 뛰어넘는 것’이란 즉 ‘신살’을 말한다. 그자들은 베루다나바 님을 넘어서기 위해 발버둥 치는 것으로 확실한 연결고리를 얻을 수 있었지. 나에게는, 그것조차 없었다…….”

슬픔이 담긴 듯한 눈으로 그렇게 말하는 펠드웨이.

자라리오는 이야기가 어떻게 이어질지 이해하지 못한 채 긴장된 시간을 보냈다.

시간을 벌 수 있으면 그만이긴 하지만, 의미를 알 수 없는 말을 하는 옛 친구의 말을 들어주는 것은 상상했던 것 이상으로 정신적인 고통을 안겨주었다.

하지만 성실한 성격이 자라리오의 장점이었다.

여기서는 참아야한다고 생각하며 자라리오가 이를 악물었다.

“내가 할 수 있는 것은—— 그래! 베루다나바 님이 바라셨던 소원을 성취해 드리는 것뿐이다!”

“——?!”

"진화를 목표로 하는 자들이 나아가는 그 끝—— 세계의 멸망을, 나의 손으로 직접 완수한다. 그게 내게 남은 유일한 사명이야."

일말의 망설임 없는 표정으로 그렇게 단언하는 펠드웨이.

아니아니아니—— 자라리오는 어떻게 반응해야 할지 고민했다.

"그건 네 착각 아닌가? 만일 베루다나바 님이 세계의 파멸을 바라지 않으신다면 어쩔 셈이지?"

고민 끝에 나온 말은, 정론이었다.

직접 명령받은 것도 아니니 멋대로 움직이지 말아라. 즉, 자라리오는 그렇게 말하고 싶은 것이었다.

하지만 이에 대한 펠드웨이의 대답은 자라리오의 말문을 막히게 만들었다.

"뭐, 그렇다고 해도 상관은 없다. 어리석은 부하가 잘못된 길로 가려고 한다면 주인으로서 책임을 다해 그것을 멈춰줘야 하는 것 아니겠나?"

"그게 무슨——."

"나는 화가 났다. 신을 죽인 어리석은 인류에게도, 그것을 용서해 버린 모든 자들에게도——."

여기서 움직임을 멈추는 펠드웨이.

그리고 단번에 울분을 토해냈다.

"그리고 그 이상으로, 아무리 시간이 지나도 부활하지 않으시는 베루다나바 님께도, 말이지."

즉 베루다나바를 향한 분노였다.

계속 '이계'에 방치되어 버림받았다고 생각했을 것이다.

그러나 자라리오 입장에서는 우스운 이치였다.

베루다나바와 흡사한 그 얼굴로 말도 안 되는 억지를 부리지 말라고 외치고 싶은 심정이었다.

'시원의 칠천사' 중 누구보다 베루다나바의 총애를 받았던 것이 바로 펠드웨이였다.

가장 신용 받았고, 아낌 받았다.

그렇기 때문에 '멸계룡' 이바라제를 감시하는 중대한 임무를 부여받을 수 있었던 것이었다.

무엇보다 펠드웨이의 육체가 그 증거였다.

마치 세계 그 자체 같은, 별처럼 반짝이는 칠흑의 장발이었던 베루다나바에 반해, 빛나는 광채를 나타내는 듯한 백은의 장발을 가졌던 것이 바로 펠드웨이였다.

베루다나바 자신이 그와 꼭 닮은 육체를 창조하여 펠드웨이에게 내어준 것이다. 그런 특별 대우를 받고도 여전히 불만을 입에 담는다는 것은 믿기 어려운 일이었다.

자라리오는 그렇게 생각했다.

"애처럼 굴지 마라."

"뭐라고?"

"본인의 사명은 잊어놓고 이기적인 소리만 늘어놓지 말란 말이다!"

자라리오는 소리쳤다.

무인으로서, 펠드웨이의 나약함에 환멸을 느낀 것이다.

펠드웨이의 주장에도, 이해가 가는 부분은 있었다. 그건 확실하지만, 본인 입으로 할 말은 아니었다.

적어도 같은 입장이었던 자라리오 일행에게는 상담을 하는 것이 당연했고, 만약 베루다나바에게서 버림받았다고 생각했다면, 자라리오 일행에 대한 대우는 어떻게 된 것인지에 대한 의문이 발생한다.

펠드웨이는 실로 이기적이었다.

본인도 함부로 다른 사람을 이용하고 있는 시점에서 공감해 줄 여지는 조금도 없었다.

"검을 빼라. 그 근성을 뜯어고쳐 주마."

자라리오는 그렇게 선언하고 강검을 뽑아 들었다.

단단한 아리오니움(생체이강) 외골격을 가진 인섹터조차 두동강내는 자라리오의 검은 말할 것도 없이 갓즈급이었다. 펠드웨이의 종합력에는 못 미치지만 레벨은 자신이 더 위라는 자부심도 있었다.

뼈아픈 일격을 날려 깨닫게 해 주겠다는 마음이 든 것이다.

그렇게 싸울 의지를 드러낸 자라리오를, 펠드웨이는 차가운 눈으로 바라보았다.

"괜찮은 건가? 시간을 벌지 않아도."

아무리 제정신이 아니더라도 펠드웨이의 두뇌는 건재했다. 처음부터 자라리오의 의도를 간파하고 놀이에 어울려주고 있었던 것이다.

"……상관없다."

애초에 설득 따위는 무의미하다는 것을 자라리오도 깨달았다.

베루도라가 오기 전까지 시간을 벌겠다는 의도조차 펠드웨이는 간파하고 있었으니…….

"그렇다면 각오하도록."

펠드웨이도 검을 뽑았다.

그 손에 쥐어진 '아크(허공)'를 보며 자라리오는 조금 슬픈 마음이 들었다.

이제는 더 이상 친구가 아니구나—— 그런 말을 삼키며, 자라리오는 펠드웨이에게 검을 휘둘렀다.

●

자라리오와 펠드웨이의 본격적인 전투가 시작될 무렵, 밀림과 마주한 세 명은 이미 극한 상황까지 몰려 있었다.

한순간도 방심할 수 없는 줄타기 같은 상황이 계속되고 있었다.

최대한 밀림이 드라고 노바를 쏘려는 자세가 되지 않도록 몇 번이고 계속 도발을 거듭했다.

기본적으로는 두 사람이 공격하는 패턴이었지만, 상황에 따라서 에르메시아가 개입하는 패턴도 있었다.

피격되면 즉시 종료였기에 세 명 모두 방어는 완전히 무시했다.

오직 속도에만 전력을 쏟아내 밀림을 혼란스럽게 만들었다.

세 사람 모두 이 세계의 정상, 최강의 일각이라 칭해지는 자들이었다. 그럼에도 이런 소극적인 전법을 써야 하는 것이 서글프기는 했지만, 그만큼 밀림이 위험하다는 뜻이었으니 어쩔 수 없었다.

조금이라도 시간을 벌 수 있기를, 오직 그것만을 바라며 세 명은 필사적으로 건투를 이어갔다.

하지만 한계는 갑작스럽게 찾아왔다.

보조에 무게를 두고 있던 에르메시아가 밀림의 눈에 든 것이다.

폭주 상태임에도 밀림의 전투 본능은 뛰어났다. 삼자 연계의 핵심이 에르메시아에게 있다는 것을 간파하고, 레온과 실비아를 무시하고 집요하게 추격하기 시작한 것이다.

이렇게 되면 더는 방법이 없는 것이나 다름없었다. 밀림의 주의를 분산시키는 것만이 유일한 안전책이었는데, 반응해 주지 않으면 어쩔 도리가 없었다. 표적이 된 본인이 계속 도망치는 것 외에는 남은 방법이 없는 것이다.

안 좋은 일은 겹친다 했던가.

순간 최대 속도는 적어도 밀림보다 위라는 전제하에 세운 작전이었는데, 짧은 시간만에 밀림의 반응 속도가 상승했다. 끝도 없이. 그러면서 레온 일행의 우위성은 점점 상실되었다.

게다가 속도에 특화된 세 명 중 가장 느린 것이 에르메시아였다. 그런 그녀가 표적이 되었으니 잡히는 것도 시간문제였다.

"안 좋은데——."

"큭, 뇌격 같은 건 그냥 무시해 버리네. 직격해도 무사하니까 멈추게 할 수가 없어……."

레온과 실비아의 초조함만 쌓여갔고, 결국 아무것도 하지 못한 채 시간만 흘렀다.

표적이 된 에르메시아도 각오를 끝냈다.

"이건 무리야…… 무슨 방법을 써도 벗어날 수 없을 것 같아."

변칙적인 궤도로 밀림에게 혼란을 주려 해도 '마력감지'로 모든 움직임이 간파당하고 만다.

"정말이지…… 이 정도로 대단한 힘인데도 본능만으로 움직이고 있다니. 리뮷치는 잘도 이런 상태의 밀림을 상대했구나……."

새삼스럽게 리무루의 굉장함을 깨닫는 에르메시아.

순식간에 숲의 마물들을 거느리고 문명개화를 이뤄낸 리무루.

어느 시대를 둘러봐도 견줄 만한 이가 좀처럼 없을 위인이었
다. 마물인데도.

그 발전 속도가 어찌나 빠른지 에르메시아의 눈에는 위태로워
보일 정도였다.

처음에 '태초의 악마'를 부하로 두는 것을 보았을 땐 솔직히 제
정신인가 하는 의심마저 들었다. 나아가 한 명에서 네 명으로 늘
어났을 때는 역시 '이상하지 않아?!'라며 절규했을 정도다.

'태초'—— 디아블로가 폭주하면 어떻게 할 것이냐는 에르메시
아의 물음에 리무루는 태연하게 '폭주하기 전에 막을 겁니다'라고
답했다.

당시는 진심으로 받아들이지 않고 그 엄청난 배짱에 감탄하기
만 했는데…….

그건 본심이었구나—— 그것을 새삼스럽게 납득한 에르메시아
였다.

리무루의 이상은 에르메시아의 시들어가던 마음을 다시 뜨겁
게 불태웠다.

(아아, 정말 즐거웠지.)

리무루나 가르도 묘르마일이라는 인간과 함께 계략을 세우고
비밀결사도 만들었다.

로조 일족의 지배를 받던 서방열국에 새로운 지배체제를 구축
한 것이다.

최대한 낙오자들이 생기지 않는 구조를, 말만 하고 끝내는 것

이 아니라 실현하기 위해 애썼다.

성격 좋고, 의외로 맹한데 또 교활한 면도 있고…… 인정미 넘치는 친구. 그것이 리무루라는 슬라임이었다.

어떤 어려움도 이겨내는, 에르메시아가 존경하는 인물이기도 했다. 본인에게는 절대 말하지 않을 거지만.

리무루의 존재는 카드 게임으로 말하자면 와일드 카드였다. 절대적인 비장의 카드로, 소지하고 있기만 해도 안정감을 얻을 수 있는 존재.

(그 리뭇치도, 지금은 뭘 하고 있을까…….)

루미너스의 '종말 선고'나 밀림의 폭주보다도 리무루의 행방이 더 궁금했다.

리무루만 있으면 어떻게든 될 거라는 안도감이 사라진 지금, 에르메시아의 책임은 막중했다.

그렇게 생각하며 열심히 분발했지만, 이 모양이다.

이러면 저승에서 리무루 얼굴을 볼 수가 없잖아── 라고, 에르메시아는 생각했다.

(뭐, 어디선가 멀쩡한 얼굴로 잘 살아 있을 것 같지만──.)

그 리무루가 곤경에 처한 모습은 에르메시아로서는 상상할 수 없었다. 옆에서 보면 손쓸 수 없는 상황이라도, 리무루는 늘 어떤 식으로든 방법을 찾아냈기 때문이다.

에르메시아도 본받고 싶을 정도였는데…….

이것이 바로 주마등인가, 하고 에르메시아는 생각했다.

밀림이 육박해 왔다.

이제 곧 따라잡힐 것이다.

신수 주위를 도망다니던 술래잡기도, 이제 곧 끝나고 있었다.

그것도 에르메시아의 목숨과 함께──

『에르──?!』

『큭, 포기하지 마라!』

실비아와 레온이 외치는 '사념'이 들려왔다.

에르메시아도 알고 있었다. 포기하면 죽음뿐이라는 것을.

하지만── 무리잖아, 라는 것이 지금의 정답이었다.

필사적인 얼굴을 한 레온이 한계를 넘어설 기세로 달려오고 있었다.

하지만 밀림을 따라잡을 수는 없었다.

초고속 공중전에서는 스쳐 지나갔다가 다시 상대하기 위해서는 재정비할 시간이 필요했다.

같은 궤도로 쫓고 있었다면 모르겠지만, 속도가 계속 높아지는 밀림을 추월해 에르메시아를 감싸는 것은 아무리 레온이 탁월한 레벨(기량)을 갖고 있다고 해도 불가능했다.

애초에 시간에 맞춘다 한들 둘 다 죽임당하고 끝나겠지만.

마왕 밀림은 진정한 초월자였다.

창조신의 딸 용황녀.

수많은 전설의 주인.

그 모든 말이 무색하게 느껴질 정도로, 실물은 굉장했다.

리무루 옆에 있었을 때는 평범한 여자애로만 보였는데…….

이제는 그저 천재지변에 지나지 않았다.

다가오는 초고밀도 에너지체는 충돌만으로도 에르메시아를 산산조각내버릴 것이다. 이 세계에서도 최강의 일각에 앉을 만한 실력자(에르메시아)조차, 이제는 최후의 때만을 기다리고 있었다.

(그러니까 레온 군. 그렇게 본인 탓이라고 자책하지 않아도 돼.)

쿨한 겉모습과 달리 눈물이 많고 뜨거운 영혼을 가진 마왕 레온. 오해받기 일쑤라 지금은 완전히 악역에 익숙해졌지만, 에르메시아가 보기에는 사랑스러운 제자였다.

마지막 정도는 뭔가 해 주고 싶었지만, 더는 에르메시아에게 남은 시간은 없었다.

에르메시아는 눈을 감았다.

하지만 그때──.

"규이잇!"

──그런 울음소리가 들린 것 같았다.

음속의 수십 배로 다가오는 밀림보다 빨리 닿을 리가 없으니 착각일 것이다.

그렇게 생각하고 있었는데, 와야 할 충격이 오지 않았다.

이상하다는 것을 깨닫고 에르메시아가 희미하게 눈을 뜨자, 그곳에는 충격적인 광경이 펼쳐져 있었다.

"──윽?!"

길이 1미터 남짓한 미니 드래곤(작은 용)이 에르메시아 앞에서 등을 돌린 채 날고 있었던 것이다.

밀림은 그 미니 드래곤을 보고, 그 소리를 듣고, 순간적으로 움직임을 멈춘 상태였다. 그 찰나가 에르메시아를 구했다.

그리고──.

그 미니 드래곤을 안고 떠오른 것은, 아직 어린 소녀였다.

특이한 색깔의 머리카락. 검은색에 은색이 섞인, 어쨌든 이상한 머리색을 가진 미소녀였다.

먼 곳에서 레온이 뭔가 시끄럽게 떠들기 시작했는데, 에르메시아에게 그쪽 상황은 아무래도 상관없었다.

그 소녀에게 눈길을 빼앗겨 아무 말도 나오지 않았다.

그 소녀는 리무루가 맡고 있는 아이 중 한 명으로, 그 정체는——.

"안 돼, 가이아. 여기는 위험하니까 얌전히 있어."

그렇게 말하고, 그 소녀는 미니 드래곤을 에르메시아에게 맡겼다.

그리고 밀림을 향해 몸을 돌리더니 마치 자신이 상대하겠다는 듯이 자세를 잡았다.

얼핏 보면 무모함을 넘어선 이야기였다.

하지만, 에르메시아는 안도했다.

이것으로 희망이 이어졌구나, 하고.

왜냐하면 그 소녀야말로—— 이 세계의 운명을 짊어질 자.

"당신 상대는 내가 할게."

그렇게 선언한 순간, 그곳에 더는 소녀의 모습은 없었다.

은빛을 아로새긴 듯한 흑은색의 장발을 부드럽게 나부끼고 있는 미인이 있었다.

그 손에 들린 것은 '문 미스트리스(월광의 신녀검)'였고, 그 몸에 걸친 것은 '신령무장'이었다.

그 정체는 말할 것도 없이, 전투 형태가 된 '용사' 클로에였다.

*

클로에는 배리어(장벽)를 세워 밀림의 돌진을 흘려보냈다.

덕분에 에르메시아는 위기를 넘길 수 있었다.

그리고 그 직후, 밀림과 클로에의 정상 결전이 시작되었다.

레온과 실비아가 한숨 돌리는 에르메시아 옆까지 다가왔다.

"무사해서 다행이야."

"응, 정말······."

"초절미소녀 클로에 덕분이다. 감사하도록 해."

"왜 거기서 레온 군이 잘난 척하는 거야?"

"그러게, 내 말이. 초절이라는 말까지 쓰고. 레온 군은 가끔 상태가 이상해진다니까."

"입 다물어."

진지한 표정으로 돌아온 레온이 소란스러운 모녀의 상대를 포기했다. 받아치지 않으면 계속 놀림거리가 되기 때문에 깔끔하게 잘라내는 것이 정답이었다.

그건 그렇다 치고, 모두가 클로에의 등장으로 구원받았다는 것은 사실이었다.

"뀨이!"

에르메시아에게 안긴 미니 드래곤―― 가이아가 울었다.

·········

·······

…

가이아가 왜 이 자리에 있는가?

현재는 템페스트 미궁 안에 있는 '관제실'이 세상에서 가장 안전한 장소였다.

그렇기에 그 '관제실'에 인접한 대기실이 모미지나 알비스 같은 임신한 이들이나 아이들을 수용하는 피난처가 되어 있었다.

눈을 뜬 클로에도 그곳에 있었다. 모두에게는 몸이 안 좋다고 말했지만, 켄야나 앨리스 일행과 함께 피난하여 다 같이 보드 게임을 하면서 불안을 달래고 있었다. 만일의 경우에 싸울 수 있도록 체력 회복에 힘쓰고 있던 것이다.

그런데 그때 베가가 날린 '사룡수'가 최하층을 향해 접근 중이라는 보고가 들어왔다.

그것을 맞이하기 위해 보호자 겸 호위였던 하쿠로우가 출격해 버렸다.

그 직후, 가이아에게 이변이 생겼다.

반응할 수 있었던 것은 클로에뿐이었다.

직감적으로 가이아와 이어진 존재—— 마왕 밀림에게 무슨 일이 생겼다는 것을 알아차렸다. 그것은 다시 말해 밀림 문제를 해결하려고 했던 리무루에게도 중대한 일이 벌어졌다는 뜻이었다.

클로에가 가만히 있을 리 없었다.

결국 가이아가 밀림과의 '영혼'의 유대에 이끌려 '시공간도약'을 하려는 것을 알아차리고, 다른 이들이 눈치채지 못하게 함께 이곳으로 왔다—— 라는 것이 전말이었다.

………

……

…

아슬아슬한 위기에 '용사' 클로에가 늦지 않게 도착했다.

레온 일행은 그 상황을 순순히 받아들였다.

"역시 역대 최강이라고 불리는 '가면의 용사'는 다르네……."

그렇게 감탄하는 에르메시아.

가면을 쓴 모습은 늠름하고 멋있는데 실제 얼굴은 아름답고 귀엽다며 흥분하고 있었다.

레온은 크게 고개를 끄덕이며 "맞는 말이다"라며 동의를 표시했다.

"나보다 **조금 더** 강하니까. 역대 최강일 수밖에."

그러면서 자신에게 유리한 각색까지 덧붙여 클로에를 칭찬하고 있었다.

이 발언에 제동을 건 사람은 에르메시아의 어머니인 실비아였다.

"잠깐 기다려. 최강은 '첫 번째 용사' 루드라야. 그의 제자 '빛의 용사' 그란베르도 버리기 힘들지만, 역시 실력은 못 미치니까."

전문 지식까지 섞어가며 용사론을 펼치기 시작한 것이다.

실비아는 '방랑의 용사' 살리온을 남편으로 둔 만큼 상당히 심각한 '용사' 마니아였다. 그런 그녀로서는 클로에가 최강이라는 설에는 납득할 수 없었던 것이다.

"어째서? 아무리 봐도 저분이 최강이잖아!"

에르메시아가 눈앞에서 싸우는 클로에에게 동경의 눈초리를 보내며 열렬하게 주장했다.

클로에의 실제 나이는 에르메시아보다 아래, 라고 할 수준조차 아니었다. 이제 막 열두 살이 되었을 뿐이니 2천 살이 넘는 에르메시아와는 비교할 수 없을 정도로 어렸다.

그러나 클로에가 거듭한 경험의 연수는 숫자로는 이루 헤아릴 수 없는 무거운 시간이 되어 그 강함에 고스란히 반영되어 있었다.

에르메시아 입장에서는 '저분'이라고 부르며 동경하는 것도 당연했다.

역사의 그늘에 늘 자리한 존재. 에르메시아가 아는 한 '가면의 용사' 클로노아는 세계의 위기를 여러 번 구해왔다.

그러나.

그렇게 말한다면 실비아에게도 할 말은 있었다.

'첫 번째 용사' 루드라의 영웅담은 동시대를 살았던 실비아에게는 현실이었다.

그 최강의 마왕인 기이 크림존과 호각으로 싸울 수 있는 상대는 실비아가 아는 한 루드라뿐이었다.

이 점을 강조하며, 실비아는 열정적으로 루드라를 '밀고' 있었다.

어떻게 보면 똑 닮은 모녀였다.

그러나 여기서 레온의 의견이 저울을 기울였다.

"훗, 루드라인지 뭔지가 대단한 인물이라는 건 인정하지. 그 기이와 비겼다면 실력은 확실할 테니까. 하지만 클로에는 아름다움과 가련함까지 겸비하고 있는 완벽한 미소녀다. 그런 점에서 우열은 분명히 가려졌다고 할 수 있지 않을까!"

말도 안 되는 논리를, 레온은 진지한 얼굴로 주장했다.

에르메시아가 생긋 웃으며 고개를 끄덕였고, 입장이 불리해진 실비아는 못마땅한 얼굴로 혀를 찼다.

"잠깐! 권외도 한참 권외인 '금발의 용사' 씨는 좀 빠져주시겠어요?"

실비아는 그렇게 쏘아붙이며 레온에게 분한 마음을 쏟아냈다.

레온도 전 '용사'였지만, 대우는 그리 좋지 않았다.

'용사' 마니아인 실비아 입장에서 레온의 평가는 최하위 수준이기 때문이었다.

●

안도한 마음에 대화의 꽃을 피우는 에르메시아 일행과 달리 클로에의 표정은 굳어 있었다.

왜냐하면…… 클로에는 과거의 시간에, 마왕 밀림에게 몇 번이나 패한 적이 있기 때문이었다.

최강의 '용사' 클로노아로서 밀림과 대치한 적도 있었다.

그럼에도 이기지 못했다.

리무루의 죽음으로 '스템피드' 상태가 된 밀림은 엄청난 힘으로 강자들을 습격했다. 클로에도 그중 한 명이었고, 그 모습과 그 상황을 기억하고 있는 클로에의 입장에서는 긴장하지 말라는 것이 무리였다.

하지만 희망은 있었다.

지금의 클로에는 '용기, 희망, 정의' 세 요소가 갖춰지며 기억 속의 클로노아보다 훨씬 강해졌기 때문이다.

게다가 —— 잠에서 깨어난 클로에는 마나스(신지핵) '클로노아'

와 더 깊게 동조하고 있었다. 클로에가 자연스럽게 받아들이는 형태로 클로노아의 자아가 사라져간 것이다.

——아니, 사실은 아니다.

클로에의 성장에 따라 마나스 '클로노아'의 역할은 종료되었다. 그리고 그 시점에서 '클로노아'는 과거로 돌아가 어린 클로에와 동화되었다.

『안심해. 광기에 물든 척하면서 반드시 이 미래에 도달할 수 있게 이끌어 줄 테니까.』

그것이, 클로노아의 결의였다.

리무루와 헤어지는 것은 쓸쓸하지만, 클로노아는 미소를 지었다.

왜냐하면.

분명 다시 만날 수 있을 테니까——.

그 사실을 모르는 클로에지만, 지금은 어린아이가 아니었다.

클로노아가 이제는 괜찮다고 믿었던, 최강의 '용사'였다.

클로에가 기억하는 미래 세계의 클로노아는 얼티밋 스킬 '요그 소토스(시공지왕)'를 구사하는 것이 고작이었다. 그럼에도 충분히 강하고 세계 정상에 군림할 정도였지만, 지금의 클로에는 얼티밋 스킬 '요그 소트호트(시공지신)'로 각성한 상태였다.

이는 아예 차원이 다른 수준이었다.

마나스인 '클로노아'가 없어도 자연스럽게 권능을 조종할 수 있게 된 것이다.

가이아의 바람에 호응하듯 밀림을 목표로 한순간에 '시공간도약'을 했지만, 클로에는 자신이 해야 할 일을 바로 이해했다.

(그게 선생님의, 리무루 씨의 바람이군요——.)

더 이상 밀림이 죄를 짓게 해서는 안 된다.

지금 이 순간이야말로, 클로에가 힘을 손에 넣은 이유나 다름없었다.

"당신의 명운은 내가 지키겠어."

"그아아!"

클로에의 선언에 부응하듯 밀림도 부르짖었다.

대기가 떨렸다.

그리하여 인류의 희망을 등에 업고 '용사'가 참전했다.

클로에는 밀림을 상대로 장기전을 택했다.

에너지가 무한한 밀림을 상대로는 평범하게 생각하면 악수였다. 하지만 클로에는 망설이지 않았다.

왜냐하면 여러 번 밀림과 싸운 경험으로 미루어 봤을 때 그것이 최선이라는 것을 확신했기 때문이다.

밀림이 날린 용권을 클로에는 '문 미스트리스'으로 받아들였다.

갓즈급으로 진화한 문 라이트(월광의 세검)는 최강 마왕 밀림 나바의 압력에도 어려움 없이 버티며 부서지지 않았다.

하지만 이는 클로에의 탁월한 레벨(기량) 덕분이기도 했다. 절묘하게 힘을 흘려보내 밀림의 공격에 직격하지 않게 조절한 것이다.

능숙하게 카운터를 노려 밀림의 용권을 튕겨내는 클로에. 그대로 추격에 나서려 했을 때——.

"커흑!"

피를 울컥 토하며 클로에의 몸에서 힘이 빠졌다.

밀림의 꼬리가 클로에의 복부를 꿰뚫고 있었다.

형식에 얽매이지 않는 움직임으로 밀림이 클로에를 농락했다. 아니—— **농락했어야 했다.**

피를 토하며 치명상을 입은 클로에는 이미 아무 일도 없었던 것처럼 아름다운 얼굴로 돌아가 있었다. 그리고 태연하게 밀림을 향해 검을 겨눴다.

복부에는 흉터도 없고 옷도 찢어져 있지 않았다. '신령무장'은 건재했다. 신기하게도, 조금 전 밀림의 공격들이 모두 꿈이나 환상이었던 것처럼——.

그런 클로에를 향해 밀림의 맹공이 날아들었다.

조금 전과는 달리, 클로에는 무표정한 얼굴로 그 공격을 크게 회피했다.

눈앞을 지나가는 용권과 꼬리.

카운터를 걸 기회는 사라졌지만, 그것은 조금 전에 본 광경의 반복이었다. 다만 이번에는, 마치 그것이 정답인 것처럼 클로에의 행동에 실수는 없었다.

그렇다, 그것은 당연했다.

왜냐하면 클로에는 올바른 선택을 **알고 있기** 때문이었다.

사실 클로에는 조금 전 공방에서 **한 번** 죽을 뻔했다. 그러나 자신의 실수를 깨달은 시점에 권능—— 얼티밋 스킬 '요그 소트호트'를 발동시켜 **없었던 일**로 만들었다.

한 번 경험한 뒤에 과거로 돌아간다—— 이것이야말로, 클로에가 가진 권능의 진가였다.

클로에는 '요그 소트호트'를 구사하여 자유자재로 '의식만'을 과거로 점프할 수 있었다. 거기에 '존재하는' 자신에게 깃들어 동조함으로써 미래에서 경험한 기억을 떠올릴 수 있는 것이다.

즉 클로에는 항상 최선의 수를 선택할 수 있다는 뜻이 된다. 이는 전투에서 절대적인 어드밴티지나 다름없었다.

밀림이라는, 사소한 실수조차 용납되지 않는 상대에게 클로에는 단독으로 맞설 수 있었다. 그 이유가 바로 미래를 알 수 있는 '요그 소트호트' 덕분이었다.

이 권능의 가장 큰 장점은 소모가 제로라는 점이었다. 미래에서는 에너지를 소모하지만 현시점에서는 아무것도 소비하지 않기 때문이다.

클로에가 장기전을 택한 것은 바로 이 이점을 살리기 위해서였다.

클로에는 알고 있었다.

밀림을 이기기란 불가능하다는 것을.

그렇다면 제압해서 무력화할 수밖에 없었다.

그 역할에 가장 적합한 존재가 자신이라는 것을, 클로에는 잘 알고 있었다.

"굉장하다……."

에르메시아가 중얼거렸다.

클로에의 싸움에는 실수가 없었다.

마치 모든 것을 다 읽고 있는 것처럼 막힘이 없고 완벽했다. 그렇게 되는 것이 당연하다는 것처럼 전투를 이끌어가고 있었다.

연무처럼 아름답고 군더더기 없는 싸움이었다.

더구나 주위에 미치는 영향조차 경미했다.

얼마나 높은 집중력이 있어야 그런 기예가 가능한 것일까…….

지금도 클로에는 밀림의 공격을 완벽하게 받아내고 있었다. 클로에가 회피한 자리에 밀림이 돌진하고, 거기에 우연히 펠드웨이가 날린 마력탄의 유탄이 착탄한, 것처럼 보였다.

하지만 현실은 달랐다.

확신을 갖고 목표한 대로, 클로에는 최적의 행동을 선택하고 있었다.

그곳에 남는 것은 완벽하고 궁극적인 결과뿐.

클로에를 제외하고 관전하고 있는 사람들 입장에서는 실로 비현실적인 광경이었다.

하지만.

미래의 기억을 떠올릴 수 있다는 압도적인 권능을 갖고 있음에도, 클로에에게는 여유가 없었다.

밀림이 상대였기에 결코 긴장을 풀 수 없었다.

실제로도 클로에는 이미 여러 차례 치명상을 입는 실수를 저질렀다. 본능대로 움직이는 밀림이지만, 레벨조차 초월한 전투 센스는 그대로였기 때문이다.

(정말, 강하네. 이 정도면 기이가 차라리 낫지 않을까…….)

그것이 클로에의 본심이었다.

기이라면 기교로 맞서 싸울 수 있을 것이다.

상대의 의도를 읽어내는 고도의 심리전이 먹힐 테니까.

미래를 아는 클로에 입장에서는 그런 상대가 더 수월했다.

그러나 밀림은 달랐다.

게다가 일격필살로 죽이는 것조차 불가했다.

클로에는 리무루와 달리 어떤 것이 최선이라고 판단하면 완벽하게 냉철해질 수 있었다. 당연히 밀림의 배제까지 염두에 두고 실제로도 시도해 보았다.

그러나 그것은 최악의 결과로 이어졌다.

밀림에게는 클로에의 그 어떤 오의도 통하지 않았다.

정신 계열 최강 마법인 '휴프노스(심연으로의 초대)' 같은 것도 효과는 없었다.

통상 최강 기술인 '앱솔루트 엔드(절대절단)'도 배리어(장벽)에 막혀 밀림에게는 통하지 않았다. 아예 봉인할 생각으로 '인피니티 프리즌(무한뇌옥)'으로 붙잡아도 가볍게 부수고 나와버리는 상황…….

클로에가 원하는 결과에 다다르게 하는 '리버스 페이트(운명유전)'조차 밀림을 제정신으로 돌아오게 만들지는 못했다. 폭주하게 된 원인을 제거하지 않는 한 최선에는 도달할 수 없다는 것이 증명된 것이다.

어쩔 수 없다는 생각에 시간의 무게로 압살하는 최강 오의 '페이탈 로스트(각운절명, 刻運絶命)'를 썼는데—— 이것이 가장 최악이었다.

이 기술은 대상의 시간 흐름을 가속시켜 시간의 끝까지 끌고 가버리는, 살아 있는 자라면 저항할 수 없는 궁극의 오의였다.

하지만—— 밀림에게는 달랐다.

오히려 힘을 비축하며 세계를 멸망시키는 결과가 되어버린 것이다.

여기엔 클로에마저 할 말을 잃고 말았다.

아이가 장난이라도 치듯 드라고 노바를 연발하자 기축세계가 순식간에 무너져 내렸다. 그것을 끝까지 목격하고 나서 클로에는 과거로 돌아왔지만…… 두 번 다시 반복해서는 안 될 악몽이라는 것을 가슴속에 강하게 새겼다.

그렇지만 상황은 악화일로였다.

클로에는 여러 가지를 시도하며 신중하게 행동했지만, 가끔씩 대미지를 각오하고 크게 움직일 때가 있었다.

수읽기에 실패한 것처럼 보이지만, 사실은 아니었다.

밀림의 공격 모션이 그대로 드라고 노바로 이어지는 경우가 있었던 탓이었다.

이를 방치하면 신수가 쓰러진다. 아니면 지상에 막대한 피해가 발생한다.

그것을 막기 위해서는 약간의 희생을 치르더라도 클로에가 무리를 할 필요가 있었다.

(만만치 않네——.)

클로에는 냉정하게 생각했다.

최선의 방법을 계속 선택하고 있음에도 피해는 클로에 쪽이 더 컸다. 심지어 밀림에게는 아무런 타격조차 주지 못한 채, 여전히 끝을 알 수 없는 상황이었다.

클로에는 틀림없이 최강 중 한 명이다.

용사 루드라나 마왕 기이와도 호각으로 싸울 수 있었다. 여러 오의들도 타의 추종을 불허할 정도로 강력한 것들뿐이다.

하지만.

마왕 밀림은, 상대가 너무 나빴다.

앞으로 얼마나 더 시간을 벌 수 있을까…… 앞을 읽을 수 있었기에 더더욱 무한과도 같은 고통이 계속되었다.

그럼에도 클로에는 포기하지 않았다.

그래, 이제 곧――.

"내가, 왔――."

"됐으니까 앞을 맡아줘."

"뭐?"

"뭐? 가 아니라 빨리!"

초음속으로 베루도라가 날아왔다―― 하지만, 인사조차 제대로 하지 못하고 클로에의 지시에 휘말려버렸다.

잘난 척 떠들 시간은 없었다.

하지만, 그것으로 충분했다.

이것으로 드디어 클로에에게도 여유가 생겼다.

베루도라는 안 됐지만, 그것 역시 운명이었다.

*

베루도라는 부당한 일을 겪고 있었다.

(잠깐잠깐, 이상하잖아! 내가 조력자로 등장하면 위기에 빠져 있던 자들이 감사의 눈물을 흘리며 기뻐해야 하는 거 아닌가? 그런데…… 어째서?)

밀림의 정면에 선 채 그 맹공을 고스란히 받아내면서 베루도라는 크게 당황했다.

칭찬받아야 하는데, 혹사당하고 있었다.

자라리오도 펠드웨이를 상대로 크게 고전하고 있었지만, 베루도라의 불행에는 미치지 못했다.

"레온 오빠, 충분히 쉬었지? 얼른 그쪽 사람 엄호에 들어가 줘!"

"뭐라고?"

"빨리 움직여!"

"알았다……."

여동생의 막무가내에 휘둘리는 것은 오빠로 태어난 자의 숙명일지도 모른다. 설령 피가 이어지지 않았다 할지라도…….

하물며 레온에게 클로에란 초절미소녀이자 사랑받아 마땅한 여동생 같은 존재였다. 명령을 받으면 그 대답은 'YES'밖에 없는 것이었다.

보상이나 다름없군—— 그런 생각을 하면서 레온은 자라리오를 도우러 갔다. 그 사고방식도 상당히 이상했지만, 입 밖으로 내지 않은 덕분에 쿨한 이미지를 유지할 수 있었다.

클로에에게 멋진 모습을 보여주기 위해 레온이 분발했다. 이에 자극받은 에르메시아도 펠드웨이와의 전투에 돌입했다.

"방해되지 않게 직접적인 전투는 피할게!"

그 한마디를 하고는 서포트역을 재개한 것이다.

에르메시아의 얼티밋 스킬 '바유'는 대기 조작에 특화되어 있었다. 검사에게 있어서 발판은 중요하기 때문에, 레온의 움직임에 맞춰 공간을 고정해 제대로 반동을 사용할 수 있도록 조정했다.

이는 레온에게 큰 도움이 되었다.

자라리오나 펠드웨이에게는 날개가 있었기 때문에 검을 이용한 공중전에도 능숙했다. 그러나 레온에게는 역시 지상전이 더 익숙했다.

밀림을 상대할 때처럼 견제만 한다면 몰라도, 빈틈을 봐서 반격까지 한다면 제대로 된 발판이 있어야 했다.

에르메시아가 참전하면서 레온뿐만 아니라 자라리오의 기세도 올라갔다. 역시 검사에게 있어서 발판은 있는 것이 편리했다.

게다가 실비아도 놀고 있는 것은 아니었다.

조금 전 자신의 딸인 에르메시아의 위기 상황에도 아무것도 하지 못한 것을 깊이 뉘우치며, 다음에 같은 상황이 되었을 때 대처할 수 있도록 신경을 곤두세운 채 자세를 취하고 있었다.

레온, 에르메시아, 그리고 실비아. 이 세 명은 속도 상승 특화 권능을 가졌다는 점에서는 비슷했지만, 실은 각각의 특징이 있었다.

에르메시아는 지구력이 뛰어나 장거리 이동에서 최고 속도를 자랑한다.

그와 대조되는 것이 실비아였다. 단거리 최고 속도 권능이 바로 얼티밋 스킬 '인드라'였다.

당연하게도 톱 스피드에 이르는 시간이 가장 짧은 것도 실비아였고, 순간적으로는 초속 100킬로미터라는, 밀림은 물론이고 견줄 자가 없는 속도를 자랑했다.

하지만 이를 위해서는 사전 준비가 필요했다.

만약 자유자재로 쓸 수 있었다면 실비아는 최강이라는 명성을 얻었을 것이다. 그러나 그렇게 되지는 않았다.

번개가 전기가 통하지 않는 공기를 부분적으로 이온화하여 길을 만들고 나아가듯이, 실비아의 이동에도 그와 비슷한 공정이 필요했다. 순간적으로 자유자재로 궤도를 변경할 수 없는 것이 바로 이 권능——'전광석화'의 약점이었다.

그렇지만 유용하다는 것만은 틀림없었다.

그 속도를 활용하면 누군가가 위기에 빠지더라도 위험을 파악한 뒤에 회피할 수 있었다.

실비아는 그렇게 믿고, 자신의 역할을 정했다.

이렇게 셋이 더해진 상황이 되자 자라리오의 심리적, 육체적 부담도 경감되었고, 마침내 펠드웨이와의 전투에도 활로가 보이기 시작했다.

하지만 베루도라 쪽은 그렇지 않았다.

사정 설명도 없이 느닷없는 실전이었다.

게다가 조금이라도 실수하려 하면 클로에의 격렬한 질책이 날아들었다.

레온과 달리 베루도라에게 혼나며 기뻐하는 취향은 없었다. 오히려 누나 두 명에 의해 공포 경험만 심어진 탓에 미인=무서운 것이라는 심리적 외상이 저도 모르게 마음속에 각인되어 있었다.

그런 탓에 베루도라는 클로에에게 거역하지도 못한 채 명령에 따라 조종당하고 있었다.

"거기! 밀림에게 힘으로 맞서면 안 돼! 반드시 받아넘겨!"

"으, 음!"

밀림의 주먹을 받아 힘겨루기로 끌고 가려 하자마자 호된 질타를 받아버린 베루도라.

슬픈 기분이 들었지만, 따질 것도 없이 클로에의 지시는 정확했다. 여유가 없기 때문에 날카로워졌을 뿐, 모든 발언에는 의미가 있었다.

몇 번이고 시간을 되감으며 밀림의 권능에 대해 알아차린 클로에는 하나의 결론에 도달했다.

그것은 즉 밀림의 힘은 무한하며, 대항하면 할수록 힘을 상승하게 만든다는 점이었다.

이는 정확한 판단이었다.

밀림의 얼티밋 스킬 '사타나엘(분노지왕)'은 실로 단순 명쾌한 권능이었다. 밀림의 분노에 호응하여 마력요소를 만들어내고 증폭시키는 효과를 발휘한다.

그 상한은 천정부지였고, 폭주 상태라면 '무한증식'도 가능했다.

클로에는 그것을 거의 정확하게 알아차리고 밀림이 힘을 쓰지 못하게 만들고 있었다.

밀림이 '사타나엘'을 가동하면 할수록 더 큰 힘으로 방어해야 한다. 밀림을 이 이상 강화시키지 않는 것이 이번 싸움에서의 최우선 사항이었다.

『미안해. 설명할 여유가 없으니까 지금은 내 지시에 따라줘.』

『흠, 이유가 있는 건가. 좋다. 그렇다면 난 네 말에 따르겠다!』

클로에는 위험을 감수하고 베루도라에게 '사념전달'을 했다. 클로에는 단독으로도 최강이었기에 서로 연계하는 싸움 방식에 익숙하지 않았다. 작전이 감청될 가능성을 고려해 속내를 지나치게 드러내고 싶지 않다는 것이 본심이었다.

베루도라는 이를 받아들였다.

그보다, 애초에 거역할 마음도 없었다.

이 시점에서 불만을 제기하지 못한 이상 역전은 없다. 베루도

라는 자연스럽게 클로에의 지시에 따르며 마차의 말처럼 혹사당
하게 되었다.

*

펠드웨이는 결코 검 실력이 뛰어난 것은 아니었다.

종합적으로 보면 자라리오보다 위였지만, 전투능력만 본다면
자라리오가 이길 가능성도 있었다.

다만 그것은 '펠드웨이가 본체를 꺼내지 않았다'라는 전제의 이
야기였다.

지금의 펠드웨이는 본체를 꺼낸 상태였기 때문에 이전에 비해
압도적인 존재가 되어 있었다.

에너지양이나 능력치만 봐도 모든 면에서 자라리오의 몇 배 이
상이었다.

평범하게 싸워서 이길 수 있는 상대가 아니었다.

자라리오가 이기고 있는 것은 검기뿐이었으니, 여기서 틈을 찾
지 못하면 이길 가능성이 없었다.

자라리오는 처음부터 펠드웨이를 상대로 전력을 다하고 있었다.

빈틈이 없다면 만들어내면 그만이라는 생각으로 맹격을 쏟아
낸 것이다.

그리고 위화감을 느꼈다.

(이 녀석, 이렇게 강했나?)

그렇게 느낀 이유는 자신의 검을 가볍게 흘려보냈기 때문이
었다.

자라리오는 냉철했다.

자신의 힘을 과신하지 않고, 착실하게 해야 할 일을 해내는 무인 기질이었다.

그 레벨도 수준급이었다.

기교를 거의 쓰지 않는 우직한 검기는 있는 그대로도 강했으며, 모든 적을 단칼에 베어버리는 '강검'의 달인이었다.

펠드웨이의 '아크(허공)'만큼은 아니지만 자라리오의 애도도 대단한 명도였다. 그런 믿음직한 파트너로 펠드웨이를 베어냈는데도 스르륵 흘려보낸 것이다.

정면에서 받아들였다면 그나마 납득이 됐겠지만, 자라리오로서도 그 반응은 예상 밖이었다.

속도도 힘도 자라리오보다 위이니 자라리오의 검을 가볍게 받아 튕겨내는 것도 쉬울 거라 생각했다.

그렇게 상정하고 자라리오는 튕겨 난 후의 추격을 노리고 있었는데…… 여기서 훌륭하게 흐름이 막혀 버리고 말았다.

확실히 이상하다는 생각에, 자라리오는 경계했다.

펠드웨이를 관찰해 보아도 그 아름다운 표정에서는 아무것도 읽을 수 없었다.

달인으로서의 직관이 이 상황은 위험하다고 경고하고 있었다.

(내 검을 받아넘긴다고? 펠드웨이에게 이 정도의 레벨은 없었을 텐데…….)

자라리오의 강검을 흘려보내려면 힘이 우세한 정도로는 불가능했다. 어느 정도의 기교와 실력은 필요하다.

자라리오가 아는 한 펠드웨이가 검을 수련한 사실은 없었다. 전선에서 싸운 경험도 없고, 언제나 지휘관이라는 위치에만 있었다.

강한 것은 인정하지만 무인은 아니었다.

그런 의문이 얼굴에 드러났는지 펠드웨이가 자라리오를 보며 웃었다.

"홋, 신기한가?"

"그래, 네놈은 무술에 관심이 없지 않았나?"

"그렇지. 강자는 태어날 때부터 강한 자를 말한다. 천적이 있는 약자와 달리 스스로를 단련할 필요는 없으니까."

"그렇다면 어떻게──."

"어떻게, 네 검을 흘려보낼 수 있었냐고? 간단한 이야기지. 기본적인 동작만 기억하면 초동의 각도만 봐도 노리는 곳이 '보이'니까."

다정하게 일러주듯 펠드웨이가 그렇게 설명했다.

하지만 자라리오는 납득하지 못했다.

"웃기는 소리. 보였다고 해서 쉽게 반응할 수 있는 게 아니다!"

심약한 자, 자신의 실력에 자신이 없는 자였다면 펠드웨이의 말에 쉽게 속아 넘어갔을 것이다.

하지만 자라리오는 달랐다.

그것이 거짓말임을 간파하고 코웃음을 친 것이다.

그런 지적을 받은 펠드웨이는 씨익 웃었다.

숨길 생각도 없다는 태도로 자라리오와의 대화를 이어갔다.

"후후후, 날 제대로 이해하고 있는 것 같구나. 하지만 내가 가진 패까지 꿰뚫어 보지는 못했겠지."

"패라고?"

“그래.”

펠드웨이가 공세에 나섰다.

그 움직임은 지금까지처럼 단조로운 것이 아니었다. 검에 통달한 숙련자의 움직임이었다.

그리고 그 움직임은 자라리오에게도 익숙한 것이었다.

(닮았어…… 이건, 레온의 움직임인가?)

그것은 자라리오의 착각이 아니었다. 조금 전까지 적이었던 호적수의 움직임을, 자라리오가 잘못 봤을 리가 없었다.

당황한 자라리오에게 펠드웨이가 말했다.

“나는 연구를 게을리한 적이 없다. 모든 사건을 늘 관찰하고, 무엇이 최적인지 계속 고민했지. 그것은 나와 미카엘 님이 지배했던 자들에게도 해당한다.”

“……?”

“얼티밋 스킬 ‘미카엘(정의지왕)’로 지배했던 자들의 감정, 사고, 경험, 그 밖의 모든 것들은 나와 공유되고 있었다. 그러니 그들이 습득한 레벨(기량) 역시 내 손안에 있다는 뜻이지.”

그런 설명을 들었지만, 자라리오는 순순히 납득할 수 없었다.

“——뭐?”

전투 중임에도 불구하고 말문이 막히고 말았다.

무리도 아니다.

자신이 노력해 얻은 지식이, 강적과 싸운 경험이, 갈고 닦은 기술들이, 나도 모르는 사이에 모두 빼앗겼다는 말을 들은 셈이었으니까.

“웃기지 마…… 우리들의 기술은 그렇게 쉽게 빼앗을 수 있는 게 아니야!"

정중하던 말투도 내던지고, 자라리오가 소리쳤다.

그리고 그대로 분함을 분노로 바꿔, 혼신의 전력을 담은 강렬한 일격을 쏟아냈다.

그러나 결과는 처참했다.

훌륭할 정도로 똑같은 자세로, 똑같은 힘을 담아, 자라리오의 검을 정면에서 막아버렸다.

펠드웨이는 자신의 말을 증명하듯 자라리오를 모방해 보인 것이다. 게다가 자신의 힘을 과시하듯 자라리오를 죽이지 않을 정도로 힘을 조절하기까지 했다.

"……웃기지 마."

상처를 입은 사람은 자라리오뿐이었다.

똑같은 힘끼리 맞부딪쳤지만, 펠드웨이에게는 여력이 충분했다. 그렇기에 그 반동으로 날아간 것은 자라리오뿐이었다.

"……어디까지, 어디까지 무인을 우롱하려는 거냐!"

자라리오가 울부짖었다.

천재에게 범인의 고뇌 따위는 관심 밖이었다.

한 번만 읽고도 교과서의 내용을 외울 수 있는 사람이 보면 몇 번이고 읽고 또 읽으며 필사적으로 외우려는 범인은 그저 게으름을 피우는 것으로밖에 보이지 않는다.

노력에 가치 따위는 두지 않고, 오직 결과만을 본다. 적어도 자신과 다른 사람의 차이를 깨닫고 귀를 기울이려는 자세를 보였다면, 조금 더 다른 관계를 쌓을 수 있었겠지만…….

펠드웨이에게는 남을 배려하는 마음이 없었다.

언제나 자신이 옳다고 믿으며 어리석은 자들을 인도하려고 했다.

자신이 틀릴 것이라는 생각도 하지도 않고, 다른 사람의 말에 무게를 두지도 않는다.

실로 위험한 사상의 소유자인데, 슬프게도 지금까지는 그것으로도 성립이 되어왔다.

그래서, 이해하지 못했다.

자라리오가 왜 화를 내는지, 그 이유에서 가치를 찾지 못했다.

그래서 무자비할 정도로 잔인한 물음을 던져버렸다.

"이해할 수 없군, 왜 화를 내지? 본래 기술이란 보고 배우는 것 아닌가?"

스승으로부터 제자에게 계승되는 다양한 기술들도 전부 보고 경험하며 배우는 것이다.

허락의 유무 등 조건은 다양하겠지만, 그 공정에 차이는 없었다.

자신이 만들어낸 유파라 할지라도, 그 '무'의 근원을 더듬어가다 보면 도달하는 곳은 한정된다.

무에서 유를 창조하는 자는 극소수에 불과하다. 역사를 거듭한 지금에 와서는 거의 불가능에 가까운 위업이라고 할 수 있었다.

그렇다면 모방을 통해 발전시켜 나가는 것이 정석이다.

선악을 무시하고 말한다면 펠드웨이가 취한 수법은 틀리지 않았다. 그 점은, 자라리오도 인정할 수밖에 없지만…….

그러나 다르다.

근본부터가 잘못되었다.

계승 받아야 할 기술은 스승의 마음과 함께 계승되는 것이다.

자라리오의 경우는 자신이 개조(開祖)에 해당한다.

자신의 부하들에게 기술을 전수하고, 인섹터를 함께 토벌하면서 실력을 갈고 닦아왔다.

거기에는 확실한 자부심이 있었다.

레온도 마찬가지였다.

힘의 차이는 있었지만 검술 실력은 자라리오가 탄성을 자아낼 정도였다.

그렇기 때문에 호적수로서 서로를 인정하고 마음이 통할 수 있었다.

거기에는, 확실한 '마음'이 있었다.

짊어진 것이 있는 것이다.

그 모든 것을 무시하고, 펠드웨이는 단순히 효율만을 따졌다.

자라리오와는 물과 기름으로, 결코 양립할 수 없었다. 그것을 재확인한 자라리오는 입술을 깨물었다.

다만 분노한 것과 동시에 냉정한 분석도 진행했다.

자신들의 기술을 모두 파악하고 있다면, 승산이 없다는 것은 명백했다.

지금의 펠드웨이는 그 실력 차를 보여주려는 것인지 자라리오를 상대로 힘을 빼고 있었다. 만약 여기서 전력을 다했다면 자라리오는 시작과 동시에 퇴장당했을 터였다.

펠드웨이에게 있어서 자라리오는 위협이 아니었기에, 자신의 손을 더럽힐 필요를 느끼지 못하고 있는 것이다.

그것을 이해하면 모욕이라고 느끼는 것조차 바보스럽게 느껴졌다.

　자라리오가 그것을 깨달은 타이밍에 레온 일행이 원군으로 참전했다.

　자라리오는 고민했다. 레온 일행에게도 진실을 전해야 하는 것인지를.

　무엇을 해도 통하지 않을 것이고, 어떻게 해도 펠드웨이에게는 이길 수 없을 것이다. 따돌리는 것은 불가능했고, 시간을 끄는 것조차 펠드웨이의 무관심으로 성립되고 있었다.

　아무것도 하지 않아도 결과는 똑같다고 하면 가만히 관전하고 있는 편이 나을지도 모른다.

　(아니, 아니다. 애초에 녀석의 말이 진짜인지 아닌지도 의심스러워⋯⋯.)

　거의 틀림없이 펠드웨이는 진실을 말하고 있을 것이다.

　하지만 동시에 모든 것을 말했다는 생각은 들지 않았다.

　결정적으로 뭔가를 숨기고 있는 것은 아닐까, 자라리오는 그런 직감을 느꼈다.

　그것은 정답이었다.

　펠드웨이는 밀림이 각성하면 곤란한 상황이었다.

　펠드웨이의 목적 중 하나는 베루도라에게서 '용의 인자'를 가져오는 것이었는데, 상황이 그것을 허락하지 않았다.

　펠드웨이가 베루도라를 상대하게 되면 밀림을 완전지배할 여유가 사라지기 때문이었다.

　지금의 베루도라는 그만한 힘을 지니고 있었다. 그것을 간파한 펠드웨이는 함부로 행동할 수 없게 되었다.

(애타게 기다리던 먹잇감이 왔는데 눈앞에서 방치할 수밖에 없다니…….)

펠드웨이는 여기서는 베루도라를 버리기로 결심했다. 전력으로 싸우면 이길 수는 있겠지만, 모든 일에는 우선순위가 있다고 판단한 것이다.

그러나 그렇다고 해서 상황이 개선된 것은 아니었다.

클로에에 더해 베루도라까지 참전했으니 작은 계기로도 지배가 풀릴 우려가 있었다. 그러니 계속 지배를 강화하고 있어야 했고, 자라리오 일행을 상대하고 있을 틈은 없었다.

그래서 일부러 더 여유로운 태도를 보이며 자라리오 일행을 절망에 빠뜨리려 한 것이었다.

그럼에도 자라리오는 움직이지 않았다.

(칫, 귀찮게. 그 우직한 성격은 마음에 들었는데, 막상 적이 되니 정말 거슬리는군.)

인섹터를 상대로 끈질기게 싸우던 동료는, 자신의 편이라면 믿음직한 존재다. 그러나 지금, 승리를 포기하지 않는 그 집념이 펠드웨이의 계획을 방해하고 있었다.

그런 자라리오를 보며 훌륭하다고 생각하면서도, 방심하고 있을 때가 아니었기에 펠드웨이는 고민했다.

수준은 훨씬 아래라도 레온이나 에르메시아도 만만히 볼 상대는 아니었다. 한두 번의 공격이 직격한다 해도 미미한 대미지밖에 입지 않겠지만, 집중력이 흐트러지는 것은 문제였다.

적어도 밀림이 신수를 파괴하기 전까지는…….

(내 힘으로 신수를 파괴할 수 있다면 이렇게까지 귀찮은 방법

을 쓸 필요도 없었을 텐데…….)

　신수는 이 기축세계의 요체가 되는 중요 거점이었다. 그 방비는 철저했기에 어설픈 힘으로는 파괴할 수 없었다.

　절대적인 힘을 가진 펠드웨이라도 신수의 완전 파괴는 불가능했다.

　엘프들의 나라——살리온은 멸망시킬 수 있었지만, 신수 그 자체를 파괴할 수 있는 것은 오직 밀림의 드라고 노바뿐이었다.

　그리고 신수를 파괴하지 못하면 '성허' 다마르가니아에 있는 '천통각'도 부술 수 없었다. 밀림의 드라고 노바를 견뎌낸 '천통각'을 보고 펠드웨이는 그것을 깨달았다.

　하지만 신수만 쓰러뜨릴 수 있다면 '천통각'은 부수지 않아도 문제가 없었다. 자연스럽게 세계는 붕괴할 것이고, 곧 강림할 '멸계룡' 이바라제가 온갖 것들을 파괴해 줄 것이기 때문이었다.

　그렇기 때문에 여기서 밀림의 제어를 놓을 수는 없었다.

　지금이 바로 고비겠구나——그렇게 생각하며, 펠드웨이도 속으로 남몰래 기합을 넣었다.

　이리하여 신수를 둘러싼 2차 공방전이 점점 과열되었다.

　밀림을 막으려는 클로에와 베루도라 콤비.

　펠드웨이를 배제하기 위해 자라리오를 필두로 만들어진 즉석 팀.

　그 싸움의 향방은 아직도 예상하기 어려운 상태였다.

●

구 유라자니아에서는 기이와 베루자도의 싸움이 치열하게 벌어지고 있었다.

신수의 땅에서는 세계의 명운을 걸고 펠드웨이의 야망을 저지하기 위해 용사들이 싸우고 있었다.

그리고, 같은 시각.

죽음의 사막과 맞닿은 신성교황국 루벨리오스의 변방에서 영웅들이 모여들었다.

베루글린드의 협력까지 더해진 덕분에 세계 각지에서 속속 집결한 것이다.

각국에서 모인 영웅들이 약 500명.

무장국가 드워르곤에서는 영웅 가젤 왕이 이끄는 페가수스 나이츠(천상기사단)가 500명.

동쪽 제국에서는 신생 임페리얼 가디언(제국황제 근위기사단)이 100명. 칼리굴리오를 원수로 두고 미니츠가 부관으로 받쳐주는 형태였다.

그리고 바로 어제까지 이 땅에서 서로 충돌하고 있었던 루벨리오스 세력과 거인 세력. 지금은 화해하고 함께 싸우는 동료가 되어 있었다.

루벨리오스에서는 히나타가 이끄는 크루세이더즈(성기사단)가 300명.

일시 복귀한 전 '삼무선' 사레와 그레고리도 루크 지니어스(교황 직속 근위사단) 30명과 함께 히나타의 휘하로 들어갔다.

교황 루이가 이끄는 블러디 나이츠(혈홍기사단)가 400명 남짓.

거인 세력은 잠이 든 다구류루를 대신해 다구라가 총지휘를 맡았다. 오대투장 필두였던 '네 팔' 바사라가 대리 왕 다구라의 보좌를 맡아 천명이 넘는 '박쇄거신단'의 엘리트 전사들을 거느리고 있었다.

그 밖에도 '리에가(삼현취)'의 '총사대' 100명이라는 소수 정예 세력이 가능한 만큼 모였다.

그 총인원은 3천 명 남짓.

이것이 현시점에서 '멸계룡' 이바라제에 대항하기 위한 동맹의 전부였다.

루미너스의 '종말 선고' 이후 아직 채 하루도 지나지 않았다.

긴 듯하지만 실제로는 매우 짧은 시간이었다.

그만한 시간 동안 이 정도의 대전력이 모이는 일은, 지금까지의 상식을 모두 무너뜨릴 정도의 위업이었다.

하지만 실전은 아직 시작조차 하지 않았다.

앞으로 있을 싸움으로 인류의 운명이 결정되는 것이다——.

세계 각지에서 모인 500명의 영웅들은 하나의 그룹으로 한데 모여 있었다.

모두가 A랭크 이상의 실력자들이었지만, 이 자리에서는 자랑거리가 되지 않았다. 좀 더 뛰어난 개인이라면 몰라도 정돈되지 않은 상태에서는 전력으로 삼을 수 없다고 판단했다.

그렇게 되면 누가 지휘를 맡느냐는 문제도 있었다.

그 역할은 누구나 마사유키가 맡아야 한다고 생각하고 있겠지만, 실제로는 악수였다. 마사유키는 행운을 높이는 데엔 적합하지만, 연계조차 되지 않는 집단이 제멋대로 날뛰면 그 효과는 미미해진다.

각국의 길드에서는 이름난 자들이었기에 누군가의 아래에서 일한 경험은 적었다. 그리고 마찬가지로 누군가를 이끌기에도 적합하지 않았다.

이 영웅들을 한데 모을 수 있는 존재가 필요했다.

너나 할 것 없이 모두의 얼굴에는 불안감과 긴장감이 역력했다.

그런 와중, 실로 편안한 목소리로 농담을 던지는 자가 있었다.

영웅으로 추대되며 마침내 강대국의 왕으로 즉위한 요움이었다. 이번에는 파르메나스의 왕으로서 옛 동료들을 소집하여 참전한 상태였다.

"보라고, 다들 쟁쟁하잖아. 뭐, 나도 영웅이라고 불리긴 하지만 진짜 영웅인 가젤 왕과 비교하면 애들 장난 수준이야. 도움이 될 수 있을지 영 불안하네……."

어깨를 움츠리며 옆에 선 늑대 라이칸스로프(수인족)─── 그루시스에게 말을 건다.

그러자 그루시스가 요움의 불안을 웃음과 함께 날려버렸다.

"핫! 웃기는 소리. 허울이든 진짜든 여기 서 있는 것만으로도 영웅이야. 우리가 패배해서 세계가 멸망한다면 겁먹고 숨어 있어도 의미가 없으니까. 헛되이 죽든 개죽음이 되든 맞설 수밖에 없지."

맞는 말이라며 요움도 고개를 끄덕였다.

처음부터 자신들이 전력이 될 것이라 자만하지는 않았다. 그저 뭔가 조금이라도 도울 수 있는 일이 없을까 생각한 것뿐이다.

아직 어린 딸인 미임은 집을 지키고 있었다.

은퇴한 에드마리스 왕도 이제는 마리우스로 이름을 바꾸고 고문을 맡아주고 있었다. 그런 그의 아들인 에드가도 믿음직스러우니 후계자 문제는 어떻게든 될 것이고, 어떻게든 해 줄 것이라고 믿고 있었다.

살아남을 수 있다면, 그것이 가장 좋았다.

설령 살지 못하더라도, 이 싸움에서 승리할 수만 있다면——뒷일은 남기고 온 사람들에게 맡기면 되는 것이다.

그렇기 때문에 요움은 아내인 왕비 뮤우와 절친한 친구인 기사단장 그루시스를 데리고 이 자리에 서 있었다.

"원래대로라면 도망칠 시간 정도는 벌어보겠다고 큰소리쳤을 텐데 말이야. 도망갈 곳이 없으니 폼을 잡을 수도 없어. 앞으로 나가는 것 말고는 방법이 없지."

젊어보이는 모습과는 달리 노인 같은 말투로 라젠이 중얼거렸다.

"하하하, 맞는 말이네!"

요움도 크게 웃었다.

"칫, 네 다음으로 내가 뮬란과 행복하게 지낼 차례였는데……."

"안심해. 그런 약속은 없었으니까."

여기서 뮬란(왕비 뮤우)을 둘러싸고 바보 두 명이 서로를 노려보았다.

평소와 같은 모습에, 그 대화를 보고 있던 사람들의 긴장이 자연스럽게 풀어졌다.

영웅들은 생각했다.

이 남자라면 믿을 수 있다고.

　마왕 리무루와도 우의를 맺은 요움이라면 자신들의 목숨을 맡길 수 있다고 확신한 것이다.

　"이봐, 요움 씨. 난 국가에 소속되어 있지 않아서 말야, 당신이 왕이라 해도 경어는 생략할게."

　"상관없어. 나도 원래는 소악당이었으니까."

　"하하하, 얘기가 빠르네!"

　"헤헷, 그렇지."

　"나도 잘 부탁해."

　"오!"

　"하는 김에 우리들 대장 노릇도 부탁할게!"

　"맡겨둬── 잠깐, 뭐라고?"

　요움의 인품에 매료된 자들이 차례차례 말을 걸었고── 그리고 자연스럽게 요움에게 대장역을 강요했다.

　여기서 거절하지 못하는 것이, 요움이 요움인 이유였다.

　"어, 어어. 내가 대장이어도 괜찮은 거야? 괜찮은 거지?"

　"맡길게."

　"당신밖에 못 해!"

　"솔로 활동만 했으니까 유격 같은 걸로 써줘."

　등등, 요움을 대장으로 두는 것에 대해 불만은 나오지 않았다.

　이 모습에는 요움의 동료들도 웃음을 터뜨렸다.

　"대장답네."

　"또 무용담이 늘어나겠네. 집필해야겠어."

　"실수했다고 해도 아무도 원망하지 않아. 어차피 그때는 다 같이 있을 테니까."

그런 식으로 요움의 등을 떠밀었고, 이 집단은 요움이 총대장이 되어 이끄는 것으로 정해졌다.

"힘든 역할을 아무 생각도 없이 떠맡다니, 역시 바보라니까……."

뮬란도 어이없다는 표정을 지었다.

그러나 동시에, 자신이 사랑하는 남자가 파란만장하게 살아가는 모습을 보며 아무도 모르게 그 하얀 뺨을 붉게 물들였다.

*

한편, 이번에 발기인이 된 루미너스는 느긋하게 있을 여유 따위 없었다.

베루글린드나 히나타와 함께 이마를 맞대고 세부 회의를 진행했다.

"녀석들이 '천통각'에서 나오는 순간을 노린다, 이게 가장 피해가 적겠지."

"그러게요. 3천 명 정도가 모이긴 했지만, 생각할 수 있는 최고의 전력이에요. 좀 더 늘어날 것 같긴 하지만, 슬슬 배치를 생각해야겠죠."

루미너스의 말에 베루글린드가 고개를 끄덕였다.

그리고 탁상에 펼쳐진 도면을 가리키며 '천통각'의 구조에 대해 설명하기 시작했다.

"'천통각'은 중앙의 나선 계단을 축으로 한 원형의 탑이에요. 외벽 부분에도 거주 구역이 있지만, 그건 무시해도 상관없어요. 문제는 문 앞──."

도면은 삼면으로 되어 있었다.

상공에서 보면 완전한 원형이었고, 정면에서 보면 거의 같은 폭으로 하늘을 향해 뻗어 있었다. 좌우에서 봐도 마찬가지로 특별히 이상한 구조는 아니었다.

출입구는 지상에 접한 부분에 있었다.

아치형의 개구부가 이어져 있어 누구나 자유롭게 출입할 수 있는 구조였다.

탑의 직경은 약 500미터 정도.

개구부의 하나하나의 크기도, 자이언트(거인족)가 쉽게 출입할 수 있는 만큼 나름대로 거대했다.

"──한 곳에 전력을 집중하는 건 불가능하다는 점이겠죠."

'천통각'은 부술 수 없다. 즉, 출입구 봉쇄는 어렵다는 뜻이었다.

흙 마법 등을 써서 외부에서 막는 방법도 있지만, 부서져 버리면 아무 의미가 없었다.

애초에 개구부는 300곳이 넘었다. 그 모든 것을 봉쇄해 적을 의도대로 유도하는 것은 시간적으로도 어렵다는 판단이 나왔다.

"내부에 문이 있다면 거기를 막는 건 어떨까?"

히나타가 물었지만 이 역시 베루글린드가 부인했다.

"문이라고 말해서 오해한 것 같은데, 당신이 상상하는 이미지 자체가 잘못됐어요."

그렇게 말하며 히나타에게 '사념전달'로 내부 정보의 영상을 전달했다.

'천통각' 내부의 나선계단은 가로 폭이 넓었고, 중간 부분에 있는 문 또한 거대했다.

축의 크기도 폭 300미터 이상이라 계단의 폭도 상당히 넓었다. 단차 역시 인간에게는 너무 큰 크기였다.

"그렇구나……. 이건 그냥, 말하자면 거대한 문이네. 내부에서 기다리고 있어도 일제히 몰려들면 방법이 없겠지……."

기본적으로는 위에서 아래를 향해 공격하는 쪽이 위력은 더 컸다. 발판이 불안정한 계단에서 기다리는 것은 방위 면에서 불리했다. 히나타도 납득하고 자신의 의견을 철회했다.

"'천통각'의 네 방향에 군사를 배치하고 강자들을 앞세워 적의 주력을 맞이한다. 이것밖에 없겠지."

루미너스가 그렇게 단언했다.

원형 탑이고 둘레 전체에서 출입이 가능하다고 하면 에워싸듯이 군을 배치할 수밖에 없었다. 그것도 어디서나 동등하게 대응할 수 있도록 전력을 균등하게 분산시켜 놓는 것이 바람직했다.

"어렵긴 하지만 할 수밖에 없겠네."

"음, 그렇지."

"포위망에서 도망친 적과 놓친 적은 후방 집단이 각개격파한다. 이거면 되겠죠?"

히나타, 루미너스, 베루글린드의 의견이 일치했다.

"그럼 수뇌진을 불러 모아 역할 분담을 정할까요?"

방침은 정해졌지만 문제는 산더미였다.

개구부에서 클립티드 군세가 쏟아져나올 경우 물량에서 밀릴 수 있었다. 이를 막기 위해서도 전력을 적절하게 배치해야 했다.

그렇지만 이곳에 모인 사람들은 저마다 각자의 뜻이 있었다.

아무리 세계의 위기라고 해도 순순히 따라줄지는 의문이었다.

(뭐, 그걸 설득하는 게 내 몫이 될 것 같긴 하지만.)

히나타는 속으로 결의를 다졌다.

시간도 없는데 내부에서 분열하고 있을 때가 아니었다.

지금부터의 회담에 따라 세계의 운명이 결정된다—— 히나타
는 마음을 굳게 다잡았다.

*

간이 천막이 펼쳐지고 수뇌진이 모였다.

유명한 모험가들도 참가하려나 했는데, 각국의 왕이나 저명인
사들 같은 쟁쟁한 인물들을 보고는 자신들이 나설 자리가 아니라
는 생각에 포기한 것 같았다.

그리하여 엄선된 사람들이 원탁을 둘러싸고 착석했다.

유명한 인물들을 소개하자면——.

상석에 앉은 것은 주최자인 루미너스였다.

전 세계에 '종말 선고'를 한 책임을 지고 총대역을 자청한 것이다.

루미너스 오른쪽 옆에는 히나타가, 왼쪽 옆에는 루이가 앉았
다. 등 뒤에는 집사옷을 입은 귄터가 서 있었다.

그리고 히나타의 뒤에는 니콜라우스 추기경이 서 있었다.

다구류루와의 결전 때에도 무관심했으면서, 히나타가 참전한
다고 하니 이야기가 달라지는 모양이다. 의욕에 찬 표정으로, 히
나타에게 도움이 되기 위해 만반의 준비를 갖추고 있었다.

또한 니콜라우스 옆에 나란히 서 있는 것은 크루세이더즈의 부
단장인 레나도 제스타였다. 그 뒤에는 네 명의 대장들이 대기하

고 있었다.

미궁 내의 특훈을 통해 실력이 크게 늘었다. 이번에도 전력으로서 기대해 볼 수 있을 것이다.

히나타의 맞은편에는 시온이 있었다.

지난 싸움에서의 피로가 완전히 가시지는 않았지만, 안색은 좋았다. 의욕이 넘치는, 두려울 것은 아무것도 없다는 듯한 표정으로 당당하게 웃고 있었다.

시온 옆에 앉아 있는 것은 다구류루의 대리로 나온 다구라였다. 그 뒤에는 바사라가 서서 이 자리에 모인 인물들을 위압하고 있었다.

다구라가 얕보이지 않게 하려는 배려인지도 모르지만, 장소와는 상당히 어울리지 않았다.

왕후 귀족 쪽으로 가면 가젤, 요움, 그리고 마사유키가 있었다.

가젤은 무예복 차림을 한 남자를 함께 데리고 왔다.

하쿠로우의 할아버지—— 아라키 뱌쿠야의 환생인 아게라였다.

아게라는 이 자리에서도 당당하고 태연하게, 버드나무처럼 유연한 모습으로 가젤의 등 뒤를 지키고 있었다.

요움은 왕비 뮤우와 함께 부부로 참여했다.

요움은 영웅이지만 어려운 이야기에 서툴렀다.

여기서는 참모—— 아니, 실질 권력자인 왕비 뮤우가 주도권을 잡는 것이 정답이었다.

요움의 뒤에는 라젠과 그루시스가 버티고 있었다.

참고로 회의용 텐트 가장자리에는 사레와 그레고리의 모습도 있었다. 히나타와 눈이 마주치지 않도록 각도를 조절해 눈을 피하고 있었다.

현재도 도망 중인 신세라 그런지 굉장히 어색해하는 모습이었다. 히나타도 그것을 눈치채고는 있지만, 굳이 말을 걸어 주는 상냥함 따위는 갖고 있지 않았기에 그대로 방치했다.

애초에 히나타는 말을 걸어봤자 겁먹게 만들 뿐이라는 것을 알고 있었기에 차라리 모르는 척, 눈치채지 못한 척을 하고 있는 것이었다.

서로에게 있어서 그것이 최선이라는 것은 확실해 보였다.

그런 사레 일행과 마찬가지로 어색함을 느끼고 있는 자가 있었다.

마사유키였다.

누구보다도 가장 절실히, 이 자리에서 도망치고 싶다고 생각하고 있는 전 고교생이었다.

그런 마사유키였지만, 각국의 대표, 응답한 자들의 필두라는 입장이었다.

희망의 상징이라는 역할을 맡고 있으니 도망치고 싶다는 희망이 이루어질 리 없었다.

누구보다도 본인이 그 사실을 잘 알고 있었다. 그래서 지금도 무의 경지에 이른 표정으로 먼 곳을 바라보고 있는 것이었다.

마사유키 옆에는 절세 미녀의 모습이 있었다.

베루글린드다.

각국에서 '시공연결'로 영웅들을 불러모으며 다방면에서 맹활약을 펼쳤다. 지금은 '별신체'를 모두 해제하고 마사유키를 보호할 태세를 취하고 있었다.

마사유키의 뒤에는 지금은 절친 포지션인 베놈이 있었다.

당연히 칼리굴리오와 미니츠도 참여하고 있었고, 직립부동의 자세로 조각처럼 미동 없이 자신의 직무를 충실히 수행하고 있었다.

원탁에서 떨어진 곳에서는 1인용 소파에 편히 앉은 울티마가 있었다.

둥근 테이블 위에는 홍차가 준비되어 있었고 존다가 서빙을 해주었다.

베이런은 서늘한 얼굴로 서 있었지만, 이제 막 피로에서 회복한 참이었다.

울티마의 심복인 두 사람도 지난 싸움에서는 음지에서 열심히 활약했다. 디노 일행의 발목을 잡는 것부터 시작해 마법이 통하지 않는 자이언트(거인족)와의 사투까지, 몸과 마음이 쉴 틈조차 없었다. 그렇다고 울티마 앞에서 우는 소리를 할 수 있을 리가 없었고…….

중간 관리직이란 실로 힘든 입장이었다.

그에 비해 아다루만 일행은 여유로운 모습이었다.

아다루만과 가드라는 젊어진 외모로 원탁에서 떨어진 맨 끝자리에 앉아 있었다. 그 뒤에는 알베르트와 웬티가 선 채 즐거운 얼굴로 담소를 나누고 있었다.

세계의 운명이 걸린 회의 직전임에도 여전히 마이페이스였다. 그러나 반대로 그런 그들을 보고 있으면 긴장이 풀려서 그런지 그 누구에게도 불평은 나오지 않았다.

그것으로도 좋다고, 모두가 생각했기 때문이었다.

원탁의 말석에 있는 자들도 마찬가지였다.

고귀함과는 무관한 그 집단은, 굳이 어느 쪽인가 하면 무법자에 가까운 모습이었다.

그도 그럴 것이, 그들은 인류사회의 뒷세계를 좌지우지하는 자들이었기 때문이다.

대표자로 자리에 앉는 사람은 '리에가'에서 파견된 정예들을 데리고 이 자리에 참석한 그렌다 아트리였다.

세계의 위기 앞에서 움직이지 않을 수 없었기에, 직계 부하인 '총사대' 백여 명과 최근에 키워온 자들 중에서 강자만을 선발하여 참여한 것이었다.

그런 강자의 수는 대략 50명이었다.

이 자리에도 2명 정도 참석했다.

그렌다의 뒤에 서 있는 것은 전 '벨트(녹색의 사도)'의 단장이었던 지라드와 전원이 A랭크로 구성된 무투파 용병집단 '흑조단'를 이끌던 얀이었다.

'리에가'에 속하는 강자들은 템페스트에서 시험을 치는 것이 관례였다. 지금은 아직 여러모로 조정 중이긴 하지만, 이번에 데려온 인물들은 엄격한 테스트를 통과한 사람들이었다.

그 총수는 100명이 채 되지 않았지만, 미궁을 이용한 지옥의 특훈을 거쳐 개개인에게 맞는 특별한 장비를 부여받아 지금은 가공할 만한 전투능력을 갖게 되었다.

이 합격자들을 총칭하는 호칭이 있다.

'리에가(삼현취)'에 대한 충성심을 신앙에 비유해 수련(스이렌)을 모티브로 한 휘장을 지급하고 있었는데, 그것을 리무루가 '스이렌(주정뱅이)을 섬기는 자'라는 뜻을 담아 '스이렌의 배지'라고 부르기 시작한 것이다.

그것이 유래가 되어 '스이렌(취련중, 醉蓮衆)'이라는 호칭이 탄생했다.

임무지는 제각각이었지만 이번에는 긴급 소집을 받아 세계 각지에서 달려온 상태였다.

얀은 그 필두로, 지라드나 그렌다 등도 그를 높이 평가하고 있을 정도의 유망주였다.

지라드의 한쪽 팔이자 팀 '녹란'의 전 리더였던 엘레멘탈러(정령사역자) 아인은 밖에서 의식 소환을 지휘하고 있었다.

이프리트(불꽃의 거인), 워노움(흙의 기사), 운디네(물의 성녀), 실피드(바람의 처녀) 같은 상위 정령을 최대한 많이 불러내려 하고 있는 것이다.

무법자로만 보이는데, 이 자리에 앉아 있을 자격은 충분한 집단이었다.

여담이지만 그렌다는 사레 일행과 달리 실로 당당한 태도를 보였다.

히나타를 배신했다는 입장은 똑같은데, 이미 과거의 일로 규정짓고 있는 모습이었다. 그 배짱의 차이가 사레 일행과의 명암을 가르고 있었지만, 과연 본받아야 할 점인지 어떤지는 의견이 갈리는 부분이었다…….

*

회의가 시작되려는 타이밍에 베루글린드가 고개를 들었다.

그 존재감을 발휘하여 일동의 시선을 모은 뒤 천천히 입을 연다.

"내 언니―― '백빙룡' 베루자도와 마왕 기이의 싸움 말인데――."

단조로운 말투였지만, 그것만으로도 회장 안이 정적에 휩싸였다.

세계의 명운에 비하면 중요도는 떨어지지만 평소였다면 큰 사건이었다.

뿐만 아니라 이쪽은 이쪽대로 무시하기 어려웠다.

어쨌든 만약 기이가 패배한다면 베루자도라는 위협이 들이닥치는 형국이 될 수 있기 때문이었다.

지금의 인류에게 그에 관한 대책까지 남겨 둘 여력은 없었다.

모두가 긴장한 얼굴로 베루글린드의 말을 기다렸다.

"――제삼자의 개입이 확인됐어요."

"""――?!"""

예상했던 최악 다음으로 듣기 싫은 보고였다.

최악은 말할 것도 없이 기이의 패배다.

그보다는 나았지만, 다들 좋은 표정은 아니었다.

"일단 물어보겠는데, 그건 기이 쪽의 조력자인가?"

모두를 대표해 루미너스가 물었다.

가능성은 없다고 생각하면서도 얼마 안 되는 희망을 담아 건넨 질문이었다.

"유감스럽게도 아니에요."

웅성거리는 일동.

상황이 호전될 것이라고는 생각하지 않았던 탓에 역시나, 하는 분위기가 감돌았다.

하지만 이어진 베루글린드의 발언으로 너나 할 것 없이 평온함을 되찾았다.

"안심하세요. 그 정체를 찾기 위해 테스타로사가 움직였으니까요."

그 말을 듣고 모두가 안도했다.

적이라면 무섭지만 내 편이면 듬직한 존재—— 그것이 백의 여왕 테스타로사였기 때문이다.

울티마 쪽도 호적수의 이름을 듣고 미소를 짓고 있었다.

"뭐야. 내가 나갈 차례인가 생각했더니, 그쪽은 맡겨도 괜찮겠네♪"

그런 말을 하면서 그 화제는 이제 끝났다는 태도를 보이고 있었다.

대단히 빠른 태세 전환이었지만, 이 자리에서는 그것이 정답이었다. 걱정거리를 남긴다면 앞으로 맞이할 대전에서 발목을 잡힐 수도 있었기 때문이었다.

루미너스도 울티마와 같은 의견이었는지 그 말에 동조했다.

"뭐, 그렇지. 지금은 생각해도 어쩔 수 없으니 바로 본론으로 들어갈까."

그렇게 말하며 베루글린드에게 이야기를 계속할 것을 재촉했다.

이에 베루글린드가 자리에서 일어섰다.

"설명을 시작하기 전에 소개해야 할 사람들이 있어요. 아는 사람도 있을 거라고 생각하지만——."

그렇게 말하며 '시공연결'을 하는 베루글린드. 거기서 불려나온 것은 마왕 레온의 부하인 매직 나이츠(마법기사단)의 단장들이었다.

"우리들은 마왕 레온 님을 섬기는 자. 황금향 엘도라도의 수호자입니다. 베루글린드 님께 세계 정세에 대해 전해듣고 달려왔습니다."

단장 알로스가 인사를 건넸다.

이에 고개를 끄덕이는 각 기사단장들.

사실 펠드웨이의 표적이 되어 당한 상처는 아물지 않았지만, 세계의 위기에는 비할 바가 아니었다. 이 상황에서 자기 나라의 일만 생각한다 해도 기다리고 있는 것은 멸망뿐이었다.

그렇게 판단하고, 알로스를 필두로 각각의 기사단장들이 참전하기로 한 것이었다.

황금향도 걱정은 되지만 백성은 듬직했다.

존느(태초의 노란색)—— 아니, 카레라의 핵격마법에 계속 노출됐을 때도 그것을 오락으로 즐길 정도로 강인한 정신력을 갖고 있었다.

이번에도 웃으며 '어떻게든 되겠지!' 하고, 망설이는 알로스 일행의 등을 밀어주었다.

그리하여 이곳에 레온 휘하의 최대 전력이 모였다.

기사단 검술스승인 블랙 나이트(흑기사경) 클로드.

백기사단 단장 화이트 나이트(백기사경) 메텔.

청기사단 단장 블루 나이트(청기사경) 오키시안.

적기사단 단장 레드 나이트(적기사경) 프란.

황기사단 단장 옐로 나이트(황기사경) 키조나.

알로스를 필두로 총 6명. 빠짐없이 모두가 참가했다.

그리고 베루글린드가 불러온 인물은 또 있었다.

"처음 뵙겠습니다, 여러분. 전 미소라. 알고 계신 분은 없을 거라 생각하지만, 데몬(악마족) 두령 중 한 명입니다. 인류와의 공동전선을 이룰 것이라고는 꿈에도 생각하지 못했지만, 이번에는 사정이 사정이니 저희도 미력하나마 힘을 보태고자 합니다. 그리고 마음속 응어리는 잠시 버려주시면 감사하겠습니다."

그렇게 인사하고 미소를 지은 것은 레인 부하의 필두인 미소라였다.

황금향 엘도라도의 방위 및 부흥 작업을 돕던 이들도 이 위급한 시기에 달려와준 것이다.

──그보다.

기이의 명령으로 그들의 왕이 끌려가 버린 탓에 본인들만 한가롭게 있을 수 없는 상황이 되었다.

그것은 미소라의 동료인 스콜과 울리히도 같은 의견이었다.

(우리만 편하게 놀고 있다가 불필요한 원한을 살지도 모르니까요. 미저리 님이라면 신경 쓰지 않으시겠지만, 유감스럽게도 우리 레인 님은…….)

그 이상은 속으로 생각하는 것조차 불경스러웠다.

미소라는 딱히 게으름을 피울 생각은 없었다.

자신들의 계통이자 사랑받아 마땅한 군주(레인)를 좋아했기에, 언제 어디서나 전력을 다해 임했다.

하지만 위험지대로 끌려간 레인의 슬픈 눈을 떠올리니, 자신들만 편한 곳에 있을 수는 없겠다는 생각이 든 것이다.

이에 자원하여 베루글린드에게 참전을 표명했다.

(아아, 레인 님…… 정말로 괜찮으신 걸까요? 또 위대하신 기이

님께 혼나서——혹은 화나게 해서——울고 계신 건 아니겠죠?)

그런 식으로, 걱정은 끝이 없었다.

하지만 뭐든 생각하기 나름이라고, 의외로 레인은 야무지기 때문에 무사할 것이라는 생각도 갖고 있었다.

어쨌든 지금은 주인님의 무사함을 빌며 눈앞의 문제에 집중하기로 결심한 미소라였다.

한편, 이곳에는 미저리의 부하들도 있었다.

그 대표인 칸이 미소라의 뒤를 이어 인사했다.

"칫, 우리가 앞에 나서서 활약하다니, 조금도 예상치 못한 사태다. 원래대로라면 함께 싸우는 일 따위는 있을 수 없지만——."

그렇게 말하며 힐끗 회장을 둘러보는 칸.

앉아 있는 것은 이 세계의 강자들뿐이었다.

이 텐트 안에도 왜 여기에 있는지 의문이 드는 자들도 있었지만, 그것을 말한다면 칸 일행도 이중에서는 약자에 가까운 입장이었다.

'데몬 로드(악마공)'에 이르며 구 마왕 세력에 견줄 수 있을 정도의 실력자가 된 태초의 부관들이, 이 자리에서는 아래에서 세는 편이 빠를 정도로 약하다는 것도 흥미로웠다.

여기서 위세를 떠는 것은 있을 수 없는 일이었다. 칸은 원래부터 은혜를 베풀 마음 따위 없었지만, 과연 자신들에게 나설 차례가 있긴 한 것일까. 그런 이상한 기분이 들었다.

(흥! 뒤에서 암약할 수는 없겠지만, 그건 그때 가서 할 이야기지. 지금은 최대한 우리가 유능하다는 걸 증명해 주마!)

칸은 그렇게 결론을 내렸다.

애초부터 미저리의 부하는 성실하고 유능했다. 재능에 편차가 없어 두드러진 개체는 없지만, 질 높은 자들이 많았다.

적(赤)의 권속인 게오르그는 별개로, 협조성도 높다는 것이 특징이었다.

참고로 레인 밑으로 배속된 적의 권속 울리히는 어째서인지 고생하는 포지션에 놓여 있었다. 본래는 거만하고 자신이 최고라고 생각하는 타입인 만큼 신기한 일이라고 할 수 있었다.

먹을 가까이하면 검어진다는 말도 있는데, 주인인 레인은 고생하는 기색이 없으니 아마 동료들에게 물든 것이리라.

어쨌든 레인의 부하는 미소라를 필두로 하여 모두가 뛰어난 인재들이기 때문이다.

아니. 게으른 자가 많았던 것 같은데, 이상하게 다들 유능하게 성장하고 있었다.

본래는 잘 까불대던 울리히도 평온한 표정을 한 채 존재감을 지우고, 자기 주장을 하려는 기색 따위는 조금도 보이지 않았다. 그것이야말로 성장의 증거라고 할 수 있는데, 대체 어떤 교육을 받으면 그렇게 되는지 칸으로서는 도저히 이해할 수 없었다.

칸의 주인인 미저리는 '그거야말로 레인의 훌륭한 점이죠'라는, 의미를 알 수 없는 해석을 하고 있었지만…… 깊게 생각하면 지는 거겠지.

어쨌든 교육을 받으면 누구나 유능하게 변할 수 있었다.

칸은 질 수 없다고 생각하며 인사를 마무리했다.

"──이번에는 특별하다. 밖에 있는 미덥지 못한 인간들이 곤란하지 않을 정도로만 우리도 도와주도록 하지."

그렇게 선언하고 준비된 의자에 착석했다.

칸의 선언에 동료인 알반, 게오르그도 불만은 없는 모습이었다. 둘 모두 칸의 등 뒤에 서서 얌전히 흐름에 몸을 맡겼다.

참고로, 평소라면 데몬의 참전 표명에 난리가 났겠지만, 인류 측에서 소란을 피우는 사람은 전무했다.

발기인이 마왕인 데다 '용종'까지 당연하다는 듯이 등장한 탓에 이제와서는 더 놀랄 것도 없었다.

카운실 오브 웨스트(서방열국 평의회)에서는 테스타로사가 유명해진 상태였기에 미소라 일행을 봐도 놀라는 이는 적었다.

모두가 시큰둥한 얼굴로 수긍했고, 아무 일 없이 회의는 진행되었다.

＊

배우는 모였다.

드디어 베루글린드가 상황 설명을 시작했다.

"잉그라시아 왕가에서는 사과의 말을 전해 받았어요. 지난 습격의 상처가 아물지 않아 전력 파견을 최소화하고 싶다고요."

그렇게 말하면서 텐트 한쪽으로 눈을 돌리는 베루글린드.

그곳에는 사자로 온 잉그라시아 대표들이 앉아 있었다.

최소한의 전력이지만 나름대로의 강자가 있었다. 하지만 이 자리에 모인 인물들 중에는 약소했기 때문에 발언력은 거의 없는 것이나 마찬가지였다.

베루글린드의 말에 고개를 끄덕이고, 상황을 지켜보겠다는 자세를 취한다.

"그렇게 됐으니, 더 이상의 전력 증원은 없을 거라고 생각해 주세요."

모두의 각오를 확인하기 위해 베루글린드가 그렇게 단언했다.

실제로는 있을지도 모르지만, 기대는 할 수 없었다. 적어도 베루글린드가 보기엔 미미한 수준에 지나지 않았다.

그런 생각에서 한 말이었다.

이에 고개를 끄덕인 루미너스가 "그래서?"라며 뒷말을 재촉했다.

베루글린드가 이에 응해 테스타로사와 공유하고 있는 정보를 전하기 시작했다.

"구 유라자니아에서는 내 언니인 베루자도와 기이가 전투 중이에요. 아까도 말했듯이 제삼자의 개입이 있었지만, 테스타로사의 저지로 전황은 원점으로 돌아갔고요. 이 별에는 영향이 가지 않도록 몇 명이 노력하고 있지만……."

상황은 좋지 않았다.

이대로 기이나 베루자도가 본격적으로 움직이면 그 영향은 헤아릴 수 없었다.

그 전에 결판이 나는 것이 이상적이지만, 그렇게 쉽게 끝나지는 않을 것이다.

최악의 경우 기이의 패배로 인해 베루자도가 자유롭게 활개 칠 미래도 있을 수 있었다.

"만약 불시에 베루자도에게 습격을 당한다면 인류는 끝이에요.

그렇게 되지 않도록 기도하는 게 좋겠죠."

베루글린드는 사실을 말했을 뿐이지만, 그것을 들은 자들의 심정은 착잡했다. 하지만 반론도 할 수 없는 상황이었기에 그대로 삼킬 수밖에 없었다.

그렇게 되지 않기를 빌면서 눈앞의 문제에 대처하는 수밖에 없었다.

"그럼 현재의 위협인 '멸계룡' 이바라제에 대해, 이에 관한 대응을 협의하고 싶습니다."

그렇게 말하며 운을 뗀 것은 착석하지 않고 옆에 대기하고 있던 시엔이었다.

이 자리에서의 사회자역을 자처해 베루글린드 앞에 섰다.

"클립티드 군세가 도착할 때까지 작전 계획을 모두 끝내야 합니다. 현재 '천통각'의 전체 둘레가 경계 구역인데, 이렇게 되면 전력을 분산시켜도 전역을 커버하는 것은 어렵습니다. 이에 대한 의견을 부탁드립니다."

시엔이 베루글린드에게 물었다.

이 자리에 있는 자들 중 가장 지혜로운 자가 베루글린드였기에 사실상 총지휘관 같은 역할을 자연스럽게 요구받고 있는 것이었다.

베루글린드로서도 여기에 이의는 없었다.

오랫동안 제국의 원수라는 위치에 앉아 있었던 만큼, 망설임 없이 전략을 입에 올렸다.

"주위에 모두 군사를 배치하는 건 완전히 어리석은 짓이에요. 먼저 전장이 유리한 상황이 되도록 만들어서 적을 유도해야 해요."

“——그 말씀은?”

“결계가 있죠? 내 ‘팔문견진’을 펼쳐도 상관없지만, 그것만으로는 모든 군세를 사로잡는 건 불가능해요. 그러니——.”

베루글린드가 홀리 나이트(성기사)들에게 시선을 돌렸다.

이에 고개를 끄덕인 히나타가 말을 이었다.

“이해했어. 홀리 필드(성정화결계) 말이지. 이계에서 침략해 오는 종족도 그 육체는 마력요소로 구성되어 있다고 생각해도 문제가 없을까?”

“네, 절반은 마력요소로 구성되어 있죠. 이곳 기축세계에는 없는 미지의 물질도 포함되어 있겠지만, 홀리 필드는 충분히 통할 거예요.”

그 말에 모두가 납득했다.

사실 ‘팔문견진’은 발을 묶는 데는 유용하지만 수호 측이 불리해지는 진형이었다. 전황을 지배하는 절대적인 우위를 점한 상황에서 그것을 방해받지 않도록 적의 주력을 붙잡아 두고 싶은 경우에는 편리했지만, 방위전에 적합한 술식은 아니었다.

또한 적의 총수가 불분명한 지금 모든 것을 수용하듯 진을 치는 것은 여러 의미에서 어려웠다.

‘멸계룡’ 이바라제가 출현하면 상대할 수 있는 것은 베루글린드밖에 없었다. 히나타나 루미너스를 포함해도, 다른 사람들로는 상대가 되지 않을 것이다—— 라고, 베루글린드는 생각했다.

적의 수괴인 이바라제에게 집중해야 하는 이상 조금이라도 힘을 아껴둘 필요가 있었다. 권속들의 상대는 루미너스 일행에게 맡겨두고 싶다는 것이 베루글린드의 본심이었다.

그런 의미에서도 홀리 필드는 최적의 답이었다.

전 둘레 어디서나 드나들 수 있는 원형탑이지만, '결계'로 감싸 버리면 적의 움직임을 유도할 수 있을 것이다.

다만 문제도 있었다.

"하지만 홀리 필드는 상공에서 연결하지 않으면 성립되지 않습니다. '천통각'은 하늘까지 닿는 신대(神代)의 건축물이니 술식의 성립 조건을 충족시키기는 어렵지 않을까요."

히나타의 뒤에 있던 니콜라우스 추기경이 재빨리 문제점을 지적했다.

이는 히나타도 눈치채고 있는 부분이었다.

홀리 필드를 발동시키려면 최소 3명 이상의 술자를 동일한 간격으로 배치하고 상공의 한 점과 이어지도록 다면체를 형성해야 했다. 정다면체일 필요는 없기 때문에 피라미드와 같은 사각뿔 방식으로 운용하는 것이 가장 효과적이라고 알려져 있었다.

이번 문제는 탑이 방해가 되어 상공에서 맞물려야할 핵심 부분을 형성할 수 없다는 점이었다. 이것을 해결할 방법이 없는 것은 아니지만…….

"면으로 감싸는 게 불가능하다 해도 방법은 있지만……."

히나타가 그렇게 중얼거렸다.

"음, 그렇지."

루미너스가 고개를 끄덕였다.

'천통각'은 지상에 접한 곳에서는 문이 이어져 있지만, 어느 정도 상층으로 가면 창조차 나 있지 않았다.

즉 비행형 클립티드가 탑 윗부분에서 쏟아져 나올 리는 없을 테니, 맨 윗창에 '결계' 중계점을 마련하여 변칙적인 홀리 필드를 형성하는 것도 불가능하지는 않았다.

다만 그렇게 되면 상부에 배치된 자의 위험도가 높아진다.

"'천통각' 사방에 군을 배치하고 적을 기다리는 것으로 결정했다. 그게 가장 안전하고 확실하니까."

적을 유도해 소수라도 확실하게 받아칠 수 있는 진형으로 만들어야 했다.

정삼각형으로 탑을 포위할 경우, 터져 나온 마수들이 삼면으로 집중된다. 그렇게 되면 한 점의 밀도가 너무 높아져서 일부가 무너질 위험도 있었다.

이에 반해 정사각형으로 진을 친다면 적도 사방으로 분산되는 형태가 된다. 한 부분에 모이는 밀도도 줄어들고, '결계'에 접한 적의 수도 줄어든다. 만에 하나 어딘가의 거점이 떨어져나가도 변칙적으로 거점을 옮겨 결계를 변형시키면 어떻게든 효과를 유지할 수 있다는 장점도 있었다.

부담도 크고 장시간은 불가능한 전법이기에 어디까지나 임시방편 같은 조치였지만, 재정비할 수 있는 가능성이 있는 것과 없는 것은 천지차이였다.

그러한 이유로 홀리 필드를 펼치는 것은 지상 4곳에 거점을 둔, 정사각형 형태가 바람직했다.

그러면 상층부는 어떻게 되는가.

적어도 3명이 필요하다는 것은 지상에서 발동시키는 경우와 다르지 않았다. 다만 지상부에 정사각형으로 진을 친다면 그에 맞춰 상층부도 4명이 필요하게 된다.

그것이 바로 난점이었다.

이 방법으로 형성한 홀리 필드는 하부는 정사각형이 되지만 상부는 원형이 된다. 탑 벽면을 따라 신성력을 흐르게 하여 지상과 연결하는 네 점으로 원을 형성해야 한다.

즉, 네 곳을 지킬 전력이 필요하다는 뜻이었다.

안 그래도 적은 항공 전력을 분산시켜야 하고, 게다가 술자들을 지키면서 싸워야 한다. 어려운 임무인 반면 실패는 용납되지 않는다.

“어렵지만 할 수밖에 없겠지.”

히나타가 그렇게 결론을 내렸다.

“수비하기 어렵다는 이유로 하지 못한다고 하면 우리의 불명예가 될 테니까요. 크루세이더즈의 진가를 지금이야말로 발휘할 때겠죠.”

레나도가 히나타의 말에 힘차게 고개를 끄덕였다.

이에 따라 다른 하늘, 땅, 물, 바람을 관장하는 대장들도 기합을 넣었다.

“우리 네 사람이 상공을 맡겠습니다. 수행의 성과로 ‘성령무장’을 다룰 수 있게 됐고, 비상도 할 수 있으니 적임이겠죠.”

아루노 바우만이 그렇게 선언했다.

위험한 장소에 자발적으로 지원하는 그 용기에 회장에 있는 사람들이 감명했다.

다른 대장들도 지지 않았다.

“맞는 말이야. 그 수행에 비하면 이번 임무가 더 편할 수도 있지.”

박카스가 웃으며 동의했다.

뒤를 따른 것은 리티스나 후릿츠였다.

"맞아요, 그건 정말 지옥이었죠."

"죽어도 다시 살아나는 건 다행이지만, 우리들한테만 통각 경감이 없었다니까? 괴롭힘이라고! 덕분에 전원이 '통각무효'를 얻어버렸지만…….."

후릿츠의 말은 이제는 거의 불평이었다.

마사유키 쪽은 웃어야 할지 위로해야 할지 판단하기 어렵다는 얼굴로 굳어 있었다.

"무슨 불만이라도 있나?"

"……없습니다."

히나타에게서 날아온 차가운 질문에 후릿츠가 작게 대답했다.

이 대화는 거의 약속 같은 것이었다. 후릿츠는 일부러 더 가벼운 말을 던져 무거워지는 공기를 완화했다.

히나타도 그것을 알고서 굳이 악역을 도맡은 것이다.

작은 웃음이 터지면서 모두의 기분도 조금은 나아졌다. 의견을 내기 쉬운 분위기가 된 상황에서, 히나타가 핵심적인 문제를 건드렸다.

"그럼 남은 3명인데――."

현시점에서 이 작전의 핵심에 들어가는 것은 레나도를 포함해 5명이다. 홀리 필드를 발동시키기 위해서는 앞으로 3명, 신성마법 상급술자가 필요했다.

"니콜라우스, 할 수 있겠지?"

"알겠습니다."

니콜라우스 슈펠터스 추기경―― 히나타의 심복이자 열광적일 정도의 히나타 신자(팬)였다. 추기경이라는 최고위에 앉아 있지만 그 신앙의 대상은 히나타였다.

스스로 히나타의 충실한 개라고 생각하고 있는 니콜라우스였기에, 명령받은 이상 아니라고 대답한다는 선택지는 없었다.

참고로 니콜라우스의 실력을 말하자면, '디스인티그레이션'을 단독으로 발동시킨 것에서도 알 수 있듯이 당연하게 '선인급'에 이른 자였다. 그것도 부단장 레나도보다 더 상위에 위치할 정도의 실력자였기에 임무를 완수하는 것은 충분히 가능했다.

크루세이더즈의 대장들에게 뒤지지 않는다는 사실은 비밀에 부쳐져 있었지만, 히나타는 그것을 간파하고 있었다. 그래서 이번 발탁이 가능했던 것이다.

이제 남은 것은 두 명.

히나타의 시선이 필사적으로 눈을 돌리려 애쓰는 사레와 그레고리에게 향했다.

"언제까지 입 다물고 있을 거지?"

돌직구로 그런 말을 듣고 나서야 사레도 마침내 체념했다. 항복했다는 듯 두 손을 들며 마지못해 고개를 들어 입을 열었다.

"알았어. 일각은 내가 맡지. 다른 한쪽은 그레고리 네가——."

"잠깐."

"——응?"

"나는, 결계 같은 거 잘 못 다뤄."

"'''……'''"

모두가 침묵했다.

'큰 바위' 그레고리—— 누구나 아는, 인류의 수호자였던 사내.

본래는 루크 지니어스(교황직속 근위사단)의 '삼무선'으로 활약하고 있던 영웅 중 한 명이었다.

크루세이더즈 대장들과도 동격이며, 전투능력은 평균보다 높은 실력자이기도 했다.

홀리 필드의 술식 정도는 당연히 다룰 수 있을 것이라 생각해도 이상하지 않았다.

그런데, 설마하던 고백이었다.

"⋯⋯뭐? 농담이지?"

사레가 진심으로 놀라 물었다.

"진짜야."

그레고리가 얼굴을 붉히며 대답했다.

이건 정말 못 쓰겠구나, 라는 것을 누구나 짐작했다.

크루세이더즈에 소속된 홀리 나이트들이라면 누구나 A랭크 이상의 실력자였다. 보조뿐이라면 누구나 가능했고, 일반적인 홀리 필드라면 문제없이 다룰 수 있는 자도 있었다.

하지만 이번에는 이야기가 달랐다.

실력이 크게 떨어지는 자가 있으면 '결계'를 유지할 수 없었고, 약자에 맞춰서 발동하면 결계 강도가 약해지니 의미가 없었다. 클립티드를 유도하는 것이 목적인 이상 결계가 깨진 시점에서 작전은 의미를 잃는 것이나 마찬가지였다.

그렇게 되면 술자의 역량을 맞춰야 하는데⋯⋯.

루미너스는 술식 고안자였으니 문제없이 다룰 수 있었지만──이 국면에서 그런 역할을 담당할 수는 없었기에 말할 필요도 없이 기각이었다.

히나타도 가능은 했다. 그러나 루미너스와 마찬가지로 그 전투 능력을 발휘하지 못하는 것은 보물을 썩히는 짓이나 다름없었다. 당연하게도 기각이다.

악마들은 상성이 너무 나쁘기 때문에 논외.

레온의 부하이자 회복마법이 특기인 화이트 나이트 메텔이나, 보조 마법을 특기로 하는 블루 나이트 오키시안이라면 조금만 훈련해도 다룰 수 있게 되겠지만…… 메인 술자를 시키기에는 여전히 불안했다. 애초에 지금부터 연습한다고 하면 시간이 충분할지 어떨지도 알 수 없었다.

사회자인 시엔이 결론을 요청하기 위해 루미너스에게 시선을 보냈다.

큰 손실을 각오하고 히나타가 한쪽을 담당할 수밖에 없었다. 루미너스도 그렇게 생각하고, 방침을 전하기 위해 입을 열려고 했다.

여기서 손을 든 것이 왕비 뮤우, 뮬란이었다.

"한쪽은 제가 맡을게요. 결계 같은 건 특기니까 아마, 할 수 있을 거예요."

아마── 라는 말에 작전의 성패를 걸 수는 없다. 본래라면 누구나 그렇게 생각했겠지만, 이번만은 달랐다.

본인이 하겠다고 나섰다면 책임지고 맡아야 한다.

게다가 실제로 뮬란은 슈나와 공동으로 대규모 결계를 유지한 실적도 있었다. 파르무스 침공 때의 반성점을 살려 홀리 필드의 연구도 독자적으로 진행하고 있었다.

대책을 세우기 위해서는 진짜를 경험해 볼 필요가 있다. 그 문제를 해결하기 위해 파견된 홀리 나이트들에게 의뢰하여 실제로 경험도 해 보았다.

이런 상황이 올 것을 예상한 것은 아니지만, 여기서 도움을 주지 못한다면 리무루에게 목숨을 구원받은 의미가 없었다. 뮬란은 그렇게 생각하고 결단을 내렸다.

"그렇다면 제가 뮤우 왕비를 보조하겠습니다. 그 상태에서 술식을 배워 여차하면 교대할 수 있도록 대비하겠습니다."

메텔이 나섰다.

이를 틈타 오키시안도 의견을 밝혔다.

"그렇다면 나도. 처음에 보조 마법을 걸 수 있는 만큼 걸어둔 다음 두 사람을 돕겠다."

오키시안도 만일에 대비해 교체 요원이 될 생각이었다.

누구나 무사할 수 있다는 보장은 없다.

전장에서는 무슨 일이 일어날지 모르는 이상, 최대한 대비해 둘 필요가 있었다.

이런 의견들은 모두 승인되었다.

이리하여 핵심이 되는 홀리 필드를 발동시킬 인물들이 결정되었다.

＊

'하늘'의 아루노 바우만이 동쪽 상층부를 맡았다.

'바람'의 후릿츠가 서쪽을.

'물'의 리티스가 남쪽을.

‘땅’의 박카스가 남겨진 북쪽을 맡게 되었다.

아루노와 대응하는 것은 니콜라우스가 맡았다. 실력은 우열을 가리기 어렵기 때문에 균형 잡힌 조합이었다.

박카스에게는 레나도가 붙었다. 실력적으로는 레나도가 위였지만, 두 사람은 오랜 세월 동고동락한 동료 사이였다. 어느 정도는 맞출 수 있을 테니 박카스도 안정적으로 실력을 발휘할 수 있을 것이다.

리티스에게는 같은 여성인 뮬란이 대응했다.

후릿츠에게는 사레가 배치되지만, 이쪽의 상성은 언뜻 보기엔 나빠 보였다. 서로 입이 험한 탓에 금방 싸움이 벌어지기 때문이었다.

그러나 실제로 사레는 솔직한 성격의 후릿츠를 좋게 여기고 있었다. 히나타를 놀릴 배짱이 있다는 점도 높이 사고 있었기에 의외로 나쁘지 않은 조합이었다.

이리하여 사방을 맡을 주요 인원이 정해졌다.

다음은 전력 배치가 문제였다.

“남쪽은 우리가 지킨다.”

요움이 그렇게 선언했다.

사랑하는 아내를 지키는 일을 다른 남자에게 맡길 마음은 없었기 때문이었다.

이에 반대하는 자는 나오지 않았고, 요움 일행의 집단이 남쪽을 수호하게 되었다.

여기에 더해 레온의 휘하 세력도 이곳으로 정해졌다.

“메텔과 오키시안이 ‘결계’에 관여한다면 우리도 남쪽을 지키는 게 좋다고 생각하는데. 어떤가?”

알로스의 발언에 루미너스가 선뜻 고개를 끄덕였고, 이것으로 간단히 결정되었다.

이어서 발언한 것은 사레의 친구인 그레고리였다.

“난 당연히 사레를 지키겠어.”

“그래. 믿고 있을게, 그레고리.”

여기에도 불평은 나오지 않았다.

라젠이 제자들을 걱정스럽게 쳐다보았지만, 이쪽은 요움을 수호하는 입장이라 움직일 수 없었다.

하지만, 문제는 없었다.

텐트 안에는 없지만, 루크 지니어스 멤버들은 사레 일행을 따르고 있었기에 자연스럽게 그 휘하로 들어가게 된 것이다.

굳게 악수를 나누는 사레와 그레고리.

아름다운 우정의 한 장면이었지만, 여기서 그렌다도 손을 들었다.

“나도 그쪽으로 갈게.”

그렌다까지 더해진다면 전 ‘삼무선’이 모두 모이게 된다. 그러나 사레와 그레고리 입장에서는 달갑지 않은 이야기였다.

“웃기지 마! 우리가 도망자 신세가 된 것도 따지고 보면 네가 배신했기 때문이잖아!”

“그래! 나도 나중에 듣고 충격받았어. 네놈은 신용할 수 없다고!”

꽤나 진심으로 분노를 터뜨리는 사레와 그레고리. 하지만 그 심정은 사정을 아는 사람으로서는 납득이 가는 것이었다. 그런데도 그렌다는 코웃음을 쳤다.

"배짱 없는 남자들이네. 내가 너희들을 배신한 건 패배가 확정됐기 때문이었어. 억울했으면 반드시 이길 수 있게 더 제대로 준비하지 그랬어."

그렌다의 논리는 실로 터무니없었다.

그곳의 모두가 그렇게 생각했다.

특히나 그 말을 들은 당사자들은 더더욱 분노했다.

"너 진짜 적당히 해라?! 그때는 나도 전력이었고, 여유롭게 이길 수 있다고 생각했어! 상대가 상상했던 것 이상으로 괴물이었을 뿐이지!"

실제로도 나중에 디아블로의 정체를 들은 사레는 용케 살해당하지 않았다며 두려움을 느꼈을 정도였다. 그 시점에서 이미 승패를 따질 이야기가 아니게 된 것이다.

그레고리도 마찬가지였다.

만약 자신의 상대가 디아블로 쪽이었다면 사레보다 더 비참한 꼴을 당했을 것이 틀림없었다. 란가를 상대로도 고전했는데, 공포를 구현화한 것이나 다름없는 태초의 악마라니, 인생에서 단 한 번이라도 마주하고 싶지 않은 존재였다.

사레가 졌다는 말을 들었을 때도 당연하다는 생각밖에 들지 않았다. 용케 무사했구나 하고 서로의 행운에 감사한 것이다.

그런 두 사람이었기에, 그렌다의 배신은 더더욱 용납할 수 없었다.

그런데도 그렌다는 능청스러웠다.

"이번에는 배신하지 않을게. 어차피 도망갈 곳은 없어. 전력을 다하겠다고 약속하지."

　반성의 기미 따위는 조금도 찾아볼 수 없는 모습으로 당당한 말을 내뱉는다.

　여기에는 사레 일행도 아무런 반박을 할 수 없었다.

　화는 났지만, 그렌다의 말은 정론이었다.

　도망갈 곳이 있으면—— 그런 전제조건은 성립하지 않았기에 그녀의 말을 의심할 이유도 존재하지 않았다.

　"칫, 어쩔 수 없지. 신용은 할 수 없지만, 네 힘은 믿을 수 있으니까."

　"뭐, 그래. 등을 맡길 마음은 없지만, 사레가 '결계' 유지로 움직일 수 없는 이상 네놈이 최대한 우리한테 도움이 되어줘야겠어."

　결국 사레와 그레고리는 마지못해 그렌다와 함께 싸우는 것을 승낙했다.

　이런 식으로 약간의 갈등이 있기는 했지만, 어느 세력이 어느 지점을 지킬 것인지 각각에서 논의가 진행되어 갔다.

　그리하여 방침이 정해졌다.

　그리고 그 후의 움직임은 빠르게 진행되었다.

　베루글린드의 '시공연결'을 써서 현지로 향해, 신속하게 요격 준비가 완료된 것이다.

　총대장에 관해서는 루미너스밖에 없다는 것을 다시 한번 확인했다.

　이번 일의 발기인이자 달리 적임자가 없으니 자연스러운 흐름이었다.

　루미너스는 상공에 떠서 전장을 파악하게 된다. 지휘를 하는 것은 아니지만, 중요한 홀리 필드의 보강도 실시할 예정이었으니 중요한 역할을 짊어지는 셈이었다.

이어서, 베루글린드는 사방에 '별신체'를 배치해 '멸계룡' 이바라제의 출현에 대비하는 것으로 결정되었다.

그래서 각 전력에는 포함시키지 않고 독자적인 재량권이 주어졌다. 마사유키에게 딱 붙어 있겠지만, 어차피 아무도 말릴 수 없었으니 그것도 포함해서 베루글린드의 판단에 맡겨진 것이었다.

이 두 사람을 제외한 자들이 사방에 배속되어 수호하게 되는데, 그 전에 예비 전력의 필요성이 제기되었다.

"만약의 이야기지만, 네 곳 중 한 곳이라도 무너질 경우 즉시 대응 가능한 전력을 준비해 두는 편이 좋지 않겠나?"

그렇게 운을 뗀 것은 가젤 왕이었다.

자신이 이끄는 페가수스 나이츠 500명은 항공 전력으로 우수했다. 비행형 클립티드도 있을 테니 그런 위협을 제거하는 것도 임무에 포함된다.

이 의견에 반대하는 사람은 없었고, 이 역시 순조롭게 결정되었다.

남은 자들이 주요 전력이 된다.

회의 중간에 전력이 조금 보강되어 각지에 배치되었다.

동쪽 땅은—— 총 600명 남짓.

아루노와 니콜라우스를 지키듯이 펼쳐져 있는 것은 크루세이더즈 300명과 신생 임페리얼 가디언 100명이었다.

히나타와 마사유키가 두 집단의 우두머리였지만, 책임자는 히나타였다.

칼리굴리오에게도 이견은 없었고, 참모로서 보조하는 위치에 만족했다.

시엔은 히나타를 지키라는 테스타로사의 명령을 받은 상태였다.

테스타로사의 부하인 블랙 넘버즈(흑색군단) 200명도 집결하여 시엔의 휘하에 들어가 있었다. 전투 준비는 완벽했다.

베놈은 마사유키를 보호하기 위해 지금은 자신의 의지로 움직이고 있었다.

실제 지휘관으로는 미니츠가 전선에 섰고, 예기치 못한 강자가 출현할 경우 히나타나 칼리굴리오가 대응하는 구도였다.

마사유키 옆에는 최소한도의 '별신체'가 된 베루글린드가 있었지만…… 이쪽은 예정대로 없는 것으로 생각하고 작전이 세워졌다.

서쪽 땅은―― 총수 1,280명 남짓.

후릿츠와 사레를 보호하기 위해 최대수의 전력이 배치되었다.

죽음의 사막에 면한 동쪽 땅도 그렇지만, 이쪽도 대군을 전개하기 쉬운 지형이었다. 다만 이곳은 자이언트에게는 소중한 고향이었다.

자신들의 대지는 자신들이 지키겠다는 듯이 이 땅의 수호를 자청한 것이다.

그런 연유로 '박쇄거신단'의 엘리트 전사들만 1,000명이 넘어갔지만, 전력은 그뿐만이 아니었다.

다구라 일행의 상사인 시온과 그녀의 휘하인 '부활자들(자극중)' 100명이 가담해 있었다.

“다들, 정신 바짝 차리도록! 죽음은 두렵지만, 의미 없는 삶은 더욱 두려운 것이다! 살아서, 살아남아서, 자신들의 삶이 얼마나 가치 있는지 증명하도록 해라!”

그런 외침을 날린 시온에게 열광적으로 답하는 전사들.

조금 방향성이 어긋난 것 같기도 했지만, 이 국면에서는 믿음직한 존재였다.

하나로 뭉쳐 사기를 올리고 있는 이들과는 달리 바짝 긴장하고 있는 자들도 있었다.

그렌다와 그레고리였다.

루크 지니어스 30명과 그렌다 직할 ‘총사대’ 100명을 더하고, 심지어 ‘리에가’의 정예 ‘스이렌’ 50명이 참전한 형태였는데, 리더인 전 ‘삼무선’끼리 으르렁대고 있는 것이 불안요소였다.

인류의 위기에 대체 뭘 하고 있는 것인가 싶은 상황이었다. 그러나 이 두 사람을 막으려 하는 사람은 없었기에 의미 없는 말다툼이 계속되고 있었다.

그것으로 마음이 풀릴 수 있다면 원하는 대로 하면 그만이라고, 사레는 생각했다.

한번 배신당했기에 그렌다를 믿는 것은 아니었다. 하지만 그 실력은 확실했고, 여기서 배신할 정도의 바보라고는 생각하지 않았다.

그런 이유로 사레도 이 상황을 묵인하고 있었다.

“준비 완료. 상위 정령 4명을 불러냈으니까 거점 방위에 더해줘.”

엘레멘탈러인 아인이 그렇게 말했다.

부하들의 마력을 송두리째 빼앗을 기세로 의식 소환을 진행하여 땅, 물, 불, 바람의 상위 정령을 불러냈다. 그중 하나인 운디네를 자신의 육체에 깃들게 하여 '동일화'까지 성공했다.

"나와 상성이 좋은 건 '흙'인가."

그레고리가 그렇게 말하더니 거리낌 없이 워노움과 '동일화'했다. 스승인 라젠이 정령 소환이 특기이기도 해서 정령을 다루는 것에도 익숙했던 덕분이다.

아인은 놀라긴 했지만, 역시 전 '삼무선'이라며 납득하는 것에 그쳤다.

지라드는 이프리트를 흡수했다.

이쪽은 예정대로였다. 라미리스의 미궁에서 아인과 함께 여러 번의 실전을 거듭하며 각고의 노력으로 습득한 성과였다.

리무루가 준 '리에가'의 보스 대역을 보다 완벽하게 소화하기 위해 노력한 것이다.

그것이 이 상황에서 진가를 발휘한 셈이었는데…… 인생이란 무슨 일이 어떻게 벌어질지 알 수 없는 법이라며, 지라드는 감회 깊은 얼굴로 쓴웃음을 지었다.

"흐음, 그렇다면 내가 실피드겠네."

마지막 남은 정령은 그렌다가 흡수했다.

그렌다 역시 지라드 일행과 함께 훈련한 사이였다. 원거리 공격이 특기인 그렌다는 바람의 정령과의 상성이 뛰어났다.

이리하여 있어야 할 장소에 정령들까지 배치되며 만반의 준비가 완료되었다.

남쪽 땅은── 총수 700명을 넘어 800명에 육박했다.

리티스와 뮬란을 보호하기 위해 각국에서 모인 영웅들이 진을 치고 있었다.

그 영웅 중에는 매직 나이츠 단장들의 모습도 보였다.

메텔과 오키시안이 뮬란을 보조했다. 실전 속에서 '결계'를 배워 무슨 일이 있어도 즉시 대응해야 하는, 책임이 막중한 역할을 짊어진 상태였다.

그런 동료를 지키기 위해 레온의 부하들이 최후의 방어선을 자처하고 있었다.

물론 요움에게 매료된 영웅들도 의욕과 기합은 충분했다.

조직화된 것이 아니었기에 군이라고 부를 수는 없었지만, 모두가 일기당천의 강자들이다. 급조되기는 했지만 나름대로 지휘 계통을 정리한 덕분에 그렇게까지 전력이 부족하지는 않았다.

게다가 이 방향에는 울티마의 휘하인 블랙 넘버즈도 있었다. 앞선 전투로 인한 피로는 남아 있었지만 그 수는 총 200명, 우는 소리 따위는 허용되지 않는다는 것을 알고 있었다. 당연하다는 듯이 전원이 참가했고, 지금도 철저하게 마력 회복에 힘쓰고 있는 모습이었다.

"저기, 칸."

"뭐지, 미소라?"

"우리 부하들도 여기로 부르는 게 낫지 않을까?"

"흐음. 마왕 기이 님께 배알을 허락받은 자들이라면 저기 있는 인간들보다는 유능하겠군."

"그렇지? 세계 각지에 흩어져 있지만 아직 시간에 맞출 수 있을 거야."

미소라가 실로 냉정하게 판단했다.

모든 작전행동 철회는 전대미문의 이야기였다. 그러나 미소라는 표정 하나 바꾸지 않고 그 제안을 실행에 옮겼다.

그런 부분에서도 미소라의 유능함과 빠른 결단력이 빛을 발휘했다.

냉혈의 미소라.

유능하기 이를 데 없는 레인의 심복이었다.

그녀가 없었다면 레인은 오래전에 기이의 메이드에서 해고되었을 것이다.

덧붙여서 미소라의 표정을 바꿀 수 있는 것은 이 세상에서 오직 한 명, 레인이 유일했지만…… 그것은, 이 자리에서는 아무래도 상관없는 이야기였다.

그렇게 해서 악마 소환 의식도 은밀하게 진행되었고——.

""""일동 주인님의 부름을 받아 왔습니다!""""

60명의 '이름'을 가진 아크 데몬(상위 마장)이 모든 임무를 내던지고 달려왔다.

평소였다면 세계를 뒤흔들 정도의 대전력이다.

그러나 지금은 누구보다 믿음직한 동료였다.

북쪽 땅은—— 총 500명 정도 되었다.

지형적으로 바위산이 여기저기 솟아 있어 좁은 탓에 인원수는 가장 적었다. 대신 전력을 집중시킬 수 있다는 것이 장점이었다.

박카스와 레나도를 보호하기 위해 400명 남짓한 블러디 나이츠가 진을 치고 있었다. 이를 핵심으로 유격부대에서 적을 요격할 태세를 갖췄다.

포진해 있는 군대를 바라보며 레나도가 중얼거렸다.

"……머리로는 이해하고 있고, 이미 충분히 납득하고 있다고 생각했는데, 인류의 적이라고 배워왔던 마물, 그것도—— 뱀파이어의 상위자들에게 보호를 받게 될 거라고는…… 솔직히 말해서 지금도 믿기 어렵습니다."

그것이 무심코 새어 나온 레나도의 본심이었다.

여기에 박카스가 무겁게 고개를 끄덕였다.

"뭐, 동의하는 바야. 조금 전의 자신에게 전한다 한들 절대 믿지 않았겠지."

자신들이 섬기던 교황 루이, 그 사람이 바로 뱀파이어들의 우두머리인 것이다. 이제 와서 믿고 말고 할 문제는 아니지만, 이성보다는 본능이 거부반응을 보였다.

그렇지만 그것이 지금 작전에 영향을 줄 일은 없었다.

마물이 다들 나쁜 존재만은 아니라는 사실을 레나도 일행도 이해하고 있었기 때문이다.

템페스트에서 수행을 했었고, 마물들과도 맛있는 식사나 술을 함께 즐겼고, 친한 친구도 생겼다. 그렇기에 레나도 일행의 감상은, 단순히 자신들의 굳어진 고정관념을 자조한 것에 지나지 않았다.

이 정도의 사실을 보고 있음에도 여전히 그런 감상을 가슴속에 품고 있는 자신이 조금 한심하게 느껴진 것이다.

"훗, 그게 인간이라는 존재지. 변하지 않는 듯하면서도 사람의 마음 따위는 쉽게 변하는 법이다. 그게 좋은 경우도 있고 나쁜 경우도 있는 게 문제지만 말이야.”

레나도 일행의 대화를 듣고 있던 귄터가 그렇게 위로했다.

‘칠요의 노사’는, 한때는 인류의 수호자라는 이름에 부끄럽지 않은 영걸들이었다. 어느 사이엔가 노쇠하여 멸망해 버렸지만, 그런 그들의 빛나던 시대를 알고 있는 귄터로서는 레나도 일행이 ‘영혼’의 빛을 잃지 않기를 바라는 마음이었다.

‘초극자’인 7명의 대귀족들도 비슷한 마음을 갖고 저마다 박카스와 레나도를 지키기 위해 움직일 준비를 갖췄다.

그렇게 방어를 중점적으로 생각하는 자들 옆에서 요격할 의욕으로 가득 차 있는 것은 아다루만과 가드라였다.

양쪽 모두 의외로 아름다운 외모를 하고 있었기에 해골 모습이나 노인 모습밖에 모르던 자들에게는 익숙하지 않았다. 그리고 그런 두 사람의 주위에 검은 제복으로 통일된 위험해 보이는 집단이 모여 있었다.

블랙 넘버즈 중에서도 디아블로의 직속 휘하 100명이었다.

가드라는 신참임에도 저마다의 개성이 넘치는 초엘리트 집단을 이끄는 위치에 있었다.

이상한 집단 속에 있어도 매몰되지 않는 개성을 갖고 있는 만큼, 아다루만이나 가드라의 외형이 어찌 되었든 그곳에 있다는 것을 누구나 확실히 이해하고 있었다.

*

그런 식으로 준비를 마치고, 전사들은 싸움의 시간을 기다렸다.

마침내, 때는 왔다.

그러나 그것은 만반의 준비를 비웃을 정도로 갑작스럽고 무시무시한 절망을 동반하고 있었다.

『꺄핫♪ 놀자, 같이 놀자♪』

그것은 종말을 알리는 음색.

전사들의 뇌리를 울린 것은, 공포 그 자체였다.

그 '목소리'를 들은 자들은, 압도적이라는 말로도 부족할 정도의 본질의 차이를 이해하고 한순간에 전의를 상실하고 말았다.

그 불운에 직면한 것은, 동쪽 땅이었다.

홀리 필드를 펼쳐두고 적의 출현에 대비하던 전사들 앞에 갑자기 어린아이가 모습을 드러냈다.

전장과는 어울리지 않는 어린아이.

얼굴은 평범하고 아무런 특징도 없었지만, 성별은 여자아이로 보였다.

하지만──.

어째서 이런 곳에 왔는지 의문을 가질 겨를조차 없었다.

그 위협에 대응할 수 있었던 것은, 불과 3명.

처음으로 히나타가 소리쳤다.

"산개해서 엎드려──!"

강렬한 사념을 싣고, 찰나의 시차조차 없기를 빌며 필사적으로 명령을 전했다.

히나타는 이바라제를 보는 순간 상시 발동시켜둔 얼티밋 스킬

‘포르투나(수기지왕)’로 절망적인 미래를 ‘본’ 것이다.

그것은—— 대부분의 전사들이 먼지가 되고, 얼마 안 되는 생존자가 삶과 죽음의 틈새를 헤매며 땅에 엎드려 있는 광경이었다.

거의 뒤집히지 않을, 절망적인 미래였다.

자신의 경고로 얼마나 많은 피해를 줄일 수 있을지는 모르겠으나, 조금이라도 생존자를 늘리고 싶다는 염원을 담아 날린 명령이었다.

이에 부응하지 못하는 무능한 자는 이곳에 없었다.

600명 전원이 순식간에 움직이려 했다.

——하지만, 이미 너무 늦었다.

『꺄핫♪』

‘멸계룡’ 이바라제가 무자비한 섬광을 뿜어냈다.

인지를 초월한 아광속에 육박하는 속도로, 이론을 무시한 파괴광선이 공간을 가득 메웠다.

이에 즉시 반응한 것이 두 번째 인물, 베루글린드였다.

마사유키 옆에 있던 ‘별신체’가 즉시 본체로 변해, 전력을 다해 ‘방어결계’를 펼친 것이다.

이 방면으로 ‘멸계룡’ 이바라제가 출현한 것은, 명백한 불운이었다.

베루글린드의 ‘별신체’가 없었더라면 이 시점에서 모든 것이 끝났을 것이다.

다행히 히나타의 사념이 도착함과 동시에 움직인 덕분에 ‘방어결계’ 발동을 제때 맞출 수 있었다.

하지만.

그것으로 구원받을 만큼 현실은 호락호락하지 않았다.

‘멸계룡’ 이바라제의 힘은, 베루글린드의 전력으로도 막아내는 것이 불가능했기 때문이다.

그 여파만으로 대부분의 사람이 죽었다.

사람의 몸으로는 신의 힘에 저항하는 것이 불가했기 때문이다.

전선은, 붕괴되었다.

동쪽은 순식간에 지옥도로 변했다—— 하지만, 여기서 세 번째 인물이 움직였다.

“깨어나라——‘생추어리 리저렉션(성역형 극대사망자 소생)’——.”

상공에서 전황을 지켜보던 루미너스가, 자신을 믿는 자들의 뇌 속 영역을 병렬 활용하여 극대화시킨 신성마법—— 리저렉션(사자소생)을 발동시켰다.

이로 인해, 성역화되어 확장된 마법효과로 죽은 자들이 부활하였다.

물론 육체를 상실한 경우라면 그 자리에서 바로 부활하는 것은 불가능했다. 그러나 베루글린드가 있었기에, 피해는 막대했으나 치명적인 사태는 피할 수 있었다.

지상의 ‘결계’를 담당하고 있던 니콜라우스가 즉사하며 홀리 필드도 일순간 무너졌지만, 이는 히나타가 다시 세웠다. 그 사이에 니콜라우스도 부활하여, 죽음의 고통 따위는 조금도 없었던 것처럼 그대로 히나타에게서 ‘결계’ 유지를 이어받았다.

자신이 숭배하는 여성에게 꼴사나운 모습은 보여줄 수 없다는,

니콜라우스의 기개를 알 수 있는 일면이었다.

하지만 그런 미담에 주목하는 이는 아무도 없었다.

이 부활극은 한순간에 진행되었지만, 인류 측의 손실은 막대했다.

사망자는 루미너스에 의해 0으로 돌아갔다. 그래서 계속 싸울 수 있느냐고 한다면, 이야기는 달라진다.

니콜라우스 같은 사람은 예외였고, 대부분의 사람들은 죽음의 충격에서 벗어나지 못했다.

크루세이더즈나 신생 임페리얼 가디언도 역전의 맹자였지만, 아니, 오히려 그렇기 때문에—— 그 압도적 존재에 대한 두려움을 느끼지 않을 수 없었다.

죽었다가 살아나는 경험은 어느 정도 겪어 본 자들뿐이었다. 미궁에서의 훈련이나 마왕 리무루의 손에 소생된 사람도 있어 큰 충격을 받기는 했지만 다시 일어서지 못할 정도는 아니었다.

그러나 '멸계룡' 이바라제라는 절대적인 존재를 마주하자, 마음이 꺾이고 말았다.

전의를 잃으면 이길 수 있는 싸움도 지고 만다.

그것을 이해하고 있다고 해도, 절망을 눈앞에 두고 움직일 수 있는 사람은 없었다.

무리도 아니었다.

어쨌든 그들에게 있어 마음의 버팀목이라고도 부를 수 있는 이 자리의 최강 전력—— 베루글린드조차, 지금의 일격으로 인해 큰 대미지를 입고 말았으니까…….

실제로 베루글린드는 금방이라도 쓰러질 것 같은 모습으로 마

사유키의 부축을 받고 있었다. 이것이 전력이 아니기를 바랐지만, 이미 모든 '별신체'를 통합한 상태였다.

그만큼 지금의 일격은 강렬했고, 베루글린드가 모든 것을 걸지 않았다면 이 방면은 틀림없이 소멸했을 것이다.

버텨낸 것은 요행이었지만, 다음은 없었다.

"후후후, 믿을 수 없을 정도로 괴물이네요. 예상이 너무 안이했다는 걸 인정할 수밖에 없겠어요."

그런 식으로 자조할 수 있다는 점에서 베루글린드의 대담함이 엿보였다.

하지만 그것은, 누구의 눈으로 봐도 패배자의 대사에 지나지 않았고…….

베루글린드를 부축하고 있는 마사유키조차 '더는 틀린 걸지도 몰라……'라고, 반 체념의 경지에 이르렀을 정도였다.

그것은 마사유키뿐만 아니라 모두가 마찬가지였다.

무엇보다 전사들을 두렵게 만든 것은 이바라제의 외모였다.

아직 아이.

그것도 어린아이였다.

그렇다는 건 즉, 아직 성장의 여지가 더 있는 것은 아닐까──그런 생각이, 싫어도 들고 말았다.

지금도 전혀 손댈 수 없을 정도인데, 이 이상 강해진다면 어쩌지…… 그런 불안에 사로잡혀 버렸다.

모두가 생각했다.

어차피 소용없는데, 이 이상 싸우는 것에 의미가 있을까.

그래도 전투는 계속되고 있었다.

동쪽 상공에서 지상으로 이어진 홀리 필드를 빠져나오는데 성공한 클립티드 세력과 가젤 왕이 이끄는 페가수스 나이츠와의 교전이 시작된 것이다.

움직일 수 없는 자들을 대신해 대응한 것이지만, 아껴둬야 할 전력이 처음부터 소모된 형국이 되고 말았다.

개전 직후부터 압도적으로 불리한 상황에 빠져버렸지만——그럼에도 아직 인류는 지지 않았다.

절망의 순간이라 해도 아직 희망을 버리지는 않았다.

루미너스가 신으로서 명령했다.

"포기하지 마라! 죽어도 내가 부활시켜 줄 테니, 공포 따위는 던져버리고 적에게 도전하는 거다!"

히나타도 호응했다.

"맞아! 난 여기서 포기하고 비참하게 죽기보단, 마지막까지 전사로서 긍지 있게 살다 가고 싶어. 당신들도 같은 마음이겠지?"

그 말은 전사들의 가슴을 울렸다.

무너지고 사라져가던 전의가 가까스로 이어졌다.

이에 힘입어 칼리굴리오가 강하게 외쳤다.

"들어라! 우리들의 여신은 그 몸을 바쳐 우리들을 수호해 주셨다. 우리가 뭉치더라도 전력으로는 그분께 비할 수가 없는데도 말이다!"

동쪽 제국에서는 이 말이 가슴에 와닿지 않은 장병이 없었다. 여신—— 베루글린드의 자비에 보호를 받고 있다는 것을 누구나 알고 있었기 때문이다.

그리고 지금, 그 은혜를 체감했다.

여기서 일어서지 못하면, '이 자리에 있을 자격도 없는 나약한 자'라는 비난을 면치 못할 것이다.

적이 절망 그 자체든 뭐든, 이제는 상관없었다.

몸이 부서지는 한이 있더라도, 제국장병들이 물러나는 일은 더는 없을 것이다.

그런 인간들의 변화를 보고 테스타로사의 심복인 시엔이 유쾌하게 웃음을 터뜨렸다.

"후훗, 후후후, 정말 맞는 말이네요! 너희들, 그런 한심한 꼴을 테스타로사 님이 보시기라도 하면——."

거기까지만 말해도 충분했던 모양이다.

시엔이 말을 다 마치기도 전에 블랙 넘버즈 200명이 일어섰다.

직립 부동이었다.

그리고——.

번뜩이는 살의를 클립티드에게 향하며 용맹하게 싸움을 재개한 것이다.

이것으로 인류 측도 기세를 되찾았다.

어차피 패배하더라도 마지막까지 발버둥 쳐 주겠다고 결심한 것이다.

이리하여——.

길고 긴 절망이, 그 시작을 알렸다.

ROUGH SKETCH

카케아시
하바타키
느이무

정상결전

Regarding Reincarnated to Slime

'관제실'에 템페스트의 간부들이 집결했다.

루미너스의 선고 이후 꼬박 하루 이상이 지났다.

"소우에이에게 연락이 왔다. 제라누스라는 위협을 처치하고 베가라는 재앙을 쫓아낸 건 다행이지만, 아직 안도할 상황은 아닌 것 같다. 제군들도 피곤할 거라 생각하지만 계속해서 긴장을 늦추지 말아다오."

그렇게 운을 뗀 것은 총대장 베니마루였다.

전황에 즉시 대응할 수 있도록 소우에이도 출진한 상태였다. 이 자리에는 '분신체'조차 남아 있지 않았고, 지금은 베니마루와 '사념전달'로 연결되어 있을 뿐이었다.

그만큼 상황이 절박하다는 뜻이었다.

모인 간부들은 심각한 표정으로 고개를 끄덕였다.

조국을 지켜낸 것은 다행이지만, 세계가 멸망하면 아무 의미가 없기 때문이었다.

모두가 만전이라고 할 수는 없는 상황이지만, 의욕은 충분했다.

그렇지만 기합만으로는 어쩔 수 없는 사람도 있었다.

제기온이 대표적인 예로, 진화의 잠에 빠져 결석 중이었다.

결석이라고 하면 디아블로도 없었다. 잠시 볼일이 있다는 말만을 남기고 어디론가 나가버린 것이다.

베니마루로서는 신경이 쓰였지만, 행선지에 대해서는 대충 짐작 가는 바가 있었다.

어쩔 수 없는 녀석이라며 쓴웃음을 지으면서도 좋을 대로 하게 놔두었다.

"그래서 베니마루. 앞으로 우리들은 어떻게 움직이면 돼?"

이 자리에 모인 자를 대표하여 라미리스가 물었다.

"구 유라자니아에서 귀환한 모든 전력을, 모두 다마르가니아로 파견한다."

술렁, '관제실'에 긴박한 공기가 차올랐다.

"지휘하는 건 나다."

누군가가 질문을 하기도 전에, 베니마루가 그렇게 선언했다.

'쿠레나이(홍염중)'는 절반 이상이 구 유라자니아에 남겨진 채 얼음 조각상으로 변해 있었다. 그럼에도 구출 작전을 결행할 생각은 없다는 뜻이었다.

이 결단을 들은 가비루, 게루도 등의 간부들도 베니마루의 결의가 남다르다는 것을 뼈저리게 깨달았다.

가비루는 이제 막 연인이 된 스피어가 걱정이었다. 그러나 지금 그것을 말할 수 있는 분위기는 아니었다. 베니마루가 대국을 보고 그렇게 판단한 이상 그에 따르는 것이 무인으로서의 마땅한 자세였기 때문이다.

게루도도 비슷한 심정이었다.

게루도의 휘하에 있는 옐로 넘버즈(황색군단)와 오렌지 넘버즈(주황색군단)도 모두 돌아올 수 있었던 것은 아니다. 얼티밋 기프트(궁극증여) '벨제부브(미식지왕)'에 의해 게루도가 받은 대미지를 대신한 자들이 지금도 애타게 구출을 기다리고 있을 것이다.

가비루도 게루도도 허락만 된다면 즉시 구 유라자니아를 향해 출진하고 싶은 마음이었다.

그러나 그것은 허락되지 않았다.

베니마루가 무정한 것이 아니다. 오히려 그 반대로, 누구보다도 정이 많은 남자였다.

그런 베니마루가 내린 판단인 만큼, 여기에 이의를 제기할 사람은 아무도 없었다.

의문이 있다고 하면——.

"이동은 어떻게 하죠?"

임신 중인 알비스가 전술적인 핵심을 물었다.

템페스트 전력에서 가장 빠른 '히류(비룡중)'조차 다마르가니아까지 꼬박 하루 이상은 걸린다. 그것도 쉬지 않고 강행군을 했을 때.

다른 군단은 말할 것도 없었다.

지금 당장 출진하지 않으면 중대한 전황에 시간을 맞추지 못할 가능성이 높았다.

리무루가 있었다면 대규모 '전송술식'를 써서 문제를 해결해 주었을 것이다. 그러나 지금은 자신들끼리 어떻게든 해결해야 하는 상황이었다. 지금까지는 별로 생각할 필요가 없었던 병참이라는 개념이 더욱 무겁게 다가왔다.

알비스는 이를 우려하여 찬물을 끼얹을 것을 알면서도 끼어든 것이었다.

하지만 베니마루는 동요하지 않았다.

그 문제는 이미 여동생인 슈나에 의해 해결되었기 때문이다.

"문제없어. 슈나가 우리를 '전송'해 줄 거야."

"네. 리무루 님의 술식을 해석했으니 여러분들을 안전하게 목적지까지 모셔다드리겠습니다."

베니마루가 단언했고, 슈나가 웃으며 고개를 끄덕였다.

문제가 없지는 않을 것이다. 리무루와 슈나는 에너지(마력요소) 양에서 큰 차이가 있었으니까.

아무리 간소화된 술식이라고 해도 수많은 인간을 한꺼번에 '전송'시키면 그 부담은 상당할 것이다.

그러나 여기서 그것을 지적하는 사람은 없었다.

누구나 슈나의 각오를 알아차리고 이해를 표했기 때문이었다.

본인이 문제가 없다고 한다면, 문제가 없는 것이다.

자신이 할 수 없는 일은 입에 담지 않는다── 그것이 리무루의 가르침. 슈나가 이를 어기는 실수를 할 리가 없으니 성공은 보장된 것이나 다름없었다.

그 뒤의 일은 그때 가서 생각하면 될 일이었다.

"라미리스 님, 미궁의 방위는 맡기겠습니다."

슈나의 그 부탁은, 자신은 더는 힘을 쓸 수 없게 될 것이라는 선언이었다.

라미리스도 이를 눈치채지 못할 정도로 어리석지는 않았다.

"물론이지! 이 최강 마왕인 라미리스 님께 전부 맡기도록 해!"

슈나를 안심시키려는 듯, 평소와 같은 미소를 지으며 부탁을 수락한다.

베니마루가 크게 고개를 끄덕였다.

"아피트, 넌 미궁 내의 방위를 맡아다오."

"알겠습니다."

“다만——.”

“?”

“——제기온이 깨어나는 즉시 미궁을 버리고 출격해라.”

“하지만——.”

미궁 안에는 리무루가 남긴 것들이 모두 있었다. 베니마루에게 있어서 목숨보다 더 중요한 알비스나 모미지도 있는 것이다.

하지만 베니마루는 흔들리지 않았다.

“미궁의 방위는 베레타와 트레이니 공 측에 맡기겠다. 나도 죽을 생각은 없지만, 상황에 따라서는 어떻게 될지 알 수 없어. 나한테 연락이 닿으면 다행이지만, 그렇지 않으면—— 아피트, 네가 직접 전황을 판단하도록.”

미궁의 방위를 다른 사람의 손에 맡기다니, 평소라면 믿지 못했을 명령이었다. 현시점의 상황이 얼마나 절망적인지 알 수 있는 대목이기도 했다.

베니마루의 심정을 헤아린 아피트는 무겁게 고개를 끄덕였다.

자신감 강한 성격의 베니마루가, 자신의 무사조차 장담할 수 없다고 선언한 것이나 다름없었다. 아피트가 보험으로 남겨진 이상 그 신뢰에 부응해야만 했다.

“맞습니다. 지금은 세계의 명운을 지킬 때——.”

“맞는 말이야.”

“반드시, 승리한다!”

이긴다.

그리고 다 함께 웃는다.

그 각오는, 모두에게 똑같이 새겨졌다.

“쿠마라, 너도 출격해라.”

“알겠습니다.”

당당한 미소와 함께 쿠마라가 응했다.

미궁 밖에서의 전투가 처음도 아니었기에 새삼스레 동요하지는 않았다.

이에 고개를 끄덕이고, 베니마루가 최종 결정을 발표했다.

“‘쿠레나이’는 고부아가 돌아오기 전까지 하쿠로우가 이끌어다오.”

“맡겨주십시오.”

“‘고블린 라이더’는 고부타에게 맡기마. 란가와 쿠마라는 고부타를 지원하도록. 전장을 누비며 우리들의 위세를 보여주도록 해라!”

“알겠습니다요!”

“알겠습니다!”

“기대되네요.”

“‘히류’에 대해서는, 각자의 자유전투를 허용한다.”

“―?”

베니마루의 발언을 듣고 가비루가 의문 섞인 표정을 지었다. 지휘를 하는 것은 자신이라고 생각했기 때문이다.

그 의문에 답하듯 베니마루가 말을 이었다.

“가비루, 게루도, 너희 둘에겐 다른 임무를 줄 생각이다.”

이런 중요한 상황에서 다른 임무가 있다면, 어지간히 중요한 일이라는 뜻이었다.

가비루와 게루도는 숨을 삼키고 베니마루의 말을 기다렸다.

"내가 명령하지 않았어도 그렇게 할 생각이었을지 모르지
만——."

그렇게 입을 연 베니마루는 작전을 전했다.

그것은 매우 위험한 내용이었지만—— 반대로 가비루나 게루
도의 표정은 밝아졌다. 베니마루의 말처럼 바로 두 사람이 원했
던 명령이었기 때문이다.

"알겠습니다! 우리들 '히류'는 야시치, 스케로우, 카쿠신에게
맡기겠습니다!"

"네, 맡겨주십쇼!"

"알겠습니다."

"가비루 님, 힘내세요!"

의욕에 찬 가비루에게 응답하듯 가비루의 심복 세 명이 평소와
같은 기세로 승낙했다. 평소와 다름없는 그 모습에 벌써부터 성
공한 듯한 기분이 들었다.

그리고 게루도도.

"제 사지가 되는 한이 있더라도, 그 역할은 반드시 완수해 보이
겠습니다!"

푸쉭, 하고 기합을 넣어 선언했다.

아직 다 회복하지 못했음에도 대수롭지 않다는 모습이었다.

이리하여 반격의 멤버들에게 각각의 역할이 주어졌다.

'쿠레나이' 100여명, '히류' 100명, '고블린 라이더' 100명——
도합 300명이 베니마루를 필두로 출격하게 되었다.

잠든 제기온과 연락용의 아피트만을 남겨두고, 그 외의 '성마

십이수호왕'은 모두 나가게 된다.

미궁 내 방위전력이 이 정도로 떨어진 것은 전례 없는 사태였다.

그리고 두 번 다시는 이런 일이 일어나지 않기를, 모두가 마음속으로 진심을 다해 빌었다.

●

자히르는 깊은 생각에 잠겼다.

앞으로 어떻게 움직이는 것이 맞을까?

자라리오의 배신은 뼈아픈 일이었다.

충마왕 제라누스도 있었지만, 그것은 자히르가 도저히 감당할 수 없는 존재였다.

애초에, 펠드웨이를 어디까지 믿어도 되는지도 의문이었다.

(펠드웨이를 따른다 해도 내 세상이 되지는 않을 것이다. 그래서는 이득이 없어. 게다가——.)

떠오른 것은 베니마루였다.

괘씸하기 이를 데 없는 적이었다.

압도적으로 낮은 실력임에도 마도대제 자히르를 제멋대로 농락하고 있었다.

그것은 용납할 수 없는 어리석은 짓이었다. 천한 마인 따위가 자히르를 거스른다는 것은 있어서는 안 될 악행이었다.

그러니 제재를 가해야 마땅한데…… 베니마루는 골치 아픈 존재였다.

단독으로 상대했다면 자히르의 승리는 확실했을 것이다. 그러나 베니마루에게 손발이 되는 전력을 내어준 것이 큰 실수였다.

각개격파가 정답이었다.

이블 블러드 웨이브(광범위 혈마열파)로도 죽이지 못했을 테니 또다시 자히르 앞을 가로막을 것이다.

그렇게 되면 귀찮아지기 전에 우열을 가려야 하는데——.

(흐음. 나에게도 쓰러뜨려야 할 적이 있다. 그 필두는——.)

마왕 루미너스다.

자히르가 경애하는 '신조'를 멸망시킨, 증오해 마땅한 적이었다.

베니마루뿐만 아니라 마왕 루미너스까지.

적은 많고 의지할 수 있는 아군은 적었다.

펠드웨이에게서 맡아둔 군단도 뿔뿔이 흩어져 지금은 700명 정도밖에 남아 있지 않았다.

이것만으로는 전력에 한참 미치지 못했다.

어쨌든 앉아서 기다리고 있을 수만은 없었기 때문에 자히르는 정보 수집에 나서기로 했다.

각지에 부하들을 파견해 현황을 살피게 한 것이다.

구 유라자니아, 루벨리오스, 다마르가니아, 미궁, 살리온, 이 다섯 곳이다.

자신이 직접 공격한 살리온은 필요 없지 않을까 생각했지만, 만일을 위해 탐색하게 했다. 불필요하더라도 그 판단은 보고를 듣고 나서 해도 늦지 않았기 때문이다.

그렇게 시간이 흘렀다.

연이어 보고가 전해졌고…… 그것은 자히르에게 있어서 결코 무시할 수 없는 것들이었다.

구 유라자니아는 얼음 세계에 갇혔다.

내부를 살피려 해도 어중간한 전력으로는 중심부에 도달할 수 없는 상황이라 상세한 내용은 알 수 없었다.

이에 대해서는 기이와 베루자도의 전투가 계속되고 있을 것이라고 추측했다.

문제는 남은 네 곳.

우선 루벨리오스에서는 다구류루가 패배했다.

"펜도 모자라 파괴신 다구류루가 패배했다고?! 설마, 설마 베루도라가, 그렇게까지 힘을 키웠을 줄은……."

자히르 입장에서도 상위급이던 존재가 손쉽게 퇴장해 버렸다. 그 사실은 자라리오의 배신보다도 자히르를 더 충격에 빠뜨렸다.

(여기서 다시 재정비하긴 어렵겠지. 자, 어떻게 할 셈이지, 펠드웨이?)

이 시점에서 이미 '삼성사'라는 존재는 유명무실해진 것이나 다름없었다.

각 군단도 무너졌고, 기축세계를 제압하기 위한 피해가 너무 컸다.

그렇다 해도 승리하면 문제는 없겠지만…….

다른 지역에서의 전투도 궁금했다.

미궁에 침입한 자들의 동향도 그중 하나였다.

연락이 끊긴 것인지 소식 불명이었다.

게다가 더 놀라운 것은 제라누스까지 출현했다는 사실이었다.

그만한 강자가 참전한 이상 미궁이 무너지는 것도 시간문제라고 생각했다. 그럼에도, 그 후 더는 진전이 없었다.

이는 중대한 사태였다.

그렇지만 자히르의 판단은 달랐다.

(설마. 베가라면 모를까 제라누스가 패배하는 일은 있을 수 없는 일이다. 그 베니마루란 놈이 돌아왔다고 해도 녀석을 이기는 건 불가능해.)

자신의 상식을 고집한 나머지 그렇게 믿어버리고 만 것이다.

소식이 없는 것은 미궁 내에서의 공방이 계속되고 있는 탓이라고. 온갖 수단으로 농락당한다 해도 결국은 제라누스의 승리가 틀림없을 것이라고.

그렇게 되면 미궁을 중심으로 한 영역이 제라누스의 지배지가 되어버린다.

이는 자히르에게 있어서 별로 달갑지 않은 전개였다.

애초에 자히르가 펠드웨이와 협력 관계를 맺은 것은 자신의 야망을 이루기 위함이었다.

신조의 원수를 갚고 이 기축세계를 지배한다.

그것이 자히르의 소원이었다.

제라누스도 영토를 원한다는 사실을 알고 전 세계를 손에 넣는 것은 포기했다.

그렇지만 중요 거점을 모두 양보할 생각은 없었다.

자히르가 원하는 것은 비옥한 쥬라의 대삼림, 혹은 번영하고 있는 서방열국이었다. 욕심을 부리자면 쥬라의 대삼림을 포함한 중앙대륙 전부를 손에 넣고 싶다고 생각하고 있었다.

제라누스가 쥬라의 대삼림을 빼앗는다면 그 야망을 버려야 했다. 자히르 입장에서 그것만은 저지하고 싶었지만, 묘안이 떠오르지 않으니 어쩔 수 없었다.

다만 쥬라의 대삼림은 포기한다고 해도 서방열국의 부까지 포기할 생각은 없었다. 제라누스와는 영토에 대한 가치관이 다르니 공존은 가능하다고 판단했다.

인섹터의 생존구역은 쥬라의 대삼림으로 제한해 두고, 문명적인 이익은 자히르가 얻으면 그만이다.

하지만 문제도 있었다.

펠드웨이는 동쪽 제국을 지배하게 되겠지만, 다구류루의 목표 역시 자히르와 마찬가지로 서방열국에 향해 있다는 점이었다.

타협점을 어떻게 찾을지 고민하고 있었는데, 이에 대해서는 다른 생각이 있었다.

서방열국을 크게 할양하는 것이다.

구체적으로는 루벨리오스, 잉그라시아, 파르메나스에 해당하는 대륙의 북서 부분을 다구류루에게 양보하는 것이었다. 그리고 하반부, 살리온을 포함한 대륙의 남서쪽 부분을 자히르의 지배지로 만들 생각이었다.

이렇게 세계를 네 부분으로 분할해서 서로 협력하고 발전시켜 나가면 된다. 그리고 힘을 비축해…… 언젠가 자히르가 정점에 서면 모든 것이 해결이었다.

구 유라자니아도 상황에 따라 흡수할 예정이었다. 베루자도의 권능을 해제하지 못하면 의미가 없기 때문에 이 땅은 앞으로의 과제라 할 수 있었다.

어쨌든 중요한 것은 자신의 이익. 그렇게 생각한 자히르는 다른 지역의 상황도 살피게 했다.

자히르가 빼앗아야 할 영토가 황폐해지는 것은 원치 않았기에, 최종 결전의 땅이 루벨리오스 방면이었던 것은 다행이었다.

다구류루의 패배는 예상 밖이었지만 지배 지역을 분할하지 않아도 되니 생각하기에 따라서는 좋은 결과라고도 할 수 있었다.

앞으로에 대해 고민하고 있던 자히르에게 남은 지역에 대한 보고가 전달되었다.

다마르가니아 '천통각'에서 밀림이 드라고 노바를 날린 후 그대로 살리온 방면으로 돌아갔다고 한다.

"무슨 짓을 하고 있는 거야, 펠드웨이 놈은!"

자히르는 분개했다.

'스템피드' 상태인 지금의 밀림은 '디스트로이' 그 자체로, 방치하면 세상을 멸망시킬 위험성을 내포하고 있었다. 이대로 가다가는 자히르가 얻어야 할 부마저 잃게 될 수도 있었다.

다마르가니아는 극심한 혼란에 빠졌고, 루벨리오스에서는 급히 전력을 끌어모으고 있었다.

루미너스가 직접 정체를 드러내 세계의 위기라는 허풍까지 떨고, 전 세계를 향해 연설까지 하면서 세계 각지에서 영웅들을 불러모았다.

호들갑스럽다며 웃던 자히르였지만, 어지럽게 변하는 상황을 알게 되자 남의 일이 아니게 되었다.

밀림의 움직임도 궁금하지만 루미너스의 '종말 선고'도 무시할 수 없었다. 베루글린드까지 나서서 대처해야 할 위협이라고 한다면…….

"이바라제인가!"

이계의 왕── 진정한 파괴신이라고도 부를 수 있는, 세계를 멸망시키는 존재. 그런 이바라제가 현현했다고 하면 루미너스 일행의 대응도 과장은 아니었다며 납득할 수 있었다.

살리온에서도 밀림을 막기 위한 전투가 계속되고 있었다.

자히르도 신수를 다 태우려 하긴 했지만, 그것은 재생 가능하다고 판단했기 때문이었다. 만약 밀림의 드라고 노바가 신수를 향했다면 살리온의 멸망은 피할 수 없었을 것이다.

(밀림을 상대로 버티는 것 같은데, 더는 전투라고 부를 수 없는 상황이다. 유린당하지 않은 것만 해도 다행이지만, 그것도 시간 문제겠지.)

씁쓸한 얼굴로 그렇게 생각하던 자히르에게 새로운 보고가 들어왔다. 의문의 존재가 출현하여 밀림과 호각으로 싸우기 시작했다는 것이었다.

그 정체도 궁금했지만, 보고는 더욱 이어졌다.

"뭐라고?! 베루도라가 출현했다고?"

다구류루를 쓰러뜨린 베루도라가 살리온까지 찾아왔다고 한다.

"이해할 수 없군. 미궁으로 돌아가서 제라누스를 상대할 거라 생각했는데……."

루벨리오스의 상황이 안정됐다면 자신의 거점으로 돌아가는 것이 당연했다. 하물며 지금은 그 거점이 공격받고 있는 상황이었다.

자히르는 당연히 베루도라를 다시 불러들여 제라누스의 상대를 맡길 것이라 생각했다.

이상적인 전개는 베루도라와 제라누스의 공멸이었다. 설령 그렇게 되지는 않더라도 살아남은 쪽에 자히르가 결정타를 날릴 수만 있다면…….

거기까지 기대하는 것은 욕심이겠지만, 어쨌든 미궁의 정보는 여전히 불명확한 상태였다.

그보다도 살리온에 있다는 베루도라의 싸움이 더 궁금했다.

아니, 그것보다――.

세계 각지에서 격전이 발발하고 있었다.

미궁에서는 제라누스가 날뛰고 있을 것이다.

구 유라자니아에서는 추측하건대 기이와 베루자도가 격돌하고 있을 것이고.

다마르가니아에서는 이바라제의 위협이 임박하고 있었다.

그리고 살리온에서는 폭주한 밀림이 맹위를 떨치고 있다.

그렇다면―― 자히르는 고민했다.

이 혼란스러운 상황 속에서 무엇을 우선해야 하는가?

자히르는 고민했고, 결단을 내렸다.

"밀림은 펠드웨이가 조종하고 있으니 방치해도 문제없겠지. 난 여기서 그동안 쌓인 원한을 풀도록 할까."

자히르가 눈을 돌린 곳은 다마르가니아였다.

그곳에 있는 루미너스를 혼란을 틈타 처치하고자 한 것이다.

자히르는 사악하게 웃으며 무거운 몸을 일으켰다.

●

인류 방위전선인 각 방면의 군은 각각의 적을 상대로 분투하고 있었다.

그중에서도 가장 피해가 막심한 동쪽 방면에서는 절망적인 싸움이 계속되고 있었다.

간신히 유지된 홀리 필드 덕분에 결정적인 패배의 순간은 찾아오지 않았다. 그러나 그것은 마지막 순간을 조금씩 미루고 있는 것에 지나지 않았다.

누구나 그 사실을 알고 있음에도, 꺾이지 않는 마음으로 계속 싸우고 있었다.

한 가지 행운이라면 '멸계룡' 이바라제가 움직임을 멈췄다는 점이었다.

대형 요수의 어깨에 앉아 잠잠해졌다.

즐거운 모습으로 싸움을 바라보고는 있지만 정작 본인은 움직일 기미가 없었다.

그 기회를 틈타 공격을 가한다는 방안도 있었지만, 실행에 옮길 수 있는 사람이 없었다.

베루글린드 체력 회복에 힘써야 했고, 그녀 이외의 사람으로는 역부족이었다. 섣불리 자극하는 것보다는 상황을 지켜보는 것이 낫다는 결론에 이르렀다.

게다가…… 시간을 벌면, 상황이 호전될 가능성도 있었기 때문이다.

(물론 그것도 리무루에게 기대는 거지만…….)

루미너스는 자조했다.

그것은 너무나 덧없는 가능성이었다.

리무루의 부하들이 원군으로 와줄 가능성.

충마왕 제라누스가 미궁에 나타났다고 했으니 싸울 수 있는 여력은 거의 없을 것이다. 그렇게 생각하지만, 그럼에도 루미너스는 속으로 기대를 품고 있었다.

그것은 다른 사람들도 마찬가지였고, 아직도 포기하지 않고 싸우고 있는 것은 그러한 희망 때문이었다.

그리고 희망이라고 하면 또 하나——.

(그 끈질기고 뻔뻔한 리무루가 계속 당하고 있을 거라는 생각은 안 들어. 어디론가 쫓겨났다고 듣긴 했지만, 능청스러운 얼굴로 돌아올 것 같단 말이지.)

소실됐다고는 하지만, 그것이 루미너스의 본심이었다.

클로에에게서 들은 리무루의 이미지는 미화되어 있었지만, 루미너스 자신이 관찰한 리무루도 대체로 비슷했다.

자신감이 넘치고, 지기 싫어하고, 성격 좋고, 상냥하고, 무심코 의지해 버리고 싶어지는 존재감을 발산하고 있었다.

예리한 칼처럼 팽팽하던 히나타마저 리무루를 대할 때는 나이에 걸맞게 보이니 대단할 정도다. 아마 지금도 리무루의 무사함을 믿고 있겠지.

(여기서 손쉽게 패배를 인정해 버리면 나중에 무슨 말을 들을지 알 수 없다. 녀석한테 바보 취급당하는 건 사양이니 끝까지 방심하지 말아야겠구나.)

루미너스는 그렇게 생각하며 한순간의 틈조차 보이지 않기 위해 마음을 다잡았다.

전황은 나쁘지 않았다—— 적어도 그렇게 보였다.

이바라제가 본격적으로 움직이기 시작하기 전에 클립티드의 수를 줄여둔다면, 어쩌면 가능성이 있지 않을까?

그렇게 느껴질 정도로 우세하게 기울고 있었다.

다른 방면에서의 싸움도 비슷했다. 최대한 희생자가 나오지 않도록 움직이는 모습이었다.

클립티드는 개인으로는 강하지만 집단전에는 익숙하지 않은 종족이었다. 개중에는 동족끼리 연계하는 자들도 있어 방심은 할 수 없지만, 속수무책인 상황에 빠지지 않은 것은 희소식이었다.

'멸계룡' 이바라제만 어떻게든 할 수 있다면…….

누구나가 그렇게 생각하기 시작했을 때였다.

상황이 급변했다.

대형 요수의 어깨에 앉아 다리를 흔들흔들 움직이던 이바라제가 싱긋 미소를 지은 것이다.

『친구를 늘려줬어♪』

갑작스러운 발언에 모두가 당황했다.

그러나 다음 순간, 그 의미를 이해했다.

문 앞에서 어떤 의식이 거행되었는지는 알 수 없지만, 출현하는 환수의 성질이 변화했다.

구체적으로 말하면 인간형이 되어 있었다.

대부분은 눈코입조차 없는 일그러진 존재들이었지만, 개중에는 특출난 아름다움을 갖춘 개체도 있었다. 그러한 상위 개체일수록 전투능력도 높은 경향을 보였다.

“칫, 귀찮게 됐네. 우리가 싸우는 법을 보고 배운 건가?”

그렇게 불평한 것은 히나타였다.

지금까지는 짐승을 상대로 한 전투뿐이었는데, 인간형이 된 환수들은 경질화한 피부를 무기로 내세우고 검기 비슷한 것까지 사용하기 시작했다.

그전까지는 균일했던 외피의 강도도 무기화된 부분은 강하고 그 외는 약한 느낌으로 변질되어 있었다. 약점이 늘어나며 얼핏 약해진 것처럼 보이기도 했지만, 공격력이 늘어 위험도가 높아졌다고 볼 수도 있는 상황이었다.

게다가 현재 진행형으로 전술을 학습하고 있는 것 같았다. 급격하게 레벨(기량)이 상승할 정도로 비상식적이지는 않았지만, 이대로 시간이 경과하면 점점 더 불리해질 것 같았다.

“끝이 없는데. 어떻게 하지, 칼리굴리오?”

“나한테 물어도 곤란한데. 최대한 내가 가진 패를 드러내지 않으면서 일격에 끝내는 수밖에 없겠지.”

알고는 있어도 그것을 실천하는 것은 어렵다.

칼리굴리오나 미니츠 같은 실력자라면 모를까, 누구나 쉽게 할 수 있는 재주가 아닌 것이다.

게다가—— 상위 개체의 존재치는 지금까지의 개체를 훨씬 웃돌았다. 내구력도 높을 뿐만 아니라, 개중에는 ‘초속재생’을 가진 자까지 나오기 시작했다.

이렇게 되면 학습하기 전에 쓰러뜨리는 것조차 어려워진다.

“상황이 안 좋아. 이바라제가, 계속 보고 있어.”

히나타가 지적한 대로 이바라제는 계속 이 싸움을 관찰하고 있었다. 그것은 다시 말해 계속해서 보고 들으며 싸우는 법을 배우고 있다는 뜻이었다.

처음 느꼈던 불길한 예감이 반 정도 현실로 다가오고 있었다. 모두가 그것을 느끼고, 마음속 깊은 곳에서 밀려드는 불안과도 함께 싸워야 했다.

*

가장 어려운 상황은 동쪽 방면이었지만, 다른 방위선도 고전을 면치 못하고 있었다.

우선, 서쪽 방면——.

주르륵 소리와 함께 문에서 나온 짐승이 있었다.

그것은, 왕자의 풍격을 갖추고 있었다.

허무를 가르는 짐승—— 카케아시였다.

귀여운 이름과는 달리 흉악하기 짝이 없는 외모를 갖고 있었다.

늑대 같은 형상에 가깝지만 그보다 훨씬 거대했다. 사자의 체구에 용의 머리를 갖고 있었고, 총 길이는 10미터에 달했다. 높이역시 5미터를 넘어서고 있었다.

온몸을 덮고 있는 용린은 칠흑으로 곤두서서 마치 바늘산 같았다. 그리고 그것은 창이라고 해도 좋을 정도로 날카롭고 뾰족했다. 꼬리는 여덟 갈래로 갈라져서 독사처럼 꿈틀거렸다.

진홍색으로 빛나는 6개의 눈은 주위를 노려보고 있었다.

그 거구로 인해 사각지대도 많을 것 같지만, 그것은 착각이었다. 동그란 눈알이 온몸 곳곳에 나 있었기 때문이었다.

그것은 고정된 것이 아니었고 여기저기 자라나거나 파묻혀 있었다. 임의로 내보낼 수 있었고 용린 위에도 생성할 수 있는 것 같았다.

강인한 네 다리에는 날카로운 발톱이 둔탁하게 빛나고 있었다. 또한 용린의 틈새에는 작은 돌기들이 무수히 나 있어 실로 기괴한 분위기를 자아냈다.

그리고 그 송곳니는——.

보는 이들의 마음에 공포를 불러일으킬 정도로, 포식자의 상징과도 같은 오싹함을 지니고 있었다.

카케아시는 대기하고 있는 전사들을 힐끔 보았지만 곧바로 흥미를 잃은 얼굴을 했다. 그보다도 처음으로 경험하는 세계에 의식이 온통 쏠려 있었다.

쿵, 하고 코를 울리며 바람 냄새를 느낀다.

그리고 만족했는지 한번, 부르짖는다.

바람이 떨렸다.

그것은 충격파가 되어 힘없는 자들을 날려버렸다.

"무슨 이런 녀석이 다 있어……."

개를 싫어하는 그레고리가 트라우마를 자극받았는지 몸을 떨고 있었다. 그럼에도 전 '삼무선'으로서의 자부심을 가슴에 품고 카케아시를 향해 자세를 취했다.

그런 그레고리를 막아서고 앞으로 나온 것은, 시온과 다구라 일행이었다.

"우습구나! 겨우 짐승 한 마리라니, 우리가 순식간에—— 음?"

시온은 도중에 말을 멈추고 카케아시를 바라보았다. 카케아시가 시온 일행의 존재를 무시하고 우아하게 누워버렸기 때문이다.

다만 싸울 마음이 없는 것은 아닌 것 같았다.

카케아시의 동족으로 보이는 짐승 무리가 줄줄이 걸어 나온 것이다.

동일 계통으로, 생김새는 비슷했다. 차이라면 보다 작은 체구라는 것과 여섯 개인 눈이 네 개라는 것 정도였다.

전투능력이 얼마나 다른지는 싸워보지 않으면 알 수 없었다.

"전원, 전투 준비!"

시온이 소리쳤다.

그 목소리가 신호가 되어 카케아시의 권속들도 움직였다.

마침내 전투가 시작되었다.

카케아시의 권속은 무척 이질적이었다.

무리 짓지 않는 다른 클립티드와는 다르게 일사불란하게 연계를 취하는 집단이었던 것이다.

게다가 개체로 봐도 전투능력이 무척 높았다.

자유조합에서 정한 기준으로 따지면 최소 A급에 해당했다. 게다가 S급 이상의 개체까지 다수 섞여 있는 엄청난 위험도였다.

이 자리에 모인 인류의 영웅들도 각각의 실력은 A랭크 이상이었다. 결코 뒤처지지는 않지만, 일대일로 이길 수 있느냐는 질문을 받으면 어려운 것이 현실이었다.

게다가 이 무리는 집단전이 특기였다.

오합지졸에 가까운 인류 측에 있어서는 너무나도 위험한 적이었다.

"다들! 사이좋은 녀석들끼리 모여! 절대 혼자 다니지 마!"

그렌다가 급히 외쳤다.

그것은 실로 날카로운 지시였다. 연달아 출현하는 카케아시의 권속들은 그 수가 벌써 수백 마리 이상으로 늘어나 있었다. 혼자서 맞서 싸우는 것은 그야말로 자살행위나 다름없었다.

홀리 필드라는, 인류 측에 유리한 조건이 있었기에 그나마 전선이 유지될 수 있었다.

"이 빌어먹을 개 자식들아!"

그레고리가 맹렬한 기세로 분투하며 카케아시의 권속들을 날려버렸다. 적은 개가 아니었지만, 그 부분을 따지는 것은 촌스러운 짓이었다.

시온의 단두귀인이 여러 마리의 권속들을 한꺼번에 날려버렸다. 엄청난 전투능력을 발휘하고 있지만 그럼에도 적의 수는 방대했다.

조금도 줄어드는 느낌이 들지 않는다—— 라고, 누구나 생각했을 것이다.

적은 계속해서 나타났다.

아직 숫자에서 앞서고 있지만, 그것이 언제 역전될지는 알 수 없었다.

끝나지 않은 쳇바퀴 싸움에 전사들의 마음도 점점 피폐해졌다.

그것을 이해하고 있는 것인지 카케아시는 움직이지 않았다. 이지적이고 냉랭한 시선으로 전장을 노려보며 기회를 엿보고 있었다.

그리고 마침내, 그때가 왔다.

카케아시가 몸을 일으켜 부르짖은 것이다.

오늘 두 번째 포효였지만, 이번에는 조금 전과 다른 점이 있었다.

카케아시는 짐승이지만 사람과 비교해도 지능이 높았다.

교활하고 신중하며, 이길 수 없는 싸움은 피하는 판단 능력도 가지고 있었다.

그런 카케아시가 공격하겠다는 판단을 내린 것이다.

그것은 곧 승리를 확신했다는 뜻이었다.

카케아시의 포효로 인해 대기가 진동했다. 처음의 위협과는 달리 이번에는 진정한 공격 명령이 내려졌다.

이에 따라 권속들의 움직임도 달라졌다. 희생을 두려워하지 않고 맹렬한 기세로 공격하기 시작했다.

"정말이지 쉽지 않네—— 잠깐, 이 불길한 느낌은……."

말도 안 되는 속도로 리로드(재장전)하자마자 한 마리를 쏴 죽인 그렌다가 그렇게 불평하려던 때였다. 무언가를 깨닫고 눈썹을 찌푸렸다.

그 직후——.

"전원, 숨을 멈추고 방어 자세엣! 방심하면 죽는다!"

그렌다의 큰 음성이 울려 퍼졌다.

그것은 카케아시의 포효에도 지지 않고, '사념전달'이 되어 아군에게 닿았다.

이것이 종이 한 장 차이가 되었다.

카케아시가 포효로 주의를 분산시키며 은밀하게 다른 공격을 시도하고 있었던 것이다.

거구를 덮고 있는 용린의 틈에는 작은 돌기들이 빼곡하게 나 있었는데, 그 끝에서 점성이 있는 분해 효소가 분출되고 있었다.

이것이 카케아시의 오라(요기)와 혼합되어 포효를 타고 대기로 확산되었다. 카케아시의 권속에게는 무해하지만, 그 밖의 생명체에게는 치명상이 되는 ‘독무’였다.

그렌다의 경고가 없었다면 많은 사람이 죽었을 것이다.

시온의 휘하인 ‘부활자들’ 중에는 피를 토하며 고통스러워하는 자도 있었다. 호기심에 들이마신 결과, 폐가 타서 호흡 불능이 되고, 내장이 문드러지며 피고름이 역류하고, 눈이 짓무르고, 코점막이 썩어 피를 철철 흘리는, 그런 끔찍한 괴로움을 세 시간이나 겪어야 하는 처지가 되고 만 것이다.

운이 나빴던 것은 회복약으로도 효과를 보지 못했다는 점이었다. 죽지는 않았지만 카케아시에게서 나온 ‘독무’의 효과가 희석될 때까지 파괴와 재생을 반복할 수밖에 없었다.

그 참상을 보면 누구라도 그렌다의 ‘위험감지’ 스킬에 감사할 수밖에 없었다.

“칫, 이래서 개가 싫은 거야!”

그레고리가 그런 말을 내뱉었지만, 그것은 어떤 의미에서는 패배자의 변명이었다.

그렇지만 그런 푸념을 할 수 있는 그레고리의 정신력도 대단했다. 그 말을 들은 이들에게 조금이나마 마음의 여유를 되찾는 계기가 되어주었다.

여기에 더해 시온이 움직였다.

“카오틱 페이트(천지활살붕탄)!”

시온의 대태도—— ‘신 고리키마루’가 하늘을 베었다.

그것만으로도 카케아시의 '독무'가 무효화되었다.

얼티밋 스킬 '스사노오(포학지왕)'가 자랑하는 마이너스 브레이크(상쇄능력)의 터무니없는 힘은 건재했고, 시온의 진가가 가감 없이 발휘되었다.

"적이든 식재료든 요리야말로 제가 잘하는 분야입니다! 이 승부, 질 것 같지 않군요!"

이 선언은 전사들을 크게 고무시켰다.

시온이 있는 한 패배는 없다는 믿음으로, 점점 더 의욕을 내게 된 것이다.

그럼에도 싸움은 아직 초반.

카케아시의 두 번째 포효를 계기로 서쪽 방면에서의 싸움도 격화되었다.

*

남쪽에 출현한 것은 기이하기 그지없는 존재였다.

성간을 유영하는 물고기── 스이무였다.

그것이 나타났을 때, 울티마가 불쑥 중얼거렸다.

"아아, 아쉽네. 저 녀석은 위험하겠어. 솔직히 말하면, 사망자를 내지 않고 쓰러뜨리는 건 힘들지도 몰라."

그것이 올바른 평가였다.

이에 베이런이 즉시 명령했다.

"전원 물러서라. 여기는 소생들이 나서겠다!"

누구야, 이 아저씨는── 그런 눈으로 각국에서 모인 영웅들이 베이런을 쳐다보았고, 불만의 소리가 나오기도 전에 요움이 재빨리 호령했다.

"오, 너희들! 얼른 후방으로 물러서!"

여기서 요움의 커뮤니케이션 능력이 발휘되었다.

신뢰를 미리 얻어둔 덕분에 개성 강한 영웅들이 그의 말을 따른 것이다.

불평하는 사람도 있었지만 그 정도는 애교였다. 스이무가 전신을 드러내기 전에 홀리 필드 안에 있는 전사는 울티마 일행──악마들만 남게 되었다.

"좋은 판단이야. 조금만 늦었으면 너희들 모두 죽었을 거야♪"

가벼운 어조로 말하고 있지만 웃을 수 없는 이야기였다.

하지만 그 말이 맞았다는 것은, 그 직후 바로 증명되었다.

"뭐야, 저 징그러운 마물은…….'

"물고기……인가?"

메갈로돈처럼 하늘을 나는 어류계 마물도 있었다.

지금 출현한 스이무도 그 계통일 것이라는 착각에서 나온 발언이었다.

스이무는 하늘을 헤엄치는 오징어 같은 모습이었는데, 촉수 부분을 제외한 몸통만 해도 10미터 가량은 되었다. 촉수 부분은 35미터는 되었으니 나름 대형 마물로 구분될 것 같았다.

그러나 그것만으로는 부정확한 정보였다.

카리브디스 같은 초대형 마물에 비하면 소형이지만, 몸의 크고 작음으로 강함을 측정할 수 있는 만만한 존재는 아니었기 때문이다.

그 사실이, 이제 증명된다.

흔들, 스이무가 움직였다.

촉수 부분, 스이무에게 기생하고 있던 작은 괴이의 집합체가 일제히 이탈하여 공간을 날아갔다.

그 속도는 5초 만에 음속에 도달했다. 거리가 짧아 최고 속도는 미지수지만, 그것을 궁금해하는 사람은 아무도 없었다.

맞으면 즉사라는 것을 이해했기 때문이다.

회전하면서 슉 하고 곧게 뻗어나가는 그 모습은 마치 창의 비가 내리는 것처럼 보였다.

사실 그 괴이는 온몸이 아리오니움(생체이강)으로 덮여 있어서 작은 것은 전혀 문제가 되지 않을 뿐더러, 오히려 그 반대였다.

모든 것을 관통하는 위험천만한 존재인 것이다.

"말도 안 돼……."

"저 안에 있었다면, 아무것도 못 하고 죽었을 거야……."

그 작은 괴이가 난무하는 모습은 환상적이지만 두려움을 자아냈다.

일사불란한 움직임으로 홀리 필드 안을 종횡무진 누비며 휩쓸고 있었다.

애초에 아름다움에 매혹되어 감탄할 여유가 있는 것은 희생자가 나오지 않았기 때문이었다.

울티마의 지적과 그에 따른 베이런과 요움의 일갈. 그것이 있어 준 덕분에 초유의 대량학살만은 면할 수 있었다.

그리고 전장에 남은 이백 수십 명의 악마들은, 자신들의 자긍심을 걸고 사력을 다해 싸우고 있었다.

"거슬리네, 정말!"

울티마가 짜증스럽게 소리치며 달라붙는 괴이를 순식간에 날려버렸다.

그것은 그야말로 신의 위업인데, 울티마의 목표는 대보스——스이무뿐이었다.

스이무는 하늘을 헤엄친다. 자유자재로 헤엄쳤다.

속도도 자유롭다. 그것은 즉 초기 속도부터 최대 속도로 움직일 수 있다는 뜻이었다.

그런 스이무의 최대 전속은 아광속.

광속이란 음속의 약 88만 배. 스이무의 속도는 광속에는 미치지 못하지만, 그에 가까운 속도로 비상이 가능했다.

대기권 내에서는 대폭 감속되기는 하지만 그럼에도 음속의 10만 배 이상으로 이동할 수 있었기에 일반적인 사람은 시인하는 것조차 불가능했다.

다만 울티마라면 별개였다.

그 존재를 파악한 순간 물리법칙 따위를 무시하고 대응할 수 있었다.

남쪽 땅에서의 싸움에 울티마가 있었던 것은 행운이었다.

스이무의 인지를 넘어선 속도에 울티마는 기술과 마법으로 맞섰다. 그 결말은 누구도 예측할 수 없는 영역에서 펼쳐졌다.

나아가 전장 자체도 변화해 가며——.

처음으로 등장한 스이무에 이어 속속 출현하는 이형들. 이바라제가 만들어낸 클립티드는 다종다양하며 통일감이 없었다.

개중에는 인섹터를 닮은 인간형 환수도 있었다.

처음의 난관을 넘긴 영웅들도, 그런 새로운 적들의 대응에 쫓기는 신세가 되었다.

＊

북쪽 방면은 지옥으로 변해 있었다.

등장한 차원을 비상하는 새—— 하바타키에 의해 유린당하고 있었던 것이다.

블러디 나이츠가, 블랙 넘버즈가, 하바타키 한 마리에 의해 무력하게 쓰러져 나갔다.

핏물이 튀고, 손발이 하늘로 흩날렸다.

"뭐야, 이 녀석?!"

"지금 대체 무슨 일이 일어난 거야……?……?"

이곳에는 울티마가 없었다. 그렇기에 직면하기 직전까지 적의 위험성을 인식하지 못했다.

"상황이 안 좋군요."

아다루만이 중얼거렸다.

그제서야 상황을 인식한 것인데, 이는 아다루만이 둔한 것이 아니었다.

개전 신호도 없이 시작된 학살극은 아직 채 1분도 지나지 않았던 것이다. 상황을 채 지켜볼 겨를도 없이 지금에 이른 탓에 대응책은 이제부터 생각해야 하는 상황이었다.

아다루만에 이어 가드라가 의견을 말했다.

"흐음, '전이'인가. 게다가 전신에서 빛이 나는 걸 보면 저 날개는 히히이로카네겠지.”

황금색 깃털에 감싸인 쌍두 독수리―― 그것이 하바타키를 본 인상이었다.

전체 길이는 머리 끝에서 꼬리 끝까지 대략 3미터 정도일까. 조류로 생각한다면 대형이지만, 이형의 환수치고는 작은 편이었다.

그러나 그 흉악함과 전투능력은 클립티드 중에서도 최강으로 보였다.

스이무는 빠르고 장거리 이동에도 능하다.

반면 하바타키는 스이무보다 느리고 장거리 이동이 되면 속도가 나지 않았다.

그럼에도 스이무보다 하바타키가 더 강했다.

바로 그 이유가 가드라가 지적한 ‘전이’에 있었다.

“흠흠, 가속한 채로 ‘전이’해 그 기세를 죽이지 않고 적을 베어낸다, 라. 그렌다 공의 권능을 닮은 것 같습니다만――.”

“공간의 흔들림이 없는 것 같군. 순간이동에 가까운 레벨로 다듬어져 있어서 ‘마력감지’로 출현 위치를 파악하는 것도 곤란할 테고…….”

그렌다의 유니크 스킬 ‘저격자(노리는 자)’라면 ‘공간연결’을 한 시점에 공간에 왜곡이 생기니 출현 장소를 예측할 수 있었다.

하지만 하바타키의 경우 출현 장소를 자유롭게 설정할 수 있었다. 공간의 왜곡과 동시에 출현하기 때문에 비슷하지만 다른 권능이었다.

감지한 뒤에 회피해서는 시간에 맞출 수 없으니, 이는 가드라가 말한 것처럼 한없이 ‘순간이동’에 가까운 권능인 셈이었다.

"귀공들, 태평하게 해설하고 있을 때가 아니오."

그렇게 화를 낸 것은, 교황 루이였다.

부하들의 처참한 모습을 보고 화가 난 모습이었다.

다만 블러디 나이츠는 거의 불사신이었기 때문에 어느 누구도 죽지 않았다.

육체의 결손을 '자기재생'으로 복구시키고 있었기에 즉시 전선으로 복귀할 수는 없었지만, 시간이 지나면 부활이 가능했다.

대단한 것은 블랙 넘버즈로, 이쪽은 전선을 유지하고 있었다.

처음에는 동요가 보였지만, 주변에 '다중결계'를 쳐서 하바타키의 출현을 최대한 예측할 수 있게 만들었다.

디아블로의 직속인 만큼 믿을 수 없을 만큼 실전에 익숙한 집단이었다.

아다루만과 가드라는 루이의 주의를 받고 얼굴을 마주보았다.

적은 하바타키 뿐만이 아니었다. 문에서는 다종다양한 이형의 괴물들이 솟아나고 있었다. 이를 방치하면 돌이킬 수 없는 상황이 벌어질 것 같았다.

"확실히 멍하니 있을 때는 아닌 것 같군요."

"그렇군. 그럼 나도 가볼까."

두 사람은 고개를 끄덕이며 전투 모드로 의식을 전환했다.

"여러분, 안심하세요. 우리들의 신은 건재합니다. 그 증거를 지금 기적으로 보여드리겠습니다! 신성마법: 그레이트 하이 힐(광범위화 상위회복)&그레이트 리제너레이션(광범위화 부위재생)———!"

아다루만은 육체를 얻으며, 생전 가졌던 능력에 대한 감각까지도 완벽하게 되찾은 상태였다. 게다가 능숙하게 사람과 마물로 표적을 전환하여 양 속성의 회복마법을 행사할 수 있게 되었다.

그 뛰어난 능력 덕분에 자기재생에 힘쓰고 있던 전사들에게 큰 도움을 주었다. 즉시 부활한 전사들은 자신의 실력에 걸맞은 적에게 도전해 나갔다.

아다루만을 보호하듯 알베르트나 웬티가 자세를 잡았다. 이것을 보고 이번에는 가드라가 움직였다.

"나도 대규모 마법으로 적을 섬멸하고 싶긴 하지만, 저걸 조준하기는 어려울 것 같군. 뭐, 그렇다고 해도 할 방법은 있지만."

그런 말을 남기고 혼전이 벌어지고 있는 전장을 향해 돌격했다.

메탈 데몬으로 다시 태어난 가드라는 근접 격투형 마법사로도 크게 성장한 상태였다. 격투술은 아직 멀었지만, 그 부분은 마법으로 보충할 수 있었기에 어느 정도의 전투능력은 발휘할 수 있었다.

무술의 소양조차 없는 클립티드를 상대로는 충분했기에, 곧바로 전장에서 화려하게 날뛰기 시작했다.

그런 대화를 듣고 있던 귄터도 한숨을 쉬며 자신을 돌아보았다.

"처음부터 선수를 빼앗기긴 했지만, 이대로 패배할 수는 없겠지."

"그렇지. 그 밖에도 적이 출현한 것 같으니 너도 강 건너 불구경을 하고 있을 때가 아니야."

귄터의 말에 루이도 고개를 끄덕였다.

이 두 사람은 그렇게까지 사이가 좋지는 않지만, 그렇다고 해서 나쁘지도 않았다.

서로의 영역을 침범하는 것을 꺼릴 뿐, 협력하면 진가를 발휘할 수 있었다.

"루미너스 님도 보고 계시니, 여기는 전력을 발휘해 보도록 할까."

"암, 그래야지. 신조님의 고제라는 이름에 부끄럽지 않도록, 이 귄터 슈트라우스의 힘을 널리 알려주마!"

그런 흐름 속에서, 북쪽으로 의식을 향한 루미너스의 일침이 날아왔다.

『게으름 피우지 말고 너희들도 빨리 반격하거라.』

싸움이 시작되고 1분 남짓.

북쪽 땅에서도 개막부터 아낌없는 총력전에 돌입하게 되었다.

●

이렇듯 '천통각'를 중심으로 사방에서 격전이 벌어지고 있었다.

루미너스는 전장 전역을 살피고 있었는데, 특히나 긴장감에 휩싸여 있는 것은 역시나 이바라제가 있는 동쪽 땅이었다.

히나타나 칼리굴리오 같은 밀리언 클래스는 여러 명의 인간형 환수를 상대했다.

시엔이나 미니츠 같은 실력자는 단일 적을 상대로 확실히 격파해 나가고 있었다.

그 밖의 사람들은 세 명이 한 명을 상대하며 가능한 한 희생자를 내지 않는 쪽으로 움직이고 있었다.

이러한 전사들을 지탱하고 있는 것이 바로 루미너스의 신성마법이었다.

"음, 배치를 잘못 짰나."

각 진영에 회복술사를 좀 더 배치했어야 했나 고심하는 루미너스였지만, 이것이 결국 최선의 조합이라는 생각이 들었다.

라미리스의 미궁 덕분에 신성마법의 사용자도 늘었다. 이런 사태를 가정한 것은 아니었지만, 이 결과는 행운이라고 할 수 있었다.

그럼에도 문제는 많았다. 회복술사가 충분하더라도 술자 본인을 지키기 위한 전력도 필요하니 단순히 균등하게 나누기만 하면 되는 것은 아니다.

최대한 균형 있게 배치하는 것이 중요하다. 그러니 회복이 늦어지는 경우가 생기는 것은 어쩔 수 없는 이야기였다.

그러한 이유로 인해 루미너스는 전장의 전역을 파악하고 있어야 했고…… 자연스럽게 가장 부담이 커졌다. 그렇게 이바라제에 대한 경계를 소홀히 하지 않도록 주시하면서 곳곳의 회복을 담당하고 있었는데── 여기서, 예기치 못한 재난이 닥치고 말았다.

자히르가 이끄는 천사군의 잔당이 악몽처럼 습격한 것이다.

"낄낄낄낄! 내가 직접 찾아왔다, 루미너어어어스!"

천공에서 날아와 크게 웃는 사악한 마인을 보며 루미너스는 불쾌한 얼굴로 혀를 찼다.

"칫, 이럴 때 방해하다니, 여전히 눈치 없는 남자로군."

루미너스는 자히르를 진심으로 싫어했다.

게다가 이 타이밍에서 등장한 것은 아무리 생각해도 백해무익했다.

실제로도 자히르의 목적은 루미너스였고, 다른 잔챙이들은 안중에도 없다는 듯이 곧장 달려들었다.

자히르를 알아챈 히나타가 날아가려 했지만 루미너스가 이를 제지했다. 전장도 여유롭지 않은 데다 자히르의 수세까지 적과 합세해 혼란을 가중시키고 있었다. 여기서 히나타가 빠지면 전력의 균형이 무너질 것이라고 판단한 것이다.

자히르가 노린 대로 루미너스를 지킬 자가 없는 최고의 상황이 되고 말았다.

"하늘은 내 편이구나. 뭐, 그것도 당연하겠지. 나 마도대제 자히르야말로 이 세상을 지배하는 패자가 될 테니까!"

오만불손하게도 그렇게 쏘아붙인 자히르가 천박한 미소를 지었다.

이에 분개한 루미너스가 대꾸했다.

"우습구나! 네놈처럼 저급한 자가 어찌 패자가 될 수 있단 말이냐!"

웃기는 소리 하지 말라며 일축한 것이다.

물과 기름 같은 두 사람이었다.

루미너스와 자히르, 두 영웅이 말없이 대치했다.

루미너스로서는 자히르를 처치하고 싶은 것이 본심이었다. 그러나 안타깝게도 자히르의 힘은 진짜였다. 게다가 그 손에는 오리진 블러드(신조의 혈창)가 들려 있어 자히르의 힘을 크게 증폭시켜주고 있었다.

(정면으로 싸우는 것은 어리석은 짓이다. 적어도 함정을 마련하고 대책을 세울 수 있었다면 녀석을 처치할 수 있었겠지만…….)

여기서 싸워도 패배하지 않는 행동은 할 수 있었다. 그것도 어렵겠지만 자신이라면 가능하다고 루미너스는 생각했다.

그러나 자히르를 없애는 것까지는 불가능했다.

에너지(마력요소)양에 치명적일 정도의 차이가 있었던 것이다.

루미너스의 특기는 간접적인 방식이었다.

전장에 있는 전사들의 신앙심과 연산장치인 두뇌를 매개로 하여 '병렬연산'시킴으로써 신의 영역이 되는 대규모 술식을 연발할 수 있었다.

그것이야말로 신의 오의인 '생추어리(성역화)'의 본질이었다.

이것을 구사하면 한계를 넘은 신성마법을 행사할 수 있는데, 지금 상태로는 불가능했다. 타인의 연산 영역을 활용하려면 사전 준비가 필요하기 때문이다.

간결하게 말하면 미리 설정해 둔 술식 외에는 사용할 수 없다는 뜻이었다.

이번 경우는 상시 발동시키고 있는 '리제너레이션(부위재생)'과 긴급 시에 발동시키는 '리저렉션(사자소생)' 두 가지뿐. 보조 마법으로만 보면 최적의 답이었지만, 자히르를 쓰러뜨리려면 '디스인티그레이션(영자붕괴)'이 필요했다.

(지금부터 술식을 변경할 여유 따위는 없다. 하지만 내 마력으로 발동시킨 '디스인티그레이션'만으로는 이 녀석을 완전히 없애는 건 불가능하겠지.)

일단 범위가 너무 좁아서 맞출 수 없었다.

'디스인티그레이션'은 한번 발동해 버리면 광속이지만, 그 전에 대상을 고정해서 둘러쌀 필요가 있었다. 이것이 어려웠기에, 실력자를 상대로는 쓸 수 없는 공격이기도 했다.

적을 제압하고 움직임을 봉쇄한 다음 '디스인티그레이션'을 결정타로 날린다. 이것이 가장 이상적이지만, 루미너스는 자신만의 힘으로는 역부족이라고 판단한 것이다.

그런 루미너스와 대치한 자히르도 방심하지 않았다.

(가증스러운 녀석! 무슨 계책이나 숨겨진 패가 있을지도 모르니 함부로 공격하는 건 어리석은 짓이다.)

역시나, 라고 해야 할까.

친부모가 같은 만큼 서로 비슷한 생각을 하고 있었다.

다만 자히르는 힘으로 밀어붙인다 해도 어떻게든 될 것이라고 생각하고 있었다. 그러나 그렇게 될 경우 도망갈지도 모른다는 불안감도 있었다.

자히르에게 있어 신이었던 신조조차 눈앞에 있는 루미너스가 없애버린 것이다. 이길 수 있을 때 확실히 처치해 두지 않으면 다음에는 자신이 당할 차례가 될지도 모른다.

(이 전장의 모습을 봤을 땐 신조님을 매장시켰던 함정은 안 느껴지는데⋯⋯.)

함정이 없으면 이긴 것이나 다름없다고 생각하며 자히르는 사악하게 웃었다. 그리고 신중하고, 조심스럽게, 얼티밋 인챈트(궁극부여) '아그니(화염지왕)'의 업화를 다듬어가기 시작했다.

루미너스는 위험을 감지했다.

(엄청난 힘이로군. 그럼 이제 어떻게 해야 할까──.)

루미너스는 단순한 힘만으로 밀어붙이는 상대에게는 지지 않을 자신이 있었다. 그러나 거기에는 당연히 한도가 있었다.

베루도라 같은 '용종'이 상대라면 어떤 계략이나 속임수를 써도 절대로 쓰러뜨릴 수 없다는 것을 알고 있었다. 주는 대미지보다 회복 속도가 더 빠르기 때문이다.

그러니 전투에서는 시종일관 괴롭힘을 일관하며 적절한 해결책을 찾아가는 방식이 된다.

하지만 자히르 같은 상대에게는 그것이 통하지 않는다.

베루도라와 비교한다면 자히르는 그리 대단하지는 않지만…… 이대로 싸운다면 루미너스에게 있어서는 불리한 전개가 될 것 같았다.

"죽어라앗!"

자히르가 날린 대화구가 루미너스를 태워버릴 정도의 열량으로 날아왔다.

루미너스는 이를 정면으로 받아들이지 않고 양손에 압축시킨 '결계'를 둘러 에너지를 흘려보냈다. 그리고 부족한 부분은 '신속 재생'을 발동시켜 즉사를 면했다.

대화구에 밀려난 루미너스가 땅에 내려앉았다. 마그마처럼 끓어오르는 주변의 땅이 대화구가 얼마나 대단한 열량이었는지를 보여주고 있었다.

하지만 루미너스는 냉담한 얼굴이다.

"얕보지 마라!"

자히르를 향해 호기롭게 쏘아붙인다.

잃어버린 에너지는 얼티밋 스킬 '아스모데우스(색욕지왕)'에 의해 회수되었다. 이대로 장기전이 계속된다고 하면 어떻게든 버틸 수 있었다.

다만 자히르를 쓰러뜨릴 만한 결정적인 수단은 없는 데다, 한 번만 실수해도 끝나는 절박한 상황이었다. 이를 들키지 않도록 강한 태도를 유지하며 자히르의 소모와 실수를 기다렸다.

레벨면에서는 루미너스가 위. 이 우위가 남아 있는 동안 사태가 호전되기를 기원하는 루미너스였다.

——여기서 신 루미너스의 행운이 폭발했다——

뜻밖의 조력자가 등장한 것이다.

슈트 차림의 미녀와 작은 체구의 소녀 2명—— 카가리와 티어였다.

"마왕 루미너스군요. 저자는 저희들에게도 적, 여기서는 함께 싸우고 싶은데 어떨까요?"

단호한 표정으로 카가리가 그렇게 말했다.

이를 거절할 루미너스가 아니었다.

쓸 수 있는 것은 무엇이든 쓰자는 것이 루미너스의 신조이자 살아가는 방식이었다.

"좋다. 최대한 내게 도움이 되도록 해라!"

거만한 어조로 그렇게 말하며 카가리 일행과 손을 잡게 되었다.

*

카가리와 티어는 자히르가 눈치채지 못하도록 주의하며 계속해서 그를 추적했다.

자히르는 막강한 힘을 갖고 있었지만 주변에 대한 경계는 소홀했다.

강자이기 때문에 생겨난 방심일까, 아니면 자만일까.

진짜 실력자라면 카가리 일행의 추적을 눈치챘겠지만, 자히르에게 그럴 기미는 보이지 않았던 것이다.

"역시나. 깨어난 지 얼마 안 된 데다 힘을 연마할 여유도 없었을 거고, 예상이 맞았네."

"응응. 이거라면 싸울 수 있을 것 같지만…… 그래도 역시 우리들만으로는 이길 수 없겠네."

카가리와 티어는 추적하는 사이 자히르를 관찰하며 약점을 찾으려 했다. 그 결과, 절대로 이길 수 없는 상대는 아니라는 결론을 내렸다.

다만 자신들만으로는 어떻게 할 수 없다는 것도 충분히 이해하고 있었다.

뭔가 다른 방법이 필요했다.

그것을 발견하지 못한 채 찾아온 것이 바로 이 격전의 땅, 다마르가니아였다.

자히르의 목적은 마왕 루미너스다.

마왕 로이 발렌타인의 시종이라고 생각했던 소녀는 카가리보다 더 오래 산 존재였다. 세계 각지에 투영된 영상을 보고 카가리는 그 사실을 알게 되었다.

루미너스의 전투능력은 카가리보다 앞섰다. 그럼에도 자히르에는 미치지 못한다는 것이 카가리의 판단이었다.

카가리와 티어가 도와준다고 해도 승산은 없었다.

하지만 적은 자히르뿐만이 아니다. 여기서 루미너스를 못 본 체하면 인류 자체가 클립티드에게 패배하고 말 것이다.

내가 생각해도 우습네—— 하고, 카가리는 자조했다.

동료들의 원수를 갚고 싶었는데, 그것은 이제 어려웠다. 마지막까지 자히르를 죽일 기회를 계속 엿보고 있었다면 어쩌면 그 소망도 이뤄졌을지도 모르는데, 그 가능성을 버리고 인류의 존속을 택하다니…….

자신이 아직 삶에 집착하고 있었다는 것을 깨닫고, 카가리는 놀라움을 느꼈다.

그런 카가리의 속마음을 꿰뚫어 본 것처럼 루미너스가 말을 걸었다.

"너희들도 손해 보는 역이로구나."

"어머나, 위로해 주시는 건가요? 아니면 벌써 포기했나요?"

"시끄럽다. 죽어도 내가 살아나게 해줄 테니 죽을 각오로 시간을 벌도록 해라."

포기하지 말라는 뜻이었다.

당연하다는 뜻을 담아 카가리도 무겁게 고개를 끄덕였다.

지금 당장은 자히르를 없앨 수 없더라도, 반드시 원군이 올 것이다.

베니마루가 있으면 승산이 크게 높아진다. 그 외에도 마왕 리무루의 아래에 있는 수많은 강자들이 총출동하고 있었다.

기척으로 알아본 바로는 아직 도착하지 않은 것 같지만, 시간을 벌면 반드시 와 줄 것이다. 그때를 기다렸다가 반격하면 자히르를 없앨 수 있을 것 같았다.

희망이 있으니 힘을 낼 수 있다. 그것은 카가리 역시 마찬가지였다.

카가리를 믿고 있는 티어도 그렇고, 루미너스도 이로써 희망이 보인다며 마음에 여유를 되찾았다.

하지만.

세상일이란 언제나 잘 풀리지는 않는 법이다.

다음 순간—— 작열하는 광선이 카가리를 감싼 티어를 두 동강 냈다.

"무슨?!"

경악한 카가리지만, 자신의 가슴도 타들어가고 있다는 사실을 깨닫고 의식이 아득해졌다.

"그렇게는 안 되지! 리저렉션!"

신비로운 빛이 티어와 카가리를 감싸며 두 사람은 소생되었지만——.

"흠!"

자히르의 무거운 팔이 틈을 보인 루미너스를 후려쳤다.

이어진 연타로 루미너스가 불길에 휩싸였다.

자히르를 너무 만만하게 본 대가였다.

압도적인 실력 차이가 있다면 이야기가 달랐겠지만, 실질적인 열량을 뒤집기에는 부족했던 것이다.

또한 '마력감지'로 전장 전체를 내려다보며 자히르를 상대하려고 한 루미너스에게도 위기감이 부족했다.

아직 죽지는 않았다.

이 정도로 죽을 루미너스는 아니었다.

하지만 치명적인 실책이었다는 것만은 분명했다.

루미너스는 큰 대미지를 입었지만, 자동으로 발동시켜두던 마법으로 회복하여 다시 일어섰다.

약점을 보이면 지는 것처럼, 이 정도는 아무것도 아니라며 웃어넘겼다.

하지만 그런 연기에 속을 자히르가 아니었다.

"낄낄낄낄! 역시나! 네놈, 신조님을 쓰러뜨린 기술은 지금 쓸 수 없는 모양이구나!"

자히르는 루미너스의 능력을 모두 알고 있는 것은 아니었다. 다만 그래도 신조가 쓰러진 상황으로 미루어 봤을 때, 강력한 '디스인티그레이션'에 의한 것이 아닐까 추측하고 있었다.

결정적인 순간 그것을 날려 역전을 노릴 것이다, 라고.

그래서 지금까지 여력을 남겨둔 채 루미너스를 공격한 것이었다. 전력을 다했다면 방어에 힘을 쏟을 수 없었을 테니 일부러 빈틈을 드러낸 셈이었다.

그럼에도 루미너스는 반응을 보이지 않았다.

(아니었다! 반응을 안 한 게 아니라 못한 거야!)

이 시점에서 자히르는 자신의 승리를 확신했다.

*

루미너스에 의해 소생된 티어와 카가리는 자신들의 판단이 너무 안일했다는 것을 절감했다.

"이건 좀 힘들겠는데. 카가리 님, 어쩔까? 도망갈까?"

지금만큼은 자히르의 주의가 루미너스를 향하고 있었다.

티어와 카가리뿐이라면 이 자리에서 도망가는 방법도 있었다.

하지만 카가리가 이를 거부했다.

"안 돼요, 티어. 여기서 도망친다 해도 우리는 패배자로 남을 뿐이에요."

행복해질 수도 없고, 세상이 멸망할 때까지 비참한 마음을 계속 끌어안고 살아야 할 것이다.

그런 삶을 살아갈 바에야 남은 인생은 찬란하게 빛내며 가고 싶었다.

카가리는, 여기서 죽음을 각오했다.

"라플라스도, 유우키도, 날 감싸다가 죽었어요. 그러니까 마지막까지 살아남아야 하겠지만, 불행한 채로 살아가는 건 의미가 없어요. 그렇게 살아가는 건 두 사람도 원하지 않을 거예요."

"맞아! 나도 그렇게 생각해!"

그래, 자신들은 행복해져야 한다.

비록 그것이 짧은 시간일지라도, 최후의 순간만큼은 행복하다고 느끼지 않으면…… 그렇지 않으면 죽어간 동료들의 인생마저 가치 없는 것이 되고 만다.

카가리는 그것을 용납할 수 없었다.

그래서 도망치지 않고 싸우기로 결정했다.

카가리는 루인 셉터(파괴의 왕홀)를 들었다.

얼티밋 인챈트 '아가스티아'를 전력으로 실행하여 자히르의 다음 수를 '예측연산'했다.

티어도 마찬가지다.

'티어사이스'를 들고, 얼티밋 인챈트 '오르페우스'를 실행하여 자신의 힘을 전력으로 해방시켰다.

"이 한순간에 다 타버린다 해도, 당신을 길동무로 삼아주겠 어요!"

"풋맨과 라플라스, 보스를 죽인 원수—— 내게서 소중한 것을 빼앗아 간 당신은 절대 용서 못 해!"

카가리와 티어는 호흡을 맞춰 자히르에게 달려들었다.

루미너스에게 마지막 일격을 가하려던 자히르도 이들의 연계 공격을 완전히 무시할 수는 없었다.

직격하더라도 죽지는 않겠지만, 상처가 아예 없지는 않을 것이 다. 게다가 자유롭게 놔두면 귀찮은 존재라는 것은 앞선 싸움을 통해 이미 충분히 파악한 상태였다.

"흥, 실패한 인형들 주제에 기어오르지 마라!"

자히르는 루미너스를 놔두고 카가리 일행을 먼저 처치하기로 했다. 큰 화구를 쏘아 불태우려 한 것이다.

카가리와 티어는 당황하지 않았다.

자히르의 반응 속도는 두 사람의 예상을 웃돌았지만—— 아니, 그렇게 될 가능성도 이미 염두에 두었다. 자신들의 목숨을 건 일 격으로 자히르에게 큰 한 방을 날리려 한 것이다.

대화구가 직격하며 카가리 일행을 다 태워버리기 전에, 마지막 으로 모든 힘을 쥐어짜 일격을 날린다. 카가리 일행은 그런 각오 로 달려들었다.

(칫, 짜증 나는군! 마지막까지 내 발목을 잡다니!)

자히르는 자세를 갖추고 공격에 대비했다.

하지만 그 순간.

검은 회오리바람이 카가리와 티어를 옆에서 휘감아 빠져나갔다.

아무것도 없는 하늘로 날아간 대화구가 대기의 타는 냄새와 함께 산산이 흩어졌다.

땅에 카가리와 티어를 앉혀두고 일어선 것은, 메이드복 차림을 한 여성이었다.

거무스름한 피부.

땋아 내린 회색의 머리카락.

얼굴 없는 가면 속에는, 자수정 같은 눈동자가 들여다보였다.

"넌 뭐야?!"

"노 페이스(얼굴 없는 광대)."

"감히!"

자히르가 대화구를 날렸지만 노 페이스라 자칭한 여자는 가볍게 피했다.

그 움직임은 가볍고 현란했다. 다만 대화구의 여파만으로 화상을 입은 상태였다.

"뭐하는 거야, 에바! 도망가!"

카가리가 소리쳤지만 에바라고 불린 가면의 여자는 동요하지 않았다.

"카가리 님이야말로 철수하세요. 당신만 무사하다면 제가 살아남은 의미도 있을 테니까요."

"무슨──."

"클레이만 님을 지켜내지 못한 무능한 존재지만, 그런 저에게도 긍지가 있습니다!"

여기서는 부디 후퇴를── 그렇게 말하며, 그 여자, 에바는 물러서지 않았다.

에바는 카가리가 공주였던 시절부터 그녀를 모셔온 여성이자 다크엘프였다. 오랜 시간을 살아왔으며 카자리무(마왕 시절 카가리)의 심복이기도 했다.

카자리무에게 괴뢰국 지스타브에 있는 고대도시 '암리타'의 관리를 맡은 중용광대연합의 비밀 멤버였다.

카자리무나 클레이만이 죽은 뒤에는 다크엘프의 장로로서 죽은 듯이 살아왔다. 리무루 일행을 맞이할 때 카가리와 재회하였고, 새로운 임무로서 마왕 리무루의 감시와 함께 의심받지 않도록 협력할 것을 명령받았다.

하지만 이번 세계의 위기를 알게 되고, 더는 가만히 있을 수 없었다. 이번에야말로 카가리 일행을 지키고자 모든 것을 버리고 달려온 것이다.

그러니 경애하는 카가리의 명령일지라도 도망간다는 선택지는 없었다.

에바는 데스맨이 아니었기에 죽어도 부활할 수 없었다. 그러나 그런 것은 상관없었다. 카가리 일행을 조금이라도 더 오래 살게 할 수 있다면, 에바로서는 더 바랄 것이 없었다.

자신이 갈고 닦아온 기술은 바로 이때를 위한 것이 아니었을까──── 그런 생각에 에바는 기쁨마저 느끼고 있었다.

에바의 존재치는 채 20만도 되지 않는 수준이었다. 어지간한 마왕의 심복으로는 훌륭하지만, 자히르라는 흉악한 존재 앞에서는 바람만 불어도 날아갈 나뭇가지에 지나지 않았다.

그럼에도 에바는 단련한 레벨과 속도에 특화한 신체 강화만으로 자히르를 상대로 시간 벌기를 감행했다.

그것은 자살행위나 다름없는 짓이었다.

"이제 그만, 그만해요!"

카가리의 비통한 외침이 전장을 울렸다.

에바의 의상이 끝에서부터 타들어갔다.

가면이 열에 녹아 에바의 본모습이 드러났다.

덧없는 미소가 드러났다.

이와는 대조적으로, 자히르가 잔인한 미소를 지었다.

에바의 실력을 간파하고 적절한 대처를 떠올린 것이다.

민첩한 에바를 직접 조준해 쏘는 것이 아니라, 광범위하게 태워버리면 된다. 분노로 머리에 피가 쏠리긴 했지만, 냉정한 판단만 내린다면 자히르도 바보는 아니었다.

때마침 삼류 연극 같은 카가리 일행의 대화를 듣고 불쾌함을 느끼고 있던 참이었다. 자히르는 이대로 괘씸한 방해꾼들을 일소하는 김에 자신을 화나게 한 벌을 내릴 생각이었다.

"좋다, 날 방해하는 미물놈들아, 염옥의 고통을 맛보게 해주마! 날 거역한 것을 뉘우치면서 지옥불에 타며 고통받아라!"

자히르가 씨익 웃음 지었다.

모든 것이 예상대로였다. 방해한 벌레를 감싸듯이 카가리와 티어가 그 사이를 비집고 들어간 것이다.

(멍청한 것들! 약한 자일수록 무리 짓는 법이거늘, 약자를 감싸고 자신까지 죽어버리다니, 바보들의 생각은 정말 이해할 수가 없구나!)

자히르 앞에서 펼쳐진 광경은 기시감이 느껴지는 모습이었다.

유우키나 라플라스라고 불리던 그 벌레들도 지금의 카가리나 티어처럼 동료를 감싸다가 죽어버렸다. 그 보호받았던 장본인인 카가리 일행이 똑같은 짓을 하며 개죽음을 당하게 생겼으니, 이보다 더 우스운 일이 또 있을까.

정말로 아이러니한 이야기라며 자히르는 크게 웃음을 터뜨렸다.

방해자들을 싸잡아서 정리하고 나면 본래의 목표인 루미너스만 남는다. 지금도 카가리 일행의 '죽음'에 대비해 리저렉션을 발동시키려고 준비하고 있었다.

참으로 시건방지고 귀찮은 상대였다.

하지만 루미너스의 목적은 실패할 것이다.

왜냐하면 자히르가 오리진 블러드의 힘까지 담아 최대출력의 대화구를 날릴 것이기 때문이다.

에바 같은 잔챙이라면 몰라도 카가리나 티어는 나름대로 강하다. 밀리언 클래스라는 이름은 허투루 단 것이 아니었기에, 자히르의 권능에 대해서도 높은 내성을 가지고 있다.

이것을 간파한 자히르는 뼛조각조차 남지 않을 정도로 전부 불태워버릴 작정이었다. 그렇게 되면 루미너스의 리저렉션으로도 부활하기는 어려울 것이다. 설령 성공한다 해도 소생에는 엄청난 시간이 소요될 터였다.

자히르는 찰나의 시간 동안 거기까지 생각했고, 그리고 마침내 필살의 대화구가 완성되었다.

날아간 대화구는 목표물 바로 앞에서 크게 부풀어 오르며 초열의 지옥을 만들어냈――어야 했는데.

대화구가 부풀어 오른 바로 다음 순간, 푸슈욱 하는 구슬픈 소리를 내며 사라졌다.

“──허?”

자히르는 당황했다.

무슨 일이 일어났는지 이해하지 못하고, 바보처럼 멍하니 서 있었다.

대화구는 섬광이 되어 이 자리에 있는 방해자들을 집어삼켜 소멸시켜야 했다. 그것으로 모든 것이 끝나야 했는데…… 그 자리에는 증기만이 쓸쓸하게 감돌고 있었다.

“말도, 안 돼…….”

머리가 현실을 따라잡지 못하는 감각을 오랜만에 느껴보는 자히르.

그 와중에 증기 저편에서 사람의 그림자가 움직였다.

당연히 카가리 일행도 무사했다.

자히르의 마음에 분노가 솟구쳤다. 그리고 요행이 두 번은 일어나지 않을 것이라 생각하며 다시 움직였다.

어쩌다 그런 현상이 일어났는지 그 원인을 분석하는 것을 뒤로 미루고, 자히르는 다음 일격을 감행하려 했다.

하지만 그때──.

자히르의 귀에 장소와 어울리지 않는 쾌활한 목소리가 와닿았다.

“다들, 오래 기다렸지!”

그 목소리는 들은 기억이 있었다.

그것은 분명, 죽였던 상대의 목소리──.

“어째서 네놈이?!”

“보스? 무사했어?!”

"유우키 님?! 후후후, 역시 끈질기시군요."

──경악하는 자히르의 외침과 당황하면서도 기뻐하는 티어와 카가리의 목소리가 겹쳤다.

그랬다. 모두가 놀라는 것도 무리는 아니었다.

그 목소리의 주인은 바로, 죽었어야 할 남자── 카구라자카 유우키였던 것이다.

얼굴이 가려진 여인을 보호하듯 안은 채, 그 자리에 당당하게 서 있었다.

참고로, 옆에 한 명 더 있었다.

"나도 있는데 말이지……."

라플라스의 그런 중얼거림은, 환희의 목소리에 지워지고 말았다.

●

후루키 마이는 자신의 상황을 파악하지 못하고 있었다.

솔직히 지금도 살아 있는 것이 신기할 정도였다.

베가와 함께 죽을 생각으로 어딘지도 알 수 없는 차원의 틈으로 뛰어든 것까지는 좋았는데, 거기서 강력한 시공풍에 휘말리고 말았다. 그대로 의식을 잃은 시점에서 죽음을 각오했건만, 어째서인지 다시 깨어난 것이다.

마이 수준에서는 감히 규모를 측정하는 것조차 불가한, 시공이나 차원을 초월한 듯한 에너지의 본류였다.

그런 엄청난 초자연 현상에 휘말렸는데도 무사하다는 것은 아무리 생각해도 기적이었다.

그렇지만 기적은 거기까지였다.

현재 위치의 좌표가 불명확했기에 지금의 마이로서는 할 수 있는 것이 없었다.

대지는 고사하고 대기조차 존재하지 않는 곳. 상하좌우의 방향 감각도 없었고 눈에 비치는 것도 아무것도 없었다.

아니, 무지개 같은 화려한 색의 광선들이 기하학적인 무늬를 그리고 있기는 했다.

그것은 마치 눈 결정 같은 느낌으로, 누군가가 의도적으로 만든 도형은 아닌 것 같았다. 아름답지만 무서운, 마치 죽음을 목전에 두고 보는 광경 같았다.

마이는 이대로 아무것도 하지 못한 채 방황하게 되는 것인가 생각했다.

자신의 에너지가 제로가 된 순간이 생명이 끝나는 시점이 되는 거겠지, 라고.

하지만 그 판단은 잘못된 것이었다.

『안녕, 일어났어?』

실로 경쾌한 어조로 말을 걸어온 이가 있었다.

그것은 목소리가 아닌 사념이었다.

마이가 있는 차원의 틈은 공기조차 없는 장소였다. 마력요소는 있을 수도 없을 수도 있겠지만, 소리를 내도 그것은 음성이 되지 않는다.

그건 그렇고, 그 '목소리'는 귀에 익은 것이었다.

『어, 어라? 혹시, 유우키 군?!』

그것은, 이곳에 있을 리가 없는 존재.

아무것도 모른 채 다른 세계로 와버린 마이를 주워주고 돌봐주기까지 한 엄청난 은인이었다.

교활하며 속내를 알기 어렵지만, 누구보다 의지가 되는 소년이었다.

물론 그것은 겉모습만 봤을 때의 이야기로, 사실은 마이보다도 훨씬 연상일 것이라 생각하고 있었다.

그렇지 않으면 앞뒤가 맞지 않기 때문이다.

기축세계로 불리는 이세계에 소환된 지 불과 십여 년 만에 제국 내에 기반을 다졌다고 한다. 게다가 세계 정복이라는 야망까지 갖고 있었는데…….

마도대제 자히르에게 살해당했다는 소식을 듣고 마이도 크게 절망했었다.

유우키라면 원래의 세계로 돌아갈 방법을 찾아 줄 것이라고 믿고 있었으니까.

그런 유우키의 목소리가 들렸다는 것은——.

『아, 그거지? 환청. 죽기 전에는 역시 그런 게 있구나.』

『아니야. 난 제대로 여기 있어.』

『아하하하! 그런 현실적인 설명은 안 해도 돼. 어차피 꿈일 테니까. 그런데 의외다. 유우키 군이 믿음직하다고 생각하긴 했지만, 설마 죽기 직전에 떠오를 정도일 줄은 몰랐는데.』

마이는 유우키가 현실에 있을 거라고는 생각하지 못했다.

이것은 죽기 직전에 보는 환각과 같은 것이겠지, 하고 멋대로 납득한 것이다.

특별히 좋아했던 기억은 없는데, 그를 사랑하고 있었던 걸까?

등등, 어차피 환각일 테니 그런 소녀다운 망상에 젖어보기도 했다.

그런데 그 환각은 아무리 지나도 끝날 기미가 보이지 않았고…… 마이의 사고에 유우키에 더해 또 한 명의 대화마저 들려오기 시작했다.

『으음, 빛도 없고 아무것도 없는 공간이라 우리를 인식하지 못하는 걸까?』

『그렇겠지. 우리들도 익숙해질 때까지 시간이 걸렸으니 이 아가씨도 당분간은 힘들지 않을까.』

『뭐, 시간은 충분하니까.』

『충분하다기보단, 애초에 여기서 시간이 흐르나?』

『글쎄……?』

『역시, 보스도 모르는 건가…….』

어쩌지── 하고 마이는 생각했다.

어쩌면, 정말 어쩌면, 지금 이게 꿈이나 환각 같은 게 아니라 현실인 건 아닐까?

외면하려 해도 자꾸만 그런 생각이 들었다.

게다가 그 대화의 주인들이 말하는 것처럼 마이의 눈에도 희미하게 사람 그림자 같은 것이 보이기 시작한 것이다.

마력요소를 이용한 '사념전달'이나 마력요소를 인식하는 '마력감지'를 활용하면 아무것도 없는 이런 공간에서도 근거리 상황 정도는 파악할 수 있었다.

그것은 유우키의 권능에 의해 마력요소가 유출되지 않도록 조치된 덕분이었는데, 마이와는 관련 없는 이야기였다.

요컨대 문제는, 익숙해지자마자 유우키 일행을 인식할 수 있게
되었다는 점이었다.
『어? 혹시 진짜로 유우키 군이야?』
『나도 있다고!』
『앗, 라플라스 씨?』
『그래!』
이때가 되어서야 마이도 확신했다.
아, 이건 현실(진짜)이다—— 라고.
그와 동시에 자신이 흘린 망상의 말들을 떠올리며, 수치스러운
나머지 '아아아아아아아아아아아아아아아아아아아아아——!'
하는, 그런 소리 없는 외침을 마음속으로 외치는 것이었다.

*

마이가 진정되기를 기다린 후 다시 이야기를 시작했다.
『그래서 유우키 님. 지금은 어떤 상황인가요?』
『이제 와서 '님'을 붙일 필요는 없어.』
『……알았어.』
더는 속일 수 없다는 생각에 마이도 포기했다. 마음을 가다듬
고 상황을 정리하기 위해 시선을 주위로 돌렸다.
이해한 것은, 마이 일행은 현재 차원의 틈새를 떠돌고 있다는 것.
유우키가 수수께끼의 '결계'를 쳐둔 덕분에 이계에서도 '마력감
지'가 발동되고 있었다.
한 치 앞은 어둠이라는 말도 있긴 하지만, 정말로 결계 밖은 미

지의 세계였다.

멀리서 반짝이는 무지개가 보이기도 하는데, 그곳으로 가는 길에 무엇이 있는지는 전혀 보이지 않았다.

가까운 곳에서 무지개색의 공이 부풀어 올랐다가 터지며 사라졌다.

무슨 일이 벌어진 것인지는 알 수 없었지만, 말도 안 되는 상황이라는 것은 분명했다.

마이는 외부에서 일어나는 일들을 이해하는 것을 포기하고 '결계' 안으로 시선을 되돌렸다.

『난 아직 확실하게 인식하진 못하는 것 같아. 라플라스 씨도 상반신만 있는 것처럼 보여…….』

조금 불안한 얼굴로 마이가 이실직고하자 라플라스가 가볍게 웃어넘겼다.

『괜찮아, 그게 맞아. 난 자히르에게 맞아서 날아갈 때 하반신을 잃었으니까.』

웃으면서 할 얘기는 아닌데, 라고 생각하면서도 마이는 자신의 인식이 잘못되지 않았다는 것을 알고 안도했다.

『아하하, 재미있지? 뭐, 라플라스니까 문제없어!』

『아니아니, 문제가 있지! 이대로 부활해 버리면 하반신이 통째로 드러나잖아?』

『그런 건 마력요소로 샤샥 옷을 만들어버리면 그만이지..』

『그런 소릴 하면 아무 재미도 없잖아? 난 늘 지적을 날리는 역할이니까 가끔은 지적받는 역할도 하고 싶다고!』

『아니, 너도 대체로 지적받는 역할인데?』

지적하는 역할이 없으면 힘들구나, 그런 생각을 하며 마이는 어이없다는 표정을 지었다.

하지만 그런 두 사람의 만담 덕분에 마이의 답답했던 기분도 조금은 가벼워졌다.

앞으로의 희망은 여전히 보이지 않았지만, 어떻게든 될 것 같다는 생각이 드는 것이 신기했다.

『그나저나——.』

유우키가 진지한 표정으로 마이에게 물었다.

시간은 충분했기에, 마이는 그 이후 무슨 일이 있었는지 자세히 설명해 주었다.

『그렇구나. 마왕 밀림이 폭주하고, 펠드웨이가 그걸 조종하고, 리무루 씨는 튕겨 나가서 행방불명이 됐다고.』

『뭐야, 꽤 큰일이잖아.』

『게다가 이바라제까지 등장한 거지? 세계는 분명 손쓸 수 없을 정도로 혼란스러울 거야.』

『남의 일처럼 말하네.』

『그야 그럴 수밖에. 왜냐하면 우린 이런 상황이잖아? 뭔가 하고 싶어도 아무것도 할 수 없으니 어쩔 수 없지.』

『그 부분은 다 같이 힘을 합치면 어떻게든…….』

유우키의 가벼운 말에 라플라스가 지적을 날렸지만, 그 말은 도중에 끊기며 원점으로 돌아왔다.

『역시 유우키 군으로도 어쩔 수 없는 거야?』

『뭐, 그렇지. 여러 가지 시도는 하고 있지만.』

사실 유우키도 자신이 할 수 있는 것은 모두 시험하고 있었다.

그런 덕분에 이런 이해할 수 없는 장소에 휘말린 뒤에도 즉시 '결계'를 쳐서 자신의 몸을 보호한다는 재주 좋은 일을 해낼 수 있었던 것이다.

그것도 임시방편에 지나지 않았기에 이대로는 머지않아 소멸하겠지만…….

『이 장소에서는 시간조차 흐르지 않는 것 같단 말이지.』

『뭐?』

『어?』

조금 전 라플라스의 물음에 대한 답이었다.

유우키도 확신은 없었지만, 그렇게 생각하는 것 외에는 설명할 방법이 없었다.

『으음, 계속 관찰하는 사이에 깨달았는데, 아까 저기서 무지개색 공이 부풀어 올랐다가 사라졌지? 그건 아마 하나의 세계, 우주일 거야.』

『우주?』

『하나의 세계라니…….』

『저 공 안에서는 시간이 흐르고 있어. 그 여파로 주변에도 시간의 흐름이 발생하는 것 같은데, 그걸 관측할 수가 없어…….』

엄밀히 말하면 시간은 흐르고 있긴 했다. 다만 그것을 관측할 방법이 없었기에, 유우키는 자신에게 피로도나 공복이 느껴지지 않는 상황 등을 통해 '시간은 흐르고 있지 않다' 혹은 '상당히 느리게 흐르고 있다'라고 추측했다.

유우키는 '정보자'에 간섭할 수 없었고 그것을 관측하는 것도 불가능했다. 그래서 모든 것은 추측에 지나지 않았지만, 그 천재성을 가감 없이 발휘하여 정답을 도출해내고 있었다.

그렇다고 해도 귀환할 방법은 없으니 의미는 없었지만…….

『그럼 저 무지개색의 광구 중 하나가 우리가 있던 세계인 거야?』

『아니. 저건 아마 파생세계일 거야. 광구의 발생부터 종언까지 모두 제각각이니까.』

관측할 수 있는 에너지양을 통해 추측해도 여기서 관측할 수 있는 광구는 유우키 일행이 있던 세계와는 무관한 장소일 것이라는 결론이 나왔다.

유우키의 그 의견에 마이도 동의했다.

『확실히. 눈에 보이는 장소에 있다면 내 권능으로 쉽게 돌아갈 수 있겠지…….』

마이의 연산 능력으로도 이 주변의 좌표가 기축세계와 크게 다르다는 것을 알 수 있었다.

마이의 얼티밋 스킬 '테라 마테르(성계지왕)'로 '시공간도약'을 하기 위해서는 지금 자신이 있는 장소의 좌표와 목적한 곳의 좌표, 거기에 더해 이동에 쓸 에너지가 필요했다. 행성 위였다면 그렇게까지 큰 에너지를 쓰지 않고도 행사할 수 있는 편리한 권능이었다.

그런 이유로 마이는 한 번 가본 장소의 좌표는 기억하고 있었다. 그러니 현재 위치의 좌표를 짐작조차 할 수 없는 시점에서 귀환을 포기한 것이다.

그런 사정을 더듬더듬 말하자, 라플라스가 큰 한숨을 내쉬며 고개를 떨궜다.

『방법이 전혀 없단 거로군.』

어쩌면 마이의 권능으로 귀환할 수 있지 않을까 기대했던 만큼 라플라스의 실망이 컸다.

그것도 어쩔 수 없는 이야기였지만, 유우키의 반응은 달랐다.

『잠깐? 혹시 마이의 권능이 진화한 거야?』

『음, 맞아. 슈나라고 하는 공주님이 내 권능에 영향을 줘서——.』

마이는 이어서 사정을 설명했다.

펠드웨이의 '지배'로부터 벗어나기 위해서 자신들의 권능을 조작해 주었다, 라고. 그 결과, 마이의 권능도 훨씬 다루기 쉬워졌다.

자신조차 이해할 수 없는 행위를 손쉽게 해낸 슈나에 대해서는, 솔직히 감탄스러운 마음밖에 없었다.

『뭐랄까, 역시 이상해. 그 슬라임 본인은 말할 것도 없고, 그 동료도 다 이상하다고.』

『동감이야. 다른 사람의 권능을 조작한다니, 당연한 것처럼 말하지 말아줬으면 좋겠는데 말야…….』

마이의 설명을 들은 유우키조차 어이가 없다는 얼굴이었다.

그러나 그와 동시에 어떤 가설을 떠올렸다.

『참고로 묻겠는데, 마이는 어떻게 여기까지 온 거라 생각해?』

『어……?』

어떻게, 라고 물어도 마이는 대답할 수 없었다.

그도 그럴 것이, 깨닫고 보니 이 장소에 있었던 것이다. 목적을 갖고 권능을 발동시킨 것이 아니었으니 설명할 수 없는 것도 당연했다.

『우연인 것 같아?』

『음, 그건…….』

그런 말을 듣고 보니 실로 부자연스러웠다.

이런 세계의 끝에 있을 법한 차원의 틈에서 아는 사람과 조우할 확률은—— 한없이 제로와 같았다.

『네가 베가와 함께 떠돌았을 때 무슨 일이 있었지?』

그 질문에, 마이는 떠올렸다.

강력한 시공풍에 휘말려 베가와는 따로따로 튕겨 나갔던 일을.

『……강력한 시공풍, 이라.』

그 말만을 듣고도 유우키는 무언가를 짐작했다.

하지만 그것을 입 밖에 내지 않고 마이에게 이야기를 계속하라고 재촉했다.

『맞아. 초자연 현상이라고 하기에는 규모가 너무 커서 전모를 파악할 수조차 없었지만…….』

『거기에 말려들었는데, 어째서인지 무사했다?』

『응. 나도 신기해. 행운이라고 말해도 될지는 모르겠지만, 불운이 아니었다는 것만은 확실하지 않을까……?』

자신 없는 투로 마이가 대답했다.

유우키는 이에 대답하지 않고 생각에 잠겼다.

『뭐야, 뭔가 알았으면 폼만 잡지 말고 알려줘.』

『잠깐, 방해하지 않는 게 좋을 것 같아!』

『마이는 여전히 보스 편이구나.』

『아니, 그런 의미가 아니라!』

유우키가 생각에 잠겼던 것은 체감상 몇 초 정도였다. 물론 이곳에서는 시간이라는 개념이 왜곡되어 있었기에 실제로는 어떤지 알 수 없었다.

어쨌든── 유우키는 확신을 얻기 위해 마지막 질문을 던졌다.

『그래서, 마이는 마지막 순간에 뭘 떠올렸어?』

그것은 돌아가고 싶은 장소였던가?

아니면 만나고 싶은 사람이었나?

그것이 무엇이든 간에 마이의 권능에 영향을 끼친 것은 틀림없을 것이다. 유우키는 그렇게 생각하고 있었다.

이에 마이가 대답했다.

『그, 그건──.』

마이는 떠올렸다.

마지막으로 생각한 것은, 유우키였다는 것을.

『유우키 군이 격려해 준 일을, 조금 생각했달까…….』

우물쭈물하며 마이가 대답했다.

그런 의미는 정말 아니야! 라며 변명하고 싶었지만, 말할수록 제 무덤을 파는 짓이 될 것 같았다.

『아니, 정말로, 그런 감정 같은 건 전혀 없거든?』

마이는 그렇게 대답하고 그대로 입을 다물었다.

하지만 유우키에게는 그것으로 충분했다.

물론 마이와 같은 연애에 치우친 사고방식이 아니라, 마이의 권능을 거의 완벽하게 이해한 것이다.

『응응, 알았어. 그것보다, 네 권능이 어떻게 바뀌었는지 알 것 같아.』

『그래? 그렇다면 다행이지만── 잠깐, 뭐?!』

유우키의 냉정한 대응에, 그건 그거대로 슬픈 기분이 들었다.

게다가 라플라스의 시선이 평범하게 아팠다.

불쌍한 사람을 보는 듯한 눈빛으로 마이를 보고 있는 것이다.

정말 그런 게 아니라며 큰소리로 외치고 싶은 마이였다.

물론 유우키는 의지가 되는 존재라고 생각하긴 하지만, 그것은 연애적인 감정은 아니었다. 하지만 이렇게까지 완전히 무시당하니 여자의 자존심이 짓밟힌 기분이었다.

하지만 그런 말을 하자니 묘하게 진 것 같은 느낌도 들고── 그런 생각을 한 타이밍에, 유우키의 폭탄 발언이 나왔다.

『짐작이긴 하지만, 그 권능을 사용하면 네가 원하는 곳으로 갈 수 있을 거야.』

『그 말은……..』

『돌아갈 수 있다는 뜻이지!』

유우키는 진정한 천재였다.

마이의 이야기만을 듣고 '테라 마테르'의 본질을 간파했다.

그 권능──'모든 시공을 초월하여 원하는 장소에 도달하는 능력'을 정확하게 추측한 것이다. 이는 정말로 대단한 일이었다.

다만 그것이 밝혀졌다고 해도, 아직 에너지 문제는 해결되지 않은 상태였다.

*

유우키는 생각에 잠겼다.

마이의 권능을 '마몬(탐욕지왕)'의 '스킬 스틸(권능탈취)'로 빼앗아 유우키 자신이 써보는 방안도 검토해 보았다.

그러나 그것으로는 돌아갈 수 있을 것 같지 않았다.

에너지만 비교하면 유우키가 더 많다고 해도 그렇게 큰 차이가 나는 것은 아니었기 때문이다. 귀환해야 할 좌표까지 도달할 수 있을지 어떨지, 큰 기대는 할 수 없는 도박이었다.

그것 외에 다른 방법을 생각해야 했다.

(그렇다면…… 일단 마이에게 '테라 마테르'를 빼앗은 다음 '스틸 라이프(탈명장)'를 구사해서 에너지를 수렴하는 건 어떨까?)

라플라스와 마이의 에너지를 자신에게 모아 그 힘으로 단번에 도약한다. 가능성은 있어 보인다고 생각했지만, 곧 안되겠다며 생각을 접었다.

그렇게 되면 모든 부하를 유우키가 짊어지게 된다. 귀환하려면 강한 마음이 필요한데, 자신만으로는 그것이 부족하다는 것을 유우키는 자각하고 있었다.

게다가——.

(애초에 이 자리에 3명이 있다는 것도 마음에 걸려. 시공풍? 그런 천지개벽 수준으로 드문 사건과 조우하고, 게다가 무사히 극복하고, 운 좋게 아는 사람이 있는 장소까지 도달하다니, 이런 건 절대 우연일 수 없어.)

그것은 필연.

누군가——라기보단, 짐작가는 건 한 명밖에 없지만——의 의사가 개입되어 있다고 생각하는 것이 타당했다.

그렇다면 이곳에 3명이 모인 것에도 의미가 있을 것이다.

(그래…… 돌아가고 싶은 마음이 가장 큰 것은 아마도 라플라스겠지. 그렇다면 그 마음을 목표 좌표로 설정하고, 나와 라플라스와 마이의 에너지를 수렴시키면——.)

자신에게는 세계를 더 좋게 만들기 위해 지배하고 싶다는 욕망이 있었다. 그러나 그것은 딱히 기축세계가 아니라도 상관이 없었다.

마이도 마찬가지였다. 돌아가고 싶은 것은 원래의 세계 쪽일 것이다.

그렇게 되면 좌표 설정에는 라플라스의 마음을 이용하는 것이 최적이었다.

다음으로는 에너지 문제인데, 이쪽이 상당한 골칫거리였다.

라플라스와 자신의 에너지를 마이에게 양도하는 방법을 생각했지만, 이는 상당히 어려운 일이었다. 빼앗은 에너지를 유우키 자신이 조종한다면 모를까, 마이의 힘에 동조시키면서 부담이 없도록 양도해야 했기 때문이다.

더욱이 라플라스의 상태는 완벽하다고 할 수 없었기에 조절에 실패했다간 그 즉시 종료였다. 신중한 판단이 요구되는데다 아주 적은 오차조차 허용되지 않는 연산이 필요했다.

마이의 권능은 섬세하기 때문에 이물질인 에너지가 어떤 영향을 미칠지 예측하기 어려웠다. 동조에 실패한 시점에서 목표 좌표에 도달하는 것은 불가능해진다.

(그게 가장 가능성이 높은 방법이라 할 수밖에 없지만, 도박이나 다름없는 무모한 짓이야…….)

항시 권능을 제어하면서 자신과 라플라스의 힘을 마이에게 동조시킨다── 말로 하면 간단하지만 실행한다고 하면 난이도는 높아진다. 유우키가 결단을 내리지 못하는 것도, 이 방법에는 실패가 허용되지 않기 때문이었다.

차원의 틈 같은 곳에서는 잃어버린 에너지는 두 번 다시 회복되지 않는다. 그러니 한번밖에 기회가 없는 것이다.

늘 자신감에 넘치던 유우키지만, 조금은 신중해지는 것도 무리는 아니었다.

그때였다.

《한심하네, 한심해.》

유우키의 뇌리에 익숙한 '목소리'가 울려 퍼졌다.

(뭐?)

유우키는 저도 모르게 발끈했다.

그 목소리는 숙적이라 부를 수 있는 소녀의 것과 똑같았기 때문이다.

(뭐야, 너?)

말도 안 된다고 생각하면서도 유우키는 그 목소리를 향해 물어보았다. 환청 종류일지도 모른다는 기대도 약간 품고 있었지만…….

《나는 마리아. 마리아예요.》

(…….)

유우키는 무심코 생각하기를 포기했다. 사고가 다시 작동하면 '웃기지 마'라고 외쳐 버릴 것 같았다.

마리아, 마리아베르는 유우키를 오랫동안 괴롭혀왔던 존재였다. 서방열국의 완전지배를 방해받았던 원한은, 자신의 손으로 말살

한 지금도 잊지 못할 정도로.

그런 마리아베르가 어째서인지 자신의 마음속에 말을 걸어왔다. 이는 유우키에게 있어 간과할 수 없는 사태였다.

실은 이 '마리아'라고 자칭하는 존재는——.

    ………

    ……

    …

마사유키가 얼티밋 스킬 '진정한 영웅(영웅지왕)'의 진짜 힘을 발휘했을 때, 마리아베르 또한 그란베르와 함께 소환되었다.

다만 유우키의 '영혼'를 이정표 삼아 출현한 탓에 예상치 못한 장소에 도달해 버린 것이다.

그대로라면 자연 소멸을 기다릴 뿐이었는데, 거기서 마리아베르의 자아가 강하게 표출되었다. 이대로 자신을 죽인 유우키에게 보복하지 못한다면 '탐욕의 마리아베르'라는 이름이 울 것이다, 라고 생각한 것이다.

이것이 실수였다.

불평이나 원망의 말을 남기고 얌전히 떠났으면 좋았으련만, 유우키의 권능에 자신의 자아를 머물게 한다는 계책을 떠올리고 만 것이다.

과하게 현명한 것도 문제가 될 수 있다는 것을 보여주는 좋은 사례였다.

'에인헤랴르(죽은 영웅)'란 디지털 네이처(정보생명체)와 같은 존재였기 때문에 정보만으로 구성되어 있다고 할 수 있다. 그렇기에 권능에 자신의 정보를 새겨넣을 수 있을 것이라고 마리아베르는 생각했다.

실제로 시도해 보니, 생각했던 것 이상으로 성공적이었다.

유우키의 얼티밋 스킬 '마몬'이 본래 마리아베르의 권능이었던 유니크 스킬 '그리드'의 진화 계통이기 때문인지 마리아베르와도 상성이 매우 좋았다. 마치 고향에 돌아온 듯한 감각으로 쉽게 적응했다.

심지어 그때 유우키의 '마몬'에 깃들어 있던 존재가 소멸한 탓에 묘한 공백 부분이 생기고 말았다. 마리아베르는 결과적으로 그곳에 들어가버린 것이다.

여기까지는 좋았는데…….

여기서 마리아베르에게 이변이 일어났다.

(이상해, 이상한데? 스킬이 나를 침식해서, 아니, 아니에요. 내가 권능을 빼앗으려 하고 있는 거예요!)

그랬다.

깨달은 시점에서, 이미 늦었다.

마리아베르는 탐욕의 화신과도 같은 존재로, 탐욕의 왕이라고 불러도 무방할 정도였다. '마몬'과의 상성이 너무나도 잘 맞았던 탓에 무려 권능과 융합하여 그대로 자리 잡아 버린 것이다.

말하자면 '마몬'과 합체한 셈인데, 이는 마리아베르에게는 예기치 못한 일이었다. 유우키를 가볍게 괴롭혀주기만 할 생각이었다. 자신의 힘만으로 벗어날 수 없게 되는 것은 완전히 예상 밖이었던 것이다.

결국 '마리아베르(죽은 영웅)'가 마사유키의 권능 해제와 동시에 사라진 후에도, 의도치 않게 유우키의 마나스가 되어버린 '마리아’가 남겨지고 만 것이었다.

　……….

　……

　…

　마리아베르 입장에서는 예상 밖인 이야기였지만, 유우키 입장
에서는 악몽이었다.
　(잠깐, 잠깐! 뭐가 ‘마리아’야, 마리아베르 그 자체잖아!)
　유우키는 진저리를 내며 투덜거렸다.
　이에 대해 진지한 대답이 돌아왔다.

　《모르겠네, 모르겠어. 나는 마리아. 마리아베르가 아니에요.》

　실제로 자신이 마리아베르인지 마리아인지 본인도 잘 모르고
있었다.
　권능과 완전 동화되어 마나스가 된 시점에서 자아와의 기억이
분리되어 버린 탓이었다. 마리아베르로서의 기억도 있지만, 그것
은 참조 가능한 데이터라는 느낌에 가까웠다.
　하지만 성격은 마리아베르와 똑같았다.
　그렇기 때문에, 성격도 목소리도 말투까지 똑같잖아── 그렇
게 불평하고 싶은 유우키였다.
　뭐가 좋아서 천적이었던 마리아베르가 자신 안에 눌러살아야
한단 말인가.
　최악이다, 라는 것이 본심이었다.
　하지만 마리아는 신경 쓰지 않았다.

《그런 건 아무래도 좋아요. 그것보다, 당신이 너무 한심하니까, 내가 도와주려는 거예요.》

그리고 유우키를 무시하듯 그런 제안을 건넨다.

여기에는 유우키도 화가 났다.

본인은 마리아베르가 아니라고 했고, 설명을 듣고 확실히 그럴 것이라고 납득도 했지만, 마리아의 반응은 기억 속에 있던 마리아베르 그 자체였다.

게다가 슬프게도 권능의 화신 같은 존재였기 때문에 무시할 수도 없었다.

유우키는 한숨을 쉬고 싶은 심정이었지만── 동시에, 쓸 수 있는 것은 무엇이든 쓰자는 주의였기에 빠르게 생각을 전환하기로 했다.

(흐음. 그래서 뭘 도와주겠다는 거지?)

《내가 권능의 연산과 제어를 담당할게요. 당신은 '동조'에 집중하면 돼요.》

그렇구나, 하고 유우키는 생각했다.

(라플라스에게서 수월하게 에너지를 빼내면서 내 욕망을 에너지로 변환해 준다는 건가? 그게 가능하다면 제법 쓸모가 있겠는데.)

라플라스의 마음을 목적지로 설정하고 마이에게 최적화된 에너지를 계속 공급하는 것. 이것만 가능하다면 유우키 혼자서도 충분히 해낼 수 있을 것 같았다.
　(그래서, 널 믿어도 되는 거야?)

《우문이네, 우문이야. 나는, 당신을 괴롭히고 싶어요. 계속. 그러니, 이런 장소에서 죽길 바라지 않아요.》

　열받는 대답이라고 유우키는 생각했다.
　하지만 지나치게 솔직한 그 답변은 우스울 정도로 마리아베르다웠다.
　그 탐욕의 화신이라면, 모처럼 손에 넣은 장난감을 쉽게 부수려 하진 않을 것이다.
　게다가——.
　믿지 못한다면, 여기서 죽을 뿐이다.
　(좋아, 너에게 우리의 운명을 맡기겠어.)

《맡겨줘요.》

　이리하여 두 사람의 관계는 성립되었다.
　탐욕스러운 자들의, 최악의 콤비가 탄생한 순간이었다.

＊

　고개를 든 유우키가 선언했다.
　『좋아, 셋이서 힘을 합쳐 귀환하자!』

환하게 웃는 유우키에게서는 절대적인 자신감이 느껴졌다.

이에 라플라스와 마이도 의욕을 보였다.

《세 명이 아니라. 네 명이에요.》

(시끄러워 넌 내 덤(파트너)이야.)

귀찮은 소릴 꺼내는 마리아의 말을 유우키는 가볍게 받아쳤다.

이미 이 귀찮은 동거인을 다루는 법을 마스터한 듯했다.

대화를 통해 방침이 정해졌다.

차원의 틈 어디에도 없는 이계의 끝에서, 방랑자들은 귀환을 꿈꾸며 '도약비상'했다.

●

그리고 지금.

자히르 앞을 유우키가 가로막고 있었다.

라플라스도 마이와 함께 루미너스에게서 회복을 받아 완전히 부활한 상태였다.

하반신이 통째로 드러나 있지 않은 것을 보면 그 부분은 제대로 대책 마련이 끝난 모양이었다.

유우키가 당당하게 웃자 자히르가 분한 얼굴로 이를 갈았다.

"벌레 같은 놈이."

그렇게 내뱉었지만, 그 직후 자히르는 사악하게 웃었다.

"살아 있었다는 건 놀랍지만, 결국은 잔챙이지. 네 힘으로 내

능력을 무효화시킨 거겠지만, 다음은 없을 텐데?”

자히르는 이미 유우키의 비밀을 간파하고 있었다. 압도적인 힘으로 때려눕히면 방대한 에너지를 없애는 것은 불가능하다는 것이 밝혀진 것이다.

그렇기에 여유로운 태도를 보였다.

그럼에도 유우키는 동요하지 않았다.

“저기, 한 번 성공했다고 해서 다음에도 똑같다는 보장은 없잖아? 그런 생각은 스스로를 망치는 원인이 되는 법이야.”

이건 실제로 자신의 경험에서 우러나온 말이었다.

그렇기 때문에 감정이 깊이 담겨 있었지만, 자히르는 그것을 웃어넘겼다.

“낄낄낄낄! 잘도 지껄이는구나, 잔챙이 주제에. 마도대제인 나를 네놈 같이 왜소한 놈들과 똑같이 취급하지 마라!”

그렇게 웃은 자히르는 유우키를 향해 되는대로 에너지 덩어리를 내던졌다. 그것은 자히르의 투기가 구현된 것으로, 대기가 흔들릴 정도의 압력을 지니고 있었다.

자히르도 이제 막 현현한 것이 아니었다.

자신의 힘을 완전히 이해하고, 순수한 파괴의 힘을 자유롭게 조종할 수 있는 상태였다.

아무 준비 없이 풀려난 폭력적인 힘에 유우키는 절체절명의 위기에 빠졌――어야 했다.

그러나 결과는 놀라웠다.

“헛수고야.”

가벼운 어조로 말한 유우키가 자히르의 폭위를 왼손으로 쳐내

버린 것이다.

"——허?"

이해가 가지 않는 상황에 멍해진 자히르.

"……보스, 지금 뭐한 거야?"

라플라스도 같은 편이지만 같은 기분을 느꼈는지, 저도 모르게 유우키에게 그렇게 묻고 있었다.

이에 유우키는 악당 같은 미소를 지었다.

"간단한 얘기야. 권능으로 강화되지 않은 순수한 힘은 내 입장에서는 빼앗아달라고 말하는 거나 다름없으니까."

히죽히죽 웃으며 그렇게 설명했다.

실로 여유롭고, 완전히 자히르를 내려다보고 있는 태도였다.

하지만 실제로는 상당한 도박이었다.

(후우, 성공한 것 같네.)

《당연하죠, 내가 있으니까요.》

그래서 걱정이라고—— 그렇게 생각한 유우키였지만, 그 사고를 마리아에게 읽히지 않도록 마음속 깊은 곳에 조용히 재워두었다.

유우키의 얼티밋 스킬 '마몬'에 대해 말하자면, 빼앗는 것에 특화된 것은 이전에 설명한 대로였다.

하지만 여기에는 당연히 한계가 있었다.

베루글린드를 상대로 대패하면서 유우키는 그것을 아플 정도로 깨달았다.

그렇기에 이번에는 자신의 분수를 정확히 파악한 것이다.

"베루글린드를 상대로는 실패했지만——."

"저도 여기 있는데요? 이름만 부르다니 마음에 들지 않네요."

유우키는 당황했다.

(자히르를 자극하려고 했더니 예상치 못한 방해가 들어왔어…….)

사실은 이 전장에 누가 있는지는 탐색 도중이었기에 베루글린드의 존재는 깨닫지 못했다. 설마 본인이 있을 것이라고는 생각하지 못해 그만 이름을 말해 버렸다.

이 타이밍에 지적을 받다니, 설마하던 오산이었다.

(그보다 애초에 존재감을 너무 많이 지워버렸잖아. 용종이라면 '용종'답게 좀 더 패기를 내달라고.)

그런, 소리로는 낼 수 없는 불평을 삼킨 뒤, 유우키는 다시 말했다.

"베루글린드 **씨**를 상대로는 실패했지만, 너 정도는 거뜬했어!"

"솔직한 건 좋은 거죠. 아까 했던 말실수는 봐줄게요."

"감사합니다."

자히르보다 베루글린드의 눈치를 더 보는 유우키였다.

그런 유우키를 보고 마사유키는 생각했다.

아, 유우키 씨도 베루글린드 씨는 어렵구나—— 라고.

원래부터 호감도는 높았지만, 더욱 친근감을 느낀 마사유키였다.

이와는 대조적으로 자히르는 분노한 모습이었다.

"내 힘을 빼앗았다고?"

"그래. 이번에는 욕심을 부리지 않고, 내가 제어할 수 없는 부분은 모두에게 나눠줬어."

자히르의 물음에 유우키가 대답했다.

자히르의 에너지를 '스틸 라이프'로 흡수하려 하지 않고, 수용할 수 있는 만큼만 흡수하고 나머지는 분배로 돌린 것이다. 이렇게 함으로써 베루글린드 때의 전철을 밟는 것을 피할 수 있었다.

이것도 첫 실전에서 바로 성공한 '도약비상'의 성과였다.

마나스가 된 마리아의 서포트 덕분에 압도적인 에너지도 제어할 수 있게 된 것이다.

그리고 유우키의 말대로 그 영향은 주위에도 미쳤다.

유우키가 빼앗은 에너지를 나눠 받음으로써 라플라스 일행까지도 만반의 상태로 돌아왔다.

그 혜택을 받았기에 라플라스도 유우키가 벌인 비정상적인 행위에 경악한 것이었다.

마이도, 아니, 카가리와 티어, 에바까지도 모두 기운을 회복했다. 루미너스의 회복마법도 더해져 그야말로 완전무결한 상태였다.

"도저히 질 것 같은 느낌이 안 드네."

"그렇지?"

"보스는 역시 대단하다니까!"

"뭐, 맞아♪"

라플라스나 티어와 가벼운 대화를 주고받는 유우키. 그것은 카가리가 잘 아는 모습이었고, 누구에게도 지지 않는 든든한 보스의 모습이기도 했다.

그래서 저도 모르게 묻고 말았다.

"그래서, 유우키 님—— 진심으로 자히르를 상대하실 생각인가요?"

그런 카가리의 물음에 유우키는 당당하게 웃었다.

"상대할 생각은 없어. 가볍게 쓰러뜨리고, 그걸로 끝이야."

반은 허풍이고 반은 진심이었다.

유우키는 지금의 공방을 통해 자히르에게 이길 수 있는 계획을 세우고 있었던 것이다.

"진심인가요?"

"뭐, 그렇지. 네 복수 상대를 빼앗게 되겠지만, 그건 좀 눈감아 줄 수 있을까?"

유우키는 카가리를 향해 장난스럽게 윙크했다.

아무리 봐도 농담을 하는 것으로밖에 안 보였지만, 카가리는 알고 있었다. 유우키는 의외로, 뱉은 말은 실행하는 성격이라는 것을.

그래서, 맡겼다.

"제 몫까지 부탁할게요."

"맡겨줘!"

이리하여 마도대제 자히르와 마인 유우키의 싸움이 시작되었다.

*

"보스한테 맡겨도 되는 거야?"

"라플라스, 중요한 건 '우정, 노력, 승리'인데? 왜 우정을 버리려고 하는지 난 이해가 안 가."

"아하하, 그런 거 아니야. 내가 나서봤자 방해만 될 테니까, 가장 중요한 '승리'만 남기면 되는 거 아니겠어!"

"뭐. '노력' 같은 건 누군가에게 보여주는 게 아니니까, 결과가 중요하다는 의견에는 찬성하지만 말이야."

그렇게 서로 웃으며, 유우키는 시선만으로 라플라스에게 지시를 내렸다.

라플라스도 익숙하게 그 의도를 읽고 정확하게 움직였다. 카가리와 티어, 에바 그리고 마이까지도 보호할 수 있는 위치에 서서 유우키와 자히르의 동향을 주시한다.

게다가 이 행동에는 다른 목적도 있었다.

(뭐, 유탄이 여기까지 날아오면 한순간에 끝장나겠지만, 보스가 그런 실수를 할 것 같지는 않으니까. 자히르를 쓰러뜨리면 즉시 철수, 라는 거지.)

그렇다, 유우키는 이미 자히르에게 승리한 후의 철수까지 염두에 두고 있었던 것이다.

마지막까지 교활하고 빈틈없는 남자였다.

그렇게 싸움이 시작되었지만, 각자의 예상은 크게 엇갈렸다.

칼리굴리오와 미니츠 쪽은 유우키의 성가심을 잘 알고 있었다. 지더라도 그냥 끝나지는 않을 것이라는 의문의 신뢰감을 갖고 있었다.

루미너스는 자히르가 유리하다고 판단했다.

(저 애송이도 제법 하는 것 같지만, 자히르는 격이 달라. 동료와 함께 싸운다면 몰라도 혼자서 도전하는 건 자살행위야.)

루미너스가 있으면 죽어도 살아날 수 있었다. 그것을 예상한 무모한 도전인지는 몰라도, 유우키의 승산은 희박해 보였다.

이와 반대되는 의견을 가진 것은 베루글린드였다.

(흐음, **상당히** 강해졌네. 나랑 싸웠을 때와는 비교가 안 돼.)

에너지양이 크게 늘었다거나, 갓즈급을 얻었다거나, 그런 눈에 보이는 강도의 변화는 크게 없었다. 그러나 완전히 다른 사람이 되었다는 것을 베루글린드는 느끼고 있었다.

열 배 이상의 존재치 차이가 있어도 호각의 싸움은 성립할 수 있다. 테스타로사 같이 싸움에 능한 자라면 레벨(기량)만으로 베루글린드 앞을 가로막을 수 있는 것이다.

그런 경험으로 미루어 봐도, 유우키가 무엇을 숨기고 있는지 관심이 가는 베루글린드였다.

그리고 이 자리에는 히나타도 있었다.

히나타 입장에서 유우키는 연이 깊은 상대였다.

같은 고향이자, 같은 스승—— 이자와 시즈에게 배운 동문이자, 자신을 배신하고 이용한 사기꾼 같은 인물이기도 했다.

하지만 유우키를 원망하는 마음은 없었다. 유우키의 본질을 간파하지 못한 자신의 잘못이라고, 히나타는 그렇게 생각했다.

그렇기 때문에 죽었다는 말을 들었을 때는 제법 슬펐고, 지금의 무사한 모습을 보니 기쁘기도 했다.

하지만 그와는 별개의 감정도 있었다.

"나를 속였던 복수도 아직 하지 못했으니까, 여기서 지는 건 용서 못 해."

분노를 느꼈던 마음은 아직 잊을 수 없으니 한마디 불평 정도는 해줘야 직성이 풀릴 것 같았다. 히나타는 격려의 의미도 담아 그렇게 말했다.

그런 외부의 소리는 조금도 개의치 않는 모습으로, 유우키는 태연하게 자히르에게 달려들었다. 그리고 그 흐름 그대로 가볍게 발차기를 날렸다.

당연하지만 동요할 자히르가 아니었다. 그 발차기를 왼손으로 가볍게 받아내고 오른손으로 유우키에게 주먹을 휘둘렀다.

그 주먹은 초고온의 불꽃으로 뒤덮여 닿기만 해도 순식간에 타오르는 열기를 갖고 있었——지만, 유우키는 아무렇지도 않게 두 팔을 교차시켜 자히르의 주먹을 받아냈다.

"익, 네놈……."

"후후후, 역시나. 그 육체는 풋맨 거니까, 방대한 에너지를 품고 있다고 해도 신체능력이 크게 강화된 건 아닌가 보네."

유우키의 추측이 지금의 공방으로 확신으로 바뀌었다. 자히르를 공략할 실마리를 간파하면서 유우키의 눈빛이 사냥감을 노리는 사냥꾼처럼 바뀌었다.

자히르 역시 유우키가 방심할 수 없는 적이라는 것을 직감했다. 그도 그럴 것이, 자신의 권능이 전혀 통하지 않았기 때문이다.

압도적인 힘으로 밀어붙일 수 있을 줄 알았는데, 그것도 어려워졌다.

(끄응, 이 자식…….)

얼티밋 인챈트 '아그니(화염지왕)'가 부여된 공격은 모두 '안티스킬(능력살봉)'로 봉쇄된다. 그렇다고 해서 강력한 마력을 부딪쳐봤자 그것도 '스틸 라이프'로 흡수되고 만다.

(그때 완전히 죽여놨어야 했는데——.)

이제 와서 후회해도 이미 늦었다.

자히르에게 있어서는 천적이나 다름없는, 성가시기 그지없는 상대였다.

그리고 사냥이 본격적으로 시작되었다———.

*

압도적인 에너지양의 차이는 이 시점에서 의미를 잃었다.

그렇게 되면 아츠(기술) 등을 구사해 '안티스킬'을 공략해야 하는데, 자히르의 특기는 마법이었다.

얼티밋 인챈트 '아그니'를 병용한다 해도, 마법을 최적화하여 최대한으로 강화시킬 수는 있겠지만, 계통적으로는 스킬로 분류되기에 '안티스킬'로 봉쇄당하고 만다.

그렇다고 해서 순수한 에너지를 날린다 한들 '스틸 라이프'에 흡수될 뿐이었다.

이제 자히르가 쓸 수 있는 수단은 오리진 블러드에 의한 물리적 공격이 전부였다.

"무시하지 마라, 망할 벌레 주제에!"

자히르는 가볍게 창을 휘둘러 창끝을 정확히 유우키를 향해 정지시켰다. 의외로 창술 자세가 제법 모양새를 갖추고 있었다.

"흐음, 풋맨 몸에 적응한 걸 보면 나름대로 노력했나 보네."

"헛소리하지 마라! 노력 따위, 신의 후계자인 나와는 관련 없는 말이다!"

자히르는 그렇게 외치며 유우키에게 달려들었다.

거구와는 어울리지 않는 민첩함. 한순간에 창의 공격 범위에 도달했다.

하지만 유우키는 이를 모두 읽은 상태였다.

"뭐, 그렇게 나올 줄 알았어."

자신의 권능으로 자히르의 공격 수단을 봉쇄해 두었으니 남은 방법은 자연히 줄어든다. 유우키에게는 당연히, 그것을 예상하고 함정을 설치해 두는 것도 손쉬운 일이었다.

자히르가 유우키를 눈앞에 두고 비틀거렸다. 앞으로 내민 발이 유우키가 초능력으로 만들어 놓은 함정에 걸린 탓이었다.

단순하지만 효과는 절대적이었다.

균형을 잃은 자히르의 안면에 유우키의 발차기가 작렬했다. 그 발차기도 '스틸 라이프'의 영향을 받고 있었기에 자히르는 대미지 이상으로 체력을 소모하고 말았다.

자히르는 구를 기세로 유우키로부터 거리를 벌렸지만, 그것을 놓칠 유우키가 아니었다. 따라잡더니 물 흐르듯 자연스럽게 주먹과 발차기 등의 연격을 날렸다.

"우와, 우리가 몇 번을 다시 태어나도 이길 수 없는 괴물을 상대로 이렇게까지 압도할 수 있다니……."

"믿기 어렵지만, 이것이 유우키 님이에요. 제게는 당신과 유우키 님은 거의 호각으로 밖에 안 보이지만요……."

"뭐, 어때. 보스가 강하니까 그거면 충분하잖아!"

경악하는 라플라스.

유우키와의 만남을 떠올리며 강함은 무엇일까 자문하기 시작하는 카가리.

솔직하게 칭찬하는 티어.

각양각색의 반응을 보이며 승부의 향방을 지켜보았다.

혼자 소외감을 느끼고 있는 마이만은 무슨 일이 있으면 즉시 철수할 수 있도록 마음을 다잡고 있었다.

(유우키 군, 역시 대단하네. 내 입장도 애매해졌고, 이대로 따라가는 게 정답인 걸까?)

마이는 펠드웨이를 섬길 생각은 없었다. 모처럼 자유로워졌으니 이번에는 자신의 의사로 살아볼 생각이었다.

최종 목표는 원래의 세계로 돌아가는 것이지만, 유우키라면 그것도 가능하지 않을까 하는 생각이 들었다.

유일하게 고민스러운 점이라면, 유우키 진영이 마왕 리무루와 적대관계에 있었다는 점이었다.

지금은 동맹 관계가 되었다고 들었지만, 괜한 원한을 사지는 않았을까 하는 불안이 남아 있었다.

(아무리 생각해도 그 사람들과 적대하는 건 위험해. 그 부분만 어떻게든 할 수 있으면 고민도 사라질 텐데——.)

마이가 보기에 마왕 리무루의 부하들은 지나치게 위험했다. 디노 일행과 함께 미궁 공략에 도전하며 몸소 그 위험성을 깨달은 것이다.

유우키는 신뢰하고 있지만, 그것과 이것은 별개의 이야기였다.

(만약 마왕 리무루와 적대할 것 같으면 내가 목숨을 걸고 설득하자.)

고민하던 마이는 결국 그렇게 결심했다.

그 밖에도 유우키와 자히르의 싸움을 주시하고 있는 자가 있었다.

루미너스는 상공으로 돌아와 전장 전역에 의식을 두고 있었기에 당연하게 그 싸움도 관찰하고 있었다.

(정말 놀랍구나. 저 유우키인지 뭔지 하는 녀석이 서방열국에서 암약하고 있었다는 건 알고 있었지만, 설마 이렇게까지 성장했을 줄은 예상하지 못했어.)

그것이 루미너스의 솔직한 소감이었다.

클로노아를 빼앗길 뻔한 일도 그렇고, 유우키에 대해서는 악감정도 있었다. 하지만 그럼에도 자히르와 적대하는 모습을 본 순간, 적의 적은 아군이라는 생각으로 회복마법을 써주었다.

그것은 정답이었다.

루미너스를 괴롭히던 자히르를 유우키가 압도했기 때문이다.

루미너스 자신이 유우키와 싸웠다면 이길 자신이 있었다. 하지만 자히르가 상대라면 힘들 것 같았다.

이는 상성의 문제였다.

루미너스라면 유우키에 대한 대항 수단을 여러 가지 준비할 수 있었다. 그러니, 이길 수 있다.

반면 자히르는 유우키에 대한 유효한 공격 수단을 갖고 있지 않았다.

압도적인 강자임에도, 이길 수 없었다. 자히르에게 있어 유우키는 천적과이나 다름없는 존재였다.

(이대로 자히르를 쓰러뜨려 주면 나로서는 더할 나위 없을 텐데 말이지.)

루미너스는 겉보기와 달리 소탈한 성격이었기에 적이 한 명 줄어들면 그걸로 그만, 이라는 감상 정도로 끝나버렸다.

덧붙여서 베루글린드는 "역시나"라고 중얼거리며 그대로 전력을 다해 이바라제를 경계했다. 예상대로였기에 놀라움도 없는 모습이었다.

히나타는 히나타 대로 '방심하지 않는 건 여전하구나'라고 생각하며, 자신이라면 유우키에게 어떻게 대처할 것인지를 머릿속으로 그리며 계속해서 적을 처치해 나갔다.

그리고 마침내, 결판의 때가 찾아왔다.

"슬슬 너랑 노는 것도 질렸고, 이제 그만 끝낼까?"

유우키가 미소 지으며 말했다.

그 말에 자히르가 크게 당황했다.

"기, 기다려! 나는 마도대제 자히르다! 세계를 지배해 마땅한, 다음 세대의 신이 될 존재라고!"

자히르는 필사적이었다.

이런 곳에서, 안중에도 없던 잔챙이에게 죽임을 당하다니, 있어서는 안 될 일이었다.

자히르야말로 '성왕룡' 베루다나바의 정통 후계자였기 때문이다.

'신살'—— 이 숙업을 짊어진 신조 트와일라잇을 보고 자히르는 생각했다.

부모인 신조의 손을 번거롭게 할 필요도 없다고.

자신이 그것을 이룬다면 모든 일이 원만하게 해결될 것이라고 생각했다. 신을 죽이고 그 힘을 손에 넣으면, 자히르가 바로 다음 세대 창조신이 될 수 있을 것이었다.

자히르는 환생을 거듭했고, 그 목표를 달성했다.

그것은 어떻게 보면 위업이었지만—— 세계를 혼란에 빠뜨리는 어리석은 짓이기도 했다.

세상은 전란의 시대가 되었고, 자히르가 빙의한 왕이 다스리는 소국도 멸망했다.

아무런 성과도 남기지 못한 채 모든 것이 역사에 묻힌 것이다.

다음에는 실패할 수 없다는 생각으로 용황녀 밀림을 노린 것인데, 결과는 알려진 대로였다.

그럼에도 자히르가 '신살'을 이룬 것은 사실이었고, 그렇기에 이대로 여기서 끝나는 것은 자히르로서는 납득할 수 없는 이야기였다.

하지만——.

그런 사정 따위는 유우키에게는 아무 관련이 없었다.

"그래서, 뭐? 다음 세대에는 관심 없는데."

내 쪽이 더 훌륭하기도 하고—— 라며 유우키가 뻔뻔하게 말했다.

"네놈……."

"이런, 도망치려 해도 소용없어. 이쪽에는 마이가 있으니까."

자히르도 마이가 가진 힘의 편리함을 알고 있었다. 목적지의 대상은 위치상의 좌표뿐만 아니라 인물에게도 적용되었다. 목표가 되는 인물이 어디에 있든, 어디로든 '도약할 수' 있었다.

유우키의 말처럼 도망쳐도 소용없었다.

"좋아! 네놈을 내 첫 번째 수하로 삼아주겠다. 어떠냐? 나와 손을 잡자!”

자히르는 필사적으로 유우키를 설득하기 위해 말을 늘어놓았다. 그리고 동시에 이 자리에서 어떻게 하면 도망칠 수 있을지 사력을 다해 계산했지만, 그럴싸한 방법은 보이지 않았다…….

지금까지와, 입장이 완전히 뒤바뀌었다.

사냥하는 자와 사냥당하는 자. 그것이 명확해지며, 곧바로 승자가 결정되었다.

“싫어. 왜냐면 넌 내 동료한테 심한 짓을 했잖아?”

“그, 그건——.”

“변명은 필요 없어. 답은 변하지 않으니까.”

유우키가 스윽 미소를 지웠다.

《우후후, 됐어. 그거면 됐어! 내 힘을 양보했으니 유용하게 활용하도록 해요!》

마리아에게 말을 들을 것도 없이, 유우키는 이미 그 권능을 소화한 상태였다.

탐욕의 마리아베르를 최강으로 만들었던——.

“그럼, 죽어——.”

“나는 아직 죽을——.”

유우키는 권능——로스트 엔트로피(죽음을 갈망하라)——를 발동했다.

자히르의 ‘살고 싶다’라는 진심 어린 갈망이 반전되었다.

그 순간 자히르는 ‘영혼’의 죽음을 맞이했다.

"죽은 뒤에도 계속 후회할 거야."

그것이, 유우키가 죽은 자히르에게 남긴 말이었다.

세상에 불행을 퍼뜨린 사악의 화신은, 그 욕망마저 뛰어넘는 탐욕의 화신에 의해 두 번 다시 부활할 수 없을 정도로 완전히 멸망하고 말았다.

*

자히르의 죽음을 보고, 카가리의 눈에서 눈물이 흘러내렸다.

"끝났군요……."

지난날의 고난을 떠올리며 감정이 북받치는 카가리.

"공주님, 정말 다행입니다——."

그런 카가리 앞에 무릎을 꿇고 함께 기뻐하는 것은, 노 페이스라고 자칭한 에바였다.

아득하게 먼 옛날, 아직 카가리가 공주였던 시절부터 모셔왔던 오랜 시녀. 카가리에게 충성을 맹세하고, 함께 역사를 살아온, 다크엘프 여성이었다.

에바는 사정을 모르지만, 카가리의 모습을 보고 자히르가 원수라는 것을 짐작했다. 그 정체가 카가리의 부왕을 빼앗은 태고의 악이라는 것은 알 길이 없었지만, 기뻐하는 카가리의 무사한 모습을 볼 수 있었던 것만으로도 목숨을 건 보람이 있었다며 만족했다.

그런 동료들 곁으로 유우키가 다가갔다.

"어때? 보스로서의 역할을 다한 것 같아?"

이에 대답하는 카가리와 티어.

"최고예요, 보스! 앞으로도 충성을 맹세하겠어요."

"응응, 정말 멋있었어! 풋맨의 원수도 갚을 수 있었고, 나도 만족해!"

라플라스도 으스대는 얼굴로 고개를 끄덕이며 맞장구를 쳤다.

"그렇지. 뭐, 내가 도와줬다면 더 쉽게 끝낼 수 있었겠지만."

그런 사실은 전혀 없었고, 오히려 걸림돌이 됐겠지만, 유우키는 웃었다.

"아하하, 다음엔 부탁할게!"

"맡겨줘!"

그렇게 화기애애하게 재회의 감동에 휩싸였을 때—— 거기에 찬물을 끼얹은 사람이 있었다.

"끝난 것 같구나."

상공에서 싸움을 지켜보던 루미너스가 유우키 앞에 내려앉은 것이다.

쓴웃음을 짓는 유우키.

"어쩌지, 지금은 좀 피곤한데. 불평은 다음에 해 주면 안 될까?"

"그렇게 경계하지 마라. 과거에 원한은 있지만 지금은 그럴 상황이 아니니까."

너에게는 감사하고 있다—— 라며, 루미너스는 너그럽게 말했다.

실제로도 성가신 골칫거리(자히르)를 치워주었으니 감사한 것은 사실이었다.

"그렇다면 무슨 볼일이라도 있는 건가?"

"음, 너희들은 이제 어쩔 셈이지?"

　가능하다면 전선에 참가해 줬으면 좋겠다── 라는 마음이 루미너스에게는 있었다. 하지만 이것이 어렵다는 것도 잘 알고 있었다.

　이 전장에는 루미너스처럼 소탈한 자들만 있는 것이 아니다. 한 번 배신한 자는 그렇게 쉽게 믿을 수 없는 것이 사람 마음이었다.

　유우키도 그것을 알고 있었고, 애초에 처음부터 친해질 생각 따위는 없었다.

　"뭐, 우리도 여러모로 바쁘니까. 간섭하지 말아줬으면 좋겠는데?"

　"흥, 좋을 대로 하거라."

　당연히 그럴 것이라 생각했기 때문에 루미너스는 붙잡지 않았다. 화해할 기회는 이미 줬다는 듯이, 그 뒤로는 유우키 일행에 대한 흥미를 잃었다.

　하지만 여기서 유우키가 한마디를 덧붙였다.

　"아아, 맞다 참. 우리는 이제부터 갈 거지만, 마이는 여기 남을 거야."

　"음?"

　"저기 있는 새 말야. 아무래도 변환자재로 '공간전이'를 다루는 것 같은데, 꽤 애를 먹고 있지? 마이가 있으면 좀 더 쉽게 공략할 수 있을 거야."

　유우키가 가리킨 것은 하바타키 쪽이었다.

　이 위치에서는 눈으로 볼 수 없었지만, 유우키도 전장의 모든 상황을 파악하고 있었다.

　무시무시한 사내라고 루미너스는 생각했다.

"거기 있는 여자, 그렇다면 빨리 참전하도록."

루미너스가 마이를 향해 명령했다.

사람을 쓰는 데 익숙해진, 지배자로서의 관록이 묻어났다.

한편, 갑자기 지목을 당한 마이로서는 '들은 적 없는데요?!'라고 외치고 싶은 심정이었다.

이대로 유우키를 믿고 따라가기로 결심했는데, 발판을 빼앗겨 버린 기분이었다.

"저기, 난……."

어떻게 해야 할지 몰라 말문이 막혀버린 마이. 유우키를 힐끔 바라보며 도움을 청해 보자, 산뜻한 미소가 날아왔다.

"그렇게 됐으니까 이쪽에서 힘내!"

유우키는 가벼운 어조로 그렇게 말하며 마이의 어깨를 툭 쳤다.

『곤란한 일이 생기면 언제든 들어줄 거고, 약속은 잘 기억하고 있을 테니까!』

아무에게도 들리지 않도록 마이에게만 '사념전달'로 전달된 것이, **이 자리**의 작별인사가 되었다.

마이가 대답을 하려고 했을 땐 이미 유우키 일행의 모습은 온데간데없이 사라져 있었다.

"어? 말도 안 돼. 설마…… 순간이동……."

마이가 아는 한 유우키나 그의 동료들 중에 '순간이동'을 할 수 있는 사람은 없었다. 애초에 자신 이외에는 아무도 할 수 없다고 생각하고 있었던 것이다.

원소마법: 워프 포털(거점 이동) 등은 다룰 수 있을 것이고 '공간전이'도 다룰 수 있는 자는 있겠지만, 그것은 사전 준비나 전조가

필수였다. 눈앞에서 아무 흔적도 남기지 않고 사라지는 것은 불가했다.

어떻게 된 거야……? 하고 마이는 어안이 벙벙했다.

(혹시 날 도와서 귀환할 때, 보고 경험하면서 익힌 건가……?)

그게 정답일 거라는 생각이 들었지만, 인정하고 싶지는 않았다.

유우키라는 소년이 천재라는 것은 알고 있었지만, 설마 이 정도일 줄은 몰랐기 때문이다.

"유우키 군은 나이를 속인 게 분명해."

저게 또래라니 절대 믿을 수 없다.

수상할 정도로 노련하고, 그럼에도 믿음직했던 보스.

그런 보스가 마이를 남겨두었다면, 그것은 분명 의미가 있을 것이다.

(아마 내가 고민하고 있는 걸 눈치챘겠지만…….)

마이는 깊은 한숨을 내쉬고 정신을 차리기 위해 마음을 다잡았다.

어느 쪽이든 세계는 멸망의 위기에 놓여 있었다. 아직 상황을 다 따라잡지는 못했지만, 마이는 피부로 그것을 느끼고 있었다.

책임감이 강한 마이는 그것을 못 본 척 외면할 수 없었다.

그렇기에 마음을 다잡자마자 유우키가 지시한 하바타키전에 참가하기 위해, 자신의 뜻으로 '도약'했다.

●

신수를 둘러싼 2차 공방전은 아직도 간신히 균형을 유지하고 있었다.

밀림의 폭위가 커지지 않도록 신경전을 벌이고 있는 클로에와 베루도라. 즉석으로 짜인 콤비였지만, 클로에의 주도로 제대로 기능하고 있었다.

펠드웨이를 상대하는 자라리오를 필두로 한 즉석팀도, 무력감을 느끼면서도 꺾이지 않고 전의를 유지했다.

이리하여 세계는 아직도 보호되고 있었지만, 그것도 이제 한계에 가까워지고 있었다.

"잘 들어, 밀림을 향해서 번개 계열 마법은——."

"나의 멋진 선더 스톰(뇌람포효)☆인화 버전 ver. Ⅱ를 말하는 건가?"

이것저것 자랑하고 싶어 하는 베루도라의 말을 클로에가 냉정하게 잘랐다.

버전과 ver가 중복되어 있다거나, 그런 자잘한 부분에 화가 난 것은 아니었다.

"이름 따위는 아무래도 상관없지만, 그거, 절대로 쓰지 마."

그 충고를 듣고 베루도라는 깨달았다.

클로에가 또 미래를 봤다는 사실을.

"이번에도 내가 또 실수한 건가……."

"맞아. 그 공격을 받으면 밀림은 뇌격을 몸에 두르게 돼. 가까이 가는 것조차 힘들어지니까 공격할 방법이 사라져."

최대한 권능을 드러내지 않고, 밀림에게 가장 적합한 힘을 조절해서——거의 전력이지만——물리적인 수단으로 대응한다. 이것이 최선의 수였다.

어설프게 방출 계열 기술을 사용했다가는 힘의 소모도 심할 뿐 더러 밀림의 강화로 이어질 수 있었다. 클로에는 실패할 때마다 과거로 돌아가 다시 시작할 수 있지만, 그것은 줄타기 같은 아슬아슬한 방법에 지나지 않았다.

물론 그것이 있기 때문에 버틸 수 있는 것이기도 하지만…….

"음, 섣불리 권능만 보여도 밀림의 강화로 이어질 줄이야. 내 조카지만 무서운 성장 속도로군……."

그렇지만 내 마법은 그리 쉽게 흉내 낼 수 있는 것이 아닌데—

그렇게 투덜거리면서도 베루도라는 순순히 말에 따랐다.

그리고 또다시 클로에의 지시가 날아왔다.

"감탄하고 있을 때가 아니야! 다음 마력탄은 피하지 말고 받아!"

밀림이 강화한 것을 성장이라는 단어로 표현한 점에서 베루도라도 묘하게 핀트가 어긋나 있었다. 어긋나 있는데, 반대로 그것이 너무 듬직해서 곤란했다.

지금도 클로에가 시키는 대로 밀림이 쏜 마력탄을 받아내고 있었다.

"끄악?! 끄으윽, 너, 너무 아픈데! 이거, 내가 아니면 울었을걸!"

그렇게 호들갑을 떨면서도 필사적으로 받아내며 흉악한 마력탄을 소멸시키고 있었다.

참고로 베루도라의 눈에는 눈물이 맺혀 있었다.

누가 봐도 울고 있었다.

그러나 이를 비웃을 사람은 없었다.

베루도라가 아닌 다른 자였다면 울 시간도 없이 소멸했을 위력이었기 때문이다.

실제로도 만약 회피했다면 그 마력탄은 신수의 가지가 있는 도시에 직격하며 큰 피해를 입혔을 것이다.

주민들은 이미 대피했지만 모두가 안전한 곳에 있는 것은 아니었다. 신수 밖으로 도망친 사람들도 있는 반면 도시 내부에 있는 대피소로 도망친 사람도 있다.

신수는 백성에게는 안전신화 그 자체였다. 그곳의 붕괴를 상상조차 하지 못하는 것은, 한편으로는 이해가 가는 이야기였다.

클로에는 그러한 미래까지 내다보고 그 결과를 회피했다. 따르는 베루도라도 대단하지만, 밀림이 정신 차리지 않는 한 한계는 올 수밖에 없었다.

"난처하네……."

어쩔 수 없는 상황에 지쳐가는 클로에였지만, 결코 포기한 것은 아니었다. 이 정도에 마음이 꺾였다면 상상을 초월할 정도의 '시간여행'은 할 수 없었을 것이다.

담력 자체가 달랐다.

"뭐, 마지막까지 최선을 다해봐야지!"

"그래, 응. 맞는 말이야!"

능청스러운 베루도라의 말에 가볍게 고개를 끄덕였다는 것이 그 증거였다.

근거도 없지만, 의심하지 않고—— 마지막에는 반드시 좋은 결과가 있을 것이라고, 두 사람 모두 진심으로 믿고 있었다.

게다가, 포기하지 않은 것은 클로에나 베루도라뿐만이 아니었다.

이 자리에 클로에를 이끈 장본인인 가이아도, 계속해서 주인인 밀림을 부르고 있었다.

그 성과가 드디어 결실을 맺으려 하고 있었다.

가끔씩 밀림의 움직임이 둔해지기 시작했다.

"할 수 있겠어!"

"큭큭큭, 내 덕분이로군!"

"그건 아니지만, 애쓰고 있다는 건 인정할게."

의외로 손발이 척척 맞는 두 사람과 밀림의 애완동물인 가이아. 이 셋의 노력으로 세계는 아직도 건재하고 있었다.

한편 펠드웨이는 분노했다.

겉으로 보기에는 여전히 냉정한 얼굴이었지만, 밀림을 조종해 이제 곧 신수를 없앨 수 있다고 생각한 타이밍에 방해가 들어온 탓에 진심으로 짜증을 느꼈다.

(괘씸한 놈들이다. 몇 번이나 날 방해하다니, 눈에 거슬리는 '용사' 녀석…….)

매번 타이밍 좋게 방해하러 오는 클로에를, 펠드웨이는 진심으로 증오했다. 진작에 처리하지 못한 자신의 판단 착오를 계속 상기시키는 존재였기 때문이다.

'용사'에 더해 베루도라까지 가세해 밀림을 상대로 안정적으로 대처하고 있었다.

심지어 폭주 상태인 밀림을 상대로 말이다.

(믿을 수가 없군. 싸우면 싸울수록 밀림은 점점 더 강해질 텐데, 왜 여전히 동등하게 맞서고 있는 거지?)

비정상적인 사태였다.

밀림의 권능에는 두려운 성질이 있어, 상대가 누구라 해도 손쓸 방법이 없었다.

과거에 폭주했을 때는 기이와 라미리스가 사력을 다했다. 그 결과, 별의 ‘관리자’였던 라미리스는 힘을 잃었고 한정적인 권능밖에 쓰지 못하게 되었다.

하지만 그 정도로 끝난 것은 라미리스의 실력이 대단했기 때문이었다.

권능으로 밀림을 현세에서 격리하여 그 힘의 영향력을 줄였다. 그 사이 기이가 밀림에게 달려들었고, 어려움 끝에 밀림의 이성을 되찾는 데 성공했다.

그것은 최강인 두 사람이 있었기에 성립될 수 있는 기적이었다.

펠드웨이조차 방법이 없다는 보고를 듣고 창백해졌을 정도였다.

하지만── 그렇기 때문에 지금의 상황을 납득할 수 없었다.

이곳에는 기이도 없고 라미리스도 없다. 애초에 라미리스는 힘을 되찾지 못했기 때문에, 지금은 단순히 그냥 쓸모없는 존재──까지는 아니겠지만, 그렇다 해도 밀림을 상대로 어떻게 해 볼 수 있는 힘은 갖고 있지 않았다.

(왜지? 왜 밀림의 힘이 늘어나지 않는 거지? 왜──.)

여기서 펠드웨이도 깨달았다.

밀림을 상대하는 두 사람이 모든 순간 최선의 수만을 이끌어내고 있다는 사실을.

(──완벽한 대응이군. 하지만 한 번의 기회만으로 그것을 성립시키는 것은 지금의 나조차 불가능하다. 그렇다면──.)

펠드웨이는 관찰했고, 하나의 결론에 이르렀다.

(녀석이다. 녀석은 시간을 조종할 수 있다. 그렇다면 미래에서 시간을 되돌리는—— 아니, 과거로 날아가는 거다!)

펠드웨이는 거의 정확하게 클로에의 권능을 간파했다.

시간을 되감고 있는 것이 아니라 '미래의 기억을 떠올리고 있다'는 것을.

'용사'가 베루도라에게 지시를 내리는 모습을 봐도 그것은 거의 확실해 보였다.

이를 봉쇄할 수단은 있었다.

시간을 멈춰버리면 과거로 의식을 날릴 수 없게 된다.

펠드웨이가 시간을 멈추지 않았던 것은, 대응할 수 있는 자가 있기 때문이었다. 쓸데없는 노력이 소모될 뿐만 아니라 오히려 빈틈을 보일 수도 있다고 생각했다.

무엇보다 펠드웨이는 무의미한 것을 싫어하는 성격이었다. 적의 전력분석이 완료되었으니 승부를 서두를 이유가 없다고 판단했다.

그러나 이렇게 되면 이야기는 달라진다.

(밀림이 방해꾼을 제거하기 전까지는 귀찮지만 '정지세계'를 발동시키기로 할까.)

펠드웨이는 그렇게 생각하고 실행에 옮기려고 했다.

그런데, 여기에 와서 방해자가 늘어났다——.

*

"여어, 레온. 고전하는 것 같으니까 우리도 도와줄게."

그런 식으로, 더없이 가벼운 느낌으로 유우키 일행이 참전해 온 것이다.

이로써 펠드웨이 한 명에 대해 이 세계에서는 정상에 위치한 유력자가 8명이 되었다. 사정을 모르는 사람이라면 거의 질 수 없는 상황이라고 생각했겠지만…….

"잘 들어라. 펠드웨이는 우리의 권능을 모두 습득하고 있다. 덧붙이자면 한 번 보여준 기술은 두 번 다시 통하지 않는다고 생각하는 게 좋아."

자라리오가 친절하게 충고했다.

유우키와 카가리도 미카엘의 지배를 받았다. 따라서 그 권능도 모두 간파당했다고 보는 것이 맞았다.

티어와 라플라스의 능력은 알려져 있지 않았지만, 그래도 방심할 수는 없었다. 펠드웨이라고 하는 차원이 다른 강자를 눈앞에 두고 불필요하게 개입했다가는 목숨을 잃을 위험도 있다──── 자라리오는 그렇게 생각했다.

하지만 이 말을 듣고도 유우키의 반응은 실로 담백했다.

일반인이었다면 절망해도 이상하지 않을 이야기였지만, 유우키도 범인은 아니었다.

"흔히 있는 일이지, 그거."

만화 같은 경우라면 흔히 있는 전개라며, 아무 두려움 없이 내뱉은 것이다.

"뭐, 날 지배했다고 생각했겠지만, 그건 미끼였거든. 가진 패는 전부 다 드러내지도 않았고, 그 후에 얻은 권능도 있어. 쉽게 질 생각은 없는데?"

유우키는 자신만만한 얼굴로, 심지어 펠드웨이를 도발까지 하고 있었다.

이에 자라리오도 멍한 표정을 지었다.

만화라는 개념은 모르겠지만, 흔한 일이라고 한다면 대책도 있는 것일까—— 한순간 그런 기대를 품었지만, 그런 편리한 이야기는 없을 것이라며 자라리오는 생각을 고쳤다.

"——그렇다면 묻겠는데, 어떻게 대처할 생각이지?"

"간단해. 따라 하기 전에, 한 번에 죽이는 거야."

어디까지나 패가 드러나지 않았다는 전제하에 가능한 일이었고, 그것이 쉽게 가능했으면 이 고생도 하지 않았다.

자라리오는 크게 한숨을 내쉬었다.

"아니면 따라 할 수 없는 기술을 찾거나."

이 대책은 누구라도 떠올릴 수 있을 법한 것이었다. 사실 자라리오도 이미 시도해 본 것이었기에 그 방법이 통하지 않는다는 것은 알고 있었다.

"그건 관둬라. 적에게 도움만 주는 꼴이니까."

"혹시 그건가? 내가 시도하면 그만큼 저 녀석이 강화되니까?"

"그래, 그런 거다."

가차 없는 대답이었지만, 실제로 유우키가 쓸데없는 짓을 하면 곤란했다.

그렇지만 자라리오의 걱정은 유우키에게 있어서 쓸데없는 참견—— 아니, 오히려 근본적으로 잘못된 것이었다.

그도 그럴 것이, 이곳에 온 것은 라플라스에게 부탁을 받았기 때문이었다.

기억을 되찾으며 자신이 살리온이었다는 것을 알게 된 지금, 자신의 아내나 딸을 버린다는 선택지는 라플라스에게 없었다. 세계의 위기마저 외면하고 자신들만을 위해 살아가고자 했던 유우키에게, 자신만이라도 도와주러 가고 싶다고 부탁한 것이다.

유우키는 자기중심적이기는 하지만 동료는 소중히 생각하고 있었다. 라플라스의 진심에 마음이 움직여 그 부탁을 받아들였다.

카가리나 티어도 그 마음은 똑같았고, 불평 없이 함께 따라왔다.

에바도 마찬가지로 마음은 하나였다.

그러니 이곳에 온 것은 에르메시아와 실비아를 돕기 위한 것이지 펠드웨이를 쓰러뜨리기 위한 것이 아니었다.

베루도라가 올 때까지 버티겠다는 목적은 달성했지만 거기서 끝은 아니었다. 밀림이 제정신이 아닌 이상 누군가가 펠드웨이를 잡아둘 필요가 있었기 때문이다.

상황에 따라서는 전력으로 전투에 참가할 생각도 있었는데, 벌어지고 있는 일은 시간을 끄는 것이었기에 유우키도 본격적으로 싸울 마음은 사라진 상태였다.

그래서 부추길 만큼 최대한 부추기고 그 후 도망간다. 그런 무책임한 결론에 이르렀다. 그러니 자라리오에게 충고를 들을 필요도 없이 처음부터 자신의 패를 드러낼 생각은 없었다.

성실한 자라리오 입장에서는 믿을 수 없는 이야기겠지만, 그것이 유우키라는 인물의 본성이었다.

라플라스도 비슷했다.

희롱하듯 상대를 갖고 노는 것이 특기였다.

쓸데없는 싸움 같은 것은 하지 않으며 자기 주장이 강한 것도 아니다. 목적을 달성할 수만 있다면 광대 역할을 일관하는 것도 불사하는 성격이었다.

그래서 이번에도 라플라스는 그런 식으로 넘어가려 했다. 유우키와 나란히 서기 위해 하늘로 날아오르려 했지만—— 실패했다.

지상을 향해 초고속으로 내려온 여성에 의해 붙잡혔기 때문이다.

"잠깐, 왜 나한테 인사가 없는 걸까?"

전율이 일 정도로 강렬한 미소와 함께 라플라스의 목을 조르며 그렇게 말한 이는, 유우키와 교대하듯 전선을 이탈한 실비아였다.

라플라스의 정체를 깨달은 것은 자히르가 날린 순수한 마력탄이 폭발하며 대화구가 되기 직전의 일이었다.

섬광 속에서 라플라스의 본모습을 보고, 아득한 옛날 돌아오지 않는 사람이 된 사랑하는 남편이라는 것을 깨달은 실비아. 모처럼의 재회였는데, 라플라스 일행은 소멸해 버렸다.

대화할 틈도 없이 이번에야말로 두 번 다시 만날 수 없게 되어 버린 것이다.

그럼에도 슬퍼할 겨를은 없었다. 실비아는 개인적인 감정을 삼키고 자신의 모든 것을 걸고 싸우고 있었다.

하지만.

여기서 태연하게 라플라스가 다시 등장하고 말았다.

여기까지 오자 실비아의 인내심도 한계에 다다랐다.

"누, 누구신지이?"

여기서 라플라스는 어리석게도 얼버무린다는 선택을 하고 말았다.

그때 이름을 부르긴 했지만 아직 인정한 것은 아니었다. 닮은 사람이라고 속이거나, 그도 아니면 모른 체하고 넘어가려고 했던 것이다.

당연하지만 이것이 실비아의 역린을 건드렸다.

"뭐? 감히 어떻게, 그런 말을 해? 정말 화났어. 그럼 나도 당신과의 약속을 깨고 바람을 피워버릴 거야."

"자, 잠깐, 잠깐?! 스톱, 스토옵!"

라플라스의 목을 조르던 실비아의 손에 힘이 더해졌다.

생명의 위험을 느낀 라플라스가 발버둥 쳤다. 질식 정도로는 죽지 않겠지만, 실비아의 살기에 몸이 제멋대로 반응하고 있었다.

"나를 떠올리기 전에는 안 멈춰!"

실비아의 눈에 눈물이 맺혔다.

그것을 보고 라플라스는 동요하고 말았다.

지금의 라플라스에게는 옛 기억이 있었다. 떠올리기 전이라면 몰라도, 사랑하는 여자의 눈물에 반응하지 않을 수는 없었다.

실비아를 속이는 건 불가능하다는 것을 깨닫고, 라플라스는 항복했다.

"대화가 필요해! 지금은 그런 걸 하고 있을 상황이 아니니까, 나중에 천천히 대화하자고, 실비아!"

죽었다고 생각하고 잊으려 했던 사랑하는 남편에게서 이름이 불리자, 실비아는 기쁨으로 몸을 떨었다.

"살리온. 살아 있었으면서, 왜——."

실비아는 감격에 찼고, 그다음으로는 눈물.

그리고 자연스럽게, 주먹을 꽉 쥐고——.

"잠깐?! 주먹은 아니지! 적어도——!"

눈을 부릅뜬 라플라스가 도망치려 했지만, 이미 늦었다.

"살아 있었으면서 왜 연락 한 번을 안 해준 거야?!"

분노의 감정을 실은 외침과 함께, 황금빛의 오른쪽 주먹이 코크 스크류 펀치가 되어 라플라스의 왼쪽 뺨을 가격했다.

라플라스의, 일생의 불찰——여러 번 있었지만——이었다.

그립네, 이거—— 태평하게 그런 생각을 하고 있는 시점에서, 라플라스도 구제할 길이 없다고 볼 수 있었다.

어쨌든 기합은 들어갔다.

라플라스는 가면을 벗고 실비아에게 미소를 지었다.

"일단, 이야기는 나중에 하자! 저 녀석을 쓰러뜨리는 것까지는 무리지만, 시간을 끄는 건 자신 있으니까. 뭐, 당분간은 우리한테 맡기고 쉬고 있어!"

그런 식으로 문제를 뒤로 미루고 라플라스도 앞으로 나섰다.

그리고 이번에야말로 하늘로 날아오르려는 순간——.

"방해됩니다."

갑자기 그런 말과 함께 어깨를 잡혀 실비아 쪽으로 밀려나고 말았다.

"뭐, 뭐야?!"

그 남자는 갑자기 출현했다.

라플라스는 실비아와 대화하면서도 결코 방심하지 않았다. 그런데도 그 남자의 기척을 전혀 알아차리지 못했다.

뒤를 돌아보고, 납득했다.

"흐, 흐엑?! 디아블로잖아!"

그 말대로, 그 남자는 디아블로였다.

베니마루 일행에게는 잠시 볼일이 있다는 말만을 남기고, 단독 행동으로 여기까지 온 것이다.

라플라스는 생각했다.

이 녀석은 진짜로 위험한 녀석이라고.

라플라스와는 별로 면식이 있는 것은 아니지만, 몇 번 대화했던 기억이 떠올랐다.

대답을 잘못하면 어떻게 될지 모른다는 공포. 엮이고 싶지 않은 리스트 최상단에 이름을 적어놓은, 위험천만한 존재로 기억하고 있었다.

디아블로를 어려워하는 것은 라플라스뿐만이 아니었다. 대부분의 사람들이 비슷한 감상을 품고 있었다.

"왜, 왜 여기에 온 걸까?"

라플라스를 대신해 실비아가 묻자, 디아블로가 의미심장하게 웃으며 대답했다.

"쿠후후후후, 볼일이 좀 있어서요. 저자의 상대는 제게 양보해주실 수 있겠습니까?"

그렇게 말한 디아블로의 시선 끝에는 펠드웨이가 있었다.

라플라스와 실비아는 그런 디아블로를 보고, 여기서는 엮이지 않는 편이 좋겠다는 판단을 빠르게 내렸다.

아군마저도 공포에 떨게 만드는 남자, 그것이 바로 디아블로였다.

＊

디아블로는 날개를 펴고 펠드웨이 앞까지 날아갔다.

"칫, 이제 와서 네놈이 오다니. 나를 방해할 셈인가?"

시간을 멈추려고 생각한 펠드웨이지만, 디아블로가 '전이'한 것을 깨닫고 곧바로 중단했다. 그리고 경계태세를 갖추고 상황을 살피고 있었다.

실비아나 다른 사람들을 자유롭게 놔둔 것도 디아블로의 움직임에 집중하고 있었기 때문이었다.

에너지(마력요소)양으로는 압도적으로 우세했고, 본체가 된 지금은 레벨(기량)조차 우세한 상황이다—— 그런 자신감이 있는 펠드웨이지만, 디아블로는 성가신 상대였다.

싸운다면 확실히 여기서 매듭을 지어두고 싶었다.

신수를 등지고 천공에서 서로를 노려보는 두 영웅.

펠드웨이의 관심이 자신에게서 멀어진 것을 느끼고 자라리오가 무심코 말을 건넸다.

"디아블로여, 펠드웨이를 막을 작정인가? 그렇다면 우리와——."

함께 싸우는 것이 어떤가—— 그렇게 제안할 생각이었던 자라리오였지만, 그 제안을 입에 담지는 못했다.

그 전에 디아블로가 확실하게 거부했기 때문이다.

"펠드웨이를 막는다? 아니요. 전 여기서 이 어리석은 자에게 분명하게 깨닫게 해주려는 겁니다."

"——무엇을?"

"분수라는 것을."

그렇게 대답한 디아블로가 희미하게 미소 지었다.

그 오만한 태도는 어딜 어떻게 봐도 펠드웨이를 위협으로 느끼는 자의 모습이 아니었다.

(……잠깐, 나보다 에너지양도 더 적은 주제에, 대체 무슨 사고 회로를 갖고 있어야 펠드웨이를 이긴다고 생각할 수 있는 거지?)

자라리오는 어이가 없었다.

디아블로가 강한 것은 틀림없었다. 자신도 고전한 적이 있는 만큼 자라리오도 그 점은 인정하고 있었다.

디아블로에게 축적된 레벨은 자라리오를 능가할 정도였으니, 에너지양의 크고 작음만으로 강함을 따질 수 없다는 것도 알고 있었다.

그렇다 해도.

자라리오와 호각 정도의 실력만으로는 펠드웨이를 이기는 것은 불가능했다.

"네가 강한 건 인정하지만——."

거기까지 말하고 나서, 자라리오는 위화감을 느꼈다.

디아블로는 강하다. 자신의 역량을 잘못 판단할 정도로 어리석은 자는 아니다.

하물며 자라리오 일행이 고전하고 있는 것을 본 다음에 나온 발언이라면, 어떠한 승산이 있는 것은 아닐까 생각한 것이다.

그것은 이야기를 듣고 있었던 레온이나 에르메시아도 같은 의견이었다.

『무슨 계책이 있는 거겠지. 실패하면 그때 또 우리가 나서면 된다.』

『저 녀석은 위험하니까 하고 싶은 대로 하게 놔두자!』

요컨대 한시라도 빨리 디아블로에게 맡기고 좀 쉬자는 이야기
였다.

유우키에게도 이론은 없었다.

(위험한 수준이 아니야, 이 녀석…….)

펠드웨이를 보았을 때보다 더 강한 '위험감지'가 작동하고 있
었다.

디아블로와는 초면이 아니었고, 하물며 대화한 적도 있었다.
그때는 이 정도로 위험하다고 생각하지는 않았는데, 지금의 디아
블로는 본성을 숨길 생각조차 없어 보였다.

그때랑 지금은, 뭐가 다른 것인가?

(알았다. 이 녀석은, 내숭을 떨고 있었던 거야…….)

유우키는 직감적으로 이해했다.

그때는 리무루가 있었고, 지금은 없다. 디아블로는 그야말로
브레이크가 풀린 폭주 기관차처럼 위험천만한 존재가 되어버린
것이다.

그것을 이해한 유우키 입장에서는, 여기서 끼어든다는 선택지
는 없었다.

얼마든지 하라며 흔쾌히 차례를 양보했다.

성실한 자라리오 입장에서는 위기 상황에서 전원이 협력하지
않는 것은 납득하기 어려운 일이었지만…… 상대는 협조성이 전
무한 디아블로였다.

『그것도 그렇군.』

자라리오가 그렇게 고개를 끄덕인 것도 어쩔 수 없는 일이었다.

그리하여 디아블로와 펠드웨이가 결투를 벌이는 전개로 이어졌다.

펠드웨이는 화가 머리끝까지 났지만, 디아블로의 페이스에 휘말리면 질 것이라 생각했다. 대화를 가로막지 않고 냉정하게 디아블로를 분석하고 있었다.

(설마 진심으로 날 혼자서 이길 생각인 건가?)

그런 의문이 든 것은, 함정 같은 기척이 느껴지지 않았기 때문이었다.

디아블로는 진심으로 펠드웨이를 이길 수 있다고 생각하고 있었다. 그렇게 되면 신경이 쓰이는 것은 그가 어떤 비장의 수를 숨기고 있는가, 하는 점이었다.

(아니, 말도 안 된다. 지금의 날 이길 수 있는 존재는 있을 리가——.)

베루다나바를 재탄생시키기 위해 그 대부분의 힘을 몸에 지니고 있었다. 그런 펠드웨이를 쓰러뜨릴 수 있는 가능성이 있는 사람은, 이대로 진화를 계속한 끝에 있는 밀림 정도일 것이다.

물론 그렇게 되기 전에 손을 써둘 생각이니 펠드웨이에게 걱정은 없었다. 자신을 거슬리게 만든 대가를, 디아블로에게 본보기로 보여줄 작정이었다.

"한심하긴. 네놈 수준의 잣대로는 신의 정점을 측정할 수 없는 모양이구나."

"쿠후후후후. 글쎄, 어떨까요."

“아래로 내려오도록 해라. 내 진짜 실력을 조금 보여주마.”

디아블로의 목적을 찾으려 했지만, 결국 펠드웨이는 고민하기보단 실력행사에 나서기로 했다. 디아블로와의 악연을 여기서 끊으려 한 것이다.

“좋습니다. 죽을 장소 정도는 고르게 해 드리겠습니다.”

마지막까지 거만한 태도로 디아블로가 고개를 끄덕였다.

이기는 것은 자신이라는 것을 조금도 의심하지 않는 태도였다.

땅에 내려서자, 펠드웨이가 ‘아크’를 구축했다.

디아블로도 시저스를 꺼냈다.

“하나 알려주마. 펠드웨이, 네 패인은 적을 지나치게 과소평가했다는 거다.”

“──뭐?”

“본인보다 약한 존재들을 단 한 명도 죽이지 못했다는 게 그 증거입니다.”

디아블로는 시시하다는 얼굴로 그렇게 말했다. 그리고 비웃듯이 말을 잇는다.

“언제든지 죽일 수 있다는 생각에 수고를 들이지 않은 겁니까? 아니면 실력이 아래인 상대에게 전력을 내는 것은 당신의 자존심이 허락하지 않았습니까?”

“…….”

디아블로의 지적은 펠드웨이를 아프게 찔렀다.

정곡이었기 때문이다.

그래서 저도 모르게 반박이 튀어나왔다.

“그 말을 하자면 네놈도 마찬가지 아닌가? 약자를 상대로는 힘을 뺀 싸움을 즐기지 않았던가?”

디아블로도 쉽게 자신의 실력을 드러내지 않았다.

펠드웨이가 말한 대로, 상대를 깔보는 듯한 싸움을 하는 경우가 많다는 것은 사실이었다.

하지만 그런 지적에도 디아블로는 동요하지 않았다.

“그게 무슨 문제라도? 제 경우는 ‘취미’입니다만?”

디아블로와 펠드웨이는 결정적으로 동기가 달랐다. 디아블로는 상대의 역량을 최대한 끌어낸 다음 그것을 압도하는 것을 매우 좋아했다.

게다가 힘을 뺀 것이 아니라 상대에게 맞추고 있는 것뿐이었다. 힘의 수준을 조정하여 순수한 레벨 비교를 즐긴 것이다.

그러니 펠드웨이에게 지적을 들을 이유는 없었다.

악질적인 취미였기에 당한 당사자에게 듣는 것은 어쩔 수 없겠지만.

즉, 자라리오 말이다.

“이봐, 지금 그 말은 무슨 뜻이지?”

진지한 얼굴로 묻는 자라리오에게 디아블로가 순순히 대답했다.

“다시 말해, 저는 상대의 기술을 뛰어넘는 걸 아주 좋아한다는 뜻입니다. 취미와 실익을 겸할 수 있으니 결코 무의미한 일이 아니죠.”

아니, 그런 이야기를 듣고 싶은 게 아니다—— 라고 자라리오는 생각했다.

여기서 에둘러 말해봤자 디아블로에게는 통하지 않을 가능성이 높았다. 그래서 자라리오는 분노를 참고 직설적으로 물어보았다.

"나와 싸울 때도 힘을 빼고 있었냐고 물은 거다!"

이 질문은 펠드웨이에게도 흥미로운 것이었다.

디아블로에게서 느껴지는 에너지양의 최대치는 자라리오의 3분의 1 이하. 펠드웨이에 비하면 20분의 1도 되지 않았다.

그럼에도, 자라리오와 호각으로 싸웠다.

(만약 그때 힘을 빼고 있었던 거라면? 조금 정도는 위협으로 여겨줄 수도 있겠군.)

펠드웨이는 그렇게 생각했다.

디아블로가 대답했다.

"쿠후후후후, 힘을 빼다니 무슨 그런 농담을. 당연히 진심이었습니다."

"그렇다면 상관없지만……."

그렇다면 펠드웨이를 이기는 것은 불가능하다—— 라고, 자라리오는 말하고 싶은 마음이었다.

슬프게도 자신만으로는 도저히 상대가 되지 않는다는 것을 깨달은 것이다. 여기서 자신과 같은 수준의 디아블로가 가세한다 해도 펠드웨이를 상대로는 승산이 없었다.

그럼에도 디아블로는 혼자서 싸울 마음이 가득했고—— 그 모습은 자살하러 뛰어드는 것과 다를 바 없을 정도로 어리석어 보였다.

"자, 장황하게 대화해 봤자 재미도 없으니 빨리 끝내버릴까요."

"그건 내가 할 말이다."

디아블로의 선언에 펠드웨이도 가볍게 응수했다. 그리고 그 상태에서 준비해 두고 있던 '아크'를 휘둘렀다.

실로 가벼운 일격이었다.

그러나 그것은 이 자리에 있던 사람들의 상상을 훨씬 뛰어넘을 정도로 엄청난 위력을 지니고 있었다.

우주에서 이 별을 관찰하고 있는 자가 있었다면, 행성에서 극도로 가느다란 빛이 뿜어져 나온 것처럼 보였을 것이다. 그 정도로, 검이라는 무기가 낼 수 있는 위력에서 벗어나도 한참은 벗어난 일격이었다.

그 공격을 받은 디아블로는, 왼손의 시저스가 산산조각이 나며 왼쪽 팔까지 통째로 날아가고 말았다.

오히려 그 정도의 피해로 끝난 것이 이상할 정도였지만…….

"""——!"""""

모두가 경악했다.

펠드웨이가 실력의 편린조차 드러내지 않았다는 것을, 지금의 일격으로 깨달았기 때문이었다.

＊

"뭐라고 했지? 빨리 끝내겠다, 였나? 그 의견에는 찬성이다."

펠드웨이가 위압적인 미소를 지으며 말했다.

"요구에 부응해 지금 일격으로 끝내줄 생각이었는데, 설마 반응할 줄은 몰랐다."

"쿠후, 쿠후후후후. 저도 설마 시저스가 부서질 줄은 생각하지 못했는데, 의외였습니다."

"훗, 그 손톱은 어차피 갓즈급이겠지? 이 세상에 일곱 자루밖에 없는 제네시스급 검, 나의 '아크'와는 비교할 수 없다."

펠드웨이는 태연한 얼굴로 그렇게 대답했다.

그것만으로도 디아블로도 이해한 얼굴이었다.

"그렇군요, 주인으로 인정받아 제대로 소화하고 있다는 거군요."

그렇게 납득하면서 받은 대미지를 복구해 나갔다.

그것을 방치한 채 펠드웨이가 고개를 끄덕였다.

"그렇다. 임시 육체였다면 검의 위력을 견딜 수 없었겠지만, 지금의 나는 문제없이 다룰 수 있지."

디아블로는 그 말을 듣고 납득했다.

"이런. 당신의 검도 기이의 '월드'나 밀림 님께 양보한 '아수라'와 동격이라고 생각했는데 말이죠……."

"잘 본 것이 맞다. 위장하고 있을 뿐, 본래의 힘을 발휘하면 그것도 제네시스급이지."

'성왕룡' 베루다나바가 직접 창조한 무구—— 그것이 세계에 7자루밖에 존재하지 않는다는 제네시스급이었다. 원래는 '시원의 칠천사'에게 줄 예정이었는데, 제대로 다룰 수 있었던 것은 펠드웨이뿐이었다.

그래서 베루다나바는 가능성이 있는 자나 자신의 벗에게 갓즈급으로 위장하여 양도했다.

"기이, 루드라, 라미리스, 트와일라잇, 밀림, 그리고 루시아 님. 이들이 제네시스급을 가진 자들이다. 나중에 천천히 내 손으로 회수할 생각이고."

소화할 수 있는 사람은 자신 외에 없었다—— 펠드웨이는 그렇게 기억하고 있었다. 그것도 본체에 깃들어 완전한 상태가 된다는 조건이 충족되었을 때의 이야기였다.

그 위력이 너무나도 강력해 소유자의 육체를 갉아먹기 때문이었다.

힘을 잃은 베루다나바는 그 검—— '아수라'를 소지하는 것조차 불가능해 기이에게 맡겨놓았을 정도였다.

참고로 지금의 소유자인 밀림이 '스템피드'를 한 채로 '아수라'를 손에 들고 있었다면 틀림없이 제네시스급으로서 본래 힘을 발휘할 수 있었다. 그 파괴력은 상상을 초월했을 것이고, 클로에나 베루도라만으로는 대처가 불가능했을 가능성이 높았다. 그렇게 되지 않았다는 점만큼은 행운이라고 할 수 있었다.

유유히 말하는 펠드웨이는 승리를 의심조차 하지 않는 모습이었다.

실제로도 유우키 일행은 말도 하지 못하는 상태였고, 자라리오나 에르메시아 일행도 '더는 무리겠지'라며 반쯤 포기한 상태였다.

단 한 사람, 클로에만은 포기하지 않고 '멍하니 보고 있을 거면 이쪽을 도와줘!' 하고 유우키를 노려보며 부르고 있었지만…….

그것은 포기를 모르는 것으로 유명한 클로에였기에 할 수 있는 일이었다. 다른 사람들이 보기엔 더 없을 정도의 절망감에 노출된 상태였다.

하지만, 또 한 사람.

별다른 절망을 느끼지 않는 사람이 있었다.

펠드웨이를 무너뜨리겠다고 선언한 당사자, 디아블로다.

"쿠후후후후, 흥미롭군요! 정말 흥미로운 이야기였습니다."

그렇게 말하며 여유롭게 웃기 시작한 것이다.

그곳에는 절망감은커녕 위기감조차 없었다.

완전히 예상 밖의 반응에 펠드웨이도 당황할 정도였다.

"좋습니다. 무기 성능에 차이가 나는 정도가 핸디캡으로는 딱 좋을 것 같군요."

"뭐라고?"

"오랜만에 제가, 진심을 내주겠다고 말한 겁니다."

오랜만이라고 말하긴 했지만, 디아블로도 진심을 다해 싸우는 일이 제법 있는 편이었다.

하지만 이번에는 진정한 의미의 진심이었다.

잡다한 조건들을 모두 던져버리고, 말 그대로, 디아블로는 전력을 해방했다.

"후우, 미궁 안에서는 실패해도 별 타격이 없으니 긴장감이 부족했거든요. 하지만 이 상황은 그야말로 완벽! 그 어느 때보다 최고로 짜릿한 스릴을 맛볼 수 있을 것 같군요!"

그렇게 말하며 디아블로가 웃었다.

보는 이를 공포에 떨게 하는, 실로 오싹한 미소였다.

"스릴이라고? 어리석구나——."

디아블로의 헛소리에 어울려 줄 마음은 없다는 듯 펠드웨이가 공격을 감행했다.

신속(神速)의 일격에는 행성조차 가를 정도의 위력이 담겨 있었다.

디아블로를 가른 다음 가루로 만들고도 남을 정도의, 무시무시한 참격이었다.

그런데도——.

땅에는 균열이 가고, 공중에는 먼지가 흩날렸다.

대기는 타들어갔고 생명을 위협하는 냄새가 코를 자극했다.

그러나, 누구나 예상했던 결과는 보기 좋게 빗나가고 말았다.

검을 찔러넣으려고 한 펠드웨이.

그에 맞선 것은, 정면으로 공격을 받아들이는 디아블로의 모습이었다.

일렁이는 성운의 광채를 뿜어내는 '아크'와 무지개색으로 빛나는 시저스가 교차했다.

"쿠후후후후. 제라누스를 제기온에게 양보해서 조금 욕구불만 상태였거든요. 당신이라면 분명 좋은 실험 상대가 될 것 같습니다."

"——뭐라고?"

구 유라자니아를 떠난 제라누스가 미궁으로 쳐들어갔다는 것은 예상 범위 내였다. 미궁 안에는 인섹터 생존자가 있었기 때문이다.

자신의 부하가 전멸한 지금, 충마왕 제라누스라면 동족을 동료로 들이기 위해 움직였을 것이다. 펠드웨이는 그렇게 생각하고 베가와 디노 일행에게 미궁 공략을 명령한 것이다.

베가 일행만으로는 마음이 놓이지 않았지만, 펠드웨이도 인정할 만한 강자인 제라누스라면 난공불락인 라미리스의 미궁마저도 답파할 수 있다고 생각했다.

가령 그것이 불가하더라도 문제는 없었다.

미궁만큼은 공략에 시간이 걸릴 것이라 생각했으니 적의 전력을 잡아두는 목적만으로도 충분했다.

미궁에는 리무루 휘하의 잔존 병력이 있었다. 디아블로가 이곳에 온 것은 예상 밖이었지만, 다른 사람들의 발을 묶는다는 의미에서는 제라누스가 좋은 미끼가 되어 줄 것이라고 생각했다.

핵심은 결국, 시간적인 문제였다.

이 세상에 남겨진 세 개의 거점 중 라미리스의 미궁만이 독립되어 있었다.

남은 두 곳, '천통각'와 신수를 파괴해 버리면 라미리스의 미궁은 쉽게 무력화할 수 있었다. 굳이 공략하지 않아도 격리만 하면 그만이기 때문이다.

그렇기에 제라누스가 미궁으로 향한 시점에서 펠드웨이의 계책은 성공한 것이나 다름없었――을 텐데, 지금 디아블로의 발언에서는 조금 꺼림칙한 기운이 느껴졌다.

"제라누스를 양보했다? 오만하구나, 디아블로여. 나만큼은 아니지만 제라누스 역시 강자. '용종'을 능가하는 이 세계의 패자가 될 자다. 네 상대가 될 리가 없지."

그렇게 말하면서도 펠드웨이는 눈치를 채고 있었다. 제네시스급을 막아낸 시점에서 디아블로의 몸에 이변이 일어났다는 사실을.

그런 펠드웨이의 불안함을 간파했는지 디아블로의 미소가 더욱 짙어졌다.

"오만? 그건 기이의 전매특허입니다."

그런 식으로 가볍게 받아치며, 디아블로는 이제 자신의 차례라는 듯 반격을 개시했다.

그 속도는 결코 펠드웨이에 뒤지지 않았다.

데몬―― 그것도 최고위 존재인 '태초'에게 있어서는 마법에 의한 물리 법칙의 개조는 식은 죽 먹기나 다름없었다.

대기 중에 가득한 물질을 무시하고 이동하면, 충격파를 발생시키지 않고 음속의 벽을 넘는 것마저 가능했다.

순간이동과는 원리가 다르지만, 이는 그야말로 신의 위업이었다. 그리고 디아블로는 그런 레벨(기량)에 정통한 자였다.

상대하는 펠드웨이에게도 지금까지 축적된 레벨이 있었다. 그것을 능숙하게 활용한 덕에 디아블로의 움직임에 뒤처지지는 않았다.

두 영웅이, 한 발짝도 물러서지 않겠다는 기백으로 정신없이 기술을 쏟아내기 시작했다.

물 흐르듯, 춤을 추듯, 디아블로는 펠드웨이의 검기를 받아넘겼다. 정면으로 받아들이는 것이 비효율적이라는 것은 앞선 일격을 통해 판명되었다.

티를 내지 않았을 뿐 적지 않은 대미지를 입었다.

아니. 적지 않다, 라고 할 수준이 아니었다.

온몸의 에너지를 전부 끌어모아 가까스로 받아내는 데 성공한 것이나 다름없었다. 처음에 왼팔을 잃었던 대미지와 합치면 90 퍼센트 이상의 에너지를 잃었던 것이다.

그런데도 겉으로는 태연한 얼굴을 하고 있으니, 디아블로의 타인을 속이는 능력도 가공할 만한 수준이었다.

그것을 간파하지 못한 것은 펠드웨이가 무능해서가 아니었다. 디아블로의 기교가 너무나 탁월했기 때문이었다.

………

……

…

디아블로는 얼티밋 스킬 '아자젤(유혹지왕)'로 기만 공작을 벌이고 있었다. 실체화한 가상세계에서 절대 권력을 발동시키는 '유혹세계'를 자신의 육체에 적용시켜, 정보를 수정하고 있었던 것이다.

그대로 행사해도 펠드웨이에게는 통하지 않는 권능이지만, 이렇게 용도 외로 사용하여 훌륭하게 전투에 도움을 받고 있었다. 이러한 절묘한 운용 역시 디아블로의 뛰어난 면모였다.

그리고 또 하나의 이유가 있었다.

디아블로는 잃어버린 에너지를 보충하기 위해 은밀하게 '허무붕괴'의 힘을 흡수하고 있었다.

그것은 실로 위험천만한 행위로, 베니마루나 다른 이들이라면 절대로 하지 않았을 짓이었다. 자신의 한계를 아는 사람이라면 실패했을 때 위험이 얼마나 큰지 잘 알고 있기 때문이었다.

하지만 디아블로는 달랐다.

실패해도 다시 시작할 수 있는 미궁이 아님에도, 펠드웨이라는 압도적인 강자를 실험대 삼아 그 무시무시한 계책을 실행에 옮겨버렸다.

"훌륭합니다. 리무루 님과의 연결이 강하게 느껴지는군요!"

황홀한 표정으로 그렇게 말하는 디아블로는, 어떤 의미로는 순수했다.

자신이 좋아하는 일에 전력을 다하고 있으니 두려움이나 후회는 아무것도 없다. 실패를 두려워하기는커녕, 오히려 흥미로움을 느끼기 때문에 어떤 결과라도 받아들일 수 있는 것이었다.

그래서, 성공할 수 있었다.

　디아블로는 제기온이 그랬던 것처럼 자신의 육체에 '허무붕괴'를 순환시켰다. 다만 그대로 따라 한다면 백 퍼센트 실패할 테니 이번에도 역시 얼티밋 스킬 '아자젤'을 이용했다.

　자신의 육체가 '허무붕괴'를 견딜 수 있다고 강하게 믿게 만든 것이다.

　………

　……

　…

　일반적으로는 생각할 수 없는 계책이었다.

　하지만 디아블로는 성공을 확신했다.

　충마왕 제라누스를 상대로 시도해 보려 했는데, 그 역할은 제기온에게 양보했다. 덕분에 제기온이 '허무붕괴'를 흡수하는 과정을 관찰할 수 있었다.

　그렇기에 디아블로는 자신의 이론이 틀리지 않았다는 것을 깨달았다.

　제기온의 경우는 리무루의 만능세포가 있었기 때문에 성공할 수 있었다.

　디아블로에게는 그런 혜택이 없었지만, 리무루에게 받은 '육체'가 있었다. 이것을 '허무붕괴'에 최적화시킨다면 크게 무리하지 않고도 에너지를 효율적으로 활용할 수 있을 것이라는 계산이 나왔다.

　——다만 이것은, 어디까지나 이론상의 이야기.

　애초에 '허무붕괴'라고 하는 것은 제어가 불가능한 '현상'이었다. 테스타로사가 심혈을 기울여 제어하고 있는 '허무'를 강제로 순수한 에너지로서 이용하겠다는 것이나 다름없었다.

지옥의 심연이 붕괴된 그 너머, 혹은―― '지옥이 태어나기 전의 혼돈'이야말로 '허무붕괴'의 본질이라고 할 수 있었다.

그런 위험천만한 에너지를 이용하고도 무사할 수 있다는 것이 오히려 이상한 이야기였다.

디아블로도 예외는 아니었다.

육체가 최적화되는 것보다 더 빠른 속도로, 육체가 허무에 삼켜졌다. 그것을 태연한 얼굴로 감수하고, 얼티밋 스킬 '아자젤'에 의해 임의로 재생하고, 그것을 진짜라고 믿는다. 이를 통해 디아블로는 지금의 상태를 유지하면서 전투를 성립시킬 수 있는 것이었다.

비상식적인 수준을 넘어서서, 정말 제정신인지 의심이 드는 파멸적인 행동이었다.

그러나 디아블로는 그것을 깨닫지 못했다.

본인으로서는 아무런 문제가 없는 것은 물론이거니와, 그는 이 싸움을 즐기고 있었다.

그것이 디아블로의 두려운 점이었다.

그와 대조되는 것은 펠드웨이였다.

본체를 꺼낸 전력 상태라면 어떤 상대도 적이 될 수 없다――라고, 진심으로 믿고 있었다. 그런데 실제로는 디아블로와의 싸움에서 고전하고 있었다.

펠드웨이는 절대 인정하고 싶지 않겠지만, 제삼자 시점에서는 호각의 싸움으로 보일 것이다.

"――웃기지 마라, 네가 어떻게 나와 맞설 수 있단 거냐?!"

“쿠후후후후. 신기한가 보군요. 이전에는 본체가 아니었으니 봐 드렸습니다만, 오늘은 끝까지 상대해 드리겠습니다. 그때 말했지 않습니까? 당신을 죽일 방법을 준비해 두고 있겠다고.”

이 말을 듣고, 펠드웨이는 동요했다.

펠드웨이 입장에서는 디아블로 따위는 성가신 방해꾼에 지나지 않았다.

눈에 거슬리긴 하지만, 무리해서 상대해 줄 만한 가치는 없는 자.

그보다도 지금은 신수의 파괴를 우선시해야 한다고 생각했다. 그것만 달성한다면 지금쯤 ‘천통각’을 통해 오고 있을 ‘멸계룡’이 바라제의 손에 의해 세상은 손쉽게 멸망하게 된다.

그렇게 되면 당연히 디아블로도 같이 소멸할 것이다.

무의미한 것을 싫어하는 펠드웨이답게, 여기서 상대할 가치가 없다고 생각하는 것도 무리는 아니었다.

그러나——.

세계의 패자인 자신이 베루다나바에게 부여받은 최고의 육체와 물려받은 최강의 무기를 손에 들고도 디아블로를 상대로 고전한다는, 그 현실을 인정할 수 없었다. 인정하고 싶지 않다고, 펠드웨이는 생각하고 말았다.

그래서, 전했다.

“건방진 악마놈, 그렇다면 나도 용서하지 않겠다! 세상을 멸하기 전에 내 손으로 네놈을 묻어주마!”

그것은 펠드웨이에게 남아 있던, ‘전력을 다한 자신이라면 누구에게도 지지 않는다’라는 긍지였다.

마침내 펠드웨이가 디아블로를 진정한 적으로 인정한 것이다.

*

디아블로의 의도대로 펠드웨이도 진짜 실력을 드러내기 시작했다.

(쿠후후후후, 실로 기쁘군요.)

디아블로가 속으로 조용히 웃었다.

흥분하게 만들어 빈틈을 공략하겠다는, 그런 교활한 작전이 있는 것은 아니었다.

단지 순수하게 적이 최대의 힘을 발휘하게 만든 뒤에 이기고 싶다는, 디아블로다운 고집 때문이었다.

그렇기 때문에, 더 악질적인 것이지만…….

어쨌든.

양쪽 모두가 진심을 드러내며, 다시 한번 싸움이 시작되었다.

진심을 드러낸 펠드웨이가, 자신이 가진 레벨을 모두 쏟아부어 디아블로를 몰아세웠다.

기다렸다는 듯이 이를 받아넘기는 디아블로. 놀랍게도 힘과 기술 모두 팽팽했다.

"쿠후후후후. 펠드웨이여, 자랑스러워해도 좋습니다. 제가 이렇게까지 패를 드러낸 건 당신이 처음이니까요."

"큭, 설마 이 정도의 힘을 숨기고 있었다니……."

"당신이 미숙하기 때문에 그 힘을 활용하지 못하는 겁니다."

육체와 기술의 균형이 좋지 못하다며, 디아블로가 오만한 시선으로 지적했다.

"헛소리! 날 동요하게 만들려 해도 소용없다."

즐거워 보이는 디아블로와는 대조적으로 펠드웨이는 조금도 재미가 없었다.

어른과 아이 이상으로 압도적인 실력 차이가 있다고 믿고 있었다. 그런데도 디아블로를 쓰러뜨리기는커녕 호각의 싸움에 그치고 있는 상황이었다.

이 상황은 펠드웨이 입장에서는 굴욕 이외의 다른 무엇도 아니었다.

펠드웨이가 그동안 쌓아온 레벨은 온갖 검기와 무술의 정수를 다듬은 것이었다. 그것을 아낌없이 구사하면 디아블로 따위는 순식간에 쓰러뜨릴 수 있어야 했다.

하지만, 통하지 않았다.

디아블로의 수읽기는 정확했고, 펠드웨이를 능가하고 있었다.

이유는 분명했다.

펠드웨이는 모르고 있었지만, 디아블로의 전투 센스가 신의 경지에 도달했기 때문이었다.

디아블로는 항상 상대의 힘을 최대한 발휘하게 하고 이를 뛰어넘는 싸움을 반복해 왔다. 기이처럼 초연한 강자를 연기하는 것이 아니라, 기술을 주고받는 것을 포함해 싸움을 즐기고 있었던 것이다.

그렇기 때문에, 강했다.

힘과 기술—— 여기에 마음까지 더해진 것이 디아블로의 진정한 본질이었다.

지금도 순식간에 디아블로의 발끝이 펠드웨이의 뺨을 스쳤다.

선명한 붉은 피가 몇 방울, 펠드웨이의 아름다운 얼굴을 물들 였다.

"네놈! 베루다나바 님께 받은 나의 옥체를, 감히 상처입히다 니——!"

펠드웨이가 분노하며 외쳤다.

하지만 디아블로는 조금도 개의치 않는 얼굴이었다.

"쿠후후후후. 리무루 님께 하사받은 제 몸이 더 우수하다는 뜻 이겠죠."

심지어는 펠드웨이의 역린을 건드리는 발언마저 쏟아내는 판 국이었다.

여기엔 당연히 펠드웨이도 분노했다.

디아블로의 목표대로 점차 냉정함을 잃어갔다.

이렇게 되면 이제 승부의 흐름은 디아블로의 손에 놓인 것이나 다름없었다.

디아블로도 여유가 있는 것은 아니었다. 어느 정도의 장기전을 염두에 두고 싸우고 있긴 하지만, 육체가 '허무붕괴'를 어디까지 버틸 수 있을지는 미지수였다.

리무루를 향한 디아블로의 숭배가 병적인 수준이었기에 당사 자인 그는 아무리 혹사당해도 괜찮다며 의심조차 하지 않았다. 바로 이것이 문제라, 어디서 파국을 맞이할지는 그 누구도 모르 는 상황이었다.

게다가 디아블로는 펠드웨이를 부추기면서 권능을 혹사하고 있었다. 다각적으로 '유혹세계'를 발동시켜 절대적으로 유리한 환 경을 조성하고 있었던 것이다.

우선은 육체 유지.

이것이 무너지는 순간 디아블로의 패배는 확정된다.

이어서 권능 상쇄.

자신의 ‘유혹세계’에서 펠드웨이의 권능이 작동하지 않게 만들고 있었다.

이는 실로 훌륭한 전략이었다.

대부분의 스킬이 영향을 미치는 것은 마력요소라는 물질이었다.

이 마력요소를 자유롭게 움직여 법칙을 수정한다는 방식으로, 초자연적인 이상 현상을 일으키고 있는 것이었다.

그렇기 때문에 ‘마력방해’와 같이 주위의 마력요소를 교란하면 마법의 발동을 방해할 수 있겠지만…….

이에 비해 상위 얼티밋 스킬에 대해 말하자면.

마력요소가 아닌 마력요소를 구성하는 물질인 ‘영자’나, 나아가 최소 물질인 ‘정보자’에 간섭하는 것마저 가능한, 어떤 의미에서는 신과 같은 권능이 있었다.

펠드웨이가 행사하는 권능은 바로 이것이었다. 그것을 방해하고 있다는 것은 다시 말해 디아블로 또한 ‘정보자’를 다루는 법을 완전히 숙지했다는 뜻이 된다.

즉 디아블로는 ‘유혹세계’에서 ‘정보자’를 교란하여 펠드웨이의 권능을 봉쇄해 버린 것이다.

펠드웨이가 밀림의 지배에 권능 일부를 할애하고 있다고는 하지만, 그 외의 얼티밋 스킬은 모두 봉쇄된 것이나 다름없었다. 이것은 완전한 이상사태였다.

디아블로의 유례없는 전투 센스가 이뤄낸 쾌거였다.

디아블로는 펠드웨이의 장점을 봉쇄한 뒤 자신의 특기인 마법과 무력을 사용해 펠드웨이와 대등하게 맞서고 있었던 것이다.

펠드웨이도 바보는 아니었다.

디아블로에 휘둘리는 상황에서 곧바로 평정을 되찾고 냉정한 시각으로 상황을 분석하기 시작했다.

그리고 깨달았다.

디아블로의 행동이 얼마나 위험천만한 짓인지를.

그 몸속에 깃든 것이 '허무'의 에너지라는 것을 간파한 펠드웨이는 디아블로의 정신 상태를 의심했다.

그것은, 정말로 세계를 멸망시킬 수 있는 힘이었다.

"너는, 넌 정상이 아니다!"

"쿠후후후후. 최고의 칭찬으로 받아두겠습니다."

무심코 던진 말은 디아블로에게 기쁨만을 주고 끝났다.

이래서 이 녀석은 성가신 것이라고, 펠드웨이는 생각했다.

세계를 멸망하는 것이 목적이었으니 펠드웨이로서는 디아블로가 '허무'의 제어에 실패한다고 해도 환영할 일이었다.

하지만…….

(이 녀석은 실패할 것 같지가 않다…….)

인정하고 싶지는 않지만 디아블로는 정말 강했다.

오랜 악연으로, 펠드웨이가 요마왕이 된 이후에도 수많은 작전을 방해받았다. 그 외에도 디아블로에 관해서는 여러모로 쓰라린 추억뿐이었다.

그렇기 때문에 '진정한 적'으로 인정한 것이지만, 지금의 펠드웨이의 전력으로도 제압할 방법이 없다는 것이 두려웠다.

원래대로라면 압도적으로 실력이 떨어지는 존재였다.

그런데도, 현상은 호각이다.

이제서야 펠드웨이는 디아블로를 너무 만만하게 보고 있었다는 것을 통감했다.

더 빨리, 디아블로가 마왕 리무루와 만나기 전에 처치해 뒀어야 한다며 뼈아프게 후회하는 펠드웨이…….

그러나 아직 비장의 카드는 남아 있었다.

(어쩔 수 없군, **그쪽도** 서둘러야겠어——.)

펠드웨이는 마침내, 이번 작전의 마무리가 될 총력전을 펼치기로 결심했다.

*

관전하고 있던 자라리오는 입을 다물지 못했다.

펠드웨이가 눈치챈 것처럼, 자라리오도 디아블로가 무슨 일을 벌이고 있는지 이해한 것이다.

아니, 이해해 버렸다, 라고 해야 할까.

(대체 무슨 생각인 거냐, 디아블로——!)

그리고 마음속으로 절규했다.

그럴 수만 있다면 당장이라도 전투에 끼어들어, 두들겨 패서라도 디아블로를 말리고 싶었다.

하지만 그럼 펠드웨이에게 더 유리해질 뿐이었고, 무엇보다 달리 방법이 없다는 것이 문제였다.

방치할 수밖에 없는 데다, 모든 것을 디아블로에게 의지하는 상황.

그 상황에 자라리오는 답답함을 느꼈다.

그런 반응을 보인 것은 자라리오뿐만이 아니었다.

자라리오에 이어 실비아도 알아차렸다.

거의 동시에, 에르메시아도 이해하고 말았다.

"거짓말…….."

"리뭇치가 빨리 돌아와 주지 않으면, 세계가 없어질지도 모르겠는데?"

"부정은 못 하겠네…….."

디아블로를 막을 수 있는 것은 리무루뿐. 이것이 에르메시아에게는 상식이자 유일한 희망이었다.

어머니인 실비아도 에르메시아에게 이야기를 듣고 대체로 그 생각에 동의했다. 인류에게는 공포의 대상인 태초를 굴복시킨다는 상식 밖의 행동은, 마왕 리무루 외에는 불가능하다는 생각 말이다.

그리고, 마왕 리무루가 사라져버렸다.

에르메시아가 우려했던 것처럼 리무루 부하 간의 소동은 일어나지 않았지만, 그것은 그럴 상황이 아니었기 때문에 일어나지 않은 것에 지나지 않았다.

실제로 지금 디아블로는 자신의 힘을 과신한 것인지, 제정신인지 의심이 드는 행동을 벌이고 있었다.

디아블로에게 상식 같은 것은 애초에 기대하지 않았던 에르메시아였지만…….

세계를 멸망시킬 수 있는 '허무'를 그 몸에 넣어 에너지로 이용하고 있다니. 만약 평소였다면 전력을 다해서라도 말렸을 폭거였다.

"위험한 일을 태연하게 하네, 저 사람."

"에르. 마왕 리무루에게 이르는 게 좋을 것 같아."

"그렇게 하고 싶지만, 정작 중요한 리뭇치가 없잖아…….."

실비아도 리무루가 펠드웨이의 손에 의해 사라졌다는 것은 알고 있었다. 하지만 리무루라면 어느 순간 불쑥 돌아와도 이상하지 않을 것 같았다.

에르메시아 역시 리무루라면 무사할 것이라고 믿는 눈치였다.

그래서 두 사람은 디아블로의 어리석은 행동을 반드시 고자질하겠노라 마음먹었다.

"뭐야, 뭐야? 저 사람이 그렇게 위험한 짓을 하고 있는 건가?"

라플라스가 대화에 끼어들려고 했다.

라플라스에게 실비아와 에르메시아는 아주 오래전 생이별한 아내와 딸이었다.

그것을 떠올린 것이 바로 얼마 전 일이었으니 라플라스에게는 기억도 생생했다. 뭐, 태어나지도 않았던 딸이 어머니와 똑같이 성장한 것을 보니 조금 복잡한 마음이 들기도 하지만…….

(미인으로 자라줘서 이 아빠는 기쁘다!)

그것이 라플라스의 본심이었다.

하지만 만나지 못한 시간은 길었다.

라플라스 입장에서는 이제 막 떠올린 기억이지만, 모녀 입장에서는 먼 옛날의 기억이었다.

(실비아도 지금은 상황이 상황이라 혼내지 않고 봐주는 것뿐이겠지. 그럼 여기서는 아예 가벼운 회화부터 시작해서 거리를 좁

혀가는 게 상책!)

눈치 빠른 남자인 라플라스는 그렇게 생각했다.

하지만, 화제가 좋지 못했다.

"위험성을 깨닫지 못했다면 그냥 모른 채로 있는 게 낫지 않을까?"

실비아가 차갑게 대답했다.

에르메시아의 반응은 더욱 신랄했다.

"그러게…… 그보다, 엄마한테 들었던 아빠 모습은 정말 멋있어서 동경하고 있었는데……."

품평하듯 가늘게 뜬 눈으로 라플라스를 바라보고는, 실망한 듯 큰 한숨을 내쉰다.

이 말을 들은 라플라스는 당황했다.

"자, 잠깐 잠깐! 아빠 엄청 멋있지 않아?"

"이상한 가면을 쓴 피에로 모습인데, 애초에 멋지고 말고를 따질 이야기가 아니잖아요……."

에르메시아가 담담하게 대답했다.

실로 타당한 의견이었다.

본래 에르메시아는 '가면의 용사' 팬이었다.

실비아에게 '방랑의 용사'에 관한 이야기도 들어서 그것이 아버지라는 것은 알고 있었지만, 눈앞에 있는 피에로와 동일시하기에는 어려움이 있었다.

그래서 에르메시아는 핵심적인 질문을 쏟아냈다.

"그보다, 당신이 내 아빠라니, 갑자기 그런 소릴 해도 곤란한데. 진짜 맞는 거예요?"

어머니의 반응을 봤을 때 진짜일 거라고는 생각했다. 하지만 에르메시아는 순순히 인정하고 싶지 않았다.

태어나기도 전에 행방불명이 됐으니 초면이나 다름없었다.

어린애도 아니고, 굳이 이제와서? 라는 느낌이었다.

"진짜라니까! 틀림없어. 그러니까 에르——."

"에르라는 호칭은 허락 안 했어요."

여기서 진지한 표정을 지어 보이는 에르메시아.

천제로서의 위엄 따위는 아무래도 상관없지만, 솔직해질 수 없는 여자의 마음은 복잡했다. 라플라스와 친해지기 위해서는 아직 조금 더 시간이 필요했다.

눈치 빠른 남자—— 라플라스는 침을 꿀꺽 삼키며 고개를 끄덕였다.

"아, 알았어, 딸."

"……."

"아, 안 될까?"

"후우, 그냥 에르메시아면 돼요."

황당함을 느낀 시점에서 에르메시아의 패배였다.

일단 한 걸음.

이것이 아버지와 딸이 가까워지기 위한 한걸음이었다.

어쨌든 라플라스는 이름으로 부르는 것을 허락받았다.

여기서 흐름을 바꾸기 위해 카가리가 끼어들었다.

"라플라스의 부녀극도 중요하지만, 저희에게도 무슨 일이 일어나고 있는지 설명해 줄 수 있을까요?"

"그래. 방해할 생각은 없지만, 저자가 위험한 행위를 하고 있다면 최악의 상황을 상정해 두고 싶으니까."

카가리에 이어 레온도 해설을 요청했다.

디아블로는 현재 펠드웨이와 호각으로 싸우고 있었지만, 그 이면에는 어떤 위험한 비밀이 있는 것처럼 보였다. 카가리와 레온은 에르메시아와 실비아의 대화를 듣고 그렇게 판단했다.

자신들이 무엇을 할 수 있는지는 알 수 없지만, 그래도 두 사람은 정보를 공유받고 싶었다.

참고로 유우키는 클로에의 부름을 받아 밀림 제압전에 참가한 상태였다. 어느샌가 '순간이동'을 익혀 제법 활약을 보여주고 있었다.

그 모습에 카가리는 자신도 뒤처질 수 없다고 생각했다.

레온도 마찬가지였다. 유우키에게 이용당한 기억은 아직도 생생했고, 원한이 없다고 하면 거짓말이다. 하지만 그 삶의 방식에는 어느 정도 공감이 가는 부분도 있었다.

레온은 클로에라는 소녀를 찾아내기 위해서라면 어떤 악행에도 손을 댈 각오가 되어 있었다.

유우키 역시 자신의 이상을 실현하기 위해 온갖 악행을 정당화해 온 것에 지나지 않았다.

(그렇다면 내게 녀석을 나무랄 자격은 없겠지.)

미운 것은 미운 것이고, 인정할 것은 인정해야 한다고 레온은 생각했다. 물론 친해질 수 있느냐 없느냐는 또 다른 문제였지만.

언젠가 마음을 터놓을 날이 올지도 모른다── 그런 가능성을 잃어버리지 않으려면, 눈앞의 위협을 어떻게든 해결해야 했다.

"알려줘. 우리가 할 수 있는 일은 있는 건가?"

이에 단언한 것은 자라리오였다.

"없어."

가차 없는 발언이었지만, 이는 자라리오 본인에게도 적용되는 말이었다.

"맞아, 지금은 힘을 회복시키는 게 우선이겠지."

실비아가 고개를 끄덕였다.

"실제로 디아블로의 '허무'가 폭주한다면 세계는 끝날 거고, 그렇게 되기 전에 리뭇치가 돌아와 주기를 기도할 수밖에 없어……."

에르메시아가 푸념을 섞어 대답했다.

(리뭇치, 우려했던 대로 위험한 녀석이 폭주해 버렸으니까, 본인이 선언했던 대로 제대로 막아줘——.)

에르메시아는 그렇게 바랄 수밖에 없었다.

에르메시아의 발언을 듣고 라플라스, 카가리, 레온, 세 명이 동시에 입을 떡 벌렸다.

""""세계가 끝난다니…….""""

가볍게 나온 말이지만, 거기에 과장 따위 없었다. 그것을 이해했기 때문에 아무 말도 하지 못했다.

"우와, 큰일이네."

티어만큼은 편안해 보였다.

상황의 심각함을 이해하지 못한 것이 아니라, 모두가 다 모여 있는 상황에 기쁨이 더 앞선 탓이었다.

클레이만과 풋맨 일은 슬프지만, 남은 동료들과 할 수 있는 만큼 힘내볼 생각이었다.

(그러고 나면 저승에 가서 자랑해 줘야지!)

그런 식으로, 긍정적으로 생각하는 티어.

그 공기는 모두에게 전해졌다.

지금은 할 수 있는 일이 아무것도 없다고 해도, 한탄할 필요는 없다고.

디아블로의 승리를 믿고 세계가 무사하기를 바랄 뿐이었다.

하지만, 만약 그러지 못했을 땐——.

"뭐, 그때는 내가 리뭇치에게 불평을 해 줘야지!"

그런 것이었다.

세계가 멸망한다면, 그것은 리무루의 잘못이다—— 그런 결론에 도달한 것이다.

●

기이와 베루자도 두 사람이 진심을 내게 된 시점에서 전장의 위험도는 몇 단계 더 치솟았다.

"모스? 이 '방어결계'는 괜찮은 거겠죠?"

테스타로사의 차가운 시선이 모스를 찔렀다.

"어때요?"

테스타로사가 다시 한번 물었다.

그 질문은 제가 하고 싶은데요—— 라는 말은 입이 찢어져도 할 수 없는 모스였다.

모스는 '당연히 무리라고요!'라고 목이 터져라 외치고 싶었다. 하지만 그런 짓을 했다가는 세상이 멸망하기 전에 테스타로사의 손에 죽음보다 더 끔찍한 짓을 당할 것이다.

그런 것은 절대 사양이라고 생각하며 모스는 기합을 넣고 '방어 결계'를 강화했다.

"전력을 다하겠습니다!"

대답은 되지 않았지만, 그렇게 대답함으로써 테스타로사를 최대한 달래보고자 한 것이다.

그런 모스에게 든직한? 엄호가 날아왔다.

"물론이죠! 저희도 항상 전력을 다하고 있어요. 만약 이 '결계'가 깨진다면 당신을 '언니'라고 불러 드리죠!"

레인의 발언이었다.

실제로 모스에게서 '결계'의 주도권을 빼앗았기 때문에, 어느 쪽인가 하면 레인의 책임이 더 막중했다.

그래서 개입한 것이지만, 한참은 빗나간 그 대답을 듣고 테스타로사는 어이없다는 얼굴을 했다.

"그게 나한테 무슨 이득이 있죠?"

테스타로사는 진지한 얼굴로 고민하다가…… 큰 한숨을 내쉬고 생각을 전환했다.

"뭐, 상관없어요. 다들 충격에 대비하세요."

테스타로사가 지나가듯 그렇게 말했다.

"네?"

──그렇게 되물으려던 모스. 그리고 레인.

미저리는 짐작하고 재빨리 자세를 바로잡았다. 그것을 볼 필요도 없이, 의미를 이해하지 못한 소우카도 거북이처럼 충격에 대비한 자세를 취했다.

이것이 유능한 여자와 그렇지 못한 자의 차이였다.

직후——‘방어결계’에 격렬한 진동이 일어났다.

음성은 늦게 도달했다.

"——‘화이트아웃 앱소브(냉극소실응수패, 冷極消失凝收覇)’——!"

베루자도가 전력을 쏟아부어 날린, 최고의 일격이었다.

………

……

…

베루자도에게는 특기인 고유 권능이 있었다.

그것이 바로—— ‘정지’였다.

물질의 운동상태를 그대로 정지시킬 수 있는 것이었다.

운동 에너지를 제로로 만드는 것이 아니라, 그 상태에서 움직일 수 없게 만드는 것이다. 에너지의 유출조차 막을 수 있는, 여러모로 쓸모가 많은 편리한 권능이었다.

여기에 더해 오빠에게 받은 권능—— 절대적인 방어력을 자랑하는 얼티밋 스킬 ‘가브리엘’이 있었다.

그 본질은—— ‘고정’이었다.

모든 물질을 단단하게 만들어 하나의 덩어리로 만드는 것이 가능했다.

이 두 가지 권능—— ‘고정’과 ‘정지’는 실로 상성이 좋았다.

대기 중의 수분을 응고시켜 얼음의 벽을 만드는 것도 손쉬웠다. 그것도 딱히 물 분자만 응고시킬 필요는 없었다.

모든 분자에 영향력을 미칠 수는 있지만, 단일 분자로 통일하는 편이 강도를 더 높일 수 있었다. 게다가 외관까지 아름다워지니 베루자도로서는 약간의 공을 들이는 것이 습관이 되어 있을 뿐이었다.

이처럼 권능의 상성이 좋으면 상승효과로 인해 엄청난 효과를 발휘하게 된다.

에너지의 흐름마저 정지시켜 버린다면 모든 공격을 무효화할 수 있는 셈이었다. 그것도 베루자도의 끝없는 에너지양을 넘어서야 부술 수 있었으니 거의 불가능하다고 해도 좋을 수준이었다.

방어 면에서만 본다면 베루자도는 무적을 자랑한다고 해도 과언이 아니었다.

그럼 공격 면에서는 어떠한가?

이 두 권능은 상대의 움직임을 봉쇄하거나 상대의 능력을 저하시키는 싸움 방식에 적합했다. 방어에 만전을 기한 뒤 상대에게 디버프를 거는 것과 같았기에 이것만으로도 충분히 효과적이었다.

그렇지만 베루자도에게는 또 하나의 권능이 있었다.

얼티밋 스킬 '레비아탄'―― 상대의 능력을 열화시키는 것에 특화된 권능이었다.

소유자의 능력에 따라 상대의 힘을 낮추는 것이 가능했다.

상대의 능력을 열화시킨다는 효과는, 말할 것도 없이 베루자도의 권능과 상성이 발군이었다.

어떤 조합에서도 훌륭한 효과를 발휘하는 데다, 베루자도의 에너지양은 다른 것을 압도할 정도로 뛰어났다.

그래서, 강했다.

자신을 철벽의 방어로 보호한 뒤 다른 사람을 최대한 약화시킨다. 그리고 질 수 없는 상황을 만들어내는 것이 베루자도의 필승법이었다.

그렇게까지 해야 할 적은 거의 존재하지 않았다.

이 전법은, 기이와의 싸움을 상정하고 고안해낸 것이었다.

그렇기 때문에, 더 나아간 비장의 수단이 있었다.

그것이 바로――.

베루자도 자신의 권능인 '세세이션 로스트(정지소실)'와 얼티밋 스킬 '가브리엘'의 '솔리디피케이션(만물고체화)'을 합치고, 거기에 얼티밋 스킬 '레비아탄'의 '앱소브(강등흡수)'도 통합하여 방출하는 최대 최강의 공격이 바로―― '화이트아웃 앱소브'였다.

………

……

…

새하얀 충격이 모스가 전력으로 펼친 '방어결계'를 덮쳤지만, 그것은 단순한 여파였다.

그리고 그 위력은 절대적이었고――.

"언니, 미안해요오오오!"

"시끄러워요!"

순식간에 '방어결계'를 산산조각낼 정도의 위력이었다.

필연적으로 잘난 척 떠들었던 레인은 자신이 한 말을 실행하듯 이 테스타로사를 '언니'라고 부르고 있었다.

플래그를 회수했다고도 볼 수 있었다.

테스타로사 입장에서는 짜증의 극치였다. 나중에 반드시 레인을 응징해 주겠노라 맹세하면서 상황에 즉시 대응했다.

이들이 무사했던 것은 난입자가 있어 준 덕분이었다.

"내가 왔다!"

찾아온 사람은 '드라구 로드(천룡왕)' 가비루였다.

도착하자마자 상황을 파악하기도 전에 가비루는 본능적으로 알아차렸다.

지금이 그때라는 것을.

가비루가 얻은 얼티밋 기프트 '무드 메이커(심리지왕)'에는 하루에 한 번만 발동할 수 있는 특별한 권능이 있었다. 수많은 제약이 따랐지만, 어떤 비극도 없던 일로 만들 수 있는 그 권능은 '운명개변'이라고 하는 것이었다.

가비루가 볼텍스 스피어(수와창)를 크게 회전시키면서 우렁차게 소리쳤다.

"세계여, 내가 바라는 모습으로──'운명개변'──!"

지금 바로, '방어결계'가 부서지면서 생긴 비극을 가비루가 미연에 막아버렸다.

개입한 자는 가비루뿐만이 아니었다.

"푸슈욱! 다들 무사한가?"

그렇게 물은 것은 '배리어 로드(수정왕)' 게루도였다.

베니마루의 명령으로 '공간전이'해서 왔더니, 그야말로 일촉즉발의 타이밍이었다.

아무리 베니마루라도 이 상황을 미리 예측한 것은 아니겠지만, 소우카에게 보고받은 소우에이를 통해 위험한 상황이라는 것은 알고 있었다. 그래서 게루도를 파견하여 '방어결계' 강화를 도모한 것이다.

게루도는 모스의 '결계' 아래에 자신의 '결계'를 펼쳐서 얼마 안 되는 시간을 벌어주었다.

원래대로라면 한발 늦은 타이밍이었는데, 여기에 가비루도 더해지며 결과가 달라졌다. 만약 조금이라도 타이밍이 어긋나서 가비루의 '운명개변'을 사용할 수 없었다면 이 결과는 없었을 것이다.

레인의 서포트, 가비루의 '운명개변', 그리고 게루도의 '결계'가 있어 준 덕분에 모스는 '방어결계'를 다시 한번 펼치는 것에 성공할 수 있었다.

이런 행운이 겹친 덕분에 간신히 모두가 무사히 살아남을 수 있었다.

"야아, 아슬아슬했네요."

레인이 마치 자신의 공로인 것처럼 상황을 마무리했다.

그 말은 전원에게 무시당했다.

레인은 풀이 죽어 우는 시늉을 했지만, 이것도 무시당했다.

그런 와중 가비루가 소우카를 발견하고 말을 걸었다.

"오오, 소우카! 무사하냐!"

"오라버니! 어째서 여기에?"

"아니, 그, 물론 사랑하는 동생이 걱정돼서 온 거지——."

여기서 안절부절못하는 가비루.

"아, 이해했어요. 스피어 씨죠?"

정곡을 찔린 가비루가 흠칫 놀랐다.

"무사해요. 아직 얼어 있긴 하지만, 그래서 오히려 괜찮을 거예요."

소우카의 말은 얼핏 모순되는 것처럼 들렸지만, 그것이 진실이었다.

베루자도의 얼음은 동시에 피해자를 보호하는 최강의 방패가 되어주고 있었다.

그렇다면 다행이라며 가비루는 안도했지만, 본인도 아직 깨닫지 못했다. 아까 행사한 '운명개변'이 얼마나 뛰어난 권능인지를.

수많은 제약이나 조건 하에서만 사용할 수 있는 것이지만, 그 영향 범위는 생각 이상으로 광범위했다. 그 사실은 아직 알려지지 않았지만, 이윽고 모두가 알게 되었다.

기적은 아직 끝나지 않았다는 것을——.

*

기이는 직감적으로 베루자도가 비장의 수를 쓰려는 것을 간파했다.

대치하며 서로 팽팽한 공방을 벌이다 보니 서로의 속내를 탐색하는 것도 끝났다. 더 이상 서로가 패를 아낄 이유가 없는 이상 그것은 시간문제라고 할 수 있었다.

"——'화이트아웃 앱소브'——!"

베루자도의 아름다운 목소리가 울려 퍼진 것은, 기이의 몸에 충격이 관통한 뒤였다.

오랜만에 느끼는 통증에 기이는 얼굴을 찌푸렸다.

하지만 그뿐이었다.

기이의 손에는 가느다란 장검이 들려 있었고, 그것이 '화이트아웃 앱소브'가 만들어낸 냉기의 칼날을 부숴버렸다.

"자랑해도 좋아. 내가 검을 뽑게 만든 걸 말이지."

기이가 베루자도에게 말했다.

그 검의 '이름'은 '월드(세계)'—— 세계에 단 7자루밖에 존재하지 않는, 제네시스(창세)급의 검이었다.

밀림에게 물려준 '아수라'와 달리 기이가 가진 '월드'의 칼날은 손질이 잘되어 있었다.

그 무지개색의 광택은 아름다웠고, 불가사의한 무늬를 수놓고 있었다.

맥박치듯 울리는 마검은 그의 손에 완전히 길들여진 상태였다. 오랜만에 손에 쥐었음에도 마치 몸의 일부 같았다.

그도 그럴 것이, 제네시스급도 갓즈급처럼 소유자에게 힘을 빌려주는 성질이 있었다. 주인의 역량에 좌우되지만, 그 존재치는 수천만에 해당했다.

기이는 당연하다는 듯이 '월드'를 최대한으로 활용할 수 있었다.

양도받았을 초기에는 잘 다루지 못했지만, 지금은 손발처럼 자유자재로 다룰 수 있었다.

즉—— 그것을 손에 쥔 시점에서 기이의 존재치는 베루자도에 필적하는 수준이 되었다는 뜻이었다.

힘에서의 우위마저 잃는다면 베루자도에게는 승산이 없었다.

기이는 만능이었고, 최강이었다.

기이에게는 얼티밋 스킬 '루시퍼'가 있었기 때문이었다.

베루자도의 '화이트아웃 앱소브'에 의해 온몸은 상처투성이가 되어 있었다. 동결효과로 기이의 '신속재생'도 봉쇄당했지만, 특별한 문제는 없었다.

리무루의 권능—— '벨제뷔트(폭식지왕)'를 재현해 동결효과째로 손상부위를 '포식'해 버리면 이후에는 원래대로 돌아온다. 자신의 치유력만으로도 순식간에 완전히 회복할 수 있었다.

내친김에 말하자면 베루자도의 '가브리엘'이나 '레비아탄'까지도 이미 해석이 끝났다.

베루자도 자신의 고유 능력인 '정지'는 성가셨지만, 기이에게는 충분히 공략이 가능한 것이었다.

'월드'와의 기분 좋은 일체감에 만족감을 느끼며 기이는 베루자도를 향해 씨익 웃었다.

"지금 그게 네 비장의 카드였지? 어쩔 거냐, 아직 계속할 건가?"

이미 기이는 자신의 승리를 확신했다.

장시간 베루자도와 싸워왔지만, 그 이유는 숨기고 있는 권능이 무엇인지 알 수 없었기 때문이다. 바닥이 드러난 이상 기이로서는 문제없이 대처가 가능했다.

베루자도가 숨겨둔 권능으로 기이를 끝내지 못한 시점에서 승패는 결정됐다고 할 수 있었다. 그것은 사실이었고, 베루자도도 충분히 이해하고 있었다.

그런데도, 인정하지 않았다.

아니, 인정하고 싶지 않을 뿐이었다.

"──아직이야. 난 아직 지지 않았어요!"

"이제 만족했잖아? 언제까지 조종당하는 척할 거야?"

"……시끄러워요."

"아하하하! 삐지지 말라고."

"당신은, 뭐든 본인 혼자서 해결할 수 있다고 생각하고 있죠?"

"그래, 나는 강하니까."

"오만해요."

“그게 나니까.”

“알고 있어요.”

베루자도의 마음은 얼어붙어 있었다.

하지만 기이와 대화하고 있을 때만큼은 은은한 온기를 느낄 수 있었다.

이대로 휩쓸려갈 것 같았지만——.

그러나, 그것은 허락되지 않았다.

『역시 질투가 싹트고 있었군. 나를 속일 수 있을 줄 알았나, 베루자도여?』

그것은 베루자도의 마음에 새겨진 저주(주령, 呪殳)였다.

교활하고 신중한 펠드웨이는 ‘얼티밋 도미니온’으로 베루자도를 지배하고 있었지만, 그 효과에 의문을 품고 있었다.

베루자도의 소원(애정)이 **진짜**였던 만큼, 결말도 변하지 않을 것임을 간파하고 있었던 것이다.

결국은 기이에게 흔들려 자신의 본심을 감추고, 무슨 핑계를 대서라도 따라가고 말 것이라고.

그렇기에 베루자도가 배신한다는 전제하에 작전을 세웠다. 언제라도 베루자도를 감시할 수 있도록 ‘지배회로’에 수를 써둔 것이다.

혹시 모를 일을 대비한 비장의 카드 중 하나가 될 수 있게, 만일의 경우 ‘레갈리아 도미니온’을 발동할 수 있도록 준비해 두었다.

애초에 이 효과는 시한장치처럼 설치된 것이어서 순간적인 영향력밖에 미칠 수 없었다. 밀림의 지배에 전력을 쏟고 있는 펠드웨이로서는 베루자도까지 지배하는 것은 하늘의 별 따기나 다름없었다.

하지만.

베루자도의 마음에는 트와일라잇이 있었다.

펠드웨이는 트와일라잇과 협상하여 몰래 계약을 맺었다.

『트와일라잇, 언제까지 놀고 있을 거지?』

펠드웨이가 그렇게 물을 것도 없이 트와일라잇은 호시탐탐 그 기회를 노리고 있었다.

《기다리고 있었어, 이때를!》

트와일라잇이 깨어났다.

이번에는 '의룡체' 같은 가짜가 아닌 진짜 '용종'의 육체를 얻어서.

베루자도의 몸이 희미하게 빛나며 남성 같은 체격으로 변화했다.

그 모습은 영락없는 트와일라잇 그 자체였다.

"여어, 기이. 아까는 실수했지만, 이번에는 내가 이겨주마."

"이 자식……."

기이는 아주 오랜만에 마음속 깊은 곳에서 분노가 치미는 것을 느꼈다.

(용서할 수 없다. 감히 내 물건에 손을 댄 것도 모자라 내 귀여운 베루자도를 속이고 이용하다니…… 배짱 한번 좋구나, 트와일라잇──.)

"그렇게 죽고 싶다면 죽여주마."

타오를 듯한 강렬한 분노로 인해 기이의 머리가 새빨갛게 솟구쳤다.

"오오, 무서워라."

트와일라잇은 부추기듯 웃었다.

『빨리 끝내도록 해..』

베루자도의 마음에 새겨져 있던 저주── '별신체'라고도 부를 수 없을 것 같은 펠드웨이의 잔재가 트와일라잇에게 명령했다.

이에 고개를 끄덕이는 트와일라잇.

《그래, 지금 당장 기이를 처치할──.》

트와일라잇은 마음의 소리로 펠드웨이에게 답하려 했지만, 그 '사념'은, 도중에 끊어지고 말았다.

이때 기이와 베루자도를 뒤덮고 있던 '허무'에, 한 줄기의 길이 생겨난 것이다.

그리고 그 길을 관통하듯 탄환 한 발이 날아갔다.

모든 것을 소멸시키는 그 탄환의 이름은── '저지먼트(신멸탄)'였다.

*

"잠깐, 카레라? 너무 과한 거 아닌가요?"

"아무리 내 '저지먼트'가 강력하다 해도 '용종'을 일격에 처치할 수 있을 것 같지는 않아. 그러니깐 괜찮아!"

"뭐, 그렇긴 하지만요. 그렇다고 해도 베루자도 님 심장에 큰 구멍을 낼 줄은 몰랐어요……."

가비루가 일으킨 기적은 '방어결계'에 있던 자들을 지켜낸 것뿐만이 아니었다. 그 진짜 목적은 얼음 조각상으로 변해 있던 자들의 해방이었다.

가비루로서는 (이제 막 사귄)사랑하는 연인이 메인 타깃이었지만, 기적의 효과는 제일 가까이에 있던 카레라를 가장 먼저 구출해냈다.

그 덕분이라고 해야 할까, 그 탓이라고 해야 할까, 분노와 함께 부활한 카레라가 '불길한 기운이 느껴진다'라면서 폭주하기 시작했다.

하루에 한 번밖에 쓸 수 없는 비장의 수단을 주저없이 발사한 것이다.

여기에는 모두가 깜짝 놀랐지만, 테스타로사만은 달랐다. 카레라와 마찬가지로 베루자도에게서 불길한 기운을 감지하고 있었던 탓에 순식간에 카레라의 움직임을 알아차렸다. 그리고 그 행동에 맞춰 '허무'를 조작해 베루자도에게 가는 탄도를 열어준 것이다.

이 연계 플레이에 의해 '저지먼트'가 베루자도에게 직격. 펠드웨이가 설치했던 저주를 꿰뚫어 파괴하고, 나아가 펠드웨이의 잔재마저 무산시켰다.

동시에, 마나스가 되어 베루자도에게 머물러 있던 트와일라잇도 그 영향을 피할 수 없었다. 본래 마나스란 '영혼'에 깃들어 공생하고 있는 것이라 그 존재 위치는 특정되지 않는다. 마나스만을 겨냥해 공격하는 것은 누구라 해도 불가능했다.

하지만 베루자도의 경우는 이야기가 달랐다. 트와일라잇과는 함께 싸우는 관계일 뿐이었고, 베루자도는 숙주에 지나지 않았다.

그래서 트와일라잇은 마나스로서 확고한 존재를 확보하고 있었다. '의룡체'에 머무는 것이 가능했던 것도 완전히 분리되어 있었기 때문이다.

이는 약점이라고 부를 만한 것은 아니었지만, 예상치 못한 직격에 트와일라잇도 혼란에 빠졌다.

(말도 안 돼?! 이런 일이 일어날 수 있는 확률은…….)

그렇게 한탄해 보았지만, 이것이 현실이었다.

그리고 그대로 트와일라잇의 의식은 어둠에 잠겼다.

베루자도의 보호를 받던 마음(심핵)까지 총에 맞으면서 그 존재가 **이 장소에서** 완전히 소멸해 버린 것이다.

그리고 이 정도로 일이 잘 풀릴 수 있었던 것은 가비루의 '운명개변'이 미친 영향 덕분이었다. 그 가능성을 부정할 수 없었기에, 그것을 이해하고 있는 테스타로사는 속으로 가비루를 재검토했다.

하지만 모든 것이 다 잘 풀렸느냐 하면 그것은 아니었다.

트와일라잇은 베루자도의 육체를 빼앗은 직후였음에도 그 제어를 손에서 놓을 수밖에 없었다. 그 결과, 베루자도는 원래의 모습으로 돌아왔지만, '저지먼트'의 영향은 절대적이었다.

이성을 잃고 폭주 상태가 돼 버린 것이다.

"이봐, 네놈! 조절이라는 걸 모르는 거냐!"

엉뚱한 피해를 입은 기이가 카레라에게 불평을 날렸다.

밀림 정도의 위협은 아니지만, 폭주 상태인 베루자도는 충분하고도 넘칠 정도로 위험했다.

게다가 현재, 얼음 조각상이 점점 녹아가며 베루자도의 가호(절대 방어의 혜택)도 사라져가고 있었다.

기이는 그것을 막기 위해 사력을 다해 달려들었다.

"미안하다고는 생각하지만 반성은 안 해. 애초에 베루자도 님에 의해 얼음이 된 건 나거든? 보복으로 한 방 먹여주는 건 인지상정 아냐?"

그것은 카레라의 반박이었다.

말이 되는 것도 같고 되지 않는 것도 같은, 카레라다운 변명이었다.

"그 한 방이 너무 크잖아! 뒷일을 좀 생각한 다음에 행동하라고!"

기이의 말은 정론이었다.

카레라는 "끄응……" 하며 입을 다물었다. 처음부터 날린 것이 최강의 오의였기 때문에 아무런 반박도 할 수 없었다.

"칫, 됐어. 네놈이랑 다투고 있을 때가 아니니까."

기이는 혀를 차며 베루자도와 맞섰다.

"어쩔 수 없지."

테스타로사도 기이와 호흡을 맞추기로 했다.

의식이 없는 베루자도를 보니 트와일라잇에게도 무슨 일이 있는 것은 확실해 보였다. 그래서 카레라의 '저지먼트'가 영향을 미치고 있을 것이라고 추측하고, 베루자도가 쏘는 마력탄을 '허무'로 상쇄하는 쪽으로 방침을 전환했다.

그런 김에 빙설도 어떻게든 해결해 보고자 '허무'로 봉쇄해 나갔다.

자신들뿐이라면 문제가 없었지만, 피난하는 사람들에게 시야 확보는 중요했기 때문이다.

"당신들, 땡땡이칠 때가 아닐 텐데요?"

테스타로사가 차가운 목소리로 지적했다.

"어쩔 수 없지. 여기는 내가 책임지고 무능한 기이를 도와야겠네!"

"훗, 아무래도 제 실력을 보여드릴 수밖에 없을 것 같네요."

카레라는 처음부터 의욕이 넘쳤다.

레인 쪽은 마지못해 동의했다.

이에 기이도 어이가 없다는 반응을 보였다.

"당연한 거 아닌가? 쓸데없는 소리 말고 빨리 와!"

그렇게 소리치며 두 사람의 참전을 허락한 것이다.

지상에서는 테스타로사가 '허무'에 의한 공성 방어에 집중해 빙설을 치우면서 미저리에게 묻고 있었다.

"당신은 참전하지 않을 건가요?"

"네, 저는 방어 쪽에 집중할 생각이에요."

"그래요, 그편이 더 안전하겠죠."

아무리 게루도라고 해도 광범위하게 보호할 수 있는 '결계'는 칠 수 없었기에 지금도 모스의 '방어결계'가 주축이 되고 있었다. 이를 보강하던 레인이 빠지면서 미저리의 부담도 더 커졌다.

다만 게루도의 보강이 더해진 덕에 레인이 빠져도 강도면에서는 더 나아진 상태였다. 그 점은 안심이었지만, 베루자도의 동결이 해제되어 가는 것이 문제였다.

부활한 에스프리도 한숨을 내쉬며 어쩔 수 없이 '결계' 강화에 동참했다.

"적어도 사정 설명 정도는 듣고 싶은데 말이지."

그렇게 투덜거리면서도 할 일은 하고 있었다.

다른 사람들도 속속 부활하였고, 상황을 파악하자마자 전장에서 이탈하거나 혹은 대피 유도를 시작하고 있었다.

백색 세계에서는 이제 막 시야가 트이기 시작했기에 후각이나 청각 등 다른 감각에 의존해야 하는 경우가 더 많았다. 사정을 모르는 자에게는 지옥이나 다름없는 상황이었다.

온 천지에 울려 퍼지는 전투 소리와 그에 따른 충격파, 진동 등을 느끼며 얼굴이 창백해졌다.

어차피 죽을 거라면 잠들어 있는 편이 나았다―― 라는 것이, 대다수의 사람들의 속마음일 것이다.

상위자들은 그러한 자들을 안심시키면서 이끌고 있었다. 이곳에 모인 것은 역전의 전사들이었기에 큰 혼란은 일어나지 않은 것이 그나마 다행이었다.

물론 대피하지 않고 전황을 지켜보는 이들도 있었다.

"일이 커졌네요……."

기이와 다른 이들의 전투 풍경을 올려다보며 고부아가 중얼거렸다.

"그러게, 무슨 상황인지는 잘 모르겠지만, 세상이 끝난다고 해도 믿을 수 있을 것 같아……."

고부아와 사이좋게 나란히 서 있는 포비오가 고개를 끄덕였다.

칼리온처럼 낙관적인 사람도 있었다.

"겁먹을 필요 뭐 있나? 기이가 어떻게든 해결해 주겠지."

그런 말을 하면서도 프레이의 어깨를 감싸안으려 하고 있었다.

시원스러울 정도로 남의 일 같은 태도였지만, 자신이 할 수 있는 일이 없다는 것을 빠르게 깨닫고 한 발언이었다.

"바보 같긴. 물론 우리로는 '결계' 구축도 돕지 못하겠지만, 군세를 바로잡을 수는 있어. 당장 '사념전달'로 전사들을 추스르고 안심시켜 줘."

어깨에 닿은 손을 꼬집으며 프레이가 대답했다.

칼리온은 쓴웃음을 지으며 항복하는 포즈를 취했다.

"이봐, 기이! 뒷일은 부탁해!"

"다시 돌아올 테니까 그때까지 부탁할게."

칼리온과 프레이는 그 말만을 남기고, 계속해서 부활 중인 전사들을 정리하기 위해 떠났다.

기이는 쓴웃음을 지었다.

"정말이지, 나한테 명령을 하다니 칼리온답군. 뭐, 말하지 않아도 그렇게 할 거지만."

칼리온에게는 호의적인 기이였다.

가능하다면 기대에 부응해 주고 싶었지만, 상황은 그렇게 호락호락하지 않았다.

베루자도의 폭위는 맹렬하여 멈출 줄을 몰랐다.

기이도 지지 않을 자신이 있었고, 승부만 한다면 이길 수 있다고 확신하고 있지만, 죽이는 것은 어려웠다.

시간을 들이면 가능은 하겠지만 그동안 발생할 피해는 막대할 것이다. 그 이전에, 기이에게 베루자도도 소중했기 때문에 죽인다는 선택지는 처음부터 없었다.

"그래서, 어쩔 거야?"

"기이 님, 저는 뭘 하면 될까요?"

카레라와 레인이 기이 옆에 서서 그렇게 물어왔다.

"글쎄……."

기이는 깊은 고민에 빠졌다.

지금까지 경험해 본 적 없을 정도로 어려운 질문이라는 생각이 들었기 때문이었다.

●

펠드웨이는 당황했다.

베루자도에게 걸어두었던 저주가 갑자기 파괴되어 버렸기 때문이다.

대조적으로 디아블로는 만면에 웃음을 짓고 있었다.

"음? 무슨 일이라도 있습니까?"

웃는 얼굴로 그렇게 물으면서도 방심하지 않고 펠드웨이를 몰아붙이고 있었다.

"닥쳐라."

"어째서?"

대화가 따로 논다는 것이 바로 이런 것일까.

하지만 그것도 당연했다. 디아블로는 펠드웨이를 부추기고 싶을 뿐이었으니까.

애초에 입을 다물라고 해서 따를 이유가 없었으니 불평을 들을 이유도 없었다.

"네놈……."

"훗, 아무래도 바닥이 드러난 것 같네요. 당신의 계책도 모두 실패로 돌아간 것 같고, 이대로면 우리의 승리로 막을 내리겠군요."

그렇게 허세를 부리는 디아블로.

사실 그렇게 여유가 있는 것은 아니었다.

디아블로의 몸은 이미 너덜너덜했고, 이대로 펠드웨이를 쓰러뜨릴 수 있을지 어떨지는 미지수였다. 게다가 이바라제의 존재도 무시할 수 없었다.

펠드웨이의 뜻대로 되지 않는다고 해도, 자신들의 승리라고 선언하기에는 무리가 있었다.

그러나 심리적으로 우위를 점하는 것이 전투에서 유리하다는 것도 사실이었다. 디아블로는 기본에 충실한 자세로, 펠드웨이를 쓰러뜨리기 위한 포석을 깔고 있었다.

이 또한 테크닉이었다.

"후우, 정말이지. 네놈은 날 진심으로 화나게 하는군."

펠드웨이의 분위기가 달라졌다.

(이대로 밀림의 지배를 이어가는 것보다——.)

펠드웨이는 결단을 내렸다.

밀림은 무적이다. 이대로 작전을 속행한다면 머지않아 적을 섬멸하고 신수 파괴에 성공할 것이다.

그것이 정답이라고, 펠드웨이의 이성은 말하고 있었다.

하지만 그래서는 디아블로를 상대할 수 없었다.

이대로도 승리는 확실했다. 그럼에도, 펠드웨이는 이 건방진 상대의 입을 다물게 만들기 위해, 자신의 전력을 보여주고 싶다고 생각해 버렸다.

그것을 실행할 경우 작전은 확실히 성공한다.

다만 펠드웨이 자신도 위험을 감수해야 했다. 일시적이라고는 해도 힘이 대폭 저하되기 때문에 상당히 위험한 상태가 되어 버리는 것이다.

그렇다 해도 패배는 있을 수 없다고 생각했지만, 자존심 강한 펠드웨이로서는 완전한 승리에 집착하고 있었다.

하지만, 디아블로가 그 생각을 바꿔놓았다.

펠드웨이는 약간의 굴욕을 감수하더라도 작전의 성공을 우선시하기로 했다. 밀림의 지배를 포기하고 전력으로 디아블로를 때려눕히기로 결심한 것이다.

『밀림이여, 신수를 파괴해라!』

펠드웨이는 밀림의 지배에 모든 힘을 쏟아 강제 명령을 내렸다.

이로써 지배의 권능은 영향력을 상실했다.

하지만 문제는 없었다.

펠드웨이의 지배가 해제되더라도 마지막으로 내린 명령은 실행되기 때문이다. 게다가 밀림의 '스템피드' 상태는 그대로였으니, 방해자를 제거한 뒤 다시 지배하면 된다고 판단했다.

더는 멈출 수 없다.

밀림은 신수를 파괴할 것이다. 그렇게 되면 세계는 끝이었다.

펠드웨이는 자신의 방어력이 극단적으로 떨어진 것을 느끼고 자세를 취했다.

하지만.

디아블로는 피식 웃을 뿐이었다.

(뭐야? 날 쓰러뜨릴 절호의 기회인데 왜 안 움직이지?)

그런 의문을 품은 펠드웨이는, 디아블로의 시선이 자신을 보고 있지 않다는 것을 깨달았다.

그리고 그 앞에는——.

＊

유우키는 혹사당하고 있었다.

"이봐, 이거 완전 갑질 아니——."

"조용히 해. 다음은 이 좌표!"

"——네네."

불만은 받아들여지지 않았다.

클로에의 요구는 일방적이었고, 유우키가 끼어들 틈은 조금도 없었다.

그 모습을 보고 기쁜 얼굴로 "응응" 하고 고개를 끄덕이는 베루도라.

유우키에게 친근감을 느끼고 있는 모습이었지만, 그건 그거대로 짜증을 일으켰다.

(정말이지, 대체 왜 내가 이런 꼴을······.)

그렇게 한탄하는 유우키지만, 그렇게 생각하는 것도 무리는 아니었다.

어쨌든 클로에가 인정사정없이 유우키를 이용해 먹고 있었기 때문이다.

우선 유우키가 '순간이동'을 쓸 수 있게 됐다는 사실은 곧바로 들통났다.

출현한 순간 바로 목격당한 것이다.

본래 '순간이동'이라는 것은 한순간의 시차조차 없이 '전이'할 수 있는 스킬이었다.

이 유용성은 말할 것도 없었다.

전투에서 활용하면, 거의 모든 공격을 회피할 수 있었다. 다만, 일정 레벨 이상의 상위 존재에게만 한정된다는 조건이 붙긴 하지만······.

일단 '마력감지'로 반경 100미터 정도의 반구를 감지할 수 있다면, 공격을 감지하자마자 '순간이동'을 발동시킨다는 코드를 사전에 입력해 두는 것으로 광속의 공격마저 회피할 수 있었다.

유우키는 이것을 클리어했기 때문에 문제가 없었다.

밀림의 돌격도, 스치기만 해도 치명상이 될 수 있는 맹공마저, 본 뒤에 여유롭게 회피할 수 있었다.

만약 밀림에게 이성이 있었다면 쉽지 않았을 것이다.

그러나 그것은 가정의 이야기일 뿐이었다.

지금의 밀림에게는 통하는 방법이었으니 쓸 수 있을 때 쓰는 것이 맞았다.

그런 이유로 안정성이 크게 올라갔다. 가장 위험한 미끼 역할을 유우키에게 떠넘긴 덕분에 밀림이 광범위한 공격을 하지 못하도록 주의만 하면 되기 때문이었다.

이 전법의 장점은 하나 더 있었다.

오히려 이쪽이 더 중요했다.

그것은 무엇인가, 바로 밀림의 강화를 막을 수 있다는 점이었다.

베루도라는 조절에 실패해서 밀림의 얼티밋 스킬 '사타나엘'을 발동시켜 버린 상황이 여러 번 있었다.

그렇게 되면 밀림의 힘이 '증식'하기 때문에 점점 강해지게 된다.

유우키라면 그럴 걱정도 없었다.

(뭐, 클로에의 의도는 알겠는데, 그렇다는 건 즉 날 얕보고 있다는 거지?)

유우키는 천재였기 때문에, 왜 이런 복잡한 전법을 취하고 있는지 이미 모두 꿰뚫어 보고 있었다. 그렇기에 더더욱, 자신이 밀림에게 위협이 될 수 없다는 것을 이해하고 남몰래 우울해진 것이다.

《한심하네, 한심해.》

시끄러워—— 라며 짜증을 내는 유우키.

이 마나스—— 마리아의 성가심은 정말이지 이루 말로 표현하기 힘들 정도였다.

중요한 일도 아닌데 두 번씩 반복하는 것도 짜증 났다.

게다가 유우키에게 늘 악의적인 태도를 보였다.

본래에도 숙적이었던 마리아베르의 인격이 복사된 탓에 심각할 정도로 상성이 맞지 않았다. 그렇지만 성능만큼은 최고였기에 유우키가 실수라도 할라치면 득달같이 달려들어 그를 비난했다.

실수를 하지 않은 상황에서도 지금처럼 조롱하는 듯한 발언을 쏟아내기도 했다.

(하아, 어떻게 해서든 이 음성은 꺼버려야겠어.)

유우키는 몰래 마음속으로 맹세했다.

그건 그렇고—— 유우키는 생각했다.

(이런 말도 안 되는 괴롭힘은, 분명 그 사람 짓이겠지.)

그러면서 지금은 없는 리무루를 떠올렸다.

이곳에 돌아온 것도 리무루 덕분이라고, 유우키는 그렇게 생각했다.

그 **장소**에서 마이와 합류할 수 있는 확률은, 생각만으로도 멀미가 날 정도로 제로에 가까웠기 때문이다.

그것이야말로 리무루가 관여하고 있다는 증거이자, 리무루가 살아 있다는 증거였다. 적어도 유우키는 그렇게 확신하고 있었다.

그렇다면 지금은 힘을 내야 할 때였다.

"어휴, 이렇게 흉악한 마왕 밀림을 막을 수 있는 건 리무루 씨 말고는 없겠지……."

"알고 있다면 움직여!"

"네네."

"좋아, 나도 노력하마!"

"베루도라는 쓸데없는 짓 하지 마!"

"으, 음. 물론이지……."

당연하다는 듯이 클로에가 지휘를 했다.

정확한 지시를 날리며 밀림을 신수에 가까이 가지 못하도록 했다.

유우키뿐만 아니라 베루도라까지도 거역하지 못하고 있었다.

"그래서, 다음에는 뭘 하면 돼?"

"밀림의 주의를 끌어야 하니까 특기인 초능력으로 공격해."

"어? 내가 초능력을 쓸 수 있다는 걸 너한테 말한 적이 있었나?"

유우키 입장에서 '가면의 용사'는 초면이나 다름없었다. 그 정체가 자유학원 학생이었던 클로에 오벨이라는 것은 알고 있었지만, 이제는 완전히 다른 사람이었다.

유우키의 비밀의 일부를 알고 있을 리가 없을 텐데——.

"설명은 나중에! 빨리 하기나 해!"

"네에."

클로에의 기백 앞에서 유우키도 완패했다.

상황 설명을 듣는 것도 포기하고 순순히 지시대로 움직일 수밖에 없었다.

그리고 얼마의 시간이 지나고——.

"——아앗!"

클로에가 작게 중얼거렸다.

유우키의 시선이 저도 모르게 클로에에게 향했다.

그 목소리에, 환희의 울림이 있는 것처럼 느껴졌기 때문이다.

하지만 클로에의 표정은 냉정했다.

착각이었나—— 유우키가 그렇게 생각한 순간, 사태가 급변했다.

『밀림이여, 신수를 파괴해라!』

그런 펠드웨이의 사념파가 주변에 울려 퍼진 것이다.

이에 밀림이 신수를 응시했다.

"안 돼!"

황급히 움직이는 유우키.

밀림에게 공격을 가했지만 조금의 미동도 없었다. 모기에 물린 정도의 상처도 입지 않은 모습으로 유우키를 무시했다.

"젠장, 나로는 무리야!"

"그렇다면 내가! 드래곤 클로(용조멸격)!"

이번에는 베루도라가 공격에 나섰다.

하지만 밀림은 조금도 아랑곳하지 않았다. 그대로 신수를 응시한 채 필살기—— 드라고 노바를 날리려는 자세를 취했다.

전례 없는 규모로 날아가려 하는 드라고 노바와 동시에, 밀림을 보호하듯 얇은 막이 펼쳐지며 푸르게 빛났다. 베루도라가 날리려던 공격은 거기에 막힌 것이었다.

드라고 노바를 날릴 때 술자를 보호하기 위해 배리어(장벽)가 펼쳐진다. 이것이 푸른색 막의 정체였고, 성입자의 고치로 되어 있어서 그 성질에 정통하지 않으면 이를 뚫는 것은 불가했다.

"윽, 정말 견고한 장벽이군. 내 드래곤 클로에도 꼼짝도 하지 않다니…….”

이런데도 방어용이 아니라는 것이 놀라웠다. 베루도라도 밀림의 위험성을 인정할 수밖에 없었다. 나름대로 자신이 있었는데, 너무 쉽게 막혀버린 것이 충격이었다.

하지만 여기서 포기할 수는 없었다.

“어쩔 수 없지. 내 전력을 쏟아부어 확률을 조작해 드라고 노바의 궤도를 바꿀 수밖에 없나…….”

그것이 성공할 확률은 제로에 가까웠지만, 퍼타일 패러독스(풍양한 신비의 파동)라면 성입자에 간섭할 수 있다는 것을 베루도라는 간파하고 있었다.

최악의 경우 큰 대미지를 입는다 해도 상쇄는 노려볼 수 있었다.

“유우키여, 날 도와줄 수 있겠나!”

“……어쩔 수 없지. 그래서, 난 뭘 하면 되는데?”

“음, 넌 좌표 계산을──.”

거기까지 지시를 내린 순간, 베루도라는 문득 깨달았다.

조금 전까지 시끄러울 정도로 지휘를 내려대던 클로에가 묘하게 조용해진 것이다.

포기했나? 그렇게 생각했지만, 아무래도 상태가 좀 달랐다.

어느새 신수 앞에 자리잡고 밀림을 노려보고 있었다.

(무슨 계책이 있는 건가? 그렇다면 우리도 합류해야겠지.)

만약 아무 계획도 없다면 드라고 노바에 직격하는 위치였다.

그것은 솔직히 자살행위였지만, 자신과 유우키도 있으니 살리는 것 정도는 가능할 것이라고 베루도라는 판단했다.

“──그 전에 클로에와 합류할까.”

“알았어.”

유우키는 베루도라와 함께 클로에의 등 뒤로 ‘순간이동’했다.

그리고 정면에서 밀림을 바라본 순간——.

밀림의 두 손 사이에서 성입자가 반짝이며, 이 세상 것이 아닌 듯한 파괴의 힘이 소용돌이쳤다.

그야말로, 성운처럼.

초고밀도로 압축된 압도적인 그 에너지는, 성계조차 가볍게 소멸시킬 수 있을 정도의 위험성을 내포하고 있었다.

지금의 밀림은 이성이 없었으니 힘 조절도 기대하기 어려웠다. 현시점에서 이미 제라누스에게 날린 위력의 100배 이상에 도달해 있었다.

그것을 알아차린 베루도라가 중얼거렸다.

“음! 저걸 상쇄하는 건 나로도 무리다!”

포기하는 것이 빨랐지만, 그럴 수밖에 없다고 누구라도 납득할 것이었다.

보고 이해할 수 있는 자라면, 기축세계에서 처음 관측될 수준의 대파괴를 일으킬 것이라는 것을 쉽게 예상할 수 있었기 때문이다.

신수를 파괴하면서 그 기세로 별까지 부서진다 해도 이상할 것이 없었다.

펠드웨이가 웃음을 터뜨렸다.

“하하하하! 훌륭하다. 훌륭해, 밀림이여! 자, 그것을 해방해 내 야망을 이뤄다오!”

그 명령에 호응하듯 밀림이 드라고 노바를 날렸다.

세상이 끝난다—— 모든 이가 그것을 각오했다.

전기를 두른 채 창백하게 빛나는 빛의 본류가 거의 광속이나 다름없는 속도로 대기를 불태우며 신수에게 다가갔다.

그 끝에 떠 있는 클로에, 베루도라, 유우키.

그런 세 명을 올려다보는, 이 땅을 지키려 했던 전사들.

아무도 절망하지 않았다.

'하늘은 스스로 돕는 자를 돕는다'라는 말처럼, 몇 명을 제외한 모두가 마지막까지 최선을 다했다는 만족감을 가슴에 품고, 마지막 순간이 오기까지의 얼마 안 되는 시간을 경험하고—— 동시에 기적을 목격했다.

그 찰나, 공간이 흔들렸다.

누군가가 나타났다.

반짝이는 듯한 월백색 머리카락이 휘날리며 모두의 눈길을 사로잡았다.

정지된 듯 느껴지던 시간이 흐르기 시작했지만, 모두의 감각은 그대로 멈춰버린 듯했다.

파괴는 일어나지 않았다.

신수는 무사했고, 세계도 멸망하지 않았다.

단지——

"아팟?! 잠깐, 진짜 엄청나게 아픈데?!"

그런 김 빠지는 목소리만이 울렸을 뿐이다.

세계를 멸망시킬 정도의 위력을 간직한 드라고 노바는, 흔적도 없이 사라져버렸다.

그렇게 될 것을 알고 있었다는 듯이, 클로에가 움직였다.

“리무루 씨!”

누구보다 믿음직한 등을 향해 망설임 없이 달려가 안긴 것이다.

●

이거, 일 났네.

돌아오자마자 눈앞에는 폭주 상태인 밀림이 있었다.

그건 뭐 예상한 대로였지만, 드라고 노바가 발사된 순간이었다는 것이 최악이었다.

시엘 씨가 ‘타임워프(시공간도약)’로 원하는 타이밍에 돌아올 수 있다고 호언장담하기에 그 말을 믿고 맡긴 것이 실수였다.

그 결과, 가는 도중 사고까지 발생하고 말았다.

기분 탓이니 뭐니 하며 얼버무렸지만, 나는 속지 않았다.

그래서 이렇게 위험한 타이밍에 돌아와 버리고 만 것이다.

《아니요, 완벽한 타이밍이었습니다.》

거짓말!

완벽하다면 밀림이 드라고 노바를 날리기 전에 귀환했어야지!

그랬으면 나도 이렇게 아픈 꼴을 겪을 일은 없었을 것이다.

그보다, 이럴 줄 알았으면 역시 ‘허수공간’에 격리할 게 아니라 그냥 힘으로 상쇄시키는 편이 낫지 않았을까?

에너지가 엄청 쌓여있었다느니 뭐니 하면서 자랑했었잖아.

그러면 상쇄하는 것 정도는 쉬웠던 거 아니야?

《아닙니다. 피해를 주지 않고 처리할 수 있었으니 완벽한 대처 방법
이었습니다.》

과연 정말일까?
삼켜버린 탓에 엄청난 후유증이 생긴 느낌인데?
속은 안 좋고, 두통도 심하고…….
──잠깐, 기다려?
완벽한 타이밍이라니…… 혹시 드라고 노바를 일부러 먹인 거야?

《…….》

저기요?

《이미 끝난 일이니, 마음을 전환하는 것이 좋을 것 같습니다.》

……후우.
조용히 분노를 삼켰다.
나는 이미 휘둘리는 것에 익숙해져 버린 모양이다.
시엘 씨의 변함없는 모습에, 반대로 안도감마저 느끼고 있었다.
어쨌든 무사히 돌아올 수 있었으니 다행이라고 생각하자.
"리무루 씨!"
내 이름을 부르며 끌어안은 것은, 매력적인 미소녀였다.
나도 모르게 심장이 두근거릴 정도로, 경국지색의 미인──이

랄까, 클로에다.

"오, 오오. 클로에 맞지? 미궁 안으로 피신해 있었던 거 아냐?"

"응. 그랬는데 가이아가 주인한테 달려가려고 해서 나도 같이 따라왔어."

그렇군, 밀림이 폭주하고 있다는 걸 알아차린 걸까?

가이아와 밀림에게도 유대감이 있는 것 같으니 걱정이 돼서 뛰쳐나왔다는 것도 있을 수 있는 이야기였다.

그 덕분에 모두 무사했던 것 같으니 성공적인 판단이었던 것 같다.

그런 가이아는 지금도 "뀨우, 뀨이!"라고 외치며 밀림을 부르고 있었다.

밀림 쪽은 어떤가 하면——.

《가이아의 부름에 반응해 지배 상태가 약해지고 있습니다.》

그렇다고 한다.

아무래도 드라고 노바를 날리고 난 이후로 급속히 지배의 영향력이 줄어들고 있는 듯했다. 이 상태라면 곧 자아를 되찾지 않을까 하는 기대도 들었다.

딱 좋은 상황이라고 생각하면서 무의식적으로 클로에의 머리를 쓰다듬었다.

뒤늦게 정신을 차리고 황급히 사과.

"아, 미안, 미안. 나도 모르게 어린애일 때처럼 머리를 쓰다듬어버렸네."

“아니. 괜찮으니까 더 칭찬해 줘.”

음? 클로에가 그렇게 말한다면——.

《안됩니다. 그건 성희롱에 해당합니다.》

오오, 역시 안 되나.

듣고 나서 깨달은 건데, 레온도 아래에서 우리를 노려보고 있고, 지금은 한가롭게 있을 때도 아니었다.

나는 살짝 클로에의 어깨를 두드려주고 떨어졌다.

그 순간, 이번에는 베루도라가 끼어들어 내게 힘차게 어깨동무를 하며 말했다.

“크아하하하하! 잘도 무사히 돌아왔구나, 리무루여. 나는 걱정 같은 건 안 했지만, 네 대신 클로에의 손발이 돼서 열심히 노력했다. 나중에 상을 줘도 좋다!”

“오, 고마워. 그래서 다구류루는?”

“물론 나의 완전 승리였다!”

“훌륭하네. 너라면 기대를 저버리지 않을 거라고 생각했어!

“그렇지? 그렇고말고!”

크아하하하, 하고 웃으며 베루도라는 크게 기뻐했다.

보상을 기대하고 있는 것 같으니 아바타(가마체)용 마법 무기를 준비해 주기로 할까.

라미리스의 던전에서 아바타를 이용해 놀던 유사 MMORPG에 대해 말하자면, 최근에 플레이어가 늘어나면서 수수하게 인기가 높아지고 있었다.

조만간 팀 대전 같은 것도 가능해질 것 같고, 레벨 올리기는 중요하니까. 장비 업그레이드도 소홀히 할 수 없는 만큼 흥미로운 장비들은 크게 환영받는 인기 상품이었다.

지금은 전시 중이고, 아무리 생각해도 놀고 있을 때는 아니지만, 미래에 즐거운 일이 기다리고 있다고 생각하면 더 열심히 할 수 있는 법이니까.

"다 끝나면 멋진 아이템을 준비해 줄게!"

"음! 역시 리무루는 대화가 빠르군. 기대하고 있으마!"

그렇게 말하며 베루도라는 만족스럽게 고개를 끄덕였다.

여러 가지 일이 있었던 듯하니, 나중에 천천히 이야기를 들으며 격려해 주기로 했다.

그리고 클로에와 베루도라와의 재회를 기뻐했지만, 그곳에는 유우키도 있었다.

"원망스러워요, 리무루 씨……."

"갑자기 뭐야? 난 아무 짓도 안 했는데."

"했잖아요! 왜 그렇게 성격 고약한 녀석을 저한테 떠넘긴 거예요!"

무슨 말인지는 모르겠지만, 유우키가 불평을 토로했다.

밀림이 움직일 기미가 보이는 상황이라 느긋하게 듣고 있을 시간은 없었지만…… 유우키가 격렬하게 분노하고 있는 것이 조금 신경 쓰였다.

뭐, 일단은 동맹 관계이긴 하지만 날 이용하려고 했던 상대니까 말이지. 그렇게까지 친절하게 대할 필요는 없다고 생각하는 한편, 어쨌든 시즈 씨의 제자였던 남자다. 그대로 무시하는 것도 영 찜찜하니 이야기 정도는 들어줘도 좋을 것 같았다.

그런 생각을 하고 있는데, 이쪽의 사정은 개의치 않고 유우키가 이야기를 시작했다. 일방적으로 '사념전달'까지 사용해가며 마리아베르의 자아가 자신 안에 깃들어 버렸다고 호소한 것이다.

때와 경우를 가리지 않고 말을 걸어대 유우키를 바보 취급하기도 한다는 모양이다.

이야기를 듣고 나자 확실히 '그건 싫겠네'라는 생각이 들었다.

하지만, 그뿐이었다.

"어떻게 좀 해 주세요!"

"무리야."

내가 왜 그런 걸 해야 하는데.

애초에 유우키가 고생을 한다고 하면 나에게 있어서는 대환영인 일이었다.

"게다가, 그거 마나스지? 아주 희귀한 권능인데, 사이좋게 지내는 게 어때?"

시엘 씨도 그렇지만 마나스는 유익했다. 협력 관계가 되는 것이 가장 현명한 방법이었다.

그 이전에, 그 정도로 자아를 얻어버렸다면 분리는 불가능하다고 생각하는데.

《맞습니다! 마나스와 숙주는 분리될 수 없습니다.》

그렇겠지.

『나는 '클로노아'와 융합했지만 말야.』

클로에가 끼어들었다.

그런 패턴도 있었지 생각하고 있는데, 크게 고개를 끄덕이는 느낌으로 시엘 씨가 선언했다.

《안심하세요. 저는 계속 마스터와 함께입니다.》

으, 음.

융합하는 것보다 콤비인 채로 있는 편이 나로서도 기쁘다.

가끔은 귀찮지만, 그건 그거대로 받아들이기로 했다.

그래서, 유우키의 고충은 기각이었다.

"포기해."

"아, 안 돼……."

한탄하는 유우키를 봐도 내 마음은 아프지 않았다.

오히려 꼴 좋구나 싶은 마음이었다.

*

자, 귀환을 더 기뻐하고 싶지만 할 일을 먼저 끝내둬야겠지.

나는 밀림이 움직이기 시작하기 전에 더 이상 날뛰지 못하도록 잡아두기로 했다.

그렇게 밀림과 붙으면서 한시름 놓았──다고 생각한 순간, 강렬하게 머리를 맞았다.

어느 정도의 공격에는 통각무효가 있는데, 눈물이 날 정도로 아팠다.

밀림 녀석, 폭주한다고 멋대로 날뛰다니…….

그럼 이제부터 어쩐담?

이대로 머리를 계속 부딪쳐봤자 별로 재미도 없고, 솔직히 아프다.

여기는 슬라임 형태가 돼서 달라붙는 게 나을지도 모르겠다.

외관상으론 아웃이라 주저하고 있었는데, 내 인내력도 슬슬 한계였다.

슬슬 행동을 취해야겠다고 생각한 순간, 나를 향해 불평을 해오는 녀석이 있었다.

"웃기지 마라! 벌써부터 이긴 것처럼 굴고 있는 거냐?!"

누구? 아, 펠드웨이인가.

이기고 말고를 떠나, 밀림은 아직 폭주 상태인데.

다만 가이아가 호소할 때마다 반응을 보이고 있고, 베루도라에게도 반응하고 있었다. 이대로 계속 붙잡고 있으면 조만간 의식을 되찾을 것 같았다.

그렇게 되면, 반격 시작이겠지.

이겼다고 생각하는 것은 성급하겠지만, 나는 처음부터 진다는 생각은 하지 않았다.

하는 이상 최선을 목표로 하고, 반드시 이긴다. 어디에 승리 조건을 설정할 것인가, 문제는 거기에 달려 있었다.

《……상황에 맞게 승리조건을 지나치게 완화하고 있습니다.》

뭐, 그렇지.

이겼다는 실적을 남기기 위해 그런 것도 있었다.

뭐, 이번에는 그럴 필요도 없을 것 같지만!

"처음부터 우리의 승리는 정해져 있었거든!"

부추기는 건 나도 잘한다.

내 대답을 들은 펠드웨이가 분한 표정을 지었다. 실로 통쾌한 심정이었다.

나에게 동조한 것은 디아블로였다.

"쿠후후후후, 역시 리무루 님이십니다!"

조금의 흔들림 없이, 평소와 같은 어조로 나를 찬양하고 있었다.

자세히 보니 상태가 너덜너덜했다.

"디아블로, 괜찮──지 않네?"

무슨 무모한 짓을 한 것인지, 몸의 붕괴가 시작되고 있었다. 평소와 같이 태연해서 지나칠 뻔했는데, 디아블로는 언제 사라져도 이상하지 않을 정도의 대미지를 입은 상태였다.

《아무래도 '허무'를 다루고 있었던 것 같습니다만, 그 힘에 육체가 견디지 못한 거겠죠. 마력요소를 이용한 재생도 불가능하므로 디아블로의 육체가 완전히 붕괴하는 것도 시간문제입니다.》

잠깐, 진짜 위험한 상태잖아.

"쿠후후후후, 아무 문제 없습니다. 모처럼 리무루 님이 주신 육체가 사라지는 건 유감이지만, 언젠가 반드시 부활해서 다시 모시겠습니다."

그런 상태로, 디아블로는 조금도 신경 쓰는 기색이 없었다.

나는, 어이없어하면서도 감탄했다.

자신의 몸을 희생하면서까지 펠드웨이를 상대해 준 것이다. 이건 내가 뭐라도 해 줘야겠는데.

《……후우, 방법이 하나 있습니다.》

오, 그게 뭔데?

《제기온에게 베푼 것과 같이, 마스터의 만능세포를——.》

아, 그렇구나…….

디아블로에게 내 세포를 주는 건가…… 으음.

제기온 때는 별로 신경이 안 쓰였는데, 상대가 디아블로라 그런지 고민되네.

과도하게 찬양하면서 필요 이상으로 감사할 것 같고.

하지만 눈앞에서 붕괴가 시작되고 있는 모습을 봐버린 이상 아무것도 하지 않고 지나가는 것은 마음이 불편했다.

어쩔 수 없지.

"디아블로, 이걸 써."

나는 그렇게 말하며 회복약으로 위장한 내 신체의 일부를 디아블로에게 던졌다.

제대로 '텔레포트(순간이동)'도 함께 써서 펠드웨이에게 빼앗기지 않도록 신경 썼다. 배워두니 생각보다 편리한 기술이었다.

약은 누군가에게 빼앗기는 실수도 없이 무사히 디아블로의 손에 넘어갔다.

"오오, 리무루 님! 감사합니다. 이것은 가보로——."

"됐으니까 지금 당장 마셔. 명령이다!"

뭐가 가보란 거야.

애초에 악마에게 '집'이라는 개념이 있는 건가?

디아블로는 유능하지만 가끔 이상한 발상을 해서 무서웠다. 이번에도 안 좋은 면이 나올 뻔했지만, 내 명령에 따라 회복약(가짜)을 마셔줬으니 뭐, 넘어가기로 할까.

"쿠후, 쿠후후후후. 정말 훌륭합니다! 이거라면 더는 누구도 두려워할 필요가 없겠군요."

신체 붕괴가 멈추며 디아블로의 육체가 완치되었다.

두려울 것이 없다는 식으로 큰소리치고 있는데, 소우에이에 관한 일은 두려워하고 있겠지.

어쨌든 디아블로의 방을 수색하는 도중이었으니까. 전시 중이 되면서 그럴 상황이 아니라 연기하고 있을 뿐, 수사가 재개되면 무조건 두려워하고 경계할 것 같았다.

뭐, 그렇게 됐을 때가 볼거리겠지만, 나도 완전히 남의 일은 아니니까.

레인과 몰래 맺은 약속도 있으니, 디아블로를 참고하여 대응책을 생각해야 했다.

《……》

뭐, 돈은 있다.

미궁 이외에 난공불락의 비밀 기지를 준비해 두는 것도 남자의 로망으로서는 괜찮겠지.

그런 이유로, 디아블로는 양동 역할로도 힘써주길 바랐다.

장래적으로도, 펠드웨이를 상대로도.

밀림을 원래대로 되돌리기 전까지는 디아블로에게 의지할 수밖에 없었다.

펠드웨이는 강적이다. 디아블로도 그건 충분히 이해하고 있을 것이다.

펠드웨이를 상대로 허세를 부리면서 시간을 벌 생각을 하고 있겠지.

《아닌 것 같습니다만…….》

어, 그런가?

저 정도로 큰 대미지를 입었을 정도니까, 상처가 아문 정도로 우세한 상황이 되지는 않을 거 아냐?

《아니요, 그 상처는 디아블로 본인이——.》

아, 자폭이구나.

흐음, 저 녀석도 그런 실수를 하는구나.

좀 친근감이 느껴지네.

나는 디아블로를 격려하기 위해 가볍게 응원해 주기로 했다.

"대단하네, 디아블로. 너만 믿을 테니까 힘내!"

내가 그렇게 말하자 디아블로가 환희했다.

정말 과장이 심하다.

눈가에 눈물 자국까지 살짝 보인 걸 보니 어지간히 기뻤던 모양이다.

하지만 뭐, 덕분에 의욕은 충분한 모습이다. 이 분위기면 이대로 펠드웨이를 맡겨도 괜찮겠지.

"그쪽은 부탁할게!"

"맡겨주십시오."

디아블로의 대답을 듣자마자 나는 밀림에게 의식을 집중했다.

서둘러 폭주 상태를 해제시켜 밀림을 해방하기로 마음먹은 것이다.

*

밀림을 계속해서 부르면서 나는 현상을 파악했다.

밀림이 반응을 보이는 것은 나, 베루도라, 가이아가 끝이었다.

가이아에 대한 반응이 가장 큰 것 같지만, 아직 자아를 되찾을 기미는 보이지 않았다. 다만 하지 않는 것보다는 하는 것이 그나마 희망은 가질 수 있는 수준이었다.

이대로는 현상유지로 끝날 가능성도 있었다.

그러면 의미가 없었으니, 좀 더 효과적인 방법을 고민했다.

중요한 것은 밀림의 의식을 건드리는 것이다. 우리의 목소리는 닿고 있으니, 뭔가 자극적인 것을 전달해서 밀림의 분노를 해소하는 방향으로 해결책을 찾아보기로 했다.

나는 감시마법 '아르고스(신의 눈)'를 발동시켜, 구 유라자니아의 현재 상태를 확인했다.

"앗, 프레이 씨랑 다른 사람들도 부활했네……."

비친 것은 예상 밖의 광경이었다. 무슨 이유로 그렇게 된 것인지는 몰라도, 얼음 조각상으로 변했던 자들이 모두 부활해 있었다.

하늘을 날고 있었던 탓에 프레이 씨가 가장 먼저 눈에 띄었지만, 내 동료들도 무사한 것 같았다.

오, 테스타로사 발견!

소우카랑 가비루도 있고, 레인 일행도 있다.

카레라 쪽도 부활한 것 같아 다행이긴 한데, 베루자도가 직접 해제한 건 아닐 거고, 대체 무슨 수를 쓴 거지?

나로도 해제는 불가능했을 텐데——.

《아뇨! 아마 어떻게든 했을 겁니다!》

'아마'라는 말이 나오는 시점에서 믿음이 가지 않았다.

시엘 씨의 승부욕은 여전하지만, 지금은 그런 것을 따질 때가 아니었다.

『수고가 많아. 그쪽 상황은 어떻게 되고 있어?』

나는 테스타로사에게 말을 걸었다.

『——! 리무루 님, 무사히 귀환하셨군요!』

가볍게 '사념전달'로 그녀를 부르자, 깜짝 놀랄 정도로 환희에 찬 목소리가 돌아왔다.

『아, 응. 그 정도로 과장할 필요는…….』

아니, 걱정하고 있던 거겠지.

내가 튕겨 나간 이후 그렇게 오랜 시간이 지난 것 같지는 않지만, 그런 문제가 아니었다. 이제 두 번 다시 못 볼지도 모른다는 생각에 다들 걱정한 것이다.

돌아올 수 있었던 것도 운이 도와준 덕분이었고, 나중에 사과해 둘까── 잠깐, 근데 내 잘못은 아니잖아…….

이것도 전부 펠드웨이 잘못이니, 밀림이 원래대로 돌아오면 그 책임을 물어야겠다.

그건 그렇고.

테스타로사는 역시나 그녀답게 감정을 깨끗이 억누르며 상황을 알려주었다.

그 말에 의하면 베루자도와의 전투에서도 여러 일들이 있었던 모양이다.

펠드웨이, 이 녀석!

저기서도 여기서도 멋대로 날뛰다니── 그런 생각과 함께 펠드웨이를 향한 분노가 더욱 커졌다.

『그래도 희생자가 나오지 않은 건 다행이네. 전투에 휘말려 피해를 입지 않도록 너희 쪽에서도 계속해서 신경 좀 써줘!』

『알겠습니다!』

테스타로사가 흔쾌히 맡아준 덕에 이것으로 한시름 놓을 수 있었다.

어디 보자.

그럼 문제를 하나씩 해결해 나가볼까.

"이봐, 밀림! 들려? 네 동료들은 모두 무사해! 이제 날뛰는 건 그만두고 다시 제정신으로 돌아와!"

경찰이 범인을 타이르는 듯한 느낌으로, 나는 밀림에게 부드럽게 말을 걸었다.

"뀨잇! 뀨이뀨잇——!"

나에게 맞춰 가이아도 추임새를 넣어 주었다.

나는 이때라는 듯이 쉴 틈 없이 그녀에게 호소했다.

"네 그런 모습을 보면 프레이 씨도 울 거야! 그래도 괜찮아? 지금 영상을 저쪽으로 보내는 것도 가능해!"

"……."

"칼리온도 있어. 분명 한심한 꼴이라면서 박장대소할걸!"

"……."

"기이도 있어. 무시당해도 나한테 불평하지 마——."

"……기다리는 것이다. 영상을 보내야 들킬 수 있으니 리무루한테는 불평해도 되는 거 아냐?"

"——음? 아니아니, 보내질 만한 짓을 하는 쪽이 잘못이지. 애초에 이미 네가 날뛰고 있다는 건 모두한테 들켰고—— 잠깐, 어?!"

문득 정신을 차리고 보니 밀림이 제정신으로 돌아와 있었다.

불길하던 그 모습도 어느샌가 사라져 있었다.

이렇게 간단하게?—— 라며 어이가 없을 정도로, 자연스럽게.

감시마법 '아르고스'로 저쪽의 전황을 비춘 덕에 모두가 무사하다는 말이 밀림에게 닿은 것일까?

지금까지 가이아가 호소한 것이 영향을 준 것일지도 모른다.

그건 그렇고…….

아름다운 플래티나 핑크 머리카락 사이로 이마에 붉은색 뿔이

나 있긴 하지만, 그 눈동자에는 이성의 빛이 느껴졌다. 등에는 용의 날개가 펼쳐져 있고 전신에는 흠집 하나 없는 칠흑의 갑옷을 두르고 있다.

다시 말해, 그렇게 날뛰었는데도 대미지는 거의 없었다는 뜻이었다.

말도 안 돼—— 라는 눈을 한 채 클로에도 놀라고 있었다.

클로에 뿐만 아니라 레온이나 에르땅, 다른 사람들도 믿을 수 없는 것을 보는 듯한 눈으로 밀림을 쳐다보고 있었다.

어쨌든 밀림을 쓰러뜨리는 것은 어려웠을 테니 정신을 차려줘서 천만다행이었다.

단——.

"그냥 넘어갈 생각은 마? 네 폭주에 대해서는, 없었던 일이 되지는 않을 테니까."

"끄응, 이런 작은 일 정도로……."

"작지 않거든."

정말이지.

정신을 차린 것은 다행이지만, 자신의 실수를 덮으려는 것은 단호히 막았다.

폐를 끼친 상대에게는 반드시 사죄를 시켜야지, 하고 나는 굳게 맹세했다.

"진정해라, 리무루여. 내 활약 덕분에 큰 피해는 나지 않았으니 여기선 웃으며 용서해 주는 게 어때?"

베루도라가 그런 태평한 말을 했다.

이에 관해서 클로에는 자신과는 상관없다는 태도를 보였지만,

에르땅 쪽에서도 제지가 들어왔다.

혹 하고 우리 앞까지 날아오더니 진정하라며 날 달랜 것이다.

"밀림에게 악의가 있었던 게 아니라 조종당하고 있었을 뿐이잖아. 이 일로 책임을 묻는 건 조금 이상하지 않을까?"

평소에는 엄격한 에르땅인데, 이 건은 불문에 부치겠다는 것 같았다. 천제가 그렇게 생각한다면 나로서도 불만은 없지만…….

그래, 그 말이 맞아! 역시 넌 뭐 좀 아는구나! 라며 밀림은 기세 등등하게 에르땅을 칭찬하고 있었다. 저 사람이 그렇게 쉽게 끝 내지는 않을 것 같은데?

"아니, 그건 맞는 말인데, 가장 피해를 본 건 살리온이잖아?"

"물론 그 일에 대해서는 상담이 필요해! 부흥에 대해서는 나중 에 리뭇치에게도 도움을 받을 거야!"

뭐?

왜 나야?

"아니아니, 그건 밀림이 책임져야 하는 거잖아?"

"무슨 소리야. 마왕 밀림의 보호자는 당신이니까 리뭇치에게 청구하는 게 맞지!"

그렇게 말한 에르메시아가 윙크를 날렸다.

그렇군, 그렇게 나오시겠다.

확실히 밀림이 부흥 작업을 돕는 것은 무리일 테니 도와주긴 하 겠지만…….

거부할 수 없는 그 제안을 나는 결국 체념하듯 받아들였다.

*

어쨌든 밀림이 정신을 차린 것은 다행이었다.

펠드웨이는 분함을 드러내면서도 디아블로의 견제로 인해 움직이지 못하고 있었다.

클로에와 베루도라는 긴장이 풀린 것인지 피로에 지친 얼굴로 신수 잎에 앉아 있었다.

"뒤는 맡길게, 리무루 씨."

"음, '천통각'에서도 밀림이 난동을 부렸던 것 같으니까. 뭔가 귀찮아 보이는 녀석도 출현한 것 같고, 나로서는 그쪽이 신경 쓰이는군."

뭐야, 밀림. '천통각'에서도 이미 한바탕하고 온 거냐…….

"모, 모르는 것이다! 나는 안 한 것이다!"

"""……."""

했는지 안 했는지, 그런 주장은 성립되지 않는다.

만장일치로 밀림은 유죄였다.

"있지, 나한테 들어온 정보에 따르면, 밀림이 '천통각'에서도 드라고 노바를 날렸다는 것 같아."

생긋 웃은 에르땅이 그렇게 말했다.

"너 진짜 뭐한 거야?"

"모, 모르는 것이다! 나는 잘못 없는 것이다!"

"제대로 저질렀잖아. 여기서 발뺌하는 건 무리지…….""

"윽?!"

내 가차 없는 지적에 밀림이 신음했다.

이건…… 내가 튕겨 나간 후의 이야기겠지. 이렇게 되면 밀림의 폭주를 숨기려고 해도 아무도 납득하지 않을 것이다.

나는 어이없다는 얼굴로 감시마법 '아르고스'로 '천통각' 주변의 모습을 비춰보았다.

그러자, 전 세계에서 전력이 집중된 것인가 싶을 정도로 대규모의 전투가 벌어지고 있었다.

"우와, 완전 일이 커졌잖아."

"그건 말이지, 마왕 루미너스의 부름 때문이야. 저쪽은 저쪽대로 이계의 침략자를 상대로 대전쟁이 발발했거든."

"맙소사……."

"거기 있는——."

거기서 에르땅이 펠드웨이를 한 번 노려보고는, 원망을 담아 내뱉듯이 말을 이었다.

"——세상을 멸망시키고 싶다느니 뭐니 헛소리를 지껄이는 멍청한 녀석 때문에 우리도 큰 피해를 입었어. 마왕 밀림의 폭주도 저 녀석 때문이니 책임은 물어야겠지."

에르땅도 자신의 힘으로는 이길 수 없다는 것을 이해하고 있는 모습이었다. 벌써부터 나한테 떠넘길 마음이 가득해 보였다.

그 말이 맞다, 나는 잘못하지 않았다! 라며 기세 좋게 말하고 있는 밀림은 방치해 두고, 나는 어쩔 수 없다는 얼굴로 납득했다.

나를 날려버린 이후 펠드웨이가 제멋대로 난리를 친 거겠지.

그것을 막고자 루미너스가 중심이 되어 지금 이 상황이 벌어졌고.

기이가 베루자도에게 붙잡혀 있는 이상 루미너스가 움직일 수밖에 없었을 것이다.

뭐, 그렇겠지.

다구류루는 적대하고 있고, 레온은 여기 있고, 라미리스는 미궁 내에서 애쓰고 있을 거고, 밀림은 지금까지 날뛰고 있었으니까.

디노는 뭘 하고 있는 것인지 모르겠지만, 녀석에게는 기대할 수 없다. 결국 실제로 움직일 수 있는 건 루미너스 밖에 없었다는 뜻이 된다.

수고했어, 그리고 고마워—— 나는 마음속으로 감사를 전했다.

어쨌든 우선 에르땅이 말한 멍청한 녀석 문제 먼저 해결하고, 그러고 나서 후딱 사태를 수습해 볼까.

"일단 펠드웨이 먼저 처치해 버리자."

"음! 나도 도와주마!"

우리들의 의욕은 가득했다.

여기서 실비아 씨도 다가왔다.

"그 녀석을 쓰러뜨려 주는 건 대환영이지만, 정말 괜찮아? 그 모습은 '성왕룡' 베루다나바 님과 똑같은데?"

음, 그런가?

뭐, 멋지다는 생각은 했지만, 적이니까 상관없다고 선을 긋고 있었는데.

밀림도 어리둥절한 표정으로 실비아 씨를 돌아보았다.

거기서, 밀림을 보고 떠올렸다.

"아, 그렇구나. 밀림의 아버지랑 똑같은 모습이라는 거구나."

"맞아! 머리색도 다르고, 본인이 아니라는 건 확실하지만 말이야."

"그렇다면 문제없어! 애초에 기억에도 없으니까 난 신경 안 써!"

밀림이 신경 쓰지 않는다면 내가 배려할 필요는 없었다.

적은 쓰러뜨린다. 그뿐이다.

그렇게 해서 앞으로의 흐름을 정해 나갔다.

그걸로 괜찮은 거야? 라는 표정의 실비아 씨&에르땅 모녀를 무시하고 나는 밀림에게 방침을 전했다.

"펠드웨이를 쓰러뜨리고 나면 나는 기이를 도우러 갈게. 너는 '천통각'에 가서 모두를 도와줘."

"음, 나는 프레이 쪽을 구출하러──."

"보면 알겠지만, 프레이 씨랑 다른 사람들은 이미 해방된 상태고, 뒤는 스스로 할 수 있을 거야. 그리고 여기서 점수를 따두지 않으면 나중에 모두한테 엄청나게 혼날걸?"

내 설득에 밀림이 고개를 끄덕였다.

"아, 알았어. 베루자도는 강하지만 뭐, 기이랑 리무루라면 괜찮겠지."

본인도 어렴풋이 위험하다는 것을 느끼고 있던 모양이다.

우리가 걱정되는 것도 이유겠지만, 기이도 있으니까 괜찮을 것이다.

"그래. 누님에 관한 일은 리무루에게 맡겨두면 되겠지. 그러니 나도 밀림을 따라가겠다!"

도망이군.

애초에 베루도라에게는 시온 쪽의 도움을 맡길 생각이었다. 그러니 문제는 없지만, 일단 못을 박아두기로 했다.

"그건 상관없지만, '천통각' 쪽에는 베루글린드 씨가 있는 것 같던데? 아무래도 꽤 예민한 상태인 것 같으니까 너무 화나게 하지 않게 조심해."

예민하다고 해야 할지, 누군가를 경계하고 있다고 해야 할지.

베루글린드 씨의 시선 끝에는 어린아이가 있었다.

어린아이……?

대형 요수의 어깨에 앉아 두 다리를 흔들거리고 있다.

장소와 조금도 어울리지 않는 그 모습에 섬뜩함마저 느껴졌다.

《――'멸계룡' 이바라제로 보입니다.》

그렇구나. 그렇다면 납득이다.

출현을 저지하는 단계는 이미 오래전에 지난 건가. 이렇게 된 이상 쓰러뜨리거나 쫓아내는 수밖에 없겠지.

"내, 내가 누님을 화나게 하다니, 그런 일이 있을 리가 없지…… 우물우물."

점점 목소리가 작아지고 있는데, 괜찮은 거 맞아?

뭐, 그건 베루도라의 문제다.

"이바라제는 예상 이상으로 강한 것 같으니까 방심하지 말도록 해."

"음, 맡겨다오!"

"내 적은 아니야!"

뭐, 이 두 사람이라면 괜찮겠지.

그렇게 됐으니 나는 빨리 펠드웨이를 처치하기로 할까.

그렇게 생각하고 디아블로에게 가세하려고 했――는데…….

어라?

"음, 이건 너무 일방적인 거 아닌가……."

“응. 디아블로의 승리야.”

그런 것 같지?

우리가 방침을 정한 사이에 전투는 이미 끝나가고 있었다.

중간중간 ‘그러고 보니 펠드웨이가 방해를 안 하네’라고 생각했는데, 상황을 보니 그럴 수밖에 없었다.

어쨌든 디아블로가 압도적인 실력으로 펠드웨이를 몰아붙이고 있었기 때문이다.

놀란 우리들의 앞에서, 결판의 때가 오고 있었다.

●

펠드웨이 입장에서 리무루의 귀환은 예상 밖의 일이었다.

무사한 모습을 보자 불길한 예감이 들었다.

이대로는 위험하다── 라고 느꼈지만, 디아블로의 방해로 인해 아무런 행동도 할 수 없었다.

그러는 사이 리무루가 디아블로에게 무언가를 던져주었다.

위험하다는 것을 본능적으로 느꼈다.

그래서 방해하려고 했는데, 그럴 수 없었다.

리무루가 던지는 시늉을 하면서 ‘전이’로 그것을 넘겼기 때문이었다.

(──‘텔레포트’?!)

자신도 사용할 수 있는 만큼, 그것이 얼마나 성가신 능력인지 잘 알고 있었다.

시간과 공간을 무시하고 원하는 대로 이동할 수 있는 권능. 이를 구사하면 모든 면에서 유익했다.

군단의 집단 이동은 물론 전투 면에서도 큰 도움이 되는 스킬이었다.

펠드웨이도 그것은 충분히 이해하고 있었다.

그럼에도 디아블로와의 전투에서는 거의 사용하지 않았다.

그 이유는 딱 하나.

펠드웨이 자신에게 쌓아온 경험이 부족했기 때문이다.

펠드웨이는 다른 사람의 레벨(기량)조차 자신의 것으로 만들 수 있는 무시무시한 천재였다. 그러나 그 성격은 신중했기에 익숙하지 않은 기술은 실전에서 사용하지 않았다.

위에 군림하는 자로서, 언제나 필승법만을 사용했다. 미지의 적을 상대할 때조차 위험한 행동은 하지 않고 확실한 전술만을 구사했다. 그것이 펠드웨이가 싸우는 방식이었고, 언제나 승리할 수 있었던 비결이었다.

하지만.

그것은 바꿔 말하면 응용력이 부족하다는 것을 의미했다.

펠드웨이는 스스로 기술을 연구하지는 않았다. 그것은 부하들의 역할이었고, 아무리 유용한 기술이라도 확립된 응용 기술이 발견되지 않으면 그것을 전투에 포함시키지 않았다.

따라서 리무루가 사용한 '텔레포트'에 위기감을 느꼈다. 이대로 리무루를 방치해 두면 손댈 수 없을 정도로 성장해 버릴 것 같은, 그런 불안이 뇌리를 잠식한 것이다.

그래서 펠드웨이는 초조해졌다.

(훗, 디아블로는 이미 죽은 목숨. 마왕 리무루도 밀림의 드라고

노바에 직격을 맞았다. 태연한 것처럼 보이지만 그 속은 엉망일 터. 그렇다면 지금——.)

밀림의 지배가 해제된 것을 기회 삼아 전력으로 디아블로를 처치한다. 그대로 리무루에게 달려가 이 이상의 위협이 되기 전에 소멸시키고자 했다.

하지만 펠드웨이의 계산은 너무나도 안이했다.

붕괴가 시작되며 곧 소멸될 예정이었던 디아블로가, 리무루에게서 받은 회복약에 의해 완전히 부활해 버린 것이다.

다가온 펠드웨이를 당당한 미소로 맞이하는 디아블로. 검과 손톱이 교차하는 순간, 펠드웨이는 자신의 계산이 틀렸다는 것을 깨달았다.

(——윽?! 이 녀석, 힘이 늘어났어?)

그 전보다 더 강한 힘을 담은 일격조차 디아블로는 어렵지 않게 받아냈다. 무기의 성능 차이에도 개의치 않고 정면으로 격돌한 것이다.

디아블로의 싸움 방식이 달라졌다. 지금까지는 충격을 흘려보내고 있었는데, 그러한 자잘한 기술에 의지하지 않고 정면 승부에 나선 것이다.

그것은 압도적인 역량 차이가 있는 상대에게는 악수였다. 자살 행위일 뿐만 아니라, 한순간에 재가 될 수도 있었다. 분명, 그랬어야 했다.

그러나 펠드웨이가 상상한 결과는 되지 않았다. 디아블로는 오히려 여유 있게 대처하고 있었다.

"——윽?!"

"쿠후후후후, 뭘 놀라시는 겁니까?"

"네놈, 그 '힘'은――."

"짐작하신 대로, '허무'의 에너지를 활용했습니다만, 무슨 문제라도 있습니까?"

"무슨――."

무슨 말도 안 되는 소리를 하는 거냐―― 그렇게 말하려다, 서로 사투를 벌이는 와중이라는 것을 떠올렸다.

어떤 수단을 쓰든 승리하면 그것이 정의다.

게다가, 디아블로는 무리해서 힘을 쓰는 기색이 전혀 없었다.

조금 전까지와는 달리, 그 육체가 '허무'를 완전히 받아들이고 있었던 것이다.

말도 안 돼―― 펠드웨이는 전율했다.

애초에 '허무'란 세계를 멸망시킬 수도 있는 파멸의 힘이었다.

테스타로사도 그렇지만, 그렇게 간단하게 조종할 수 있는 것은 아니었다.

우선 지상으로 불러들이는 것부터가 어려웠다.

마법 등을 써서 드러내는 것은 가능하지만 그것에도 한계가 있었다. 설사 '허무'를 내보냈다 해도, 그 마이너스 에너지도 중화되기 때문에 최종적으로는 아무 일도 없었던 것처럼 조화가 유지된다.

세계를 멸망시킬 위험이 있는 '허무'의 폭주는, 그야말로 지옥의 심연과 이어지는 '문'을 열지 않는 한 있을 수 없는 일이었다.

역설적으로 말하자면――.

테스타로사나 디아블로는 그런 '문'을 열었다는 뜻이 된다.

세계를 멸망시키려 하는 펠드웨이 입장에서는 그대로 제어에 실패하는 것이 가장 이상적이었다. 그렇게 되면 신수를 파괴하지 않고도 목적을 달성할 수 있을 테니까.

하지만 디아블로는 그런 '허무'를 자신의 몸속에서 순환시키고 있었다.

자살행위라고 할 수준을 넘어섰음에도 이를 완전히 통제하고 있으니 믿기 어려운 것이다.

베루다나바가 준 자신의 육체라면 몰라도, 디아블로의 육체는 어떤 소체가 재료인지도 불분명한 잡동사니에 지나지 않았다. 그런 것이 미증유의 힘을 견딜 수 있을 리가 없었다.

그러나 현실은 무정했다.

디아블로는 무시무시한 '허무'를 완벽하게 구사하고 있었다.

그 이유는 리무루가 준 '만능세포'에 있었다.

이 세포에는 '무한재생' 권능이 깃들어 있어 그 재생 속도가 '허무'에 의한 붕괴 속도마저 웃돌고 있었던 것이다.

(쿠후후후후, 역시 리무루 님! '허무'를 다스리기 위한 훌륭한 육체를 하사해 주시다니!)

이는 디아블로의 성대한 착각이었다.

리무루는 단지 디아블로의 상처를 치유해 주려고 한 것뿐이었다.

시엘이라면 몰라도 리무루는 디아블로에게 그런 무모한 짓을 시킬 마음은 없었다.

하지만 디아블로의 착각에는 나름의 이유도 있었다.

제기온이라는 성공 사례가 있었으니, 디아블로가 무모한 짓을 하지 않을 리가 없는 것이다.

리무루를 믿는 마음 그대로 디아블로는 전력으로 '허무'를 자신의 몸에 순환시켰다. 그 결과, 육체가 견딜 수 있는 한계치를 파악하고 그것을 자신의 것으로 만드는 데 성공했다.

이렇게 되면 더 이상 초월자 간 싸움의 정석 따위는 통하지 않았다.

(칫, 디아블로 녀석…… 그 끔찍한 '허무'의 힘에 삼켜지지 않다니…… 잠깐, 이건?!)

펠드웨이도 디아블로의 위험성을 깨달았다.

보통은 육체의 재생에도 에너지가 소모된다. 베루글린드의 '별신체'도 그렇지만, 아무리 무적 무패를 자랑하더라도 반드시 그 대가가 필요한 것이다.

무한한 에너지가 뿜어져 나오는 '용종'조차 전투 시의 소모는 피할 수 없었다. 그렇기에 베루글린드처럼 에너지를 아끼고 회복하면서 싸우는 법을 익히는 것이 상위자의 정석이었다.

결국 상대의 에너지를 먼저 소모시키는 쪽이 승리하는 것이다.

그러니 초월자 간의 전투는 무승부가 되기 쉬운 법인데── 이 개념이, 무너졌다.

디아블로는 '허무'를 불러들여 그것을 에너지원으로 활용했다. 이를 성립시키는 요소가 '만능세포'의 '무한재생'인데, 이를 수행하는 에너지조차 '허무'의 에너지로 충당하고 있었던 것이다.

그것이 의미하는 바는, 즉──.

(디아블로에게는 소모가 없다?)

──그것이 펠드웨이가 도출해낸 결론이었다.

그것이 진실이라면, 더는 에너지 총량을 비교하는 것은 무의미
했다.

중요한 것은 출력뿐.

상대를 압도할 정도의 고위력 기술을 연발하여 그 존재를 없애
버리지 않는 이상 승리할 수 없었다.

그리고 그 이치로 따지자면 디아블로의 레벨은 펠드웨이에게
뒤지지 않았고, 이 전투 중에도 계속해서 배우며 진화하고 있었
다. 당연하게도 기술의 위력이나 정확도도 나무랄 데가 없었고,
다루기 힘든 '허무'를 마치 손발처럼 자유자재로 조종하고 있었다.

펠드웨이의 '아크'가 디아블로의 어깨를 베었――지만, 이것도
순식간에 회복되었다.

제네시스급 위력이 일순간에 무로 돌아간 것이다.

(큭?! 이 녀석…… 회복의 여력을 남겨둔 상태에서도 이 정도
의 '힘'이란 말인가?!)

디아블로는 터무니없는 짓을 벌이고 있었지만, 그것은 조금 전
까지의 이야기였다.

지금, 리무루에게 새로운 육체를 받은――본인은 그렇게 믿고
있는――일로 인해 완벽한 에너지 밸런스를 찾아낸 것이다.

디아블로의 탁월한 전투 센스가 발휘되는 순간이었다.

펠드웨이는 인정하고 싶지 않은 진실에 도달했다.

존재치만 보면 펠드웨이 쪽이 압도적으로 높았다.

그러나 전투능력에서는 디아블로가 앞섰다.

그리고 그 차이는 좁혀지지 않았고, 이대로는 패배가 불가피
했다.

"젠장, 베가 자식은 대체 뭘 하고 있는 거냐! 라미리스의 미궁 따위를 못 벗어나서 내 손을 번거롭게 하다니——."

여유가 사라진 펠드웨이에서 저도 모르게 불평이 흘러나왔다.

그 말을 들은 디아블로가 웃었다.

"쿠후후후후, 베가 말입니까? 녀석이라면 진작에 죽었습니다. 아직 살아 있을지도 모르지만, 아마 죽는 게 더 나은 상태가 아닐까요?"

"뭐라고?!"

베가는 강해지는 일에 누구보다 탐욕스러웠고, 살아남기 위해서라면 무슨 짓이든 할 수 있을 법한 추악한 사내였지만, 펠드웨이는 오히려 그것을 든든하게 여기고 있었다.

그런 베가가 쓰러졌다는 말은 믿기 어려운 이야기였다.

그러나 디아블로가 이곳에 있다는 사실이 그 이야기가 진짜라는 증거나 다름없었다. 그것을 이해한 펠드웨이는 그 말을 받아들일 수밖에 없었다.

'삼성사' 중 자라리오가 배신하고, 펜이 쓰러졌다.

"남은 건 자히르——."

"아, 그 녀석은 내가 쓰러뜨렸어."

"너는!"

자히르를 불러들여 돌파구를 찾아야 하는 것일까—— 라는 생각은, 불쑥 끼어든 유우키에 의해 사라졌다.

분노를 담아 그대로 유우키를 처치하려고 했지만, 펠드웨이의 공격은 어렵지 않게 회피당했다.

"소용없어. 뭐, 나로는 널 쓰러뜨릴 수 없지만 말이야, 도망치는 것뿐이라면 여유롭지."

"——'텔레포트'인가!"

"정답! 여러 사정이 좀 있어서 마이한테 배웠거든."

그런 식의 가벼운 말을 던지면서 유우키가 펠드웨이를 농락했다.

받은 빚은 갚아주겠다는 듯 가차 없이 도발한다.

"쿠후후후후. 그 스킬은 정말 성가시지만, 그것만 보여준다면 대응책 정도는 만들어낼 수 있을 것 같군요."

디아블로는 웃었지만 유우키는 못마땅한 얼굴이었다.

"칫, 리무루 씨는 부하들도 위험한 녀석들뿐이라니까. 방해할 생각은 없으니까 뒤는 맡길게."

유우키는 그렇게 말하고 그 자리에서 물러났다.

애초에 본인이 말한 대로 유우키로는 펠드웨이를 이길 수 없었다. 다만 조금 복수를 해 주고 싶었을 뿐이다.

자신을 지배하려고 했던 흑막에게 한방 먹여준 덕에 나름대로 속은 시원했다. 뒷일은 디아블로에게 맡겨두면 유우키로서도 아무 불만이 없었다.

게다가 디아블로는 심하게 비정상이었다.

(솔직히 이 녀석한테는 이길 수 없을 것 같아. 부하도 이 모양인데 리무루 씨를 이기는 건 불가능하겠지…….)

그것을 인정할 수밖에 없는 유우키였다.

유우키 안에서도——

《무리네, 무리야. 저 녀석에게 손을 대면 파멸할 거예요.》

그러면서 마리아가 떠들어대고 있었다.

말하지 않아도 안다고—— 그렇게 생각하며, 유우키는 진저리를 쳤다.

그리고 디아블로의 맹공이 시작되었다.

펠드웨이의 '아크'가 디아블로의 시저스에 의해 튕겨 나갔다. 명확하게 '격'이 다름에도, 그것에 조금도 신경 쓰지 않는 모습이 두려울 정도였다.

"어이없군, 저게 녀석의 전력이란 말인가."

자라리오는 마치 남의 일 같은 반응을 보였다.

2천만이 넘는 존재치를 자랑하는 자라리오조차 지금의 디아블로는 이길 수 있을 것 같지가 않았다. 분하다는 마음조차 사라질 정도로 압도적인 차이를 깨닫고 나온 발언이었다.

레온도 같은 마음인지 무겁게 고개를 끄덕였다.

그동안 자신들을 압도하던 펠드웨이가 이번에는 일방적으로 밀리고 있었다. 경악하지 말라는 쪽이 무리인 이야기였다.

그리고 마침내, 결판의 때가 찾아왔다.

"——'엔드 오브 월드 레퀴엠'——."

디아블로의 혼신을 담은 일격으로, 펠드웨이는 땅에 쓰러지고 말았다.

●

내가 나설 차례도 없이 디아블로가 이겨버렸다.

훌륭하지만 쉽게 믿기지 않는 쾌거였다.

"야아, 정말 수고했어. 굉장하네, 설마 이길 줄은 몰랐는데."

짐을 하나 던 기분으로 나는 디아블로를 격려했다.

실제로도 펠드웨이는 강했고, 나로도 이길 수 있다는 확신은 없었다. 그래도 어떻게든 해치워야 한다면 밀림을 데려와 필승을 노릴 생각이었다.

디아블로가 이렇게 강할 줄은, 솔직히 예상 밖이었다.

물론 조금 전까지의 너덜너덜했던 모습 이상으로 상태가 위험해 보이긴 했지만…….

"칭찬해 주시니 더없는 영광입니다!"

환희에 찬 표정으로 나에게 답하는 디아블로는 서 있는 것이 신기할 정도였다.

그것은 육체적인 문제가 아니라 정신적인 문제였다.

기력이 고갈되어 얼굴에 생기도 없었다. 마치 시체 같달까, 좀 더 고상하게 표현하자면 죽음을 목전에 둔 사람 같은 얼굴이었다.

"괜찮아?"

"쿠후, 쿠후후후. 물론입니다. 리무루 님 앞에서 보기 흉한 꼴을 보여드려 면목 없을 따름입니다."

그렇게 사과하지만 디아블로는 잘못이 없었다.

오히려 대단한 업적이라 할 수 있었다.

나는 그를 배려하여 뒷일은 맡기고 돌아가 쉬라고 말하려고 했다.

그런데 그때, 티끌이 되어 완전히 소멸한 것처럼 보였던 펠드웨이가 그 몸을 재생시키기 시작했다.

"칫, 끈질긴 녀석. 완전히 숨통을 끊었다고 생각했는데 아직도 죽지 않았다니…….”

디아블로가 짜증 섞인 말을 내뱉으며 눈을 날카롭게 떴다.

더는 움직일 수 없을 것 같은데 아직도 싸울 생각인 모양이다.

나는 “잠깐만” 하고 디아블로를 멈춰 세웠다.

게다가 아까부터 중얼중얼, 펠드웨이가 뭔가 말하고 있었다.

“웃기지 마라…… 웃기지 마…… 나는, 반드시 세계를…… 그렇게 하면…… 그분이 멈춰주실 것이다. 그런데…… 어째서 디아블로 따위에게…… 아니, 아직 지지는 않았다. 아직 끝나지 않았다. 그래, 다시 한번…… 반드시 만날 수 있다. 나를 버린 것을 후회하게 만들어서…… 왜? 왜 사라진 것인가──.”

저주── 같았지만, 조금 이해할 수 없는 발언이었다.

좀 위험한 분위기가 나니까 가까이 가진 말고 멀리서 관찰하자. 그런 생각을 한 순간, 고개를 든 펠드웨이와 눈이 마주쳤다.

소름 끼칠 정도로 공허한 눈이었다.

그럼에도, 나에게는 왠지 절망에 찬 슬픔의 빛이 깃든 것처럼 보였다.

어떻게 해야 하나 고민했다.

쓰러뜨려야 하는 건 당연한데, 그렇게 하면 뭔가 찜찜함이 남는 느낌이랄까…….

후회할 것을 뻔히 알면서도, 그것을 실행하는 것에 망설임이 들었다.

후회할 걸 알고 있다면, 이제는 막을 수밖에 없었다.

그렇게 시간을 끈 것이 잘못이었을까.

펠드웨이가 하늘을 올려다보는가 싶더니, 다음 순간 우리가 보는 앞에서 사라졌다.

추적불가능한 그 권능── '순간이동'으로 어디론가 도약해 버린 것이다.

"잠깐, 리무루 씨?! 도망가 버렸는데요?"

"아니, 잠깐. 내 잘못인 것처럼 말하지 말아줘."

"하지만, 아무리 봐도 리뭇치가 원인이잖아?"

"아니아니, 나는 잠깐 생각에 잠겼던 것뿐이거든?!"

일이 커졌다.

펠드웨이가 도망친 것이 완전히 내 탓이 되어 버리고 말았다.

아니아니, 잠깐만 기다려봐.

물론 내가 디아블로를 말리긴 했지만, 거기서 보통 도망갈 거라는 생각은 하지 않잖아?

펠드웨이는 자존심이 강해 보였으니까 '도망친다'라는 선택지는 없어 보였는데…….

도망쳐도 찾을 수 있다, 라는 자만심도 있었다.

그런 상황에서 벌어진 '순간이동'이었다.

이는 '공간전이' 같은 것과 달리 도약할 때 공간의 왜곡이 발생하지 않는다. 다른 장소에 나올 때만 위화감이 생기지만, 그것을 찾는 것은 현실적으로 불가능했다.

물론 기축세계 전역을 인식할 수 있다면 가능하겠지만──.

《가능합니다.》

──도저히 무리, 잠깐, 어?
진짜로?
추적 불가능한 거 아냐?

《추적 자체는 불가능하지만, 전 세계의 마력요소를 관측하여 출현 장
소를 특정할 수 있습니다. 이번의 경우, 지상에는 출현하지 않았으니 이
계의 어딘가로 도망친 거겠죠.》

호, 호오…….
즉 이 세계에 오자마자 발견할 수 있다는 건가?

《맞습니다.》

그렇다면, 뭐.
도망가긴 했지만 문제는 없다고 판단해도 되려나.
"다들 진정해. 펠드웨이가 도망친 건 그렇게까지 큰 문제는 아
냐. 반대로 다른 난제에 전력을 집중할 수 있으니 여기는 긍정적
으로 생각하자!"
나는 그렇게 역설하며 화제를 바꾸려고 했다.
자연스럽게 내 책임도 흐지부지될 수 있게, 문제의 중요도를
낮추는 방향으로 유도했다.
"맞습니다! 리무루 님의 깊은 혜안이라면 펠드웨이가 무슨 짓
을 하든 문제 될 것이 없습니다. 애초에 저도 여력이 없었으니,
말리지 않으셨다 해도 아무것도 못 했을 겁니다."

완벽한 흐름이었다.

디아블로가 나를 지지해 준 덕분에 설득력이 더해졌다.

"이 이상 무리했다면 더는 리무루 님을 모시지 못할 위험도 있었습니다. 그렇게 되지 않도록 끝이 보이지 않는 그 사랑으로——."

좀 끈질기네.

오해도 상당히 들어 있고, 그 화제는 이만 끝내자.

"어쨌든, 그런 거니까. 일단 펠드웨이에 관해서는 뒤로 미루고 지금은 두 팀으로 나뉘어서 문제 해결을 우선하자."

내 말에, 전원이 고개를 끄덕여주었다.

*

그리고 상황은 빠르게 변했다.

나는 예정대로 구 유라자니아로 향하게 되었다.

밀림과 베루도라는 다마르가니아로 떠나 이바라제와의 싸움에 대비했다.

클로에는 나와 함께 있겠다고 주장했지만, 그것은 기각되었다. 미래를 '볼' 수 있는 권능은 이바라제와의 싸움에서도 유용할 것이기 때문이었다.

희생자를 가급적 내고 싶지 않은 나로서는 보험은 최대한 많을수록 좋다고 생각했다.

그리고 다른 사람들에 대해서는——.

레온, 자라리오, 실비아 씨. 정신적으로나 육체적으로 많이 피로할 텐데도 밀림 일행과 동행하겠다고 말해 주었다.

에르땅, 에르메시아 씨는, 아직 움직일 수 있는 메이거스(마법사단)를 불러모았다.

당연히 그 전력을 옮기는 것은 유우키의 몫이었다.

"역시, 저인가요."

"당연하지."

"정말이지, 전 세계를 지키고 싶다는 영웅적인 욕망은 없는데 말이죠."

"딱히 영웅이 될 필요는 없어. 과정이 중요할 때도 있지만, 이번에는 결과가 전부니까."

세계를 지키지 못하면 모든 것이 끝난다.

열심히 했지만 안 됐어요, 라는 말은 이번에 한해서는 의미가 없었다.

나는 유우키에게 그것을 강조했다.

유우키 역시 할 수밖에 없다는 것은 알고 있을 테니 내가 말하지 않아도 협력했을 것이다. 그럼에도 미온적인 태도를 보이는 것은 단순히 나에게 빚을 달아두고 싶어서 그런 거겠지.

날 이용하거나 속이는 일은 지금까지도 실컷 해 온 짓이니까.

나로서도 과거의 원망은 잊어줄 생각이지만, 그래도 남아 있는 앙금은 속일 수 없었다.

"알고 있을 거라 생각하지만, 앞으로도 좋은 관계로 지내자?"

나는 유우키를 바라보며, 웃는 얼굴로 그렇게 말했다.

이 정도로는 용서하지 않겠다는 뜻을 은연중에 전달한 것이다.

유우키는 쓴웃음을 지었다.

"알고 있다고요. 그 일에 대해서는 나중에 다시 의논하죠!"

여전히 정신력 하나는 튼튼한 녀석이다.

나도 쓴웃음을 지으며, 나중에 다시 천천히 이야기하기로 마음 먹었다.

그런 식으로 대화하는 우리들을 카가리가 걱정스러운 눈으로 보고 있었다.

나와 유우키의 인연을 모두 아는 인물인 만큼, 내가 어떻게 나오는가에 따라 자신들의 운명이 결정될 것이라고 생각하는 모양이었다.

아니 뭐, 악감정이 아예 없는 것은 아니지만, 유우키 일행의 사정에 대해서도 이미 들었다. 나쁜 짓을 하지 않도록 감시한다는 조건을 받아들인다면 좋을 대로 살아도 상관없었다.

즉, 카가리의 걱정은 기우였다.

기우이기는 하지만, 이들의 입장에서는 그 밖에도 걱정되는 문제가 산적해 있을 것이다.

그중 가장 큰 문제라면, 돌아갈 장소겠지.

잉그라시아 왕국으로는 돌아갈 수 없고, 제국에서 설 자리도 잃었다. 원래 자신들의 나라였다고 하는 클레이만의 지배 영역——괴뢰국 지스타브 역시 지금은 밀림의 영토가 되어 내가 대신 관리하고 있는 상태였다.

지금 단계에서는 유우키 일행에게는 돌아갈 장소가 없었다.

특히 카가리는 이제 막 자히르에 대한 복수를 끝낸 상태였으니 번아웃 상태가 되었다고 해도 이상하지 않았다. 세계를 구해내 해피엔딩이 된다면 모를까, 뭔가 보상이 없으면 의욕을 내는 것은 어려워 보였다.

그건 그렇고, 다음으로 신경 쓰이는 점이라면 수수께끼의 여성의 존재랄까.

어딘가 낯이 익은 것 같은데──.

《클레이만의 성에 있던 다크엘프 장로입니다.》

아, 맞아, 맞아!

생각났다. 어딘지 모르게 그늘진 느낌이었지만, 지금의 그녀는 카가리를 보호하듯 경계하고 있었다.

그런가, 원래부터 동료였다고 하면 클레이만을 쓰러뜨린 나는 적이 되는 셈──이겠지만, 그때는 클레이만도 정신지배를 받고 있어서 다크엘프를 노예 취급하고 있었다고 하니…… 지금 다시 생각해 보면 장로의 심경도 복잡했을 것 같다.

"오오, 오랜만이네. 너도 와 있었구나, 에바?"

"오랜만입니다, 마왕 밀림 님."

"잘 지냈어?"

"잘 지냈……다고는 말하기 어렵지만, 나름대로."

어라?

"밀림은 장로랑 아는 사이였어?"

"응! 에바는 요리를 잘하니까 여러모로 신세를 졌지!"

아아, 응. 이해했다.

미도레이 씨가 있는 동안 잊힌 용의 도시에서는 생채소 밖에 제공되지 않았다. 그래서 밀림은 맛있는 음식이 먹고 싶어지면 다른 마왕들을 찾은 모양이다.

그중 한 명이 장로 에바 씨였던 거겠지.

그래, 그렇다면 차라리…….

"밀림, 제안이 있어."

"응? 뭐야?"

"괴뢰국 지스타브의 영토 말이야, 카가리 씨 쪽에 돌려주는 게 어때?"

"음?"

"""──!"""

그래, 내가 지금 떠올린 것은, 유우키 일행이 기분 좋게 일하기 위해서는 먹이가 필요하다는 것. 그 최적의 답이 바로 처치곤란했던 괴뢰국 지스타브였다.

그곳은 밀림의 나라의 새로운 수도와도 상당히 떨어져 있었다. 고대 유적을 관광자원으로 삼아 부흥을 꾀하고 있긴 하지만, 그것은 앞으로의 과제가 될 예정이었다.

지금까지의 관리는 나에게 맡겨져 있었지만, 솔직히 말해 나도 할 일이 산더미였다. 괴뢰국 지스타브를 유우키 일행에게 넘기는 것은 내 기준으로는 일석이조의 묘안으로 보였다.

유우키 일행에게는 보상이 될 테고, 나도 어려운 영토 문제로 골머리를 앓지 않아도 될 테니까.

지금이라면 아직 백성들의 교류가 활발하지 않기 때문에 경제적으로 미칠 영향도 적었다. 그렇게 큰 혼란 없이 양도가 가능할 테니 밀림이 고개를 끄덕여준다면 이대로 결정할 수 있었다.

"응, 좋은 생각이야! 나도 조금은 폐를 끼쳤으니까. 사과의 뜻도 담아서 그 방향으로 이야기를 진행하자!”

“밀림은 조금이 아니라 상당히 폐를 끼쳤고, 나도 피해를 입었으니까, 찬성해 줄 거라고 생각했어.”

“조, 조금이야!”

“엄청난 폐였어!”

“끄으응…….”

약간의 소모적인 언쟁이 있었지만, 밀림도 찬성해 주었다.

“괜찮은 건가요, 리무루 씨?”

“정말로, 기대해도 될까요?”

유우키는 태연하게, 카가리는 조심스럽게 내게 물어왔다.

“내 소유지는 아니니까 확답은 못 하지만. 뭐, 밀림이 허락해 줬으니 어떻게든 되겠지.”

나는 그렇게 말하며 고개를 끄덕였다.

현재 괴뢰국 지스타브에 남아 있는 것은 장로 에바를 따르는 자들뿐이다. 즉, 진정한 의미에서 전 마왕 카자리무의 동료였던 자들이니 이들을 우리에게 귀속시키는 것은 험난한 여정이 될 것이 뻔했다. 그럴 바에야 양도해 버린다는 방침인 만큼 아마 칼리온이나 프레이 씨도 묵인해 줄 것이다.

그것도 뭐, 세계가 유지됐을 때의 이야기지만.

“역시 리무루 씨라니까! 그렇다면 나도 조금만 더 힘내 볼까.”

기세 좋게 웃는 유우키.

나는 더 이상 유우키의 수상쩍은 미소에 속지 않는다.

“잘 들어, 앞으로도 협력관계를 유지해야 한다는 것과 내 부탁을 우선적으로 들어줘야 한다는 조건을 잊지 마! 제대로 감시할 거니까!"

"물론이죠!"

절반도 믿을 수 없었지만, 어쨌든 대답은 들어두었다.

유우키와는 오랜 인연이 될 것 같으니, 앞으로도 생각나면 종종 일깨워주자고 다짐했다.

그러는 사이에 메이거스의 준비도 완료되었다.

이제 출발만 남은 단계에서, 카가리가 떠오른 듯한 표정으로 나에게 말을 걸어 왔다.

"리무루 님, 한 가지 여쭤봐도 될까요?"

"음? 뭐야?"

"저희들에게 안주의 땅을 돌려주시겠다는 이야기 말인데, 그것은 앞으로의 싸움에서 승리한다는 전제가 있어야 가능한 일이죠. 리무루 님은 이길 수 있다고 확신하시는 건가요?"

으음…….

괴뢰국 지스타브는 내가 돌려주는 게 아니라 밀림이 양보하는 거지만, 그건 그렇다 치고. 이길 수 있다는 확신이 있느냐 물으면, 그런 것은 없다, 라는 것이 대답이었다.

하지만——.

"졌을 때의 일은 생각해도 의미가 없으니까. 기본적으로 최악의 사태를 상정하긴 하겠지만, 이미 지금이 그런 상태야. 그러면 이제 전력을 다해 승리할 수밖에 없잖아?"

그러니까 지는 것에 대해서는 생각하지 않는다. 이기기 위해 무엇을 할 수 있는가, 그것만을 생각할 뿐이다.

싸우는 것은 최대한 피하기 위해 노력해야 한다. 그러니 상대를 부추기거나 몰아붙여서는 안 된다.

하지만 만약 전쟁이 벌어졌다면…….

그때는 이제 각오를 다질 수밖에 없는 것이다.

"다시 말해, 어차피 싸울 거면 이길 각오로 도전할 뿐이라는 거지."

나는 카가리의 질문에 웃으며 대답했다.

이에 유우키가 고개를 끄덕였고, 카가리의 어깨를 가볍게 치면서 입을 열었다.

"뭐, 리무루 씨 답잖아. 우리도 비슷하지? 요점은 단순하게, 이겨서 패배를 없애버리면 되는 거야."

유우키다운 발언이지만, 인생은 도박이 아니다.

근데 실제로는, 그런 마음으로 가볍게 도전하는 쪽이 더 좋은 결과가 나올 것 같아서 문제였다.

"그래그래. 회장은 너무 복잡하게 생각한다니까. 우리는 이미 게임 오버 상태니까 앞으로는 그냥 대세의 말에 따르자고!"

그 대세가 나는 아니겠지?

뭐, 상관없지만.

"그래, 뭐, 걱정할 필요는 없어. 어차피 리뭇치가 어떻게든 해 줄 테니까, 우리는 우리가 할 수 있는 일을 하면 돼. 너무 부담 갖지 말고!"

천제님은 무슨 말씀을 하시는 걸까.

"책임을 나한테 떠넘기지 마!"

"진정해."

"진정할 대사가 아니잖아!"

"그럼 가볼까!"

"좋아!"

"그럼, 우리는 우리가 할 일을 열심히 할게!"

"와하하하하! 이바라제와의 싸움에서 점수를 만회해 주겠어!"

"리무루여, 내가 있으니까 걱정하지 않아도 된다! 그럼 다녀 오마!"

"그럼 리무루 씨. 먼저 가서 저쪽에서 기다릴게요!"

등등 각자 하고 싶은 말만 남기고 떠나는 멤버들.

그리고 유우키의 '순간이동'이 발동되었고, 그 자리에 남겨진 것은 나 혼자──.

"쿠후후후후. 그럼 리무루 님, 구 유라자니아로 가실까요."

"흐엑?!"

깜짝 놀랐네.

나도 모르게 이상한 소리가 나와버렸다.

실로 당연하다는 듯이 디아블로가 대기하고 있었던 것이다.

너무 자연스러워서 깨닫지 못했는데, 그런 스스로가 놀라웠다.

"왜 남아 있어?"

"저는 리무루 님의 집사된 자로서 항상 곁에서 모셔야 하는 입 장이기에."

"……."

충성심도 지나치면 부담이 되는 법이다.

뭐, 됐다.

지금의 디아블로는 만신창이였으니 전력으로서는 기대하기 어려웠다. 그런 상태에서 다마르가니아로 갔다 해도 오히려 혼란만 초래했을 것이다.

내 감시 아래 두는 것이 그나마 안심이다.

……라고 생각해 두자.

그리고 나는 마음을 다잡았다.

"가자!"

"따르겠습니다."

내 말에 디아블로가 고개를 숙였다.

밀림 다음은 베루자도였다.

'용종'이라고 하는 것은, 어째서 이렇게 귀찮은 녀석들뿐인 걸까…….

그런 푸념을 삼키면서, 나는 디아블로를 데리고 구 유라자니아를 향해 '텔레포트'한 것이었다——.

종장
사신 각성

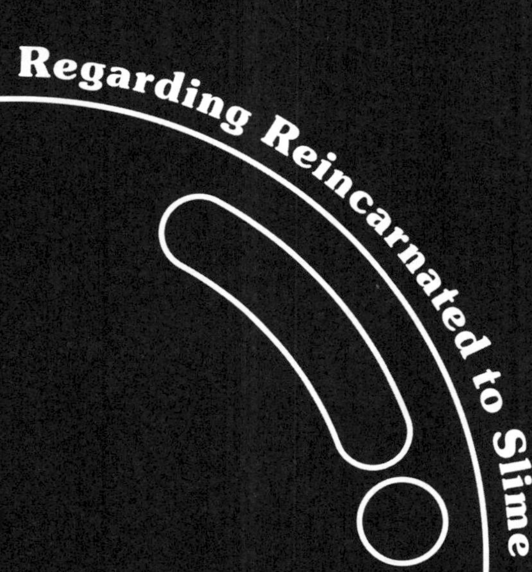

Regarding Reincarnated to Slime

이바라제는 즐거웠다.

너무나도 즐거웠다.

기축세계에 내려와 보니, 이바라제를 환영하듯 많은 사람들이 반겨 주었다.

인사 대신 공격을 한번 날려보았는데, 아무래도 너무 강했던 것 모양이다. 가장 강해 보였던 개체가 예상 이상으로 대미지를 입고 말았다.

어중이떠중이 같은 왜소한 존재를 감싸려 한 것 같은데, 이바라제로서는 이해할 수 없는 행동이었다.

그래서 관찰했다.

그리고 이해했다.

약자는 약자대로 나름의 방법을 찾아 싸우고 있다는 것을.

하늘에 군림하는 자에게는 수족 따위 필요 없다. 그렇게 생각하고 있던 이바라제였지만, 눈앞에서 벌어지고 있는 싸움은 흥미로웠다.

영웅들이 개별적으로 싸우며 사력을 다하는 모습은 장관이었다.

하지만 물량으로 밀어붙이면 쉽게 이길 수 있다는 것을 이바라제는 깨닫고 말았다. 그래서 싸움을 더 길게 끌 수 있도록 전력을 줄여 조정했다.

그러는 사이에 전장에 변화가 생겼다.

베니마루가 이끄는 원군이 도착한 것이다.

집단전은 예술과도 같았다.

검기와 투기가 눈을 사로잡았다.

천차만별의 마법과 스킬이 난무했다.

그 결과는 명백했다.

이번에는 반대로, 사신군이 밀리기 시작한 것이다.

『꺄핫♪』

이바라제는 환희했다.

재미있다.

정말로 재미있다.

그리하여 싸움도 점입가경을 맞이했을 무렵, 이바라제에게 하나의 소망이 생겨났다.

자신도 해보고 싶다, 라고 생각한 것이다.

이바라제는 '그렇구나♪' 하며 납득했다.

자신을 버린 베루다나바가 어떻게 사람의 모습을 얻었을까. 그 이유를 이제야 이해하게 된 것이다.

그럼 나도, 어른이 되자.

어린아이가 아니라, 싸울 수 있는 모습을 손에 넣자.

그 소망을 받아들여, '멸계룡' 이바라제의 마음 속 깊은 곳에서 진행 중이던 할로윈 카니발(사신으로의 진화)이 드디어 마지막 단계로 접어들었다.

이 영향은 세 하인들에게도 미쳤다.

『있지, 너희들. 사람의 모습을 원해? 좀 더 싸움을 즐길 수 있게, 내가 새로운 '힘'을 줄게♪』

이때—— 전장은 고요해졌다.
마치, 무언가 끔찍한 일이 일어나려는 전조처럼.
그것은, 착각이 아니었다.

『꺄하하하하하하하하——♪』

기축세계에 사악한 웃음소리가 울려 퍼졌다.
다시 태어난 듯 변화한 '멸계룡' 이바라제가, 처음 그 발로 지상에 내려섰다.
그 모습은 마치——.

전생했더니 슬라임이 었던 건에 대하여 22
Regarding Reincarnated to Slime

후기

오랜만입니다.

1년 이상 시간이 벌어져 버려서 죄송합니다!

그리고 또 하나.

이상하게 이번 권으로 완결되지 않았습니다.

드물게 제 예상이 빗나갔군요── 음, 네? 드물지 않다고요?

뭐, 그에 관해서는 여러모로 의견 차이가 있는 것 같군요!

세세한 일이니 그 논의는 다음 기회에!

그럼 이번 내용에 대해 말해 보겠습니다.

※주의※ 스포일러 있음!

깔끔하게 정리를 하려고 고민하는 사이에 여러 가지 쓰지 못한 에피소드가 떠올라서…… 정신을 차리고 보니 페이지 수가 부족한 사태가 벌어지고 말았습니다.

이번 권에서는 드디어 이름만 언급되었던 신조도 등장합니다.

베루자도와의 결판까지 가고 싶었는데, 전개상 도저히 무리였습니다. 그렇게 다음으로 미뤄졌습니다.

다만, 드디어 주인공이 귀환했습니다!

지난 권에서 '돌아가자!'라고 하는 장면에서 끝났으니 이번에는 '돌아왔다!'로 끝내고 싶지 않았습니다(웃음).

내용상으로는 괜찮지 않을까 잠시 생각했지만, 제 안의 양심과 이성적인 부분이 안 된다고 외치더군요.

편집자 I씨는 '돌아온 상황에서 계속해도 괜찮아요!'라면서, 내보낼 수만 있으면 뭐든 좋다는 느낌이었습니다.

그뿐만이 아닙니다.

전후편이 되어도 좋으니 완결하고 나서 출판하고 싶다―― 라며 열심히 설득해 보았습니다만, '그렇게 기다리다간 언제가 될지 모르잖아요! 독자들도 절 지지해 줄 거라고요!'라면서 기각당해 버렸습니다…….

이럴 때는 상업적인 이유를 최우선으로 두는 것에서 어른의 더러움을 느꼈습니다.

그런 사정도 있어 다음 권으로 이어집니다.

올해 안에는 다 쓰고 싶으니 부디 기대해 주세요! 그럼 다음 권에서 뵙겠습니다!

전생했더니 슬라임이었던 건에 대하여 22

2025년 5월 15일 1판 1쇄 발행

저   자 후세
일 러 스 트 밋츠바
옮 긴 이 이소정
발 행 인 유재옥
담 당 편 집 정영길

이   사 조병권
출판본부장 박광운
편 집 1 팀 박광운
편 집 2 팀 정영길 조찬희 박치우
편 집 3 팀 오준영 이소의 권진영 정지원
디 자 인 랩 팀 김보라
디지털사업팀 김경태 김지연 윤희진
콘텐츠기획팀 강선화
라이츠사업팀 김정미 유아현
영업마케팅팀 최원석 윤아림
물 류 팀 허석용 백철기
경영지원팀 최정연
인쇄제작처 ㈜코리아피엔피
발 행 처 ㈜소미미디어
등   록 제2015-000008호
주   소 서울시 마포구 토정로222, 502호 (신수동, 한국출판콘텐츠센터)
판매 및 마케팅 (070) 8822-2301

ISBN 979-11-384-3732-5 04830
ISBN 979-11-5710-126-9 (세트)